Lucy Clarke est une voyageuse dans l'âme, happée par les grands horizons vers des ailleurs toujours plus lointains, et elle a quelques affinités avec le plein air et le grand large. Elle passe l'hiver à voyager aux quatre coins du monde avec son mari, champion de windsurf, et ses deux enfants. Pendant l'été, elle retourne vivre avec sa famille sur le littoral du sud de l'Angleterre. Lucy écrit depuis une cabane de plage et puise son inspiration dans les paysages de cette côte sauvage.

Ce livre est également disponible
au format numérique

www.editions-hauteville.fr

Lucy Clarke

Rien à l'horizon

Traduit de l'anglais (Grande-Bretagne)
par Karine Forestier

Hauteville

Hauteville est un label des éditions Bragelonne

Titre original : *The Castaways*
Texte initialement publié en langue anglaise
chez HarperCollins Publishers.

ISBN : 978-2-38122-267-7

Bragelonne – Hauteville
60-62, rue d'Hauteville – 75010 Paris

E-mail : info@editions-hauteville.fr
Site Internet : www.editions-hauteville.fr

À James, Tommy et Darcy.

I

Avant – Lori

Lori tirait sa valise à roulettes sur le tapis roulant humide de l'aéroport. Elle sentait ses cheveux lui coller dans la nuque. Apercevant sa porte d'embarquement, elle marqua une pause, puis jeta un coup d'œil par-dessus son épaule.

Aucun signe de sa sœur.

Elle sortit son portable de sa poche. L'écran noir la dévisageait. Pas de message. Pas d'appel manqué. Son cœur tambourinait : elles étaient censées embarquer d'ici quelques minutes.

Leur dispute lui revint à l'esprit dans un flash. « Je ne te reconnais plus… »

Lori se mordit la joue jusqu'à sentir le goût du sang.

Serait-elle capable de monter à bord de l'avion sans Erin ? Elle avait déjà fait la partie la plus éprouvante du voyage la veille, avec le long courrier de Londres aux Fidji, sans avoir eu besoin de Valium. Sauf que, hier, Erin était à ses côtés, armée d'en-cas, de musique, de livres. Elles avaient été tellement occupées à discuter de la boisson qu'elles allaient commander une fois en vol que Lori avait à peine remarqué le décollage. À l'arrivée, elles avaient fait halte dans un hôtel en bord de plage afin de dîner rapidement pour se reposer avant le vol de ce matin jusqu'à leur petit paradis.

Seulement voilà, maintenant elle était là, et pas d'Erin à l'horizon.

Elle traîna sa valise dans les toilettes et, penchée au-dessus des lavabos, elle s'observa dans le miroir. De la pointe des doigts, elle tapota ses yeux cernés aux paupières boursouflées.

La veille au soir, elle avait attendu, espérant entendre le bruit de pas dans le couloir de l'hôtel, un coup frappé à sa porte, la voix de sa sœur, mi-chuchotement, mi-cri, demandant à entrer. Elle s'était représenté Erin, saoulée au gin, marmonnant des excuses d'une voix pâteuse. Lori l'aurait peut-être laissée entrer, elle aurait même repoussé les draps du grand lit d'hôtel pour lui faire de la place. Elle aurait dit à Erin de tourner la tête de l'autre côté pour s'épargner son haleine chargée d'alcool et ses ronflements. Oui, peut-être aurait-elle fait tout ça. Ou alors elle se serait contentée d'entrouvrir la porte, juste assez pour la rembarrer.

Oui mais voilà, Lori ignorait comment elle aurait réagi, parce qu'Erin n'était pas revenue.

Elle sortit sa pochette à maquillage, histoire de s'occuper. Son teint avait la pâleur de l'hiver, d'innombrables heures passées à l'intérieur. Cela faisait des mois qu'elle n'avait savouré le soleil sur sa peau. Oh, le ciel bleu ! Nager dans une mer chaude. Une douce brise. Un bon livre. Elle méritait ces vacances. Elle en avait besoin.

Mais et si tout ce voyage était une erreur ? Elle avait réservé ce séjour sur un coup de tête. À 3 heures du matin. Les draps entortillés à cause d'une énième nuit sans sommeil. Elle avait ouvert son ordinateur portable pour regarder un film, un truc pour se changer les idées, et puis la publicité avait surgi. Dix nuits sur une île isolée des Fidji, dont les dates tombaient pile pour son vingt-huitième anniversaire. Elle avait ouvert une nouvelle page et vérifié le compte joint, constaté qu'il y restait encore deux mille livres.

Va te faire foutre, Pete, avait-elle pensé.

Et elle avait cliqué sur « Confirmer la réservation ».

Aux premières lueurs du jour, elle s'était faufilée dans la chambre d'Erin, un mug de thé fumant en main, et avait glissé les jambes sous la couette.

— Je dors, avait murmuré Erin.

— J'ai une grande nouvelle à t'annoncer, avait lancé Lori. Attention, j'allume. (Arc-boutée au-dessus sa sœur, elle avait actionné la lampe de chevet.) Je nous ai réservé un voyage aux Fidji. Deuxième semaine de janvier. Tu as dit que tu avais des congés à poser. C'est moi qui régale.

Erin avait légèrement relevé la tête, ouvert un œil.

Lori devinait ce qu'avait dû penser sa sœur : « Lori a terriblement peur de l'avion, elle ne voyage jamais. Des vacances, c'est juste un pansement sur une plaie béante… » Alors, sans lui laisser le temps de parler, Lori avait poursuivi, à voix basse, hésitante :

— J'ai besoin de partir. Et la seule personne avec qui j'aie envie de le faire, c'est toi. Ensemble.

Ensemble. L'histoire et le poids de ce mot avaient grandi entre elles.

Une infime hésitation, pas plus longue qu'une respiration.

— Bon, d'accord.

Et pourtant, maintenant, il n'y avait que Lori dans la salle d'embarquement de l'aéroport. Seule.

Elle referma la fermeture Éclair de sa pochette à maquillage, attrapa sa valise et sortit des toilettes.

Le tapis roulant était toujours désert. Elle ressortit son portable, le fit tourner entre ses mains. Que faire ? C'était à Erin de téléphoner, normalement… Tant pis, elle avait trop besoin d'entendre sa voix, de vérifier qu'elle allait bien.

Elle composa le numéro.

En écoutant s'égrener les sonneries, elle suivit des yeux un pilote en uniforme blanc immaculé qui s'avançait. Il portait une casquette à visière bleu marine, sous laquelle ses yeux étaient lourdement gonflés et injectés de sang. *Le pilote de mon avion ?* Il s'accroupit pour chercher quelque chose dans son bagage à main, l'air confus. Il se passa une main sur le visage, étirant la peau flasque. Au bout d'un moment, il abandonna sa quête, prit une profonde inspiration et se remit en marche, les yeux baissés.

Le cliquetis précédant le message vocal détourna brusquement l'attention de Lori. « C'est Erin. Soyez bref. » Puis le bip, si rapide après le message d'accueil qu'il vous faisait bafouiller.

Lori hésita, un silence pesant s'étira, enregistré par la machine.

Ses pensées repartirent deux décennies plus tôt. Sa sœur et elle, allongées sous une couette constellée d'étoiles, dans l'obscurité chaude et cotonneuse. Leur mère n'était morte que depuis une semaine. Lori avait serré la main de sa sœur en chuchotant : « N'aie pas peur, Erin. Je suis ta grande sœur. Je vais m'occuper de toi maintenant. »

Oui, mais quand Lori avait besoin d'elle, comme c'était le cas en ce moment même, pouvait-elle compter sur sa sœur ?

— Je suis à l'aéroport, siffla-t-elle, les lèvres tout près du combiné. Qu'est-ce que tu fous, bon sang ?

2

Maintenant – Erin

Le pallier devant mon appartement est plongé dans le noir complet. L'ampoule a grillé le mois dernier et je n'ai pas trouvé le temps de la remplacer.

Je remonte ma main le long de la porte, cherchant la serrure à tâtons. Je sens le cuir de ma veste, humide de pluie. Derrière moi, l'homme que j'ai ramené du bar. Il sent l'après-rasage éventé, et son haleine dégage une odeur forte de bière. Mark ? Matt ?

— J'ai la lumière sur mon téléphone, dit-il au moment où je parviens à insérer la clé dans la serrure.

Je pousse la porte, qui fait un bruit d'aspiration en s'ouvrant, et j'enjambe le courrier du jour, avant de lâcher les clés et de me déchausser.

Il me suit dans le salon, son regard glisse à l'intérieur. Je vois alors mon appartement à travers de nouveaux yeux, les siens : les sous-vêtements dépareillés mis à sécher et raides sur le radiateur ; l'odeur de nourriture trop cuite incrustée dans la moquette ; les fins de bougies consumées dans leurs flaques de cire figée ; le mug de café et le bol de céréales oubliés sur le rebord de fenêtre où je m'assieds tous les matins, le cou tendu pour essayer d'apercevoir un morceau de ciel au-dessus des immeubles.

J'enlève ma veste. La suspends au dossier d'une chaise chargée de livres.

L'excitation de l'alcool retombe vite. J'aurais dû allumer une lampe, pas le plafonnier trop fort qui nous baigne dans une lumière blanche trop crue. Bon Dieu, je me demande s'il regrette autant que moi. Il y avait un vernissage dans une galerie et ils avaient besoin d'un journaliste, on m'a passé l'info. Pas eu le temps de manger. Le bar était gratuit. On est passé de la galerie à un autre bar, puis un autre. J'avais perdu mes collègues depuis plusieurs heures, mais me suis retrouvée dans un coin sombre en discothèque avec ce type. Et, je ne sais trop comment, il est maintenant là dans mon appartement, qui me dévore des yeux avec un rictus vorace. Je prends conscience que nous ne sommes plus ballottés par une foule de jeunes fêtards. La porte de mon appartement est fermée. Nous sommes seuls.

J'entends la voix de ma sœur : *Erin, réfléchis un peu.*

Je ferme brièvement les yeux.

Si tu ne veux pas de lui ici, demande-lui simplement de s'en aller.

— Tu veux un verre ? proposé-je en me passant une main dans la nuque.

Il me suit dans la cuisine nichée dans le couloir. Des corn-flakes parsèment le plan de travail, entre une plaquette d'antidouleurs bien entamée et une bouteille de vodka à moitié vide. Menu Hansel et Gretel version adulte.

J'ouvre un placard et désigne le vin, les spiritueux et les cocktails à moitié entamés.

— Je te laisse choisir.

Il opte pour le rhum et en remplit deux verres qu'il prend sur l'égouttoir.

— T'as du Coca ? Du citron vert ?

— Ni l'un ni l'autre.

— L'hôtesse parfaite !

Je hausse les épaules.

Il me passe mon verre, nous trinquons, les vidons d'un trait.

Il nous en sert un autre, que nous emportons dans le salon avec la bouteille. J'écarte une couverture et m'assieds sur le canapé. Il reste debout.

— Et tu es propriétaire ?

— Locataire.

— Des colocs ?

— Pas en ce moment.

Mon regard passe sur le tableau accroché au-dessus de mon canapé. C'est la seule chose qui orne les murs par ailleurs vierges : une peinture à l'acrylique de la rivière qui coulait dans le jardin de notre maison d'enfance, à Bath. Lori l'a réalisée pour moi, avec sa fameuse palette de bleus riches, de verts vifs et d'ocres. Elle adorait peindre à coups d'épais aplats de couleurs. Elle me l'avait offert pour me féliciter d'avoir décroché mon premier boulot à Londres. Au dos de la toile, elle avait écrit : « Pour que tu te sentes un peu à la maison dans cette grande ville. »

Je suis des yeux les volutes épaisses de la peinture acrylique, les couches de couleur appliquées à la spatule qui donnent du relief aux arbres du bord de l'eau. Je vois Lori, ses cheveux blonds attachés, une chemise de Pete trop grande éclaboussée de peinture, la musique en fond sonore. Jamais elle ne s'est conformée à l'image de l'artiste bohème. Elle, c'était plutôt jean propre et cheveux coiffés, organisation et efficacité, ongles vernis et sourcils épilés. Elle n'était pas tourmentée par sa créativité, elle baignait sereine dans son monde.

Je reporte mon attention sur l'homme. Il est plus vieux que je ne l'aurais cru, avec une barbe soignée à l'excès, des lignes trop nettes et des favoris trop carrés. La peau sous sa mâchoire est étonnamment lisse. Il ne m'attire même pas. Je n'aurais pas dû le laisser entrer.

Pourquoi tu as fait ça, Erin ? intervient de nouveau la voix de ma sœur.

Parce qu'on est mercredi soir. Parce que j'ai bu. Parce que je déteste rentrer dans cet appart seule, OK ?

Il fait le tour du salon, contemple la bibliothèque et s'arrête devant la cheminée. C'est un de ces modèles typiques de Londres : style edwardien, au conduit bouché inutilisable, si bien que le foyer accueille désormais un vase transparent rempli d'une guirlande électrique. La touche « Lori ».

— C'est ton anniversaire ?

La question me surprend. Je suis son regard vers le manteau de la cheminée, où une unique carte d'anniversaire est coincée entre deux bougies affaissées. Le chiffre « 30 » scintille sur le devant.

— Oui, finis-je par répondre.

Plus facile de mentir que d'expliquer.

— Je ne t'aurais pas donné trente ans.

Ben non, vu que j'en ai vingt-sept, ducon.

Je me garde bien de le dire, évidemment.

Je termine mon rhum, sa chaleur glisse à travers ma poitrine, puis j'ouvre Spotify sur mon téléphone. Je sélectionne une playlist chill-hop et puis, en me rappelant la mère de famille qui vit dans l'appartement du dessous, baisse le son. Je l'ai aidée à monter la poussette dans les escaliers hier – l'ascenseur est encore en panne. Son bébé me regardait avec méfiance, un gâteau de riz écrabouillé dans son poing serré. Quand la mère m'a remerciée d'une voix tremblante, elle semblait au bord des larmes. Je me suis demandé si je devais les inviter à entrer, m'assurer qu'elle allait bien, mais je n'en ai pas eu la force.

Le type m'observe, sourcils froncés, comme s'il essayait de comprendre un truc.

— Alors, parle-moi de tes cheveux.

Je hausse un sourcil. *Il est sérieux ?*

— Mes cheveux ? C'est un dégagement, réponds-je en désignant l'arc rasé au-dessus de mon oreille droite.

Ça déstabilise les gens, cette asymétrie. J'ai les cheveux noirs et courts. Une coupe « à la garçonne », ça s'appelle, avec une touche d'asymétrie d'un côté. Ce choix n'est pas une question de mode, non. Je suis allée chez le coiffeur lors d'une soirée d'entraînement pour les apprentis. C'est ma coiffeuse, une adolescente au poignet fraîchement tatoué – la peau encore rose et enflée – qui a suggéré cette coupe. J'ai haussé les épaules et répondu : « Pourquoi pas ? »

J'ai l'impression que c'est ma réponse standard à peu près à tout.

« Tu m'invites chez toi ? — Pourquoi pas ? »

Je devrais sans doute me cercler les yeux de crayon noir, faire quelque chose de spectaculaire avec mes sourcils, mais je n'arrive pas à trouver l'enthousiasme nécessaire.

— J'aime bien, déclare-t-il.

Puis il s'écarte. L'espace d'un instant, je pense qu'il va venir me rejoindre sur le canapé et je me crispe. Au lieu de quoi, il traverse le salon et lance :

— Je vais au petit coin.

« Au petit coin ». On dirait que j'ai invité le père d'une copine chez moi.

Il me faut un moment avant de me rendre compte qu'il se dirige vers la mauvaise porte. Aussitôt je suis debout, je me précipite au moment où ses doigts atteignent la poignée.

— Non…, commencé-je, mais la porte de la chambre vide s'ouvre, la lumière allumée.

Il se fige.

Il me tourne le dos, mais je sais ce qu'il voit. Il doit avoir les yeux écarquillés, rivés aux murs.

Je ne suis pas entrée dans cette pièce depuis des semaines… pourtant je sais précisément ce qu'elle contient.

— Merde, qu'est-ce que… ?

Sa voix a grimpé d'une octave.

Une pause entre deux chansons nous plonge dans le silence. Le moment s'étire, long, avec sa question suspendue en l'air.

— Les toilettes sont à côté, finis-je par dire.

— C'est quoi, tous ces trucs ?

Les murs de la chambre sont couverts de coupures de journaux, de cartes, de photos…, toutes reliées par des morceaux de fils colorés et parsemées de Post-it portant des questions écrites à la main. Des visages aux yeux vides nous observent et les gros titres hurlent : « Disparus ! » « Pas de trace de l'avion ».

Je sais quelle image cela donne de moi.

Je sais, d'accord ?

Au centre, une coupure de journal représente un petit avion blanc avec une bande rouge qui le traverse par le milieu. Dessous, les photos des deux membres d'équipage et des sept passagers.

Comme je ne réponds pas, le gars se tourne et me dévisage.

— C'est ce vol-là, c'est ça ? Celui qui a disparu ?

À contrecœur, je hoche la tête.

— Est-ce que… c'est… pour le travail ?

Je perçois la note d'espoir.

— Oui, mens-je.

Le soulagement adoucit ses traits.

— Journaliste, tu as dit ? Je me rappelle avoir lu un truc sur ce vol. Vers les Fidji, c'est ça ? L'avion a disparu, comme ça. Perdu par les radars. Pas une trace. Plus revu.

Plus de transmissions. Pas d'épave. Super bizarre, si tu veux mon avis.

Ma bouche refuse de fonctionner.

— Ça remonte à un moment, maintenant, non ? L'an dernier ?

— Deux ans.

Deux ans et six jours.

— Il y a eu tout un tas de théories. Genre, qu'il y avait peut-être un terroriste à bord, ou que le pilote était en mission suicide. C'est là-dessus que portent tes recherches ?

— Mmm…, éludé-je.

Maintenant, c'est avec méfiance qu'il me regarde.

— Tu rapportes souvent ton boulot à la maison ? C'est ton bureau, ici, en quelque sorte ?

Nouveau long silence.

— En quelque sorte.

Son expression change, comme s'il commençait à se dire que quelque chose cloche. Il regarde le mur, les photos, les coupures, certaines noircies sur les bords, le scotch qui jaunit… puis moi de nouveau. Je vois qu'il s'efforce désespérément de relier les éléments, pour comprendre le sentiment de malaise qu'il éprouve.

C'est peut-être l'alcool, ou alors juste un dégonflé, en tout cas il abandonne sans insister.

— Les toilettes.

Il file à l'intérieur et j'entends coulisser le verrou.

Je reste plantée dans le couloir, les yeux braqués dans la chambre d'amis. L'ancienne chambre de Lori, en fait. Il y a des mois que je n'avais pas revu ces murs. Personne à Londres n'a les moyens de se payer une pièce vide, moi pas plus que quiconque, sauf que je ne peux pas enlever ces trucs, parce que ça voudrait dire que c'est fini. Que je renonce. Que je l'abandonne.

Pourtant, je sais qu'il le faut.

Je prends une inspiration. Ce week-end. Il faut que ça disparaisse. Tout. Cela suffit.

Ou alors je pourrais juste en enlever un peu, procéder par paliers. Je pourrais commencer par débarrasser le lit de Lori, qui croule sous un tas de livres, d'articles, de classeurs ouverts. J'aurais dû sous-louer cette chambre il y a des mois – Dieu sait que mon compte en banque me remercierait –, mais l'idée d'un colocataire me donne le frisson, quelqu'un qui m'entendrait faire les cent pas à 4 heures du matin, ou remarquerait mes horaires de repas bizarroïdes ou la vie sociale que je n'ai pas.

J'entends la chasse d'eau et guette le son du robinet qu'on tourne, de l'eau qui s'écoule par la bonde… Au lieu de quoi la porte s'ouvre et le revoilà. Ses mains pas lavées enfoncées dans ses poches, ses yeux fuyants.

— Faut que je me lève tôt. Alors…

— OK.

Il attrape son manteau, sans même prendre le temps de l'enfiler.

— Salut, me lance-t-il depuis le pas de la porte.

Je le suis, tiens le battant ouvert tandis qu'il sort dans le couloir. Si je referme maintenant, ça lui bloquera la lumière et il se retrouvera dans le noir complet. Je devrais au moins attendre qu'il ait descendu les marches, atteint la sortie.

Mais merde.

Je ferme la porte et la verrouille. À double tour.

J'attrape la bouteille de rhum au salon, mes bracelets en argent cliquettent contre le goulot, je me traîne jusqu'à la chambre de Lori, où j'écarte un livre consacré à l'histoire des accidents d'avion et m'affale au bord du lit. L'air sent le renfermé, il y fait plus frais que dans le reste de l'appartement.

— Joyeux trentième anniversaire, lancé-je en levant la bouteille de rhum vers l'image de ma sœur au mur.

Bois dans un verre, entends-je Lori me dire. Je la vois lever les yeux au ciel, feignant l'exaspération.

Je bois direct à la bouteille. Sourire moqueur.

Alors que le rhum descend dans ma gorge, je scrute la photo de Lori coincée entre celles des autres passagers du vol FJ209. « Passagère numéro 3 », l'a appelée la presse. Ils ont tiré la photo de son compte Instagram, la dernière qui ait été prise avant qu'elle grimpe à bord de ce fichu avion. Ses cheveux avaient récemment été rehaussés de tons chauds miel et caramel, un sourire aux lèvres mais qui n'éclaire pas ses yeux.

J'étais assise juste à côté d'elle quand ce cliché a été pris. Ils m'ont coupée, bien sûr. Tout ce qui reste de moi, ce sont mes doigts autour de sa taille. La photo date de la veille du vol, d'avant toutes les fautes que je n'avais pas encore commises, mais c'est comme si tout était déjà là sur cette photo. Lori et son regard vide, seule… et moi qui essaie de l'attraper. Qui essaie de m'accrocher.

3

Maintenant – Erin

Il est 2 heures du matin passées et je suis toujours dans la chambre d'amis. D'ici quelques heures, il faudra que je sois levée pour le travail. Je devrais boire un grand verre d'eau, préparer deux aspirines près de mon lit et me coucher.

Je reprends une goulée de rhum, mes dents cognent contre la bouteille, et j'étudie l'image de l'avion. Il y a deux ans, cet avion était censé faire le transfert de l'aéroport de Nadi, aux Fidji, à Limaji, un minuscule îlot à l'extrémité sud-est de l'archipel. Sauf que l'avion – et les neuf personnes à bord – n'est jamais arrivé.

« Disparu sans laisser de trace ». C'est ce qu'a dit la presse.

Je repasse la liste des faits soigneusement écrits sur des fiches accrochées au mur. La dernière communication du capitaine Mike Brass avec la tour de contrôle vingt minutes après le décollage. D'après la transmission, tout allait bien. Pourtant, huit minutes plus tard, l'appareil disparaissait des écrans radar… sans jamais atteindre sa destination. Une énorme recherche a été lancée par plusieurs agences, couvrant un rayon de cinq cents kilomètres carrés. Qui n'a abouti à rien. Pas d'épave. Pas de débris. Pas de corps.

Rien.

Je plisse les paupières, à la recherche de quelque chose de différent parmi les trous dans les informations.

Quand l'avion a disparu, j'ai voulu rassembler jusqu'aux preuves les plus infimes. J'ai harcelé la police, le consul britannique, la CAAF (les autorités de l'aviation civile des Fidji). J'ai exigé de savoir quelles zones de recherche ils avaient couvertes, coché chacune d'elles sur mon propre plan de l'archipel des Fidji, celui-là même qui est collé au mur derrière moi. J'ai localisé certains parents des passagers, les ai ralliés à ma cause afin de faire pression sur les autorités. J'ai lu tous les livres que j'ai pu trouver sur les crashs d'avion ou les histoires de survie défiant toute probabilité. J'ai rédigé des communiqués de presse pour que la disparition de l'avion reste relayée dans les médias.

« C'est devenu une obsession », a constaté l'une de mes plus vieilles amies, Sarah, pendant une conversation Skype depuis Berlin. « Tu dois te pardonner », avait renchéri Ben en versant du vin blanc dans deux grands verres sur un plan de travail immaculé. La vision de ces deux-là ensemble m'avait fait l'effet d'un coup de poing dans le ventre. À l'école, Ben avait déclaré un jour que tous les trois, on était comme les trois côtés d'un triangle équilatéral : trois côtés liés, égaux, nos angles en parfaite symétrie. Pff. C'est marrant comme le triangle s'est aplati quand ils m'ont annoncé qu'ils étaient tombés amoureux et qu'ils partaient vivre à Berlin ensemble.

Il n'y a rien de nouveau à découvrir là, saoule, assise dans l'ancienne chambre de Lori. Malgré tout, je ne peux pas m'empêcher de chercher. Je me penche sur le classeur rangé près du lit. Il contient toute ma correspondance pendant les mois qui ont suivi la disparition de l'avion. J'ai archivé ces courriers parce que j'avais besoin de faire quelque chose. L'attente me faisait perdre la tête.

J'ouvre le classeur au hasard et survole l'une des pages : le mail d'un membre de la CAAF, qui confirme que, même s'ils ont interrompu les recherches, le dossier de l'incident restera indéfiniment ouvert.

« Indéfiniment ouvert ». Comment est-on supposé vivre avec cette incertitude ?

Je sais que cette histoire va mal se terminer. Un avion ne disparaît pas comme ça parce qu'il aurait atterri sur la mauvaise île, et ses passagers ne finissent pas en train de siroter joyeusement des cocktails en se déhanchant sur la plage avec des colliers de fleurs. Non. Un avion passe sous les radars parce qu'il y a un putain de problème. Et moi, j'ai besoin de savoir quel problème est à l'origine de sa disparition. J'ai besoin de savoir ce qui s'est passé après cette ultime transmission du pilote. J'ai besoin de savoir ce qui est arrivé à ma sœur. J'ai besoin de savoir à qui, putain, à qui je peux m'en prendre. Parce que, pour le moment, la seule personne que j'ai, c'est celle qui ne s'est pas pointée à l'aéroport comme elle était censée le faire. Celle qui n'est pas montée dans cet avion, celle qui est encore là, assise dans la chambre que devrait occuper sa sœur !

Je balance le classeur à travers la pièce. Les anneaux s'ouvrent quand il heurte le mur, les feuilles et les photos retombent au sol comme des feuilles mortes.

Encore un argument en défaveur d'une colocation : propension aux crises d'agressivité.

Parmi les documents éparpillés au sol, mon regard se pose sur l'un des passagers : Felix Tyler, vingt-sept ans au moment des faits. Sur la photo, il porte un bonnet enfoncé jusqu'aux sourcils, ses cheveux bruns rabattus vers l'avant. Ses yeux couleur terre me regardent derrière des cils épais. Séduisant, dans un style un peu « bad boy ». J'ai lu tout ce que je pouvais sur lui – et sur tous les passagers –, car je voulais connaître précisément chaque passager de ce vol : pourquoi ils étaient à bord, quels étaient leurs projets une fois arrivés à destination. Je m'étais aussi interrogée sur leur profil psychologique pour tenter de déterminer comment ils se comporteraient en cas d'accident. J'avais besoin d'en savoir plus sur ceux qui avaient vécu ces derniers instants tragiques avec ma sœur.

Felix a tout de suite piqué ma curiosité. Il avait acheté son billet pour les Fidji quarante-huit heures avant le vol. J'ai parlé au propriétaire de l'hôtel sur l'île. Il m'a expliqué que Felix devait diriger le club de sports nautiques pendant quelques semaines, en remplacement de leur employé habituel. J'ai réussi à obtenir une copie de son CV et de sa carte de certification de plongée, mais, en creusant un peu, je me suis rendu compte qu'il avait menti sur ses expériences professionnelles et que son diplôme de plongée était un faux. Felix Tyler faisait de l'escalade libre, pas de la plongée. Un grimpeur, donc, qui, dix-huit mois avant le vol, avait fait une chute de près de quinze mètres sur du granite, sans harnais ni casque, se fracturant quatorze os. Après quoi, il n'avait plus grimpé.

Un événement pareil, ça doit vous changer une personne.

J'ai essayé de contacter sa famille, mais son père est mort trois mois avant la disparition de l'avion et sa belle-mère a refusé de me parler. Impossible de retrouver la trace des partenaires d'escalade de Felix, un groupe de grimpeurs hors circuit, de chasseurs de pics et autres arêtes du bout du monde. J'ai envoyé par mail le résultat de mes recherches au consul britannique et à la police, mais, apparemment, un faux certificat de plongée et de fausses références, ça ne permet pas de relancer l'enquête sur la disparition d'un avion.

Pourtant, ce qui continue à tourner dans mes pensées lors de mes nuits d'insomnie, c'est : pourquoi ? Pourquoi a-t-il menti ? Sur quoi d'autre a-t-il pu mentir ?

4

Avant – Lori

Dans la salle d'embarquement, devant la vitre, Lori faisait tourner le bracelet à son poignet. Toujours pas de nouvelles d'Erin.

L'avion attendait sur le tarmac inondé de soleil, une ligne rouge lui tranchait le ventre, comme une marque avant l'incision. Les petits coucous, c'étaient les pires, se prit-elle à penser, tandis que son pouls lui battait dans les oreilles. Trop légers. Le moindre sursaut, la moindre turbulence, la moindre secousse du vent ou de la météo… elle sentirait tout. Elle compta les hublots du côté le plus proche. Huit. Se visualisa grimpant la passerelle, le claquement du métal, le soleil dans sa nuque. Le vol ne durait qu'une heure. Elle pouvait y arriver.

Sur la piste, un homme en salopette bleue s'approcha de l'avion pour observer quelque chose en dessous. Le moteur ? Le réservoir ? Elle n'avait pas la moindre idée de la façon dont cet avion était conçu. L'homme tordit le cou, regarda plus attentivement. Un second type approcha, en gilet de signalisation orange fluo. Tous deux semblaient débattre de quelque chose, pointant l'avion du doigt, puis le hangar de l'aéroport. Après quelques gesticulations, l'homme en gilet orange s'éloigna, laissant l'autre accroupi, l'air toujours inquiet. Au bout du compte, il finit par se relever lui aussi, haussa les épaules et s'en alla.

C'est quoi, ce haussement d'épaules ? Qu'est-ce que tu as vu ? Il y a un problème ?

Bon Dieu, la phobie de l'avion vous rend parano, c'est épuisant.

Elle s'obligea à se détourner de la baie vitrée. Un peu plus loin, un homme en chino, polo et sac en cuir de luxe à ses pieds.

Voyage d'affaires, décréta-t-elle.

Il jeta un coup d'œil vers la porte d'embarquement, un téléphone portable vissé à l'oreille.

— C'est Daniel. Je voulais m'assurer que tout est… en ordre, dit-il d'une voix basse, assurée. (S'ensuivit une pause, il fit passer son poids d'une jambe à l'autre.) Je sais, reprit-il en hochant vigoureusement la tête. Je te revaudrai ça. (Il faisait tinter la monnaie dans sa poche.) Des doutes ? Peut-être.

Sa main sortit de la poche, alla se plaquer sur sa nuque. La sueur perlait sur son front et il ne quittait pas l'avion des yeux.

Son livre. Elle allait lire. Ça la calmerait. Elle se força à s'asseoir et entreprit de sortir son roman, de l'ouvrir, de lire. Elle relut la même phrase trois fois, sans parvenir à comprendre l'histoire. Elle était nerveuse, les jambes agitées.

En relevant les yeux, elle vit un homme brun traverser la salle d'embarquement. Il déposa un gros sac à dos par terre et s'affala sur un siège en plastique au bout d'une rangée. Il mit un casque sur ses oreilles, baissa le menton sur le torse, croisa les bras et ferma les yeux. Elle vit ses épaules se détendre, tandis que du bout des doigts il tapait en rythme.

Elle porta les yeux sur son visage. Des cheveux bruns en bataille tombant vers l'avant, un début de barbe qui lui ombrait les joues. Ses vêtements – jean gris slim et tee-shirt – étaient fatigués, à croire qu'il avait dormi dedans, rappel des cernes sous ses yeux.

Elle se demanda quel genre de clientèle pouvait attirer le complexe hôtelier. « Dans un esprit écoresponsable et luxueux », annonçait le site Web.

Les yeux de l'homme se rouvrirent brusquement et il sortit son téléphone de sa poche. Son corps tout entier se crispa tandis qu'il en scrutait l'écran. Ses narines se dilatèrent. Il restait assis, raide, immobile, sans ciller. Un voile passa sur ses yeux. Il appuya fort l'index et le pouce contre ses orbites. La peau sur ses phalanges était écorchée, des entailles à vif, pas encore cicatrisées.

Concentre-toi sur ton livre, s'intima-t-elle, reportant le regard sur sa page avant de le relever vers l'homme.

Il se mit à taper rageusement sur son portable. Il marqua une pause, relut ce qu'il venait d'écrire. Puis il tapa une fois sur l'écran. À la surprise de Lori, il rabattit alors l'étui et ouvrit l'arrière de l'appareil pour enfoncer un ongle sous la carte SIM et la libérer. Prenant une pièce dans sa poche, il la frotta sans ménagement sur la surface de métal.

Une fois la manœuvre accomplie, il traversa la salle à grands pas et jeta à la fois la carte SIM et son téléphone à la poubelle.

Quand l'homme se retourna, ses yeux croisèrent ceux de Lori. Il s'immobilisa. Soutint son regard.

La chaleur monta aux joues de Lori, comme s'il venait de la prendre en flagrant délit d'espionnage.

Le regard du gars était féroce, sur la défensive et plein de défi.

Elle remua sur son siège.

Il continuait de la transpercer du regard, comme un loup, le poil hérissé.

Lori se demanda si elle avait le temps de retourner aux toilettes. Est-ce qu'on pouvait quitter la salle d'embarquement une fois qu'on avait montré son billet ? Elle prit une profonde respiration en tâchant de maîtriser sa vessie. Ça tiendrait peut-être. C'était juste la nervosité.

Un couple d'Américains tiraient derrière eux des valises à roulettes identiques.

— Nous fêtons notre quarantième anniversaire de mariage, expliquait l'homme à une jeune femme aux cheveux d'ambre à côté d'eux.

La jeune femme hocha la tête distraitement, avec une forme de méfiance ou de lassitude dans l'expression. Sa main était posée sur son ventre, un porte-bébé en écharpe contre elle. Lori apercevait la tête ronde du petit, une nuée de cheveux fins et pâles. Elle ne s'était pas attendue à ce qu'il y ait des enfants à bord de l'avion. En fait, l'éloignement de l'île, l'absence d'équipements destinés aux familles avaient justement fait partie de son attrait.

Le bébé était un garçon, elle le discernait maintenant que la mère pivotait. Il ne devait pas avoir plus de quelques mois, à peu près l'âge de la fille de Pete. Bessy, il l'avait appelé Bessy. Lori avait souhaité détester ce prénom, sans y parvenir.

Pete.

Toujours Pete.

Qu'est-ce qu'avait dit Erin la veille au soir, exactement ? Que Lori l'avait mis sur un piédestal. « Il t'a laissé tomber, Lori. Il t'a trompée, il est parti. »

Il est parti.

Comme si elle avait besoin qu'on le lui rappelle. Elle avait vécu cet abandon.

Lori pinça les lèvres, leva les yeux vers le plafond lambrissé. Pas maintenant. Pas de larmes. Si elle devait monter dans cet avion, il fallait qu'elle reste maîtresse de ses nerfs.

— Mademoiselle ? Excusez-moi, mademoiselle ? Nous appelons les passagers pour l'embarquement.

L'hôtesse de la compagnie aérienne la tira de ses pensées et lui désigna la passerelle, où les autres passagers s'engageaient dans un long couloir. Lori balaya une dernière fois du regard la salle d'embarquement, espérant y voir Erin, arrivant à grandes enjambées avec son sac à dos aussi grand qu'elle.

Lori était prête à jeter l'éponge, oui. Si sa sœur apparaissait maintenant et lui présentait des excuses.

Une vague de panique, un chaud et froid la submergea.

— Ma sœur, commença-t-elle, elle est censée prendre cet avion. Je l'attends. Elle ne va pas tarder.

Et elle entendait sa propre voix, ténue, au bord de la rupture.

— Je suis vraiment navrée, lui dit gentiment l'hôtesse, mais la porte est fermée à présent. J'ai bien peur qu'il ne soit trop tard.

5

Maintenant – Erin

J'enfonce les mains dans les poches de mon manteau trop léger, hausse les épaules jusqu'aux oreilles. La masse des banlieusards tressaute et se crispe, tout le monde est pressé de rentrer chez soi. Je plante les pieds dans le sol, jambes écartées, bien campée.

Ma gueule de bois, flamme atroce dans la tête, a fini par s'apaiser pour n'être plus qu'une note en sourdine à la base du crâne. Je suis prise d'un frisson involontaire à la pensée de ce type que j'ai ramené à l'appartement hier soir, de son expression médusée quand il contemplait les coupures de journaux de la chambre vide. Au moins je n'ai pas couché avec lui. Je vais considérer ça comme une victoire.

Dans les couloirs du métro, l'air est rance, saturé de relents d'urine. Je regrette de n'être pas allée au boulot à vélo, mais je n'ai pas entendu sonner le réveil ce matin. J'ai émergé de mon sommeil bien trop tard avec une gueule de bois carabinée et une humeur à fleur de peau. Je n'ai pas eu le courage d'affronter le bitume rendu glissant par la pluie et le grincement moite des bottes en caoutchouc.

Le tunnel semble prendre une inspiration à l'approche d'une rame de métro, et la foule est aspirée vers le bord du quai. Je n'ai rien de plus alléchant qu'un plat de lasagnes tout prêt et une bouteille de vin dans le sac en plastique suspendu à mon poignet. Pourtant, j'ai hâte de rentrer, de prendre une douche bien chaude et de faire de cette journée un lointain souvenir. J'ai passé l'après-midi à me traîner à travers Londres pour interviewer trois chanteurs de karaoké, fondateurs d'un groupe qui, soyons honnêtes, est loin d'un hit du Top 50.

Tu les aurais sans doute adorés, Lori.

Je souris dans mon écharpe en pensant à nos disputes d'adolescentes, en voiture, quand il s'agissait de choisir la musique, que je m'étirais depuis la banquette arrière pour essayer d'éjecter sa cassette de pop, en me plaignant que ce son me faisait saigner les tympans. Lori, elle, reculait le siège passager aussi loin que possible pour m'en empêcher, et papa menaçait de mettre Radio 4, le comble de la ringardise, si on ne baissait pas d'un ton.

Quand le métro arrive à quai, il est déjà bondé. Je me faufile à l'intérieur et reste debout sept arrêts, soulagée d'être en baskets plutôt que de porter les talons noirs de la femme à côté de moi, qui se masse le bas du dos, la main crispée. Enfin, la foule se fait moins compacte et, au niveau de Kennington, j'arrive enfin à m'asseoir sur un siège. J'ôte mon bonnet de laine et le fourre dans ma poche, puis je me gratte la tête.

Je balaie distraitement le wagon du regard tout en faisant tournicoter le clou noir qui perce le cartilage de mon oreille. En face de moi, une femme lit un journal du soir, le front d'un rose luisant, les yeux cernés. Va-t-elle ouvrir la porte de chez elle sur l'odeur d'un dîner fait maison ? Ou devra-t-elle, elle aussi, faire réchauffer un plat préparé, attendre le « ding » du micro-ondes et se glisser sous sa couette pour faire défiler le menu de Netflix ?

La femme tourne une page du journal et j'aperçois la une. Mon sang ne fait qu'un tour. J'ai le souffle coupé.

C'est lui !

Je fixe la photo d'un homme entre deux âges, en uniforme blanc de pilote, avec trois barrettes dorées à l'épaule gauche. Il a les cheveux coupés court, dont des mèches grises saupoudrent le noir corbeau. J'ai la même photo punaisée au mur de ma chambre vide.

Mike Brass, le capitaine du vol FJ209.

Il y a deux ans, cette photo est restée dans la presse des jours et des jours, tandis que les spéculations allaient bon train dans le pays. Quand les jours se sont changés en semaines sans qu'aucun détail nouveau émerge, l'affaire a peu à peu dégringolé de la première page jusqu'aux pages intérieures des journaux, avant de n'être plus qu'un entrefilet, un souvenir délavé aux yeux du public. Mais son visage est resté dans mes pensées, net et précis. Je l'ai étudiée, cette photo, j'y ai cherché des indices, dans le plissement de ces yeux bleu glacier, de ces lèvres retroussées sur un sourire furtif. Et voilà qu'il est là de nouveau, en première page.

Pourquoi maintenant?

Mon pouls palpite au creux de ma gorge. Ce n'est pas l'anniversaire de la disparition de l'avion. Aucune information n'est sortie depuis des mois. L'histoire est morte dans l'eau.

Il faut que je voie le titre. J'ai bondi de mon siège pour traverser le wagon. Je tends les doigts…

— J'ai besoin de…

La femme lâche un hoquet de surprise, ramène le journal vers sa poitrine et, à cet instant, je le vois, en grosses lettres capitales noires:

« LE PILOTE "MORT" RETROUVÉ VIVANT AUX FIDJI ».

Le wagon se met à tanguer dans mon champ de vision.

Mon corps tout entier est parcouru de tremblements: doigts, jambes, dents.

Le métro s'arrête dans un soubresaut et me propulse contre la femme au journal. Elle pousse un cri, et tout le monde se retourne pour regarder. Elle se lève, s'époussette tandis que je marmonne des excuses. Elle jette le journal sur son siège désormais vacant et se dirige vers les portes en secouant la tête.

Aussitôt, je ramasse le journal. Je sens l'afflux de sang à mes oreilles, l'odeur d'encre des pages humides. Les portes du métro se referment, et nous repartons dans un bruit métallique et sifflant.

Le journal est poisseux dans mes paumes moites. Je cligne trop vite des paupières, je respire trop vite. Je commence à lire.

Le capitaine Mike Brass, pilote du vol FJ209 disparu quelque part dans le Pacifique Sud il y a deux ans, a été retrouvé en vie. Très tôt ce matin, son employeur l'a conduit pour un malaise dans un hôpital fidjien. Il a été reconnu par un membre de l'équipe infirmière, qui a contacté la police locale.
Selon des sources, il vivrait sous une fausse identité sur Viti Levu, l'île principale des Fidji, depuis la disparition du vol FJ209. Sous le nom d'emprunt de Charlie Floyd, il travaille comme homme à tout faire dans un complexe hôtelier de l'intérieur de l'île.
Son épouse, Anne Brass, qui vit à Perth, a été interrogée par la police et affirme découvrir que son mari est en vie. « Il n'a pas cherché à entrer en contact avec moi. » Anne et Mike Brass ont un fils, Nathan Brass, qui vit aussi à Perth.

À l'intérieur, je hurle.

Le pilote a survécu.

Respire, respire.

Je parcours le reste de l'article, qui rappelle les détails de la disparition de l'avion et se termine sur le paragraphe suivant :

Un porte-parole du gouvernement fidjien a commenté : « Le capitaine Mike Brass est entre les mains d'une équipe de médecins. Nous espérons que son état se stabilise afin qu'il puisse nous aider dans notre enquête sur la disparition du vol FJ209. »

Le pilote était en vie depuis tout ce temps.

Je relève les yeux, m'aperçois dans la vitre sombre du métro. Mon visage est vidé de ses couleurs, mes sourcils froncés, mes lèvres serrées. La salive s'accumule au fond de ma gorge, chassée par le goût amer de la bile.

C'est impossible, non ?

Je l'ai imaginé, je l'ai formulé, j'en ai rêvé. Désespérément, j'ai voulu croire à une explication, une raison qui défie la logique voulant que les passagers d'un crash ne puissent pas en ressortir vivants.

Tout le monde m'a conseillé de lâcher l'affaire.

D'oublier ma sœur.

Il y avait si peu d'informations pour alimenter ma conviction – pas de boîte noire, pas d'enregistrements, pas d'épave, pas de visuels – que l'avion semblait juste s'être évaporé. Toutes sortes de théories sont apparues dans les médias et autres forums conspirationnistes : pirates de l'air, conditions thermostatiques provoquant une combustion spontanée, acte de Dieu, pilote kamikaze.

Aucun mot. Aucun indice. Rien pendant deux ans. Rien. Pas même une trace.

Jusqu'à maintenant.

Maintenant, il y a un pilote.

6

Maintenant – Erin

Mon portable coincé entre l'épaule et l'oreille, j'entre dans l'appartement, le cœur battant fort dans ma poitrine. Au son du piano, je patiente pour être mise en contact avec l'ambassade britannique.

Je file vers la cuisine, sors la bouteille de vin de mon sac de courses. Il n'y a pas de verres propres, je remplis donc maladroitement un mug, les mains tremblantes, le cœur tambourinant. J'éjecte deux antidouleurs de leur emballage d'aluminium et les avale avec une gorgée de vin.

Une personne de l'ambassade me prend en ligne, elle m'indique que le capitaine Brass a été interrogé par la police et qu'une transcription de l'interrogatoire me sera envoyée par mail sous peu.

Mon vin à la main, je me dirige dans la chambre vide, où je balaie les livres et autres articles qui jonchent le bureau pour y allumer mon ordinateur portable.

Je clique sur ma boîte mail.

Rien.

Mes doigts tambourinent sur la table. Après un moment, j'ouvre tout un tas de site d'informations nationales et internationales, dont News24, Fidji Times, CNN, le *Guardian* ainsi que Twitter. En moins d'une minute, j'ai une dizaine de sites à l'écran et je commence à les faire défiler.

Je suis surprise de n'avoir pas appris la nouvelle au travail. Certes, j'écris pour un hebdomadaire, mais on couvre quand même les nouvelles sous un angle humain.

J'avale les phrases, les titres, les paragraphes introductifs, les citations, les chroniques. Je cherche tout fait nouveau qui puisse s'y trouver, mais il y en a peu, à part le strict minimum que je connais déjà.

Il s'écoule une heure avant que j'ôte mon manteau. Deux avant que je pense à enlever mes baskets. J'oublie les lasagnes micro-ondables qui dégèlent sur le comptoir de la cuisine et mange des céréales directement de la boîte. Des miettes de granola parsèment ma poitrine tandis que je les enfourne par poignées dans ma bouche en buvant de grandes lampées de vin pour faire passer tout ça, les yeux rivés à l'écran.

J'ai frénétiquement réactualisé ma messagerie, à tel point que j'en ai des crampes aux doigts.

D'un coup d'œil au mur au-dessus de moi, je scrute l'écriture décolorée, les bords recroquevillés des photos. J'avais fermé la porte sur cette chambre. Sur Lori. Même mon obsession commençait à décliner. Maintenant, les mots et les images flottent devant mes yeux, se disputant mon attention. Toutes ces questions, toutes ces pistes qui finissent toujours en cul-de-sac. La culpabilité me serre la poitrine et je suis soudain debout, j'attrape le journal d'aujourd'hui et j'en arrache proprement la première page. Je la punaise fermement plein centre, au-dessus de la photo du capitaine Brass.

« LE PILOTE "MORT" RETROUVÉ VIVANT AUX FIDJI ».

Je relis l'article du début, mon regard plane sur les lignes : « Il vivrait sous une fausse identité sur Viti Levu, l'île principale des Fidji. » Il est sorti de cet avion vivant. Et il a choisi de se cacher.

Pourquoi ?

Je scrute son visage, le bleu froid de ses yeux, et me demande ce qui s'est passé dans cet avion que le pilote refusait de révéler au monde. Je connais déjà une partie de sa vie que tout le monde ignore. Mais ça ne suffit pas. Vraiment pas du tout.

Je pose les mains à plat sur le bureau et me concentre sur de profondes respirations. Je prends une autre inspiration, ferme les yeux. Ma tête tombe en avant. Je ressens une forte pression au niveau des sinus et un nœud de tension dans ma nuque.

Le pilote est vivant.

Réfléchis.

Où est l'avion, maintenant ? Où sont les autres passagers ?

S'il te plaît, Lori. Qu'est-ce qui s'est passé quand tu as embarqué dans cet avion ? Dis-moi. Dis-moi ce qui s'est passé.

J'attends d'entendre sa voix, de la ressentir en moi. Les larmes ruissellent, chaudes, des coins de mes yeux, mais aucune voix ne vient, cette fois.

Que le silence.

Mon portable sonne, me faisant sursauter.

— Allô ?

— C'est Pete.

Je porte la pointe de mes doigts à mes tempes. Je n'ai pas reparlé à l'ex-mari de Lori depuis plus d'un an.

— Ah, marmonné-je.

C'est tout ce qui me vient à l'esprit.

— Je viens d'allumer les infos. Ils parlent de la réapparition du pilote. J'arrive pas à le croire, Erin. C'est vrai ? Il est en vie ?

— Oui. Il a été interrogé à l'hôpital. J'attends qu'on m'envoie la retranscription par mail.

Je me penche, clique sur « réactualiser » dans ma boîte mail.

Rien.

— OK. Punaise. Pendant tout ce temps, il était vivant. Et il n'a rien dit. Je n'arrive pas à le croire. (Je ne réponds rien.) Qu'est-ce que tu en penses, toi ?

Je ne réponds pas à sa question. À la place, je lui pose la mienne, petite pique acérée que je suis étonnée d'avoir l'énergie d'assener.

— Comment va Zoe ?

Brièvement, je me surprends à espérer que ce soit fini entre eux. Que Zoe ait connu une mort terrible et tragique. Une blessure fatale avec une bouilloire, ou peut-être une chute mortelle sur son tapis de yoga. Et puis je pense à leur bébé – une petite fille particulièrement adorable aux joues potelées et au même grand sourire que Pete – et je suis obligée de réajuster la direction de mes souhaits, en espérant à la place quelque rupture vaguement amiable.

— Zoe va bien. Mais et toi, Erin, comment tu t'en sors ?

La dernière fois que Pete m'a posé cette question, c'était aux obsèques de Lori. Quelle journée atroce ! Je m'étais férocement opposée à une cérémonie, tant l'idée de renoncer à Lori me faisait enrager. Rien dans mon corps n'acceptait de renoncer, je me cramponnais pour ne pas admettre le pire.

Un tintement m'évite de répondre : un mail est arrivé dans ma boîte.

— La retranscription, elle vient d'arriver…

Je me penche vers l'écran, les sourcils froncés.

— Ça dit quoi ?

Sans prêter attention à Pete, je lis.

La transcription est précédée d'un mail du docteur Alba, de l'Hôpital central des Fidji, qui explique que, d'après les résultats d'un scanner, le capitaine Mike Brass souffre d'une tumeur au cerveau, selon eux la cause probable de son malaise. Je parcours la description des problèmes de mémoire et de raisonnement, et clique directement sur le fichier joint.

La transcription est courte, à peine deux pages. Mon regard sonde phrase après phrase, j'absorbe les réponses du pilote. En quelques secondes, j'ai fini la lecture.

— Non… non… Ça ne peut pas être tout.

Une note de fin rappelle que l'interrogatoire a dû être interrompu sur demande du médecin, le patient étant trop affaibli pour continuer.

— Tu es là ? demande Pete.

— Ouais…

Mes jambes tremblent sous le bureau. J'enfonce mes talons dans le parquet pour les forcer à s'immobiliser.

— Que dit la transcription ?

— Pas grand-chose…

Je la lis à voix haute pour Pete.

Officier Enrol : Pouvez-vous confirmer que vous êtes Mike Brass, capitaine du vol FJ209 ?

Mike Brass : Oui.

Officier Enrol : 7

À vingt-deux minutes de vol, vous avez contacté les autorités de contrôle du trafic aérien pour rapporter que tout était normal. Huit minutes plus tard, l'avion a disparu des radars et n'a pas été revu depuis. Pouvez-vous expliquer ce qui s'est passé après la dernière transmission ?

Mike Brass : Un… problème.

(Pause. Longue quinte de toux. Une infirmière lui donne un gobelet d'eau et dirige la paille vers ses lèvres.)

Officier Enrol : Pouvez-vous préciser ? Quel genre de problème ? Un problème technique ?

Mike Brass : (Pas de réponse.)

Officier Enrol: Nous partons du principe que l'avion a connu des difficultés. Les données météo ont montré que l'avion a dû traverser un front orageux. Avez-vous dû pratiquer un atterrissage d'urgence?

Mike Brass: Essayé… (Silence.)

Officier Enrol: Vous avez essayé de pratiquer un atterrissage d'urgence?

Mike Brass: Pouvais pas le contrôler… (Silence.)

Officier Enrol: Pouvez-vous nous dire où se trouve l'avion maintenant?

Mike Brass: (Pas de réponse.)

Officier Enrol: Je répète ma question: pouvez-vous nous dire où se trouve l'avion maintenant?

Mike Brass: (Longue pause.) Je ne sais pas.

Officier Enrol: Qu'entendez-vous par: «Je ne sais pas»? L'avion s'est-il écrasé au sol, a-t-il atterri dans la mer?

Mike Brass: (Pas de réponse. Il ferme les yeux.)

Officier Enrol: Y a-t-il eu d'autres survivants du vol FJ209?

Mike Brass: (Pas de réponse.)

Officier Enrol: Je vais répéter la question. Il est important que vous y répondiez. Les familles des passagers du vol FJ209 vont toutes recevoir une transcription de cet interrogatoire. Ces gens ont le droit de savoir ce qui est arrivé à leurs proches. S'il vous plaît, pouvez-vous confirmer s'il y a eu d'autres survivants du vol FJ209?

Mike Brass: Aucun.

Officier Enrol: Pour confirmation, vous êtes le seul survivant?

Mike Brass: Oui.

Officier Enrol: En tant qu'unique survivant de l'accident d'avion, pouvez-vous nous détailler comment vous avez survécu? Avez-vous déployé le radeau de sauvetage?

Mike Brass: (Pas de réponse.)

Officier Enrol: Nous savons que c'était l'anniversaire de la mort de votre fille la veille du vol. Étiez-vous dans l'état d'esprit adéquat pour prendre les commandes de cet avion?

Mike Brass: (Pause.) Oui.

Officier Enrol: Vous vivez sur l'île principale, travaillez comme homme à tout faire depuis vingt mois, sous le nom d'emprunt de Charlie Floyd. Pourquoi ne pas vous être présenté à la police pour nous informer de votre statut?

Mike Brass: (Longue quinte de toux pendant trente bonnes secondes, mains serrées sur la poitrine.)

L'infirmière et le médecin discutent de son état. Administration d'analgésique. Mike Brass ferme les yeux.

Officier Enrol: Avez-vous été en contact avec votre épouse durant cette période?

Mike Brass: (Pas de réponse.)

L'interrogatoire prend fin sur requête du docteur Alba, qui confirme que le patient n'est pas en état de poursuivre.

J'ai dans le ventre une sensation de liquide chaud.

— C'est tout. C'est tout ce qu'il y a.

— Un crash, lâche lentement Pete, avant d'ajouter dans un murmure: Pas d'autres survivants.

C'est ce que nous avions tous déduit. Quelle autre possibilité y avait-il? Mais le lire, là, après tout ce temps, ça me coupe le souffle.

— Je n'arrive pas à le croire, reprend Pete. (Je l'entends déglutir.) Donc Lori… son corps… Il est toujours là-bas? Dans l'avion?

La question est trop affreuse pour être envisagée, ma sœur sanglée à un siège et seule depuis tout ce temps.

— Je ne… Je ne peux pas…

Nous restons tous les deux silencieux un long moment. Mes yeux ne quittent pas la transcription.

Quand Pete reprend la parole, sa voix s'est radoucie.

— Je suis désolé que tu aies à traverser tout ça. Je sais à quel point tu étais proche de Lori.

Là. Cette dernière phrase. Elle me frappe pile entre les côtes. J'écarte le téléphone pour aspirer de l'air dans mes poumons, les larmes me piquent les yeux.

Lori. Elle était tout ce que j'avais au monde, et j'étais tout ce qu'elle avait au monde. J'avais huit ans quand notre mère est morte, Lori en avait dix. Cancer de l'intestin. Notre père, c'était dix ans plus tard, d'une rupture d'anévrisme. Là. Les faits. C'est plus facile comme ça. Mieux que de se rappeler comment notre petit monde fragile a volé en éclats contre un mur de béton froid, celui de la perte. Après le décès de papa, on a traîné dans la maison familiale pendant des mois, à jouer à être adultes. Sauf la nuit. La nuit, je grimpais dans le lit de Lori, comme je l'avais fait enfant, et on se recroquevillait l'une contre l'autre en s'endormant la tête sur le même oreiller.

Au fil du temps, Lori a appris à maîtriser son chagrin. Elle l'a utilisé comme élan pour aller de l'avant, se bâtir une carrière, un foyer avec Pete, un mariage. Le chagrin a produit un effet différent sur moi : il m'a ballottée en tous sens, je me suis perdue. Et mon seul point d'ancrage dans tout ça ? Ma sœur.

À présent, je n'ai plus d'ancrage. Je suis livrée à moi-même, égarée une fois de plus au beau milieu d'un océan infini.

Alors non, Pete ne sait pas à quel point j'étais proche de ma sœur. Pete a une famille, des parents, deux sœurs, des tantes et des oncles, des grands-parents. Et maintenant, il a Zoe et leur bébé. Perdre Lori, ça a été comme… comme si quelqu'un avait arraché le soleil du ciel, voilà. Il n'y avait pas de mur contre lequel me cogner. Vraiment, il n'y avait pas de mur. Rien du tout. Ma vie a quitté son orbite, déraillé. Deux ans que je n'arrive pas à fermer l'œil. Quand je suis éveillée, j'ai l'impression de vivre en somnambule, désorientée, comme si chacun de mes gestes, chacune de mes paroles ne m'appartenait pas vraiment, comme si je jouais la comédie. Je fais semblant d'être en vie.

Ce genre de choses, on ne les avoue pas aux gens comme Pete, avec leur grande et belle famille et leur optimisme à toute épreuve. Ça les met mal à l'aise.

— Faut que je te laisse.

— Attends, Erin. S'il te plaît. Est-ce que tu vas bien ? Tu as quelqu'un avec toi ? Qui veille sur toi ?

— Je n'ai pas besoin qu'on veille sur moi, lâché-je avant de raccrocher.

Je laisse le portable me glisser des doigts. Je quitte la chambre vide et traverse le salon plongé dans la pénombre, en direction de la fenêtre. J'écarte un mug vide et me perche sur le rebord, les genoux repliés contre ma poitrine, fixant la pluie qui s'abat sur le carreau.

Dans l'immeuble d'en face, un homme remplit une passoire fumante dans l'évier, la tête détournée pour ne pas embuer ses lunettes. Il y a quelque chose de réconfortant dans les rythmes et les mouvements de toutes les vies qui se déroulent en parallèle, à quelques mètres de moi. Je m'assieds souvent ici, pour regarder ces tableaux domestiques encadrés dans des rectangles de lumière : la femme qui pratique la flûte vingt minutes tous les soirs pendant que son mari lit ; un petit garçon assis au fond d'un canapé, baby-sitté par la lueur crue de l'écran de télévision ; un rouquin qui passe une heure chaque soir au téléphone.

« Je n'ai pas besoin qu'on veille sur moi », ai-je affirmé à Pete.

Mais je sais ce qu'il a pensé : *Ouais, ben si.*

Parce que ça a toujours été le rôle de Lori. Quand on a enfin vendu la maison familiale, j'ai emménagé avec Lori et

Pete, dans l'une de leurs chambres libres qui aurait dû être celle du bébé. Au cours des années où j'ai vécu avec eux, on ne s'est pas disputées une seule fois. Peut-être parce que, comme la maison était plus grande, on ne se tournait pas autour comme dans l'appartement. Ou alors la présence de Pete nous équilibrait. Bref, ça fonctionnait, voilà.

Du coup, j'ai cru que ça fonctionnerait aussi quand j'ai invité Lori à venir vivre à Londres à la fin de leur mariage. Mais, à l'instant où elle est arrivée, qu'elle a traîné sa valise dans la chambre d'amis en se lamentant – « Mais tu n'as même pas d'armoire… » –, eh bien, ça a été différent.

Pourtant, on a essayé. On prenait nos dîners ensemble, souvent quelque chose de sain qu'elle avait cuisiné – une soupe épaisse avec du pain frais et du beurre salé, ou une bolognaise mijotée aux cèpes et vin rouge. Elle a acheté un tapis neuf pour couvrir la tache sombre dans le salon, laissée par les locataires précédents, et un plaid de canapé bleu canard qu'elle rajustait tous les soirs avant d'aller au lit, en tapant les coussins afin que l'espace ait l'air tout propre tout net pour le lendemain matin. Quand je vivais avec Pete et elle, j'adorais qu'on cuisine pour moi, qu'on s'occupe de moi, qu'on me materne. Bizarrement, dans mon propre appartement, ses gentilles remarques me faisaient l'effet de critiques. « Tu vis comme une étudiante », m'a-t-elle reproché un soir.

Non. Pas *un* soir.

Ce soir-là. Notre dernière soirée.

Je monte la fenêtre à guillotine d'un geste brusque et sors la tête sous la bruine de janvier. J'inspire profondément, l'air est froid contre mes dents, la pluie me constelle le visage. Je me penche plus avant, la tête baissée, et je sens les fines gouttelettes s'accumuler dans ma nuque.

Je fixe des yeux la cour bétonnée plusieurs étages en contrebas. Mes doigts serrent le cadre de la fenêtre tandis que je me penche encore un peu plus.

Quatre étages. Pour un cou brisé. Pire.

Écarte-toi du bord !

J'entends la voix de Lori dans ma tête.

Je me penche encore plus, j'inspire la nuit, mon expiration forme une brume blanche.

Mes pensées reviennent à la transcription, revisitent les réponses du pilote et les nombreux, nombreux vides qu'elles laissent. Difficile de se figurer ce vol, de placer véritablement ma sœur dans cet avion, dans les airs.

Avais-tu enregistré ton bagage cabine ? Celui que tu avais mesuré soigneusement, pour t'assurer qu'il passerait bien les vérifications de la compagnie aérienne ? Ou est-ce que tu l'avais gardé à tes pieds ? Qu'as-tu ressenti quand le signal « Attachez vos ceintures » s'est allumé ? Étais-tu calme ou as-tu perçu le danger qui approchait ? T'es-tu tournée vers le siège à côté de toi ?

Mon siège.

Vide.

« Ensemble », telle avait toujours été notre promesse.

Sauf que moi, je ne suis pas venue.

La culpabilité me tord le ventre. Je me force à imaginer ce qu'elle a ressenti quand l'avion a commencé à partir en vrille, la peur qui prend racine, son étau vicieux qui coupe le souffle.

As-tu vu la terre se précipiter vers toi ? As-tu hurlé ? À quoi pensais-tu en ces derniers instants ?

En dessous de moi, le béton noir et glacé tournoie et se dérobe.

Je chuchote à la nuit, à Lori : « J'aurais voulu être dans cet avion, moi aussi. »

7

Avant – Lori

Lori sentit son ventre se contracter à la fermeture de la porte de l'appareil, qui les emprisonnait à l'intérieur. Soudain, l'avion lui parut excessivement petit, une sorte de minibus avec des ailes.

Elle boucla la ceinture et la serra jusqu'à sentir le nylon mordre dans le haut de ses cuisses. Puis elle s'adossa contre le siège, dont le repose-tête n'était pas adapté à sa morphologie, la forçant à adopter une position inconfortable. Qui concevait des sièges pareils ? Ne sachant que faire de ses mains, elle les tint au-dessus de ses cuisses un instant, les regarda trembler, vit ses doigts tressauter, puis les appuya sur ses cuisses et sentit la chaleur moite de ses paumes.

D'un coup d'œil, elle balaya la cabine, les tissus fanés, déchirés par endroits, se prit à se demander quel âge avait cet avion et tenta d'écarter les hypothèses effarantes du genre : vieil avion = danger de mort.

Le hublot. Regarder par le hublot. Elle se concentra sur la zone du tarmac, les montagnes vertes au-delà, coiffées de ciel bleu.

Quand on a peur en avion, la plupart des gens pensent qu'on a peur de l'idée de voler, du décollage et de l'atterrissage, ou de s'écraser. Sauf que sa phobie ne s'arrêtait pas là.

Si Lori voulait décrire exactement sa peur, une pensée unique lui revenait en boucle.

Et si je veux sortir, je m'y prends comment ?

Parce que c'est ça, le truc : on ne peut pas. Une fois que l'avion est en mouvement, c'est fini. On n'a plus le choix. On laisse le contrôle au pilote. Il n'y a pas d'exception. On est coincé, piégé dans une cabine avec ses minuscules hublots sécurisés et son air artificiel, filtré. On est emprisonné dans un vide et il n'y a aucun moyen d'accéder au monde au-delà jusqu'à l'atterrissage.

Elle posa un bref regard sur le siège vide à côté d'elle.

Le siège d'Erin.

Lori n'en revenait toujours pas qu'Erin ne soit pas là.

Plus rien ne serait pareil entre elles après sa défection.

Sa sœur allait-elle vraiment rentrer à Londres sans elle ? « Quand tu rentreras à la maison, tu trouveras tes affaires emballées. »

Serait-ce le cas ? Ce serait fou… Et pourtant, tout ça, là, maintenant, n'était-ce pas déjà fou ? Lori en avait la bouche sèche. Elle sortit une petite bouteille d'eau de son sac.

Sur les sièges voisins, le couple de retraités sortait des mots croisés et des sachets de raisins secs enrobés de chocolat. Peut-être engagerait-elle la conversation avec eux. Lori adorait discuter. Elle adorait apprendre des choses sur les gens. Elle se tourna vers eux, mais vit le mari ôter le capuchon d'un stylo et lire la première définition à sa femme.

Elle balaya l'avion du regard. Il était à moitié vide. La plupart des passagers disposaient de deux sièges. En tout, ils étaient sept.

Sept inconnus.

L'homme élégamment vêtu, celui dont elle avait entendu une partie de la conversation téléphonique, avait une cheville posée sur la cuisse, son mocassin de cuir tressautant avec anxiété. Daniel. C'était son nom. Une bande de peau pâle était révélée entre la chaussette et le fond du pantalon.

Daniel n'arrêtait pas de jeter des coups d'œil de l'autre côté de l'allée. Lori suivit la direction de son regard jusqu'au siège du type brun qui avait jeté son portable à la poubelle. Il avait à la main une bouteille d'eau presque vide, autour de laquelle il serrait et desserrait les doigts, contractant et relâchant le plastique sous son étau.

Daniel posait sur lui un regard noir. Un muscle palpitait dans sa mâchoire.

Le brun continuait à serrer le plastique qui crissait.

— Vous pourriez arrêter ? lança sèchement Daniel.

L'autre arrêta. Son regard croisa celui de Daniel. On y lisait une pointe de défi, et la tension entre eux était palpable. Puis, avec un haussement d'épaules, il fourra la bouteille en plastique dans le vide-poche.

Une hôtesse de l'air, une Fidjienne aux cheveux noirs tirés en un chignon parfait, remontait l'allée en direction de l'avant de l'appareil. En atteignant le cockpit, elle frappa une fois et poussa la porte.

Lori aperçut l'étrange tableau : le pilote voûté, tête basse, les mains passées sur la nuque, des touffes de cheveux gris entre les doigts. C'était celui qu'elle avait vu plus tôt. Elle remarqua le regard fatigué, le relâchement de la mâchoire.

Est-ce qu'il se sent mal ?

Un instant plus tard, il releva la tête, rajusta sa casquette de pilote et se tourna vers l'hôtesse, retroussant les lèvres sur un sourire. Lori n'entendit pas ce que l'hôtesse lui disait, mais il opina rapidement du chef et lui adressa un pouce levé gaillard.

Non, c'est moi qui me fais des films, je suis stressée, c'est tout.

Cependant, au moment où l'hôtesse se glissait hors du cockpit, Lori crut la voir froncer légèrement les sourcils.

Mais, à la seconde suivante, son sourire radieux était de retour.

— Bon, passons aux consignes de sécurité.

Lori les écouta attentivement, mémorisa le processus d'ouverture des issues de secours, comment apposer son masque à oxygène, où étaient rangés les gilets de sauvetage. Toujours l'élève consciencieuse.

À l'avant, la jeune maman essayait d'installer son bébé, dont la bouche rose bonbon laissait échapper de petits miaulements. La mère tenait le bébé contre sa poitrine, les lèvres pressées au sommet de son crâne. Lori s'imaginait l'odeur de biscuit de sa peau, les cheveux d'une douceur infinie. Elle avait envie de tendre les bras, de bercer ce tout petit être. Les bébés provoquaient toujours en elle une réaction complexe. Parfois, elle voulait s'en approcher, observer leurs minuscules mains lisses, le bouton parfait de leur nez ; d'autres fois, il était plus facile de faire comme s'ils n'existaient pas.

— S'il vous plaît, pourrais-je avoir de l'eau pour son biberon ? demanda la mère après avoir écouté les consignes de sécurité.

— Bien sûr, répondit l'hôtesse, une main posée sur le dossier du siège. Quel âge a-t-il, ce petit ?

— Sonny. Il a quatre mois.

— Il est magnifique…

La mère de Sonny baissa les yeux sur lui, un sourire aux lèvres.

— Oui, je m'émerveille chaque jour devant lui, mais je suis épuisée. J'espère que le manque de sommeil sera plus supportable au soleil.

— D'où venez-vous ?

— Chicago. Les hivers y sont rudes.

— J'imagine. Rien ne vous prépare au manque de sommeil… Je m'en souviens très bien, avec ma fille. Elle a dix-sept ans, aujourd'hui. Maintenant, je lutte pour la tirer du lit ! Vous avez de la famille autour de vous pour vous aider ?

La mère secoua la tête.

— Personne. Je suis maman solo. Mais j'ai assez d'amour à lui donner, pas vrai ?

Elle embrassa de nouveau le crâne de son fils.

L'avion se mit à rouler et tourna sur la piste, les roues sur le tarmac, le soleil baignant la cabine comme si l'on venait de pivoter vers l'est. Lori regarda par le hublot, remarqua une bande de nuages sombres au-devant. À l'horizon, on aurait dit de la fumée, épaisse et dense.

Alors que le véhicule taxi les tirait sur la piste, le soleil glissa derrière la couche de nuages, la cabine s'assombrit. Au loin, les palmiers au bord de l'aérodrome se mirent à trembler et s'inclinèrent.

Lori sentit l'espace vide du siège d'Erin à côté d'elle.

Si seulement tu pouvais être là.

Erin aurait serré sa main fort dans la sienne, lui aurait rappelé ce qui les attendait à destination : cocktails, sable blanc et chaud, la caresse rafraîchissante de la mer.

Le bébé continuait de pleurer tandis qu'ils avançaient sur la piste, un gémissement bas, brisé par des hoquets. Sa mère le balançait légèrement contre sa poitrine : il était tout rouge, ses petits poings serrés. Lori sentait l'envie qu'avait la mère de se mettre debout pour le promener le long de l'allée. Mais l'hôtesse s'approcha.

— Je suis navrée, mais il va falloir mettre votre petit garçon dans le couffin, maintenant. Nous sommes sur le point de décoller.

— Mais il va crier encore plus, protesta la mère dans un petit filet de voix.

— Je suis vraiment désolée, c'est le protocole. Dès que le signal indiquant que les ceintures doivent être attachées sera éteint, vous pourrez le reprendre.

La mère se sépara du bébé et le plaça dans le couffin. Ses hurlements devinrent perçants et il se mit à se tortiller, malgré les chuchotements de sa mère qui tentait désespérément de le calmer en lui dessinant de lents cercles sur le ventre.

Le tarmac filait sous les roues de l'avion, l'aéroport disparaissait derrière eux. À l'avant de l'appareil, Lori vit l'homme élégamment vêtu, Daniel, faire signe à l'hôtesse.

Il dit quelque chose que Lori n'entendit pas à cause des cris du bébé, mais ses propos firent écarquiller les yeux à l'hôtesse. Et elle secoua la tête.

— Vous ne pouvez pas ! Nous sommes sur le point de décoller.

Il désigna le hublot, ajouta autre chose. Lori en perçut la fin : « … descendre de l'avion. Maintenant. »

Il n'y avait pas de panique dans sa voix, juste une requête ferme et claire. Une instruction.

Que se passait-il ? Avait-il vu le mauvais temps approcher ? Lori se rappela ses paroles au téléphone, plus tôt, quelque chose sur des doutes. Sa peau se mit à la picoter. Rien n'allait dans ce vol. Elle n'aurait pas dû embarquer sans Erin. C'était une erreur. Ce n'était pas là qu'elle était censée être, attachée dans un avion sur le point de se faire secouer par les airs au-dessus du Pacifique, seule, sans sa sœur.

Elle porta la main à sa ceinture de sécurité. Il fallait qu'elle descende de cet avion. La panique, chaude et puissante, la saisit à la gorge. Elle détacha la ceinture d'un geste brusque.

La voix de Daniel était plus forte.

— On n'a pas encore décollé !

— Nous sommes à quelques secondes du décollage, insista l'hôtesse d'un ton ferme.

Lori sentit l'accélération de l'avion. Son ventre se noua, son cœur lui monta aux lèvres. La gravité la cloua au siège. Les moteurs rugirent et l'avion prit de la vitesse. Ses doigts cherchaient la ceinture. Devant elle, le bébé hurlait.

Par le hublot, les nuages gonflés s'étaient refermés sur eux, la pluie fouettait les carreaux.

Ça ne va pas, songea-t-elle alors qu'ils gagnaient encore en vitesse. *Rien ne va.*

De l'autre côté de l'allée, les retraités, la tête inclinée, priaient : « Notre Père qui êtes aux cieux… »

Au moment où elle renfilait la boucle de sa ceinture dans un cliquetis, Lori sentit le train d'atterrissage rentrer. Voilà. Ils étaient en l'air. Il n'y avait plus de retour en arrière possible pour aucun d'eux.

8

Maintenant – Erin

L'avion est en plein décrochage, une torche enflammée laissant dans son sillage un épais panache de fumée. Il tangue et tressaute, descend en piqué.

— Lori ! hurlé-je, encore et encore, d'où je me tiens, les pieds au sol, les yeux au ciel.

L'avion est à présent si proche que je vois la terreur absolue sur le visage de ma sœur, collé au hublot. Je hurle de nouveau son nom, mais elle ne me voit pas. Ne sait pas que je suis là.

Je lève les bras comme si je pouvais l'attraper.

Mais je ne peux pas.

Elle est seule quand l'avion frappe le sol dans une explosion de feu.

Je me réveille, comme d'habitude, tremblante, la peau trempée de sueur.

Je quitte l'appartement de bonne heure, je pédale à toute vitesse à travers l'aube grise des rues londoniennes. Je dépasse en trombe les ouvriers qui défoncent le bitume au marteau-piqueur, la poussière de béton et les gaz d'échappement s'amassent au fond de ma gorge. Mes pensées fusent, elles aussi. Je me remémore l'interrogatoire du pilote et tout ce qu'il ne dit pas.

Je pédale plus énergiquement et l'acide lactique me brûle les mollets. Je ne vois pas le camion qui recule d'une contre-allée, le bip de sa marche arrière est assourdi par le vacarme de mes pensées. Soudain le métal me pousse, enfonce ma roue avant, et je m'envole, battant l'air de mes bras, la bouche ouverte sur un cri de surprise.

En l'air, tout augmente et se distord, les pare-brise des véhicules sont penchés du mauvais côté, les feux tricolores semblent trop brillants quand je lève les yeux vers eux. Tout est renversé, recourbé. J'ai l'impression de voler sans fin, de plus en plus loin de mon vélo, la route, le sol.

Je pense à Lori. C'est comme si j'avais l'éternité pour le faire. Je me demande quelle a été sa dernière vision, tandis que l'avion plongeait. Les plateaux-repas qui glissent, la pression atmosphérique qui chute, la terre qui se rapproche d'elle en grondant.

Il y a un bruit mat, un craquement de mon casque. Mon corps entre en contact avec le trottoir, l'air est expulsé de ma poitrine.

Je suis allongée, immobile. Mon cerveau est comme secoué à l'intérieur de mon crâne.

Une portière s'ouvre. Des bottes lourdes cognent le sol en venant vers moi.

— Bon Dieu ! Ça va, mon petit ?

Il me faut quelques secondes pour inspirer assez d'air pour répondre.

— Oui…

Le trottoir est glacial. D'autres pieds s'approchent, chaussures de cuir, baskets blanches sales et bas de survêt, talons et bas noirs.

Le chauffeur du camion secoue la tête, parle vite, d'une voix rendue aiguë par la panique.

— Vous avez pas regardé ! Vous avez pas regardé, putain ! Vous avez pas entendu les bips de recul ?

L'émotion enfle dans ma gorge.

— Pardon.

Un autre homme s'avance, s'accroupit. Mâchoire étroite, attentif.

— Je suis secouriste. Vous avez besoin d'aide ?

Je n'ai aucune idée de l'étendue de mes blessures. Tout ce que je sais, c'est que je suis au bord des larmes. Qu'il y a trop de gens autour de moi. Qu'il faut que je m'en aille.

Je me hisse sur mes pieds, vacille un peu, à croire que mon corps ne sait pas trop quelle direction il doit prendre. Je cherche mon vélo des yeux. Allez savoir pourquoi, il est derrière moi, loin derrière moi, et mon cerveau tente de comprendre comment j'ai atterri aussi loin, la distance que j'ai dû parcourir en l'air, mais je n'arrive pas à m'accrocher à cette pensée, des larmes chaudes me piquent le coin des yeux.

— Laissez-moi vous aider, me dit le secouriste.

— Pardon, répété-je.

C'est le seul mot à ma disposition. Je clopine vers mon vélo, je le ramasse du sol en espérant, en priant pour qu'il roule, que la roue ne soit pas tordue, et puis je suis sur la selle, avec les pieds qui cherchent les pédales.

Je suis consciente de la brûlure au niveau de mon coude, d'une chaleur humide sur mon genou. J'entends le chauffeur du camion qui m'interpelle, me demande si je vais bien.

— Attendez ! crie quelqu'un.

Mais je n'attends pas.

Je pédale plus fort, je m'éloigne, je m'éloigne.

Au bureau, je vais directement aux toilettes et me nettoie du mieux que je peux, enlevant les gravillons incrustés dans ma plaie au niveau du menton. Mon jean préféré est déchiré au genou. Quand je remonte ma manche gauche, je m'aperçois que mon coude est en sang. J'y applique plusieurs mouchoirs en guise de compresse, puis rabaisse ma manche en espérant qu'elle permettra de maintenir en place ce pansement de fortune. Il doit y avoir un kit de premiers secours quelque part dans le bureau, mais le dénicher impliquerait de trouver la personne qui détient la clé de l'armoire à fournitures et de m'engager dans une conversation sur les périls du cyclisme à Londres. Je vais prendre un café et, avec un pansement, ça ira, décidé-je en quittant mon petit espace.

La cuisine du bureau est pleine de collègues agglutinés là dans l'attente de notre réunion de 9 heures. Personne ne remarque mon arrivée. Je prends un mug « Keep Calm and Carry On » ébréché sur l'égouttoir. En attendant que l'eau boue, j'étudie son intérieur taché de lignes de café et me demande s'il serait possible de dater les mugs du bureau, comme on donne un âge aux arbres en comptant les cercles sur leur tronc.

— C'est comme cette affaire, vous vous rappelez ? lance Thalia à un petit groupe qui me tourne le dos. Le couple qui avait disparu au Panama pour toucher l'assurance vie. Même leurs propres enfants les croyaient morts. Tout ça pour une centaine de milliers de livres.

— Les gens peuvent être d'un égoïsme, je n'en reviens pas ! commente quelqu'un.

— Le pilote voulait peut-être faire toucher l'assurance vie par sa femme ?

À ce moment-là, quelqu'un se tourne et me voit. Les autres pivotent aussi et le silence s'installe dans la pièce.

Tout le monde est au courant que ma sœur était dans cet avion. C'est un truc que les gens savent, point barre. Je n'en parle pas. J'ai commencé ici comme assistante de direction auprès du rédacteur en chef il y a trois ans, puis un poste de rédactrice s'est libéré pendant un congé maternité, mais la femme n'est jamais revenue, du coup je suis toujours là. Toujours à la chasse aux histoires, toujours à me demander si c'est là que je suis censée être. Tous les mois, des stagiaires frais émoulus débarquent au bureau, et je sens, je sens vraiment leur faim d'appartenir à ce milieu, de décrocher un boulot permanent dans ce bâtiment. Leurs espoirs me donnent l'impression d'être une usurpatrice, comme si je m'étais glissée dans un rôle qui n'avait pas été écrit pour moi.

Darren, mon unique ami au bureau, me dévisage.

— Qu'est-ce que tu t'es fait au menton ?

Je porte une main à mon visage et sens l'égratignure encore chaude.

— Tombée de vélo.

— C'est moche. Tu vas bien ?

— Ouais.

J'ai répondu si vivement que Darren lève une main à son front, comme un salut militaire.

— Allez, m'ordonne-t-il en me prenant le mug des mains. Laisse-moi au moins te préparer un café. La réunion est sur le point de commencer.

Nous sommes assis autour d'une grande table, carnets sortis. Je prends une gorgée de mon café. Darren y a mis deux fois plus de lait que je l'aurais fait moi-même.

— Merci pour le latte.

Il me sourit, puis ouvre son carnet, couvert de griffonnages cartoonesques avec leurs petites bulles de paroles. Au bout d'un moment, il se tourne vers moi. Je le sens qui me regarde. Il se penche et me demande :

— Sérieusement, tu vas bien, Erin ?

Par chance, je suis empêchée de répondre par notre rédactrice en chef, Rebecca, qui entre dans la pièce d'un pas vif. Elle est grande, la peau sur les os, parle avec une touche d'accent de l'East End incrusté dans ses voyelles.

Tous les vendredis, nous nous réunissons pour lancer nos idées sur la semaine à venir du magazine, pour mettre en commun ce que nous avons. Le protocole de l'opération est précis. On vient préparés. On ne partage pas ses idées en dehors de la salle de réunion, de crainte qu'un collègue ne nous les pique. Certains se dépêchent de débiter toutes les idées qui leur passent par la tête, sans filtre. D'autres ne disent rien pendant un moment et interviennent à bon escient en proposant des pistes pertinentes.

Les yeux bleu pâle de Rebecca balayent la pièce, puis se fixent sur moi.

— Erin.

Tous les regards sont braqués sur moi. La chaleur me monte aux joues.

— Le pilote, ajoute-t-elle.

Deux mots. Rien de plus. Darren dit que Rebecca est rédac-chef depuis si longtemps qu'elle s'est mise à parler en titres.

Elle connaît mon lien avec l'histoire. Parce que c'est ça, pour elle : une histoire.

J'ouvre mon carnet. Vierge. Darren va voir mon regard passer sur les lignes vides.

Je reste à contempler la page muette sans un mot. J'ai encore les mains qui tremblent de ma chute de vélo. Je suis consciente que tout le monde me regarde, que mes joues sont en feu.

Je prends une inspiration. Me lance.

— Les parents des passagers du vol FJ209 ont reçu par mail une transcription de l'interrogatoire du pilote. Mais l'homme ne parle pas. Pas vraiment. Tout ce qu'on sait, c'est que l'avion s'est écrasé et qu'il est le seul survivant.

Il ne donne aucune indication quant à ce qui s'est passé en vol, ni où l'avion se trouve maintenant, ni comment il est resté en vie. (Je lève les yeux, croise ceux de Rebecca.) Je veux découvrir ce que cache le pilote.

Et je sais que c'est vrai dès que les mots sortent de ma bouche. La lecture de quelques réponses guindées et entrecoupées dans une transcription est loin de me suffire. Je veux regarder le pilote dans les yeux, entendre le ton de sa voix, scruter son visage. Je veux savoir ce qui s'est passé au moment où l'avion s'est écrasé. Je veux savoir comment il a pu survivre… alors que ma sœur, non.

Il était responsable de la sécurité de chacun des passagers, pourtant ils sont tous morts. Je veux savoir pourquoi il n'a pas cherché à contacter sa famille. Ses amis. La police. Je veux savoir ce qui pousse un homme à laisser sa vie derrière lui.

C'est là que je prends la décision :

— Je veux aller aux Fidji interviewer le pilote.

9

Avant – Lori

Lori colla le nez contre le hublot. Elle ne voyait rien à travers l'épaisse couche de nuages, que des traînées blanches filant le long des ailes, comme de la fumée.

Elle vérifia sa montre. Ils volaient depuis quarante-cinq minutes. Ils devraient arriver sous peu. Elle se frotta les avant-bras en se demandant si la climatisation était toujours aussi froide dans les avions. Alors qu'elle s'apprêtait à prendre son gilet dans le porte-bagages au-dessus de sa tête, une secousse se fit sentir, comme si l'avion avait rencontré un obstacle. L'eau s'agita dans sa bouteille.

Des turbulences, c'est tout, se rappela-t-elle pour se calmer.

Le signal des ceintures de sécurité tinta et s'alluma en rouge. Elle resserra sa ceinture, fourra sa bouteille dans le vide-poche et rabattit le plateau contre le dossier du siège de devant.

L'hôtesse de l'air apparut dans l'allée pour faire une annonce aux passagers.

— Un front orageux se trouve sur notre trajet, le pilote va le contourner. Il se peut qu'on le frôle, il va donc falloir conserver les ceintures attachées pour un moment.

Des turbulences, c'est parfaitement normal, se répéta Lori. *Ça ne veut pas dire qu'il y a un problème. Absolument pas.*

Elle avait cherché sur Google une explication sur les turbulences, la semaine précédente. Il s'agissait juste de flux d'air de différentes températures qui se rencontraient à la manière des vagues sur l'océan. Rien de grave. Mais ses recherches lui avaient aussi appris que les prévisions météorologiques et les rapports des pilotes constituaient souvent des outils très approximatifs qui ne permettaient pas vraiment d'anticiper les turbulences. Tout ce que l'on pouvait faire, c'était s'attacher et traverser.

Un autre sursaut la fit hoqueter, si violent cette fois que l'avion sembla avoir heurté quelque chose de solide. Elle tourna aussitôt les yeux vers le hublot, le cœur tambourinant, mais la vue était toujours avalée par une épaisse couche nuageuse.

Le bébé, réveillé par le bruit, se remit à hurler. Lori regarda sa mère tendre les mains vers le couffin, mais l'hôtesse lui cria de l'autre côté de l'allée :

— S'il vous plaît, laissez-le là tant qu'on n'a pas traversé les turbulences.

L'avion fit une nouvelle embardée.

La tête de Lori cogna contre le dossier.

— Bon Dieu ! cria un homme vers l'avant.

Lori s'agrippa aux accoudoirs, les mains crispées. Que se passait-il ? Était-ce normal ? Ce qu'ils traversaient semblait plus grave que des turbulences, là. Son regard restait rivé au hublot.

Des nuages. Des nuages qui filaient devant les carreaux. Rien d'autre.

Elle voulait atterrir. Sentir la terre sous ses pieds. Sortir de cette putain de boîte de conserve !

L'avion s'inclina vers la gauche, l'aile plongea tandis qu'un bruit métallique et grinçant emplissait la cabine.

Non ! Ça, ce n'est pas normal !

À l'avant de l'avion, Daniel pivota sur son siège, le visage pincé et blême.

— Qu'est-ce qui se passe ? hurla-t-il par-dessus le vacarme du moteur.

— Tout va bien ! répondit l'hôtesse, accrochée au dossier d'un siège. Gardez vos ceintures bien attachées.

Elle colla un sourire sur son visage et navigua à pas maladroits en direction du cockpit.

Les sept paires d'yeux étaient braquées sur elle quand elle en ouvrit la porte.

Lori entendit un flot de paroles pressées, criées par le pilote : « Moteur gauche… ne répond plus… passer sur le réservoir auxiliaire… » Puis la porte claqua derrière l'hôtesse de l'air.

— C'est le moteur ! s'écria l'Américaine, les mains agrippées à celles de son mari.

La sueur perlait sous les aisselles de Lori, une bande puissante lui enserrait la poitrine. Le bruit était stupéfiant, fort et rauque.

La jeune maman avait enlacé le couffin et ne parlait qu'à son enfant. Le couple d'Américains se remit à prier.

Lori sentit quelque chose de métallique, de brûlé.

L'hôtesse ressortit en vacillant du cockpit, le visage blême.

— Nous avons un problème de kérosène, cria-t-elle par-dessus le rugissement ambiant. Nous allons devoir effectuer un atterrissage d'urgence. Tout le monde doit s'attacher…

Sans prévenir, l'avion tomba. Un courant d'air traversa la cabine, comme si les fenêtres avaient explosé. L'hôtesse fut projetée en l'air, son dos cogna le plafond, ses pieds pédalant dans le vide.

Quelqu'un hurla.

Des piques de douleur mitraillèrent les oreilles de Lori, l'arrière de ses yeux. Ses cheveux dansaient au-dessus de sa tête. Autour d'elle, tout montait, flottait. Un livre s'envola. Un téléphone s'écrasa contre le plafond. Une chaussure se retrouva plaquée contre les casiers à bagages. Tout était aspiré vers le haut par une force implacable.

Partout, les gens hurlaient. La mère s'était précipitée au-dessus du couffin pour protéger son bébé.

Une pression inouïe compressa la poitrine de Lori. Elle avait beau essayer d'attraper un masque à oxygène, elle ne parvenait pas à lever la main à cause de la dépressurisation.

Soudain, un sursaut. Un soulèvement. Un tourbillon, comme si l'axe de la Terre avait basculé.

La porte du cockpit s'ouvrit à la volée, et elle aperçut le profil du pilote, le teint livide, les yeux écarquillés, les dents serrées tandis qu'il tentait de garder le contrôle de l'appareil.

Par le pare-brise de l'avion, une portion de terre apparut entre les nuages, qui tourbillonnait, se rapprochait dangereusement. Puis le ciel et la mer.

Ses yeux lui faisaient mal comme si on les lui aspirait de la tête. La pression s'abattait sur elle et la déchirait en deux.

L'avion était en chute libre.

C'est fini, annonça une voix dans sa tête.

Lori ne pensa pas à sa sœur, pas même à Pete. Sa vie ne défila pas devant ses yeux. Ce à quoi elle pensa, ce fut la vie qu'elle n'avait pas encore vécue, la mère qu'elle ne serait jamais. Comme un film sur le point d'être mis en pause à la moitié.

Puis vint la terre, verte et aveuglante, vers laquelle l'avion piquait à toute vitesse. Si près… trop près.

10

Maintenant – Erin

Je suis aux Fidji.

Voilà la phrase que je me répète en boucle alors que je sors du terminal, les yeux plissés, aveuglée par la lumière éblouissante. Hier, j'étais au bureau à Londres… et maintenant, je suis ici.

Je loue une voiture, que je fais caler trois fois avant la sortie de l'aéroport. Le gars de la boutique de location grimace. Je subis les affres du décalage horaire : yeux crispés, corps exténué, bouche pâteuse.

À Londres, je n'ai pas de voiture, du coup je suis rouillée, je veux bien l'admettre, ce qui ne m'empêche pas de conduire comme j'ai toujours conduit : vite et en donnant des coups de freins brutaux. Je roule sur les routes principales sinueuses, passe des magasins délabrés, des bars, des bas-côtés jonchés de déchets. Le soleil brille à travers mon pare-brise teinté, m'irradie la poitrine, et je me penche en avant pour tripatouiller l'air conditionné, jusqu'à être enfin récompensée par un afflux d'air frais.

Ce n'est qu'après avoir parcouru pas mal de kilomètres depuis l'aéroport que le paysage commence à ressembler aux Fidji que je me rappelle : la terre teintée de rouge sous la végétation luxuriante, les étals de fruits sur le bord de la route où l'on vend des noix de coco fraîches et d'énormes régimes de bananes vertes, le scintillement turquoise de la mer au détour d'un virage.

Je dépasse une galerie d'art encadrée par une large vitrine bien éclairée et ralentis. J'y jette un second coup d'œil en comprenant qu'on a dû prendre cette même route la dernière fois, car je me souviens de Lori se retournant pour regarder les beaux paysages marins peints à l'huile dans les vitrines et, se penchant, les mains sur le tableau de bord, pour annoncer : « Il faut que je voie cette peinture. »

Je m'étais garée, deux de mes roues avaient heurté le bord du trottoir avant d'y monter, et Lori s'était glissée dehors, avait traversé la route, les cheveux flottant sur ses épaules. À sa grande déception, la galerie s'était avérée fermée, mais elle était restée plantée devant la vitrine pour contempler le paysage marin. Dans le reflet du carreau, j'avais aperçu son expression, la manière dont elle s'était transformée en une créature contemplative, presque sereine. Et, en l'observant, les mains sur le volant avec le « tic-tic » du clignotant en fond sonore, je m'étais dit que, moi aussi, je voulais ça. Une passion. Quelque chose qui vous pousse à vous arrêter, rien que pour regarder. Ressentir.

« On repassera sur le chemin du retour », avais-je promis à Lori quand elle était remontée dans la voiture de location.

Sauf qu'il n'y a pas eu de retour. Pas pour Lori.

Le GPS me confirme que j'approche de ma destination. Je tourne à gauche vers une large entrée, encadrée de piliers en pierre et d'un élégant panneau annonçant l'*Hôtel Pacific*. Je me gare devant un vaste bâtiment blanc, dont la pelouse au cordeau est parsemée de jets d'arrosage. Je reste assise un moment, à regarder le bosquet de fleurs aux couleurs vives et les arbres soigneusement taillés.

J'ai fait la réservation sur mon téléphone depuis l'aéroport, mais à présent que je suis là, je me demande pourquoi. Pourquoi j'ai choisi le même hôtel.

Le dernier endroit où j'ai vu ma sœur.

Il y a deux ans, Lori et moi avons grimpé ces marches de marbre pour pénétrer dans le hall luxueux et haut de plafond. Les souvenirs miroitent alors que je revois voleter la robe de Lori qui tournait sur elle-même, la tête renversée en arrière, les yeux levés vers le plafond de bois, ce dôme sculpté de fleurs ouvragées. « Que c'est beau ! », s'était-elle émerveillée.

Nous n'étions censées y rester qu'une nuit, une escale sur l'île principale avant de reprendre un avion pour le minuscule îlot de Limaji, où les vraies vacances devaient commencer. Mais, en une soirée, tout avait changé.

Au lieu de ce qui était prévu, le lendemain, je m'étais retrouvée à rentrer à l'hôtel, avec la gueule de bois, sans avoir dormi et pleine de remords d'avoir abandonné Lori et nos vacances. Je me disais déjà que je prendrais un autre vol, que je trouverais le moyen de la rejoindre, quand le directeur de l'hôtel m'avait arrêtée à la réception pour m'annoncer que le consul britannique, Steven Wills, souhaitait me voir.

« Moi ? Mais pourquoi ? »

J'avais traversé le hall, ce hall, en pensant qu'il s'agissait d'une erreur. Je m'apprêtais à le leur dire, mais Steven Wills, homme menu à la poigne de fer, avait parlé le premier : « Vous êtes Erin Holme ? Votre sœur est bien Lori Holme ? A-t-elle pris le vol FJ209 pour Limaji ? Étiez-vous censée voyager avec elle ? »

« Oui. » « Oui. » « Oui. » « Oui. »

Puis la lame s'était abattue, tellement inattendue, tellement rapide que je ne l'avais même pas vue arriver. « L'avion sur lequel a embarqué votre sœur n'est jamais arrivé à destination. Les autorités de l'Aviation civile des Fidji s'efforcent d'établir le contact et des recherches d'envergure ont été lancées… »

Voilà comment ça avait commencé.

J'avais passé les trois semaines suivantes dans cet hôtel, à hanter les couloirs en quête du meilleur endroit où obtenir un signal wifi, à harceler la police locale pour avoir des nouvelles, à recevoir les visites du consul avec ses informations insuffisantes, à répondre au pied levé aux coups de fil des amis inquiets de Lori.

Aujourd'hui, me voilà qui attends à la réception tandis qu'un jeune homme enregistre le couple devant moi avec efficacité, sans se départir de son sourire. Quand il s'adresse à moi – peut-être est-ce le fait de mon expression lasse –, il se penche davantage et, avec une sincérité qui se lit dans ses yeux, il me dit :

— Je suis ravi de vous accueillir. N'hésitez pas à me faire part de vos requêtes, je ferai de mon mieux pour vous apporter satisfaction. Je m'appelle Tyia, vous pouvez faire appel à moi à tout moment.

Il y a quelque chose de familier chez lui. C'est son sourire, la manière dont sa bouche s'ouvre pour montrer à la fois ses dents du haut et du bas. Je me demande si je l'ai déjà rencontré, s'il travaillait ici il y a deux ans. Il a l'air trop jeune. En fait, il a l'air du gars qui devrait encore être à l'école.

Je remercie Tyia, décline l'aide d'un porteur et la montée en ascenseur, préférant me diriger vers l'escalier, sac à dos accroché à une épaule.

En suivant le couloir vers ma chambre, je passe devant un miroir encadré de bois flotté et aperçois mon reflet : une brune avec un sac à dos sur les épaules. Quelque chose me remue les entrailles, mais quoi, je ne sais pas trop. Cette fille que je vois a traversé la moitié de la planète dans un avion pour traquer des ombres. Sa peau est pâle, ses yeux cernés indiquent qu'elle ne dort pas, pas correctement, et il y a quelque chose dans ses épaules voûtées, comme si elle se recroquevillait sur elle-même.

Pourtant, je vois aussi les bretelles rembourrées de son sac à dos – un sac qui contient la promesse d'aventures et de sentiers de randonnée. En observant mon reflet, c'est comme si je percevais une autre version moi, le reflet fugace de celle que je voudrais devenir. Mais je ne sais pas comment m'y prendre.

Je me remets en marche, à fleur de peau.

Toi ? À fleur de peau ? Jamais !

Je l'entends, le sourire dans la voix de Lori, et je me surprends à sourire aussi.

Dans ma chambre, l'air est glacial. J'ai les yeux irrités et secs à cause du vol. Je tripote quelques boutons sur la climatisation afin de la couper, puis je me dirige droit vers la porte du balcon, que j'ouvre en grand. Je sors dans la chaleur épaisse. Le jour se couche, des nuages d'un rose crémeux parsèment le ciel.

Un vrombissement dans l'air m'avertit du passage d'un avion au-dessus de ma tête. La réverbération me picote les épaules, jusqu'à la pointe des doigts, en très légères vibrations sous la plante de mes pieds nus. Je suis devenue attentive aux avions, c'est comme un sens supplémentaire que j'ai développé. À Londres, ils font partie de mon quotidien. Je les entends avant le petit déjeuner, à vélo, à travers les hautes fenêtres du bureau, au lit le soir alors que j'essaie de dormir.

Dans les premiers mois qui ont suivi la disparition de Lori, le bruit d'un avion me clouait sur place. J'avais les épaules crispées et je retenais mon souffle. J'attendais de voir si l'avion allait poursuivre sa trajectoire initiale ou s'il allait avoir des ratés, commencer à perdre de l'altitude, à partir en vrille. Pétrifiée, je regardais l'avion jusqu'à ce qu'il disparaisse de mon champ de vision, ne laissant derrière lui qu'une traînée dans un ciel vide.

Au fil du temps, j'ai déployé des efforts surhumains pour surmonter ma phobie des avions. Mais ici, sur ce balcon, la peur me comprime la poitrine lorsque je vois ce petit coucou passer juste au-dessus de moi, peut-être en direction de l'un des îlots. J'ai l'impression que deux mains puissantes enserrent ma cage thoracique. Tous les passagers, dans cet avion, vont arriver à destination sans encombre. Je le sais. J'ai consulté les statistiques. La probabilité de périr dans un crash aérien est de un sur onze millions.

Un sur onze millions, bon sang.

Pourquoi fallait-il que ça tombe sur toi, Lori ?

Par comparaison, le risque d'être tué dans un accident de la route est de un sur cinq mille. Quand vous posez le pied dans un avion, dans les faits vous vous dessaisissez de tout contrôle, vous remettez votre destin entre les mains du pilote. Les portes sont verrouillées, l'avion décolle, il n'y a pas moyen d'en descendre. Il ne vous reste plus qu'à espérer que votre pilote, ce jour-là, à cet instant précis, ait la tête sur les épaules. Qu'il prenne les bonnes décisions. Vous pouvez espérer qu'il soit en bonne santé, qu'il ait bien dormi, que ses facultés mentales soient aiguisées.

Je me figure le capitaine Mike Brass tel que la presse l'a présenté : un Australien de cinquante-trois ans avec un historique de vol impeccable. Le portrait diffusé dans la presse montre un homme aux cheveux poivre et sel et aux yeux cernés. Un mari. Un père.

Mais ce n'est pas tout.

Demain, je vais me trouver face à face avec lui. Je n'ai ni rendez-vous, ni stratégie, ni super plan. Je vais simplement débarquer à l'hôpital et faire tout ce qu'il faudra. Je n'ai besoin que de quelques minutes. Juste le temps de le regarder dans les yeux et lui demander : « Qu'est-ce qui s'est vraiment passé ? »

La transcription m'a fourni le strict minimum de son histoire, le squelette, mais qu'en est-il de la chair, des ligaments, du sang, de l'émotion ?

J'ai eu deux ans pour réfléchir à la disparition du vol FJ209, deux ans pour passer en revue les questions qui vrillent, brûlantes et insidieuses, mes pensées pendant la nuit. J'ai joué tous les scénarios, suivi ces possibilités le long de toutes les rivières sinueuses de l'imagination pour voir où elles mènent.

Mes pensées se reportent maintenant à la transcription, elles revisitent les réponses du pilote et les nombreux, nombreux vides qu'elles laissent. Elles s'arrêtent sur une question.

Officier Enrol : Nous savons que c'était l'anniversaire de la mort de votre fille la veille du vol. Étiez-vous dans l'état d'esprit adéquat pour prendre les commandes de cet avion ?

Mike Brass : Oui.

Menteur.

Le capitaine Mike Brass ment sur ce qui est arrivé la nuit précédant le vol. Je le sais de source sûre, parce que moi aussi, j'ai menti.

11

Maintenant – Erin

Le lendemain matin, je suis sur les nerfs quand j'entre la voiture de location sur le parking de l'hôpital. J'essaie de me garer, mais mes pieds glissent dans mes tongs et je cale. Je vais pour attraper la clé et redémarrer, mais c'est l'un de ces fichus démarreurs sans clé. En cherchant le bouton, je presse par erreur celui du klaxon, qui pousse un long « tuuuut ».

Sympa, l'arrivée, Erin. Discrète. Bien joué, me lance Lori.

Je sors dans la chaleur accablante de la matinée, le visage rouge, le pli des genoux léché par la sueur. C'était une erreur, ce café bu sur un estomac vide, je m'en rends compte en sentant les battements forts et rapides de mon cœur, mais je n'ai pas eu la force de manger. Maintenant, je suis surcaféinée, jetlaguée et flippée. Mon esprit répète à toute allure un assaut de questions destinées à Mike Brass.

J'ai appelé l'hôpital, tout à l'heure, pour vérifier son numéro de chambre, me faisant passer pour un membre de la police locale. Je ne sais pas trop si se faire passer pour un officier de police est un délit criminel aux Fidji, mais j'ai masqué mon numéro de téléphone, donc je prends le risque. J'ai appris trois choses pendant ce coup de fil : un, le pilote est toujours en vie ; deux, il a été déplacé dans un hospice situé à l'arrière de l'enceinte de l'hôpital ; trois, son état s'est détérioré.

Je localise l'hospice, un bâtiment de plain-pied beige avec une fontaine décorative devant. Un vieux Fidjien est assis dans un fauteuil roulant, tout seul, qui regarde deux oiseaux au plumage coloré en train de se baigner, leurs ailes projetant des éclaboussures d'eau en une arche autour d'eux. Il me dit bonjour lorsque je passe et, en lui rendant son salut – bouche crispée, voix nouée –, je me répète d'arrêter de froncer les sourcils. Lori m'avait taquinée, un jour : « Tu sais ce que dit ton visage, au repos ? *En colère. Me cherchez pas.* »

À l'intérieur, l'air sent l'eau de Javel et la nourriture, un mélange qui me retourne l'estomac. Au bureau d'accueil, deux membres du personnel discutent, tête contre tête. Je passe devant d'un pas pressé, le regard droit devant moi.

A priori, toutes les chambres sont individuelles. Je ralentis à l'approche de chaque porte. Une Fidjienne en robe vert vif est recroquevillée sur le lit d'hôpital de son compagnon, les yeux fermés, une paume posée sur son torse. Dans une autre chambre, un adolescent en tee-shirt de rugby est allongé, seul, devant un écran de télévision.

La porte ouverte suivante est la sienne.

Mike Brass. Capitaine du vol FJ209.

Mes poings sont serrés contre mes flancs, ma respiration saccadée. Je dévisage l'homme qui a crashé l'avion de ma sœur. Qui a survécu quand tout le monde est mort. Qui est revenu sur l'île principale, mais s'est caché de sa famille, de la police, de la presse. Le seul homme qui puisse me donner les réponses dont j'ai besoin.

Il est étendu sur le dos, lèvres légèrement entrouvertes, yeux fermés. On lui a tondu les cheveux à ras d'un côté et, si j'étais d'humeur plus légère, je trouverais un truc rigolo dans nos coupes de cheveux jumelles. Mais non. Une perfusion lui pique la main gauche, un sachet de liquide transparent est suspendu à une potence à côté de son lit. Derrière, en fond sonore, une machine avec un écran noir et vert bipe doucement.

Je prends une profonde inspiration, entre complètement dans la chambre et tire la porte derrière moi. Je m'approche de son chevet, me perche sur une chaise en plastique.

— Mike ?

Pas de réponse.

J'essaie encore, répétant son nom plus fort la deuxième fois.

Toujours rien. Il fait trop chaud dans cette chambre, mon haut me colle au dos.

J'ignore de combien de temps je dispose. Mes mains planent au-dessus de son bras. Son poignet est ceint d'un bracelet d'hôpital, entouré d'épais poils blancs. J'exerce une pression dessus.

— Mike ?

Ses yeux bougent sous les paupières fripées. Sa respiration s'accélère.

— Mike ? insisté-je en serrant plus fort sa main.

Cette fois, ses yeux s'ouvrent. Il cille à plusieurs reprises, marmonne. Ses doigts se déplient, comme s'il essayait d'attraper quelque chose.

Sur la tablette, à côté de lui, je trouve un gobelet en carton avec une paille, je le porte à sa bouche, dirige la paille vers ses lèvres. Il aspire une gorgée, sans même sembler me voir. Puis je retire la tasse et son regard monte vers mon visage, se fige.

Pendant de longues secondes, il ne dit rien. Puis je détecte l'instant où il me reconnaît, ses sourcils s'abaissent, le battement lent de ses cils.

J'attends.

Quand il parle, sa voix est rauque.

— C'est toi.

Mike Brass m'observe longuement. Il se rappelle. Je repense au bar, la nuit, au tintement froid des glaçons dans les verres.

— Oui.

Silence. Nous nous dévisageons, nous remémorons tous les deux les différents moments de la même soirée.

— Tu n'en as parlé à personne, dit-il.

Le silence s'étire. Une vague d'émotion me parcourt, mille petites décharges électriques pulsent sous la surface.

— Pas encore.

Il essaie de s'asseoir, poussant sur ses paumes, une bouffée d'haleine fétide s'échappe de sa bouche. La manœuvre s'avère impossible et il retombe sur l'oreiller.

— Ma sœur, Lori Holme, était sur ton vol.

Ma voix est d'acier.

Une ombre passe sur son visage. Ses yeux quittent les miens.

— Je veux savoir tout ce qui s'est passé.

— Il y a… une transcription.

— C'est des conneries, rétorqué-je, les dents serrées. Je veux la vérité.

Il jette un coup d'œil vers la porte, comme s'il risquait d'y trouver quelqu'un pour l'aider. Mais la porte est fermée, nous sommes seuls.

— Tu n'aurais jamais dû prendre les manettes de cet avion. Nous le savons tous les deux. (Seulement, ce ne sont pas les justifications ou les excuses qui m'intéressent. Je veux des faits.) Où vous êtes-vous écrasés ?

— Une île… quelque part…

— Où ?

Il secoue la tête.

— On avait quitté notre route. Il y en a… des centaines.

J'en ai appris suffisamment, à force d'interviewer les gens, pour discerner lorsqu'ils se méfient, qu'ils esquivent la vérité.

En temps normal, je poserais mes questions tranquillement afin que la personne baisse sa garde, de façon à l'amener à donner ses réponses. Mais là, je n'ai pas le temps.

— Après l'accident… qu'est-ce qui s'est passé ?

Il déglutit, sa voix est sèche, rauque.

— J'ai réussi à survivre.

— Félicitations. (Le sarcasme, ça, je sais faire.) Et les autres ?

Il cille.

— Moi. Que moi. Ils ont dû te le dire.

— J'ai besoin de t'entendre me le dire. Pas de le lire sur une transcription. (Alors je reformule ma question, histoire qu'elle soit bien claire, noir sur blanc.) Est-ce que ma sœur est vivante ?

Voilà. C'est posé. La question que je rumine en silence depuis la disparition de l'avion. Parce que, comme on n'a retrouvé aucun corps, tout espoir n'est pas perdu. Aussi infime soit-il. Est-ce le mot juste ? « Espoir » est un mot positif, optimiste. Et pourtant, il confine dangereusement au désespoir. L'espoir, c'est tout ce qui reste quand les faits concrets, tangibles, se sont éparpillés. Il n'est pas plus palpable que le vent et malgré tout il est là, tout autour de moi. L'espoir, l'espoir, l'espoir.

Mike me regarde avec une drôle d'expression médusée, à croire qu'il est surpris que je puisse ne serait-ce que poser la question. Il est pourtant bien placé pour savoir que tout est possible, lui qui est sorti de l'ombre après deux ans. S'il est en vie, pourquoi pas Lori ?

Lentement, sa tête bouge de gauche à droite.

— Elle est morte.

Les mots sont brutaux, trois coups de poing dans le ventre.

Je ne suis pas obligée de le croire. Je peux choisir de ne pas le croire. N'empêche, il y a quelque chose, une petite chose recroquevillée en moi, qui sait.

Je m'entends demander :

— Où est son corps ?

— Je suis désolé…

Non. Ça n'est pas assez. Je n'accepte pas une réponse en forme d'excuse. Qu'il aille se faire foutre. Je me penche en avant, juste au-dessus de lui.

— Où est son corps ? Où est le corps de Lori ? J'ai besoin de savoir où est le corps de ma sœur ! Tu dois me donner au moins ça. Est-il encore dans l'avion ? Est-ce que tu l'as laissée là-bas ? S'il te plaît, s'il te plaît, dis-moi que non.

Elle avait une peur panique de l'avion… Que le sien se soit écrasé et qu'ensuite elle ait été abandonnée là-bas…

— Non.

Le mot est à peine plus qu'un souffle.

— Non, tu ne l'as pas laissée là-bas ?

Son front se plisse, comme sous l'effet d'une profonde douleur. Il tend la main vers le cordon sur le côté de son lit, pour s'administrer une dose d'analgésique. Il le rate. Je pourrais le lui passer, mais ne le fais pas.

— Qu'as-tu fait du corps de ma sœur ? De tous les corps ?

J'attends. Les doigts repliés contre mes paumes. La morsure des ongles dans ma peau. Je déborde, je sens la tension monter, j'ai besoin de la décharger sur quelqu'un, mais le pilote est trop faible pour encaisser ça. C'est comme si ma colère se réverbérait à travers cette chambre.

— Je ne voulais pas… sincèrement…

J'attends.

Encore.

— Qu'est-ce que tu ne voulais pas ?

Pas de réponse. Je me penche, plus près, mon nez touche presque le sien.

— Mike ? Qu'est-ce que tu ne voulais pas ?

Ses yeux se font vitreux. Il s'est retiré quelque part à l'intérieur de lui, où je ne peux l'atteindre.

Derrière la porte, j'entends des voix. Je lève les yeux et vois une infirmière, dos à la porte. Elle parle avec un jeune homme à l'arcade sourcilière proéminente. Je le reconnais d'après sa photo : c'est le fils du pilote, Nathan Brass. Il se tient à côté d'une femme plus âgée, cheveux gris attachés bas dans la nuque, qui doit être l'épouse. Leur regard est rivé sur l'infirmière, ils ne m'ont pas encore vue.

Nous n'avons qu'un instant avant qu'ils entrent. Je serre le bras de Mike, qui se réveille en sursaut.

— Dis-moi ! Où sont les corps ?

Enfin il parle. Juste une syllabe, si bien que je crois l'avoir ratée.

— *See.*

J'attends, pensant qu'autre chose va suivre.

— Voir ? Qu'est-ce que je suis censée voir ?

Il ne dit rien de plus. Et, à cet instant, je comprends : *sea.*

— La mer ? Tu les as mis à la mer ?

— Pouvais pas les enterrer… Pas de pelle, rien pour creuser.

Il tend la main vers le bouton et, cette fois, ses doigts l'atteignent. Il appuie. Une dose d'analgésique envahit son corps. Il se détend.

— La chaleur… horrible de les laisser. On n'avait pas le choix.

Je cligne des paupières, sentant chacun des battements de mon cœur.

— « On » ?

Il me regarde. Ses yeux s'arrondissent, imperceptiblement, à moins que ce ne soit dû qu'à la lumière.

— Tu as dit : « *On* n'avait pas le choix. »

Sa respiration est difficile.

— Non. Une erreur…

Ses paupières commencent à ciller, à lentement se fermer.

J'entends le couinement du métal tandis qu'on appuie sur la poignée de la porte.

— Mike ? Qu'est-ce que tu voulais dire par « on » ?

Ses yeux se ferment, sa respiration ralentit. Il est emporté par le flux des médicaments. Je lui serre le bras, mes ongles s'incrustent dans la peau fine comme du papier.

— Y a-t-il eu d'autres survivants au crash ? Dis-moi !

Un flot de bruits afflue dans la chambre, la porte est grande ouverte. Je relève les yeux et vois le fils du pilote me dévisager, moi qui agrippe le bras de son père.

— Qu'est-ce qui se passe ?

Mon visage est tout près de celui de Mike Brass quand je siffle :

— D'autres personnes ont survécu au crash, c'est ça ?

Il bouge, un mouvement infinitésimal, et je me demande si c'est un hochement de tête ou s'il a juste dégluti. Impossible à savoir.

— Qui d'autre a survécu ? insisté-je, portant les mains à ses épaules pour appuyer. Ma sœur ?

Mais Mike Brass est désormais complètement immobile. Il n'y a pas de réponse, plus rien, que les pas de Nathan Brass qui accourt, le contact de ses grandes mains sur mes épaules, pour m'éloigner du lit.

Je suis traînée hors de la chambre, mais mes yeux reviennent sur Mike Brass tandis que je le supplie :

— Dis-moi ! Qui d'autre est ressorti de cet avion ?

Ma question reste en suspens, sans réponse, dans mon sillage.

12

Avant – Lori

Rien, pendant de longs instants indéfinis. Le vide, en profondeur ou en surface, sombre et chaud. Pas de pensées, mais des sensations : vrombissement sifflant, air brûlant, poids écrasant.

Puis une conscience, lente, refaisant surface.

Sa joue. Pressée contre quelque chose de dur, d'anguleux.

Lori cilla. Un seul de ses yeux s'ouvrit. Les images valsaient, distordues. Un geignement, un grognement, grave et guttural.

Où ? Quoi ?

Elle déglutit. Goût de sang dans la bouche.

Elle tenta de soulever la tête. Une douleur explosa à l'arrière de son crâne. Un son comme un vrombissement dans ses oreilles.

Ses doigts, cherchant, grattant, rencontrèrent quelque chose de solide, de stable. Elle cligna de nouveau des paupières, leva la tête malgré la douleur aveuglante. Les masques à oxygène pendant mollement du plafond. Les coffres à bagages béants. Des valises et des sacs éparpillés partout. Une traînée de fumée s'élevait de quelque part derrière elle.

Avion. Je suis dans un avion…

Son regard sursauta et glissa vers le hublot de l'appareil. Des branches aux feuilles épaisses se pressaient à sa surface.

Elle cilla rapidement, repéra un bosquet d'arbres, sombre, les branches tels des membres tendus vers elle. Tout semblait distant, lointain.

L'avion s'est crashé…

Le gémissement rauque continuait, désespéré, brisé, la vrillait de l'intérieur.

Moi, comprit-elle peu à peu. *Le cri, il vient de moi…*

Elle força une inspiration qui souleva sa poitrine. Tourna la tête, juste un peu.

Sur le côté, les deux Américains étaient attachés à leurs sièges, immobiles. La tête de l'homme tombée sur l'avant, menton sur son torse solide, pas un mouvement. Le sang séchait déjà sur son visage, ses lunettes pendaient à une oreille.

Non, ce n'est pas possible, ça ne peut pas arriver…

La femme, elle, était affalée contre le flanc de son mari, le cou bizarrement tordu révélant une chaîne en or qui mordait dans sa chair. Elle avait la bouche ouverte, les yeux révulsés. La compréhension, écœurante : *morts. Ils sont morts tous les deux.*

Une vague de nausée monta, sa gorge se liquéfia. Elle voulait fermer fort les yeux. Replonger dans les replis de la pénombre. Disparaître. Mais une partie d'elle, primitive, lui soufflait qu'elle devait bouger. Maintenant.

La fumée.

Elle essaya de se lever, seulement la ceinture la retenait attachée au siège. Elle tâtonna pour débloquer la boucle de métal, les doigts engourdis et maladroits. La ceinture finit par la libérer et elle appuya sur les accoudoirs, prête à se mettre debout, mais sentit alors comme un étau sur ses jambes. Le siège de devant avait été projeté vers l'arrière, l'empêchait de les bouger. Elle réessaya, mains enfoncées dans le siège, poussant.

La fumée montait depuis l'arrière de l'appareil et s'épaississait dans la cabine. La panique éclata dans sa poitrine.

— Au secours !

Elle appuya les paumes, fort, contre le siège de devant et poussa de toutes ses forces. La douleur lui déchira les épaules et le cou. Un relâchement se fit sentir, et elle en profita pour monter les genoux et les extraire de l'écrasement des sièges.

Sa tête se mit à tourner, le sol s'inclina et se plia. Accrochée au dossier du siège pour se tenir debout, elle haleta, les yeux baissés sur ses jambes déchirées, en sang. Au rythme des vagues de douleur, elle se traîna le long de l'allée.

À ses pieds, affalée au sol, l'hôtesse de l'air gisait sur le dos, d'une immobilité déconcertante. Ses yeux étaient ouverts, une flaque de sang sous sa tête formait une tache rouge macabre. Un gargouillement sortait de sa bouche sous forme de bulles, comme si elle respirait un liquide.

— Tout va bien…, murmura Lori d'une voix étrangement fluette.

La douleur, encore, fusa dans ses jambes lorsqu'elle s'agenouilla. Le goût du sang emplissait sa bouche, la pointe de sa langue rencontrait un trou dans sa joue. Elle eut un haut-le-cœur, mais s'obligea à prendre une autre inspiration.

— Je vais vous aider.

L'hôtesse bougea les lèvres comme si elle essayait de parler. Un gargouillis émergea de sa gorge. Les mots qui suivirent étaient si faibles que Lori ne fut pas sûre de les entendre…

— L'ai arrêté…

— C'est bon, je vais vous aider, répéta Lori.

La plume de fumée s'épaississait dans la cabine. Il fallait qu'elle la sorte de là. Vite. Un coup d'œil par-dessus son épaule en direction de la sortie : la porte était ouverte, la lumière du soleil inondait l'avion.

Une expression intense apparut sur le visage de l'hôtesse tandis que son regard se verrouillait à celui de Lori. Ses doigts se déplièrent, lui attrapèrent le poignet.

— Je… j'aurais dû l'empêcher.

L'énergie qui l'avait poussée à parler, fugace, disparut soudain. Sa poigne se ramollit, son regard se figea.

— Hé ! Restez avec moi !

L'hôtesse avait les yeux complètement immobiles, dans le vague. Lori l'attrapa par le col de son chemisier.

— Ohé ! Vous m'entendez ?

Rien. Elle exerça une pression sur ses épaules, forte, enfonça les ongles dans son chemisier.

— Ohé ? Je vais vous aider ! Vous devez rester avec moi !

Pas de réaction.

Lori baissa la tête plus près du visage de la femme, écouta : le gargouillis avait cessé. Sa poitrine ne bougeait plus.

Oh, mon Dieu…

Elle s'obligea à prendre une profonde inspiration, puis plaça ses doigts contre le cou de l'hôtesse, en quête d'un pouls. Son propre cœur cognait si fort qu'elle ne pouvait rien sentir. Incapable de réfléchir, elle n'arrivait même pas à compter, putain… Pourtant, elle savait. Elle savait. Cette femme était morte.

Malgré tout, ses mains se portèrent sur le sternum de l'hôtesse et elle se mit à appuyer, fort, doigts verrouillés, paumes compressant la poitrine.

Trente répétitions. C'est bien ça ? Elle pinça le nez de la femme et couvrit sa bouche de la sienne. Et souffla, souffla.

Puis trente répétitions de plus. Son épaule la brûlait, la douleur explosait dans sa tête.

Deux insufflations.

De nouveau les compressions, fortes et cadencées.

Une insufflation. Une insufflation.

Encore. Et encore…

Elle sentait l'haleine de la femme dans sa bouche, légèrement sucrée, contrastant avec le goût, piquant et métallique, du sang.

La fumée. La pensée lui vint comme au loin, une brusque mise en garde. *Il faut que je sorte.*

Un mouvement : quelqu'un d'autre se levait péniblement. Lori leva les yeux et découvrit l'homme aux cheveux longs de la salle d'embarquement. Il dépliait son corps. Une traînée de sang coulait d'une entaille sur l'arête de son nez jusque sur sa joue. Il avait les yeux ronds, cillait à toute allure. Il tituba jusque dans l'allée, son regard rencontra celui de Lori, puis descendit sur l'hôtesse de l'air.

Avec un cliquetis, la porte du cockpit s'ouvrit à la volée et le pilote sortit en trébuchant. Du sang coulait d'une coupure sur le côté de sa tête, en minces ruisseaux pareils à des fêlures dans un crâne. Son visage était blême ; il avança, maladroit, titubant à cause de l'inclinaison de l'appareil. Il s'accrocha à un siège et son regard passa, hagard, sur le reste de l'avion.

Un hurlement détourna soudain l'attention de Lori. L'homme aux cheveux longs avait bougé et tenait désormais un berceau dans ses mains couvertes de sang.

— Tenez ! Prenez le bébé !

Bébé ? Ah oui… le bébé…

Elle bondit, attrapa le couffin.

Pourvu qu'il soit encore en vie.

Le bébé était immobile, allongé sur le dos. Ses yeux bleu marine ouverts, fixes.

Puis il cligna des paupières, son regard se focalisa sur Lori.

— Il est vivant ! s'exclama-t-elle avec soulagement.

— Sortez le bébé ! ordonna le pilote.

Soudain, il avait repris ses esprits et passait à l'action, décrochant un extincteur du crochet qui le fixait à une paroi.

L'expression sinistre mais déterminée, il s'éloigna dans la fumée de plus en plus épaisse à l'arrière de l'avion.

Lori se rua vers la sortie, malgré la douleur lancinante dans ses jambes. Sur le seuil, elle hésita quand un afflux de chaleur et l'odeur de la terre se précipitèrent sur elle. Désorientée, elle scruta l'enchevêtrement d'arbres noirs. Un mur de vert. Des feuilles sombres et cireuses. Ombres et lumière, rai de soleil pénétrant la canopée dense.

Où sommes-nous ?

Elle posa le couffin, usant de ses deux mains pour se baisser sur le sol terreux et craquelé. Ses dents serrées de douleur, elle reprit le berceau et descendit maladroitement de l'appareil fumant, pieds nus sur le sol jonché de feuilles.

Autour d'elle, l'air était moite et chaud. Ses jambes se dérobèrent et elle s'effondra par terre à côté du berceau.

Elle était consciente de claquer furieusement des dents. Son cerveau lui montrait d'étranges et minuscules détails de son environnement. Un oiseau aux ailes colorées perché sur une branche, la perle noire de son œil observateur. L'incongruité du métal blanc de l'appareil enfoncé dans les arbres. Le tourbillon d'une turbine de plus en plus lent. Les arbres, au-dessus, chargés de lierre.

— Où est-ce qu'on est ? cria une voix derrière elle.

Elle pivota. Daniel était plié en deux, les mains juste au-dessus des genoux, un fil de salive pendu au coin de ses lèvres. Il portait un polo rose pâle, déchiré à la manche et taché. Il s'essuya la bouche, puis se redressa.

— Je ne sais pas, répondit-elle et, comme elle tournait la tête pour regarder autour d'elle, un frisson de douleur descendit le long de son cou.

Ils étaient entourés d'arbres, une épaisse canopée au-dessus d'elle ne laissait presque pas passer la lumière du soleil. La terre était creusée d'énormes trous aux endroits où l'avion avait dû déchirer la jungle, aplatissant bosquets et buissons. Elle regarda l'avion, au nez enfoncé entre deux arbres bas, le cœur vert-blanc de leurs branches cassées. Une partie de l'aile gauche de l'appareil était en accordéon, ses entrailles blanches dressées et tordues vers le ciel. Lori cligna des paupières à plusieurs reprises, comme si ajuster sa vision pouvait aider à adoucir la scène, la rendre moins surréaliste.

Le miaulement du bébé attira de nouveau son attention vers le couffin. Instinctivement, elle attrapa l'enfant, soulevant son poids infime dans ses bras. Elle observa sa peau douce comme le lait, son tout petit nez, la fine brume de ses cheveux clairs.

— Où est sa mère ? Il faut que quelqu'un vienne en aide à sa mère…

De l'intérieur de l'avion, le pilote cria, casquette de travers, visage taché de noir.

— Eh ! À l'aide ! Vous ! (Il désigna Daniel.) On a besoin de vous !

Daniel obéit, disparut dans l'avion fumant. Lori baissa les yeux vers l'enfant.

— Je vais t'examiner, d'accord ?

Sa voix était bizarre, déformée, alors qu'elle décrivait ce qu'elle faisait, passait la pulpe de ses doigts tremblants autour du crâne du bébé, en quête de plaies, de bosses, avant de passer à son cou, à la minuscule courbe de ses épaules. Elle sentait les battements rapides du petit cœur en déboutonnant son gilet de coton blanc pour passer la pointe des doigts sur son torse et son buste, étirer ses tout petits bras, puis ses jambes.

Il la contemplait avec curiosité, sans protester ni se débattre. Rien ne semblait lui causer d'inconfort. Le couffin avait dû le protéger. À travers le brouillard, un fait étrange lui revint au sujet des accidents de voiture : les passagers qui étaient endormis pendant le choc s'en tiraient généralement mieux car leur corps était détendu.

Il va bien, se répétait-elle en se raccrochant à cette idée. Soigneusement, elle le recoucha dans le couffin… mais à l'instant où il quitta ses bras, sa petite bouche se tordit sur une plainte et il se mit à pleurer.

— Oh !

Son visage s'empourpra, de petits cris pareils à des miaulements aigus se déversèrent de sa bouche, jusqu'à ce qu'elle le reprenne dans ses bras. Quelque chose lui souffla que c'était de mouvement dont il avait besoin. Elle serra la mâchoire pour affronter la pique de douleur lorsqu'elle se releva. Elle plaqua le bébé contre son corps, la joue contre son épaule.

— Chut, chuuut.

Levant les yeux, elle vit le pilote progresser péniblement vers la sortie de l'avion en tirant la mère du bébé sous les aisselles. Elle avait la tête renversée en arrière, ses cheveux couleur ambre tel un rideau vers la terre. Lori aperçut le blanc de ses yeux, la tache sombre du sang collé d'un côté de son visage.

Daniel émergea, blême, qui la tenait par les chevilles en regardant partout sauf la jeune maman.

— Elle est… ? cria Lori.

Le pilote hocha la tête.

— Elle est morte.

Oh, mon Dieu, non !

Lori serra plus fort le bébé et pivota pour le protéger. Par-dessus ses pleurs sourds et lugubres, elle se mit à fredonner. Le rythme d'une berceuse oubliée remonta, extirpée des profondeurs de sa mémoire. Sa voix était tremblante, trop aiguë, mais, en répétant le refrain, elle se mit à le bercer, effectuant quelques pas en avant, quelques pas en arrière, en cadence avec la berceuse.

Peu à peu, le bébé se détendit dans ses bras. La gorge de Lori vibrait tandis qu'elle fredonnait en hochant la tête au rythme de la chanson. Elle continua, refusant de s'arrêter, et pendant tout ce temps, les hommes entraient et sortaient de l'avion, transportant les morts.

13

Avant – Lori

L'avion se consumait à petit feu dans la jungle pantelante. Le bébé dormait dans les bras de Lori et, derrière eux, les quatre corps morts des passagers étaient allongés épaule contre épaule à même la terre.

Notre avion s'est écrasé. Écrasé.

Les mots, les phrases se répétaient en boucle dans sa tête. Elle avait l'impression que son corps avait été secoué avec une force telle que même ses pensées s'étaient désintégrées en une multitude de gouttelettes, dont chacune atterrissait au hasard, comme la pluie.

Une chaleur, un mouvement dans ses bras lui firent baisser les yeux, surprise de nouveau d'y découvrir un bébé endormi, son souffle tiède contre son cou.

Sonny. C'est ainsi que sa mère l'avait appelé. Lori fut très vite submergée par le désir de le tendre à quelqu'un. Mais qui ?

La soif lui brûlait la gorge. Elle avait besoin d'eau. Elle s'était munie d'une bouteille, pendant le vol… mais elle ne pouvait pas remonter dans l'enfer de fumée qu'était la carlingue. Elle poussa sa langue à l'intérieur des joues, elle était sensible et enflée aux endroits où ses dents s'étaient enfoncées.

Plus loin, face à elle, Daniel tenait son portable en l'air, les yeux plissés vers l'écran.

— Pas de réseau, putain ! Pas une seule barre !

Il faisait les cent pas sur le sol de la jungle, les yeux rivés sur son téléphone. Il portait des socquettes à la mode, en coton bleu pâle et rayures orange au niveau de la cheville.

Il est dehors en chaussettes. La pensée se logea là, déconnectée du reste. Lori regarda les feuilles mortes s'accrocher au coton, la saleté s'accumuler à l'arrière du talon à mesure qu'il bougeait.

— Eh ! lui cria-t-il. Vous avez essayé votre téléphone ?

Téléphone. Où était son téléphone ? Tout à coup, il était capital qu'elle l'ait. Qu'elle appuie sur ses boutons. Qu'elle appelle quelqu'un avec.

Erin ! Il faut que je parle à ma sœur. Il faut que je lui dise ce qui s'est passé.

Le pilote sortit du cockpit en traînant des pieds, les bras appuyés contre l'encadrement de porte de l'avion. Sous sa casquette, la blessure sur le côté de sa tête n'était pas belle du tout. Le sang avait coulé sur le col blanc de son uniforme.

— Vous allez bien ? lui lança Lori. Votre tête...

Il porta les doigts à sa blessure. Parut étonné de les découvrir empoissés de sang. Il les essuya sur le devant de son uniforme, dessinant une sorte de logo irréel, une bande rouge tachant le badge piqué à sa chemise. Lori plissa les yeux pour en lire l'inscription : « Capitaine Mike Brass ».

— Qu'est-ce qui s'est passé, putain ? demanda Daniel, toujours par terre.

Le pilote, Mike, ouvrit les paumes et :

— Le kérosène... le tuyau d'alimentation en carburant a dysfonctionné... je ne sais pas...

— Où sommes-nous ? s'enquit l'homme aux cheveux longs, qui apparut à côté du pilote, un extincteur toujours en main.

— J'ai dû opérer un atterrissage d'urgence… Il n'y avait pas de clairière, pas de piste, pas avant des kilomètres. Cette île… c'est tout ce qu'il y avait.

Une île. On est sur une île.

— Pas pu le contrôler…, continuait Mike en secouant la tête. Essayé de ralentir… déchiré la ligne des arbres…

— Vous avez appelé à l'aide à la radio ? l'interrompit Daniel. Il y a une équipe de secours en route ?

— La console de commandes a été endommagée. Rien ne fonctionne.

— Rien ? répéta Daniel d'une voix aiguë. Mais vous avez un téléphone satellite ?

— Les avions de cette taille ne sont pas équipés de ce genre d'appareil.

Daniel s'agrippa l'arrière de la tête, un mouvement qui parut décocher une nouvelle flèche de douleur dans son crâne : il relâcha les mains et remonta l'épaule gauche vers son oreille.

— Il doit forcément y avoir une sorte de radar ou de GPS, quelque chose qui indique notre position, non ?

Les mots… ils allaient beaucoup trop vite. Lori n'arrivait pas à se raccrocher à quoi que ce soit. Elle ne cessait de baisser les yeux vers le bébé dans ses bras.

Qu'est-ce que je fais de toi ?

Mike parlait, il répondait quelque chose au sujet de radars primaires et secondaires.

— C'est seulement la ligne de mire. L'appareil sort des radars s'il est en dessous de l'horizon.

Lori sentit ses entrailles se glacer.

— Donc il se passe quoi, maintenant ?

Mike se tourna et la regarda vraiment pour la première fois. Il avait les yeux injectés de sang, les pupilles dilatées. Il cillait à toute vitesse.

— Ils vont lancer une recherche.

Daniel pouffa.

— Une recherche ? Une putain de recherche ? (Il secoua la tête et son sourire se mua en grognement féroce.) Vous avez crashé notre putain d'avion et maintenant vous nous dites qu'il n'y a pas moyen de lancer d'appel à l'aide ? Pas de téléphone satellite ? (Il ouvrit les paumes, pivotant pour inclure Lori et l'homme aux cheveux longs dans son questionnement.) Vous entendez ces conneries, là ? (De nouveau, il leva son portable devant lui. Jura en observant l'écran.) Moi, j'attends pas ici qu'une recherche soit lancée. Il y a forcément du réseau quelque part sur cette île. Voire mieux, des gens. Je vais voir où on est, exactement.

— On est arrivés par là, indiqua le type aux cheveux longs.

Il désignait l'endroit d'où l'avion avait roulé sur le sol de la forêt, laissant dans son sillage arbres écrasés et bosquets aplatis, traces de roues enfoncées dans la terre.

Le bébé dans les bras, Lori suivit les autres vers l'orée de la jungle. Elle marchait pieds nus, ses sandales perdues quelque part parmi les débris de la carcasse. Elle scrutait le sol à l'affût des racines d'arbres et des branches pointues, posait précautionneusement les pieds sur la terre couverte de feuilles.

L'ombre tachetée de lumière prit fin, et ils émergèrent sur une plage blanche comme le corail, d'une clarté aveuglante. Lori protégea la tête de Sonny des rayons cuisants du soleil. Le sable, profond, était brûlant sous ses pieds. Sans être atténué par un souffle de vent, le soleil pulsait au-dessus d'eux. La soif grimpa d'un cran à mesure qu'ils avançaient sur la plage jonchée des enveloppes séchées de noix de coco et des feuilles de palmiers mortes depuis longtemps.

Ils s'immobilisèrent au bord de l'eau. L'océan vide posait sur eux un regard indifférent. Il était d'un azur brillant, cristallin, clair et peu profond. Son étrange beauté s'avérait presque obscène, en comparaison avec leurs corps ensanglantés et déchiquetés.

À cinq cents mètres au large, la baie peu profonde était cernée d'un récif incurvé qui semblait encercler l'île. Là-bas, l'océan s'assombrissait, virant au bleu marine, ébouriffé de blanc aux endroits où se brisaient les vagues.

Tournant les yeux vers la gauche, Lori vit que la plage se terminait par un groupe d'énormes rochers couleur peau d'éléphant qui s'avançaient dans la mer. À droite, le sable s'étirait sans obstacle jusqu'à être interrompu par une forêt de mangroves très dense qui se jetait dans la mer.

Elle pivota sur place, face à l'épais manteau de la jungle au centre de l'île. Aucune interruption de la bande de vert n'était visible : pas de bâtiments, pas de routes, pas de signes d'habitations. L'endroit était d'une sérénité perturbante, un paradis de carte postale avec un avion fumant caché en son centre. Son regard fouilla désespérément les lieux en quête de la main de l'homme, quelque chose de reconnaissable : une hutte de pêcheur, un bateau, l'habitat le plus élémentaire… mais il n'y avait rien.

— Putain, c'est complètement désert, chuchota Daniel.

— Combien de temps avant qu'on nous retrouve ? demanda Lori à Mike. Le bébé… il a besoin de lait. D'être mis à l'abri de cette chaleur.

Le pilote plissait les paupières face au soleil aveuglant.

— Je ne sais pas…

— D'après la trajectoire de notre vol, ils sauront où l'avion s'est écrasé, non ?

Un muscle tressautait dans la mâchoire de Mike.

— Il y a eu une bande de gros temps. J'ai dû nous dérouter pour l'éviter. Du coup, on l'a contournée largement.

(Il marqua une pause.) Ils ne s'attendront pas forcément à ce qu'on soit dans cette zone-là.

— Quoi ? aboya Daniel. Personne n'a la moindre putain d'idée de l'endroit où on est ?

Lori se rappela avoir regardé une carte des Fidji, dans l'appartement londonien d'Erin. La zone sud-est, leur destination, était retirée et rarement visitée. L'archipel était piqué de milliers d'îlots, parmi lesquels plus de trois cents non habités.

Mike s'accroupit sur le sol ; ses genoux craquèrent. Sa casquette était toujours posée sur sa tête, selon un angle rappelant un homme saoul, et l'entaille, en dessous, commençait à sécher avec la chaleur. Elle le vit tendre une main tremblante vers le sable et se mettre à dessiner.

Le contour de l'île principale commença à prendre forme, marquée de leur point de décollage. La sueur perlant dans les plis de son front, il dessina une représentation grossière de la chaîne d'îlots.

— Voilà quelle était notre destination, expliqua-t-il en traçant une croix. Et là, c'est le trajet que nous étions censés suivre. J'ai eu mon dernier contact avec la tour de contrôle à peu près ici.

Lori constata que le point se situait à peu près à un tiers du voyage.

— Les intempéries arrivaient par l'ouest, donc je les ai contournées et j'ai essayé de changer de trajet. (Il réfléchit un instant, puis se pencha en avant.) Je pense qu'on s'est crashés quelque part par là.

Quand les autres s'approchèrent, leur ombre tomba sur la carte tracée dans le sable. Lori sentit l'odeur âcre du vomi, la puanteur de la fumée.

— Autrement dit, quand ils vont lancer des recherches, conclut l'homme aux cheveux longs et au tee-shirt sombre trempé de sueur, ce sera à partir du point de notre dernière transmission ?

— Exact.

Il s'approcha un peu plus pour voir toute l'étendue de la carte.

— Alors ça signifie… Ça signifie que la zone de recherche devra couvrir des centaines de kilomètres.

La tête de Lori se mit à lui tourner. Elle ferma les yeux, paupières serrées, tenant fermement le bébé.

Je n'y arriverai pas.

Elle voulait désespérément entendre la rotation des pales d'un hélicoptère, sentir le rugissement d'un avion de secours déchirant le ciel, voir un bateau de survie filer à travers la baie. Mais, quand elle rouvrit les yeux, tout ce qu'elle vit, ce furent les visages en sang et effarés d'inconnus et, au-delà, l'œil bleu et vide de l'océan.

14

Maintenant – Erin

Je suis expulsée *manu militari* – toujours hurlante – de la chambre d'hôpital de Mike Brass.

Je me débarrasse d'un mouvement d'épaule du fils du pilote, qui crie dans mon dos : « Vous êtes qui, putain ? », pendant que je m'éloigne à grands pas dans le couloir.

« On n'avait pas le choix. »

Ses paroles se répètent comme un écho dans ma tête, de plus en plus fort à chaque pas.

« On. »

D'autres personnes ont donc survécu à cet accident d'avion. Pas seulement Mike.

Qui ? Qui ?

Le fils du pilote me suit à pas lourds et rapides.

— Eh ! Vous ! Attendez !

Je n'en fais rien. Au contraire, je me mets à courir. J'ai besoin d'air. Besoin de sortir de cet hôpital. Je tourne brusquement à gauche, pousse de lourdes portes et accède à un escalier que je descends au pas de charge. Mes tongs claquent sous mes talons et j'évite un visiteur *in extremis*. Ayant atteint le rez-de-chaussée, je plaque les paumes contre les portes de l'hôpital, que je pousse pour émerger dans un afflux de soleil.

J'avale l'air, tiède, humide, mais frais.

Je reste là un moment à reprendre mon souffle, les mains sur les hanches.

Pas de nouvelles pendant deux ans. Rien. Et puis le pilote – vivant – juste là devant moi.

Il sait quelque chose. Il sait.

Un claquement de bottes derrière moi.

— Eh ! Vous !

Je pivote.

Le fils du pilote, Nathan Brass, est soudain là en face de moi. Il est tout en épaules, le cou veiné, short kaki et godillots de travail. Ses mains épaisses sont ouvertes devant lui.

— C'était quoi, ça, putain ? Vous êtes qui ? demande-t-il avec un accent australien plein de rudesse.

Il me dévisage, le regard noir. Je redresse les épaules, lève le menton.

— Erin Holme. Ma sœur était à bord de l'avion que votre père a écrasé.

Alors là, ça lui en bouche un coin. Il cille.

— Pourquoi êtes-vous ici ?

— J'ai des questions à lui poser.

J'observe Nathan. Je sais des choses sur lui. Je sais qu'il a pleuré quand sa sœur aînée a déménagé. Je sais qu'il jouait au rugby à un niveau national jusqu'à ce qu'une blessure à l'épaule mette fin à sa carrière. Je sais qu'il n'a pas parlé à son père pendant dix-huit mois après la mort de sa sœur. Je sais qu'il a épousé une fille à vingt-trois ans et qu'il a divorcé à vingt-cinq. Je sais qu'à présent il vit à Perth, à vingt minutes de la maison de sa mère, et qu'il travaille sur un chantier naval.

— Mon père est mourant, énonce-t-il, pragmatique.

— C'est pour ça que j'ai besoin de lui parler. On ne se débarrassera pas de moi avec une transcription de mes deux, des bribes collées ensemble par les autorités. Je veux la vérité.

L'adrénaline délie quelque chose et, désormais, la rage déferle en moi. Je carre les épaules face à lui, ce qui n'est pas facile, vu que je lui arrive au niveau de la clavicule.

— Je veux savoir pourquoi ma sœur est montée dans cet avion et qu'on ne l'a plus revue depuis. Je veux savoir comment il se peut que le pilote – votre père – soit toujours en vie, bon Dieu. Je veux savoir pourquoi il ne s'est pas rendu à la police. Pourquoi, quand je lui ai posé toutes ces questions – où se trouvait l'île, ce qui s'est passé –, il a répondu : « On n'avait pas le choix. » Pas « je », mais « on ».

Nathan recule d'un pas et me regarde fixement, médusé, quand je lui assène ma conclusion :

— Il nous ment.

S'ensuit un long silence. Au terme duquel Nathan lâche :

— Je sais.

Je m'attendais à ce qu'il soit sur la défensive… Pas à ce qu'il soit d'accord.

— Pourquoi ? Qu'est-ce qu'il cache ?

— Vous croyez que je le sais ? Mon père nous a fait croire qu'il était mort. (Il retrousse les lèvres sur ses dents.) On a organisé des funérailles. On l'a pleuré. Pendant six mois après l'accident, ma mère a bu une bouteille de vin chaque soir. La presse a campé devant sa porte pendant les trois premiers. Elle a perdu son boulot. Elle a emménagé avec moi. Et pile au moment où elle commençait à repartir de l'avant, à être heureuse, on reçoit un coup de fil de la police qui nous annonce que mon père est en vie. Qu'il est en vie depuis tout ce temps et qu'il habite aux Fidji. Et nous revoilà ici, descendus dans un hôtel avec la presse campée de nouveau devant notre putain de porte.

— Vous ne saviez vraiment pas qu'il était vivant ?

Il ouvre la bouche, comme si la question était offensante.

— Bien sûr qu'on n'en savait rien, bordel !

Nous restons là un moment sous le soleil torride, à écouter le pas traînant d'un patient en pantoufles qui passe devant nous avec lenteur. Au-dessus, un avion coupe le ciel et je lève les yeux vers le bleu aveuglant.

— Il n'aurait jamais dû prendre les commandes de cet avion, lâché-je.

Chacun de mes mots sonne avec la dureté minérale de la vérité.

Nathan me scrute.

— Qu'est-ce que c'est censé vouloir dire ?

— Rien, me hâté-je de rétropédaler.

Il continue de me dévisager.

— Si, vous vouliez insinuer quelque chose. Quoi ? (Mes lèvres restent serrées.) C'était un super pilote, son dossier était impeccable. Il a volé partout dans le monde.

L'espace d'un bref instant, je visualise Nathan enfant, assis dans le cockpit, le visage rayonnant de joie pendant que son père lui fait la démonstration des boutons et autres manettes.

— Peut-être. Mais pas ce jour-là.

— Il a dû y avoir un incident mécanique, insiste Nathan, sans grande conviction toutefois.

— Pourquoi ne s'être pas présenté, alors ? Pourquoi être resté caché aux Fidji pendant deux ans au lieu de revenir dans votre famille ? (Je marque une pause.) Vous connaissez la seule raison qui pousse quelqu'un à se comporter de la sorte ? (Il me fixe, les paupières plissées.) La culpabilité.

Le mot, pesant, reste en suspens entre nous.

— Nathan ?

Nous nous retournons tous les deux.

La femme du pilote se tient à quelques mètres. Elle a l'air mince, frêle. Ses mains sont serrées. Je lis une question dans l'arc de ses sourcils tandis qu'elle regarde son fils.

— Nathan, le médecin attend pour nous parler.

Il hoche la tête.

— D'accord.

Il reporte les yeux sur moi, hésite, comme s'il y avait autre chose à ajouter. Puis, l'instant d'après, il se met en mouvement, et la mère et le fils disparaissent à l'intérieur de l'hospice.

Je reste plantée là un moment à regarder inutilement les portes battre derrière eux.

« On n'avait pas le choix. » Les mots tournent en boucle dans ma tête. Je m'imagine le pilote sortant en rampant de la carcasse de l'avion, les autres passagers aussi.

Des failles apparaissent déjà dans l'histoire de Mike. Je sais qu'il nous ment. Mais pourquoi ?

15

Avant – Lori

Lori s'obligea à retourner dans la carcasse de l'avion. Une nouvelle vague de terreur déferla, qui lui contracta la gorge. Les masques à oxygène pendaient du plafond, et une odeur âcre de brûlé imprégnait l'air. L'arrière de l'appareil était noirci par la fumée et le contenu humide de l'extincteur.

Des tremblements prirent possession de son corps. Sonny s'agita et gigota dans ses bras, provoquant un nouvel assaut de piques douloureuses dans son cou tandis qu'elle bataillait pour le tenir.

Du lait. Il lui faut du lait.

Elle avait vu sa mère lui préparer un biberon pendant le vol. Il devait forcément rester du lait en poudre.

Sur ses jambes vacillantes, elle se força à avancer et son regard à remonter l'allée maculée de sang. Un escarpin, un seul, était coincé sous un siège et, bizarrement, sa vue la perturba plus que le sang. La nausée, toute proche, était comme une menace chaude qui lui chuchotait au creux du ventre.

Son talon cogna contre quelque chose de dur. Baissant les yeux, elle vit son portable, dont l'écran brisé comportait une toile de fissures.

Maladroitement, elle l'attrapa et appuya sur le bouton de mise en marche. Attendit.

Réessaya une deuxième fois.

Rien, pas même le logo blanc vacillant. Elle abandonna le téléphone et reprit sa progression.

Les coffres à bagages au-dessus des sièges avaient déversé leur contenu, l'impact de l'accident envoyé des sacs un peu partout dans la cabine. Lori repéra sa sacoche marron, coincée entre deux sièges, mais son regard passa dessus sans s'arrêter : elle n'était concentrée que sur le lait. Elle s'accroupit du mieux qu'elle put, fouilla des yeux sous les sièges, la position étirant la peau brûlante sur ses tibias.

Là !

Un sac imperméable à motif floral et de nombreuses poches. D'une main, elle l'atteignit et parvint à ouvrir la fermeture Éclair de la poche principale. Elle fouilla parmi des couches, maillots de rechange, un tapis de change de voyage, une écharpe porte-bébé… mais pas de lait. Rien qu'un biberon vide, la tétine collée par un reste de lait caillé.

Merde !

Les pleurs de Sonny s'étaient mués en un hurlement insistant.

Elle ressortit de l'avion à la hâte. Dans le vert enclos de la jungle, Daniel était occupé à sortir les gros bagages de la soute. Son polo était relevé, révélant une bande de dos blanc parsemé de poils bruns.

— Il me faut la valise de la mère ! lui cria-t-elle. Sonny a besoin de lait.

Daniel tira vers lui une valise mauve bon marché.

— Ça pourrait être celle-là ?

Avec difficulté, Lori s'extirpa de l'avion tout en tenant Sonny contre elle. Il était chaud et humide dans ses bras serrés, la peau rougie.

— Ça va aller, mon chéri, promit-elle en déboutonnant les attaches de la grenouillère de coton pour laisser passer un peu d'air.

Une mouche bourdonnait autour des coupures aux jambes de Lori.

Daniel tira sur la fermeture Éclair pour révéler une série de minuscules maillots de corps et de grenouillères, de petits chapeaux. Lori se figura la jeune maman pliant chacun de ces vêtements de coton, en remplissant la valise en piles soignées, et une boule d'émotion lui noua le ventre. Mais pleurer ne servirait à rien, pas ici. Elle devait maîtriser ses nerfs.

Daniel trouva une boîte de lait maternisé, ainsi que des biberons.

— Dieu merci ! s'exclama-t-elle en berçant le bébé. Il faut que vous me prépariez un biberon.

— Moi ?

— Versez de la poudre dans de l'eau. Lisez les instructions, ça vous expliquera comment procéder.

Lori avait vu des amies préparer des biberons, mais n'était-on pas censé le faire avec de l'eau stérile ? Chaude ?

Concentré sur le dos de la boîte, Daniel se passa une main sur le front.

— Quel âge il a ? cria-t-il par-dessus les hurlements du bébé.

Lori avait entendu sa mère donner l'âge de Sonny à l'hôtesse de l'air.

— Quatre mois. (Il s'était raidi dans ses bras, petits poings collés contre sa bouche poisseuse.) Désolée, chéri, ça vient.

Du sang avait séché sur le côté du visage de Daniel. Ses sourcils étaient froncés.

— Vous pouvez le faire taire ? J'arrive pas à calculer !

Lori cilla.

Daniel fourra la boîte de lait dans les mains de l'homme aux cheveux longs, dont Lori avait appris qu'il s'appelait Felix. Lui était en plein inventaire des provisions récupérées de l'avion : chips, bouteilles d'eau, briques de jus de fruit, chocolat et fruits secs.

— Faites-le, vous ! lui dit Daniel en retournant s'occuper des bagages.

Felix regarda Lori. Il avait les yeux sombres au-dessus de la boursoufflure brune le long de l'arête de son nez.

— Qu'est-ce que vous voulez que je fasse ?

Lori lui ordonna de prendre une bouteille d'eau minérale non gazeuse et d'en verser dans un biberon avec du lait en poudre. Il suivit ses instructions, versa dans le biberon la poudre dont un nuage tomba au sol.

— Replacez la tétine, dit-elle.

L'encre noire de son tatouage au poignet parut s'illuminer lorsqu'il vissa maladroitement l'anneau de plastique, avant de lui tendre le biberon. Les petits poings de Sonny, en battant de façon désordonnée, heurtèrent la bouteille et l'envoyèrent par terre.

— Merde ! s'écria Lori.

Le biberon roula à ses pieds, le lait gouttant sur la terre humide, la tétine salie. Elle essaya de l'attraper, mais le bébé se cabra, soudain aussi glissant et insaisissable qu'une anguille. Lori dut s'aider de ses deux mains pour le maintenir immobile contre sa poitrine.

Elle sentait la sueur ruisseler sous ses aisselles et dans le pli de ses genoux. Les cris de Sonny la perforaient.

Felix ramassa le biberon et rinça la tétine avec le restant d'eau. Ce n'était pas d'une propreté parfaite, mais cela devrait faire l'affaire. Il le lui tendit de nouveau.

Dans ses bras, Sonny se tendit vers la bouteille, le dos cambré. Cette fois, Lori, préparée, lui saisit délicatement les bras d'une main, tandis que, d'une main ferme, elle approchait lentement la tétine de ses lèvres. Sonny ouvrit grand la bouche, puis ses gencives roses se refermèrent. Les pleurs cessèrent aussitôt.

— Voilà. Vas-y moins vite, dit-elle en le voyant téter furieusement, les yeux écarquillés.

Il avalait le lait à grandes goulées, dont elle entendait les déglutitions bruyantes et irrégulières. Au bout d'une minute ou deux, le rythme se calma et elle fut submergée par le soulagement, qui diminua la tension de ses épaules.

Quand elle releva les yeux, Felix l'observait.

— Vous avez bu quelque chose ?

Elle secoua la tête.

Il retourna vers la pile de provisions et attrapa une grande bouteille d'eau. Comme elle n'avait aucune main libre, il la posa à ses pieds.

— Faut rester hydratée.

— Merci.

Il opina du chef.

— Je vais faire un tour de l'île… On ne tardera pas à avoir besoin d'eau.

Mike étalait les restes calcinés d'un radeau de sauvetage. Une partie avait été complètement brûlée et il ne restait qu'une masse fondue de plastique orange. Il essuya la sueur au-dessus de sa lèvre, le visage sombre.

— Il est fichu ? lui demanda Daniel, qui se tenait planté là, les mains aux hanches, une valise rigide couleur argent ouverte à ses pieds.

Les chemises repassées de frais qu'elle contenait produisaient un effet incongru au milieu de la jungle.

— Ouais, répondit Mike. Mais le sac de fournitures a survécu. On a deux fusées de détresse, un kit de premiers secours, des comprimés de désalinisation, un briquet, de la corde.

— Pas de téléphone satellite au fond ? s'enquit Daniel.

Mike ne répondit pas. Il se remit péniblement debout, et Lori le vit vaciller, comme si l'un de ses genoux flanchait.

Il parvint à se redresser, mais elle remarqua la grimace de douleur qui lui tordait le visage. Sous la poussière qui lui maculait les avant-bras, elle vit les taches de vieillesse sur sa peau abîmée par le soleil.

Lori reporta son attention sur Sonny. Il tétait plus calmement, et ses paupières commençaient à cligner lentement. Elle contempla ses doigts minuscules, qui essayaient d'agripper la bouteille, ses ongles soigneusement coupés, sa peau pâle. Il avait une touffe de cheveux clairs, qui se clairsemait à l'arrière du crâne, sans doute là où la peau frottait dans son berceau. Peu à peu, elle vit ses paupières se fermer, ses lèvres se ramollir autour de la tétine.

Il avait pris à peu près la moitié du lait. Était-ce suffisant ? Elle n'avait aucune idée du nombre de repas dont avait besoin un bébé de cet âge. Quand lui en faudrait-il encore ? Même à l'ombre, la chaleur pulsait rapidement, Lori avait la peau humide de transpiration. Derrière eux, elle entendait l'océan, qui bougeait, qui changeait, qui les entourait.

Un bruit lui parvint, quelque chose de léger, de métallique.

Daniel était à genoux par terre, une mer de bagages ouverts autour de lui, comme si les valises avaient été soumises à une autopsie. Son expression était concentrée alors qu'il étudiait les objets entre ses mains.

Lori vit la lueur argentée, la lame aiguisée fatale. D'un fourreau noir, Daniel avait tiré un couteau.

— Où avez-vous trouvé ça ? lui demanda Mike.

Il désignait la lame, longue de plusieurs pouces, acérée comme une aiguille d'un côté, offrant de l'autre le dentelé d'une scie.

— Dans un des sacs.

Daniel retournait le couteau, examinant les deux côtés de la lame. Lori sentit une pointe de malaise monter en elle. Qu'est-ce que l'un des passagers pouvait bien faire à voyager avec un couteau ? Ils allaient dans un complexe hôtelier, en vacances sur un îlot minuscule où tout était prévu et inclus. Lori avait rempli sa valise de robes d'été et de sandales, de livres et de bikinis.

Un couteau ?

— Qu'est-ce que vous avez trouvé d'autre ? s'enquit Mike en s'approchant.

— Une paire de jumelles et ça, répondit Daniel, qui sortit quelque chose ressemblant à une lance attachée à un harpon par un élastique. On dirait un fusil de pêche. Et il y a des palmes, aussi.

Lori comprit que toutes les valises avaient été ouvertes, et le contenu était étalé par terre aux pieds de Daniel. Il avait fait une pile de passeports, chaque sac ayant été fouillé. Elle posa le regard sur sa propre valise, fermeture Éclair défaite, attaches intérieures détachées, ses affaires éparses. La bretelle de dentelle claire de l'un de ses soutiens-gorge avait été dérangée et la volute d'un string noir émergeait. Elle ressentit dans sa chair l'intrusion des doigts de Daniel sur le tissu de ses sous-vêtements.

Pourquoi diable avait-elle emporté des sous-vêtements de dentelle pour des vacances avec sa sœur ? Elle s'était aussi offert une manucure, choisissant un vernis rose fluo qui lui était apparu comme la couleur parfaite pour des vacances sous les tropiques en plein hiver. À présent, le rose brillant de ses ongles semblait ridicule. Obscène. C'était pour qui, ces sous-vêtements ? Cette manucure ? Les mèches hors de prix dans ses cheveux ? Pas pour Pete. Plus pour lui. Peut-être juste pour se sentir bien, pour elle, comme si une couche de vernis à ongles pouvait changer quoi que ce soit.

Non, pas maintenant. Pas de larmes. Pas ici. Pas pour Pete, nom de Dieu ! Ses pensées désordonnées lui échappèrent, désireuses de revenir à ce jour du passé.

Vacances de mai. Lori à la maison, qui rangeait le placard à peinture. Les toiles durcies et les pinceaux raides étalés sur la table de la cuisine, parmi lesquels elle départageait le matériel à sauver de celui qu'il convenait de jeter. Elle avait entendu s'ouvrir la porte d'entrée, jeté un coup d'œil à la pendule de la cuisine : midi. Étrange. Pete n'avait pas prévenu qu'il rentrait déjeuner.

À l'instant où il était entré dans la cuisine, elle avait vu son expression – yeux ronds, bouche tombante, visage blême – et pensé : cancer. Il va m'annoncer qu'il a un cancer.

Au lieu de quoi, il avait baissé les yeux vers le sol, où il appuyait la pointe de l'une de ses chaussures de travail contre l'angle décollé d'une plinthe. Il tremblait.

— Je suis vraiment désolé, Lori. Je n'en reviens pas de ce que je m'apprête à dire… (Il avait dégluti et, quand il avait relevé la tête pour la regarder droit dans les yeux, elle avait remarqué sa gorge rougie.) Je… je te quitte.

Elle n'était pas la seule femme au monde à avoir entendu une version ou une autre de cette phrase ; elle en avait ressenti le choc dans son corps, comme si les paroles étaient des pierres projetées contre sa poitrine.

— Quoi ?

Ses lèvres étaient comme engourdies, si bien que les mots en sortaient brouillés.

— Pardon. Je te quitte, avait-il répété.

Sous le choc de l'incrédulité, ses mains avaient cherché le soutien de la table.

— Pourquoi ?

— J'ai quelqu'un d'autre.

— Quoi ? Qui ?

Il avait détourné les yeux. Secoué la tête.

Agrippés au bord de la table de la cuisine, les doigts de Lori, sous ses ongles, n'avaient plus de sang.

— Je la connais, c'est ça ?

Il avait opiné du chef. C'était comme une sorte de jeu de devinette pervers.

— Pas une de mes amies, je t'en supplie, avait-elle lâché en secouant la tête.

— Zoe.

Elle avait ressenti le poids de la compréhension arriver d'un coup, la frapper derrière les genoux, si bien qu'elle s'était affaissée sur une chaise de cuisine. Son estomac semblait lui être remonté dans la gorge.

Zoe était la prof de sport de l'école où Lori dirigeait le département des arts plastiques. Elle avait commencé l'année scolaire passée, descendant de Birmingham avec un petit ami, dont elle s'était séparée au cours du premier trimestre. Lori songea au corps mince de Zoe, ferme et athlétique dans sa jupe plissée d'éducation physique, à ses tibias pointus et tachés d'hématomes. Rien à voir avec le corps de Lori, le corps que Pete avait toujours affirmé adorer. Plantureux. Seins généreux. Des hanches auxquelles s'accrocher.

— Sors d'ici.

Elle avait attendu qu'il tourne les talons, qu'il s'éclipse de la pièce. Sauf que Pete n'avait pas bougé. Il l'avait regardée droit dans les yeux, raide.

— Ce n'est pas tout.

Elle avait cillé. Comment était-ce possible ? Qu'est-ce qui pouvait bien être pire ?

— Zoe est enceinte. De quatorze semaines. C'est mon bébé.

Son monde avait soudain basculé. Lori s'était penchée vers l'avant.

— Je suis désolé, Lori. Tellement désolé. Je sais que c'est ce qu'il y a de pire… après tout ce qu'on a traversé. C'était un accident…

Elle releva brusquement la tête.

— Un accident ? avait-elle grondé, montrant les dents.

— Je ne voulais pas dire ça…

Une chaleur furieuse avait parcouru son corps, puissante. Projetant violemment les mains contre le bord de la table, elle l'avait renversée. Le pot d'essence de térébenthine était allé s'écraser contre le frigo, faisant pleuvoir verre brisé et liquide sur la pièce. Les pinceaux s'étaient éparpillés sur le sol dans un fracas.

Pete avait bondi en arrière, paumes levées.

— Lori…

— Sors. D'ici. Tout de suite.

Sa voix n'était que rage, que haine, que feu.

Il était resté à ciller, pétrifié, pendant de longues secondes. Puis il avait pivoté et s'était hâté vers la porte. Et il était parti.

Parti.

Un tremblement violent s'était emparé de son corps. Elle ne sut pas combien de temps elle était restée là, enracinée, mais la lumière s'était assez déplacée sur le mur de la cuisine pour qu'elle se retrouve plongée dans l'ombre.

Enfin, elle avait attrapé son téléphone.

Composé le numéro. Deux sonneries. Sa sœur avait décroché à la troisième.

— Sœurette ?

Lori avait répondu par une phrase unique : « J'ai besoin de toi », et Erin avait sauté dans sa voiture, pris la route, apporté la boussole qui leur permettrait de se diriger à travers et hors de cette épreuve ensemble.

Et maintenant, Lori avait sous les yeux la canopée dense de la jungle, l'avion en accordéon en son centre. Et tout ce dont elle rêvait, c'était de décrocher son téléphone, d'appeler sa sœur. De lui dire : « J'ai besoin de toi. »

16

Avant – Lori

La journée se refermait, scellée par la chaleur. Lori se tenait au bord de l'eau, le regard rivé sur l'horizon vide. Sa peau était empoissée de couches de sueur refroidie, de sang séché, de saleté. Elle s'enveloppa de ses bras. La douleur étincela dans son cou. Elle y porta une main et frotta le nœud de muscles.

Le regard perdu sur l'eau d'encre, elle sut qu'elle arrivait.

La nuit.

Le dernier rayon de soleil avait déjà glissé derrière la ligne de l'horizon, laissant une brève touche de couleur. Elle l'avait regardé, en silence, qui saignait puis disparaissait.

Elle donnerait tout sur-le-champ pour repérer l'éclair lumineux d'un bateau de secours, qui fouillerait le crépuscule. Son regard voyagea jusqu'à l'extrémité la plus éloignée de la baie, où une bande d'eau profonde rencontrait le récif. Là-bas, les vagues s'écrasaient, déposant sur l'eau la mousse blanche de leur écume. Un bateau devrait naviguer à travers des vagues hautes comme un homme debout, sur un cimetière de rochers et de coraux d'une dureté à briser les coques. À la lumière du jour, le parcours serait traître. De nuit, impossible.

La certitude s'installa : ils allaient passer la nuit sur cette île.

À ses pieds, Sonny dormait dans le couffin. Elle s'accroupit maladroitement, rouvrant des entailles à peine cicatrisées. Un ruisselet de sang tiède lui coula sur le tibia. Pendant un instant, elle écouta la respiration douce du bébé et sentit son propre pouls ralentir. Elle avait bordé le couffin d'un gilet appartenant à la mère du petit, dans l'espoir que son odeur soit restée enfermée dans les mailles du coton. Pour le moment, il avait l'air paisible, satisfait. Mais bientôt il se réveillerait et aurait de nouveau besoin d'être nourri, changé, réconforté. Tout ça dans le noir. Sans eau courante. Sans biberon stérilisé. Sans table à langer.

Sans maman.

Le bourdonnement de l'anxiété s'accéléra. *In loco parentis.* Elle était loin, très loin de sa zone de confort. Dieu qu'elle brûlait de transmettre cette responsabilité à quelqu'un d'autre ! Mais à qui ? Daniel refusait de toucher le bébé. Felix était parti depuis des heures. Et Mike semblait à peine tenir sur ses pieds : sa blessure à la tête inquiétait Lori.

Une odeur de fumée de bois passa sur la plage. Elle se tourna pour jeter un coup d'œil par-dessus son épaule et vit le feu de détresse allumé. Mike avait utilisé le briquet du sac de survie pour l'allumer, en plus de morceaux d'écorce séchée de noix de coco et de brindilles pour l'attiser. Il était accroupi dans sa lueur, enfonçant une branche pour le nourrir.

Un souvenir de l'accident jaillit dans les pensées de Lori. Ça se produisait chaque fois qu'elle restait immobile : images stroboscopiques, viscérales et horrifiantes, projetées derrière l'écran de ses paupières. La première chute, l'avion qui plongeait, les hurlements de terreur, le craquement sourd du corps de l'hôtesse projeté contre le plafond.

Lori secoua la tête pour se libérer des images, mais le mouvement lui envoya une pique de douleur entre les omoplates, comme une flèche.

À travers la semi-obscurité, elle prit conscience d'une ombre se mouvant le long du rivage dans sa direction. Peu à peu, elle discerna les longues enjambées paresseuses de Felix, mains enfoncées dans les poches, tête baissée mais yeux sombres levés. Vers elle.

Quand il approcha, elle distingua les sentiers sinueux de sang séché dessinés sur l'arête de son nez. Son œil gauche commençait à noircir, une ecchymose qui déséquilibrait la symétrie de son visage et lui donnait une expression hantée.

Les pensées de Lori dévièrent vers le couteau, son éclat argenté quand il avait été tiré de son fourreau, les deux côtés de la lame également mortels. Il était à lui, Daniel l'avait découvert, sorti de son sac avec le fusil harpon.

Elle se mit debout.

Il s'immobilisa à côté d'elle, et elle perçut une odeur terreuse, salée. La sienne ?

Des picotements coururent sur la peau de Lori, déstabilisée qu'elle était par l'idée qu'il ait emporté une arme sur l'île.

— Comment va Sonny ? s'enquit-il à voix basse.

— Ça va, je pense. Il dort… pour le moment. Vous avez trouvé quelque chose ? De l'eau ?

Les provisions de l'avion leur dureraient deux jours au mieux.

— Il y a un cours d'eau. Je l'ai remonté jusqu'à sa source. Il forme une petite mare au centre de l'île. Propre, buvable. Pas grand-chose d'autre, en revanche. Aucun signe d'habitation. Pas même une cabane de pêche ni un abri. J'ai grimpé sur une arête tout au bout de l'île qui offre un bon point d'observation, mais il n'y a pas grand-chose à voir.

— Ah.

Elle ignorait à quoi elle s'était attendue, mais cette confirmation lui flanqua un coup.

— Y a plein de fruits, cela dit. Des mangues, des bananes, des noix de coco, des arbres à pain.

— C'est bien.

Et ça l'était. Une bonne nouvelle. Pourtant, elle ne ressentit pas le moindre relent d'optimisme. Tout ce qu'elle voulait, c'était qu'on lui annonce que les secours étaient en chemin.

— Vous avez vérifié s'il y avait du réseau ?

Son expression changea, il baissa les yeux.

— Je n'avais pas mon téléphone.

Alors elle se rappela : Felix courbé au-dessus de son portable dans la salle d'embarquement, qui détruisait la carte SIM, puis se dirigeait vers la poubelle et y jetait le tout. Il avait levé les yeux, vu qu'elle l'observait.

Maintenant, il relevait la tête, et elle croisa ses yeux, enfoncés derrière les replis de sa peau enflée. La façon dont il la dévisageait… Était-il vexé ? Humilié ? Difficile à dire dans la pénombre grandissante.

— Je me suis débarrassé de mon portable avant le vol. Il était vieux, plus d'abonnement. J'aimais bien l'idée d'être déconnecté un moment.

Elle ne pipa mot.

Il déplaça les pieds dans le sable, elle entendit un caillou ou un coquillage retourné par la pointe de sa chaussure. Un moustique lui bourdonna à l'oreille. Elle scruta de nouveau l'horizon, en quête d'un signe de vie, mais ne trouva rien.

— Personne ne va venir, hein ?

Il la contempla longtemps.

— Non. Personne.

Lori frissonna, soudain pressée de se trouver près des flammes avec les autres. Elle était assise dans le sable sombre devenu froid, Sonny à côté d'elle. Le feu de détresse flambait, léchant la nuit de ses langues de chaleur rougeoyante.

Bon Dieu, si seulement Erin était avec elle ! C'était égoïste, de penser ça. De vouloir que sa sœur soit victime d'un accident d'avion. Et pourtant, oui. C'était la vérité. Elle voulait Erin. Ici. Maintenant. Qui bataillerait et jurerait au beau milieu de ce chaos.

Plus tôt, Mike avait traîné plusieurs branches de la jungle, grimaçant en les manœuvrant sur la plage pour former les lettres S, O, S en assez gros pour être visibles du ciel.

Un feu de détresse et un message en bois flotté : loin d'être suffisant. La carcasse de l'avion était camouflée sous les arbres, ses roues enterrées. Mieux vaudrait qu'il ait atterri sur le rivage, au moins constituerait-il un point de repère qui démarquerait cette île.

Sonny bougea, étira soudain ses petits doigts, comme surpris par son rêve. Lori berça doucement le couffin en émettant un bruit apaisant, tout bas, jusqu'à ce que le petit recouvre son calme.

Mike, assis en face d'elle, se mit debout. Elle vit l'effort que ce mouvement lui demandait à la crispation de la mâchoire quand son poids passa sur ses genoux, ses chevilles. Il ne dit rien, se contenta d'aller chercher une autre branche, qu'il donna aux flammes, envoyant une nuée d'étincelles vers le ciel.

— Tenez, dit Daniel en sortant un paquet rempli de barres énergétiques d'un sac de voyage. Qui veut dîner ?

Il en prit une et fit passer le paquet. Mike et Felix se servirent d'une barre, mais Lori déclina. Elle avait le ventre noué, trop serré pour ressentir le moindre début de faim.

— Je ne… je n'arrive pas à me rendre compte de ce qui nous arrive, admit-elle. Je n'arrête pas de penser : pourquoi nous ? Pourquoi est-ce que *nous* avons survécu ? Pourquoi les autres sont-ils morts ?

— Il n'y a pas d'explication, répondit Felix à voix basse. Ce n'est pas de la chance. Ce n'est pas le destin ni rien de toutes ces conneries. C'est juste arrivé. Les choses arrivent et on les gère, parce qu'on n'a pas le choix.

Il renifla, fort, avant de lâcher un juron de douleur. Il explora l'arête de son nez du bout des doigts. Même à la lumière du feu, Lori voyait qu'il était enflé et devinait qu'il était cassé.

Le feu siffla, une braise fut recrachée sur le sable. Elle la regarda se consumer jusqu'à s'éteindre, refroidir et devenir cendre.

— Vous pensez que nos familles auront été mises au courant ? demanda-t-elle.

— Oui, affirma Mike. Elles ont dû être contactées quelques heures après l'arrivée prévue de l'avion. Les compagnies aériennes suivent un protocole.

— Alors quoi, ma femme va entendre frapper à sa porte ? fit Daniel.

— Je ne sais pas trop. Peut-être un coup de fil.

— Est-ce qu'elle aura quelqu'un avec elle ? s'enquit Lori.

— On vit à Epsom. Sa mère n'est pas loin. Elle va rappliquer à toute vitesse. Histoire de fouiller mon bureau pour mettre la main sur les papiers de l'assurance vie.

Lori tenta de sourire.

— Vous avez des enfants ?

Une fraction de seconde d'hésitation.

— J'étais hyper chiant, gamin. J'aurais pas pu supporter un autre moi… et je suis certain que ma femme non plus.

— Pourquoi étiez-vous aux Fidji ? voulut savoir Lori.

— Les affaires. Un potentiel contrat de propriété.

Mike leva les yeux.

— Où ça ?

— Sur l'île où on allait. Une opportunité d'expansion, vous voyez ?

Lori repensa au coup de fil de Daniel qu'elle avait entendu par hasard dans la salle d'embarquement, comme quoi il avait des « doutes ». Elle brûlait de l'interroger à ce sujet, mais Mike reprenait déjà :

— Quelqu'un a parlé avec la mère de Sonny ? Comment est-ce qu'elle s'appelait ? Pourquoi est-ce qu'elle voyageait seule ?

— Holly Senton, répondit Daniel. J'ai vérifié tous les passeports.

— Je l'ai entendue parler avec l'hôtesse de l'air, ajouta Felix. Apparemment, le père n'était pas présent. Ni aucune famille.

— Elle a raconté au couple américain que ce voyage, c'était une façon de marquer la fin d'un cycle, reprit Daniel. Genre, elle avait survécu aux premiers mois avec un nouveau-né, alors elle se récompensait en partant en vacances, avec tout ce que ça implique : soleil, repas tout prêts, ce genre de choses.

Lori ne voyait pas laquelle de ses amies serait partante pour voyager seule avec un bébé aussi jeune. Pourtant, elle comprenait la décision. Holly était une mère célibataire qui avait choisi d'être douce avec elle-même en pensant un peu à elle.

— Et vous ? demanda Daniel à Felix. Qu'est-ce qui vous amène aux Fidji ?

Haussement d'épaules.

— J'allais être en charge des activités de sports nautiques sur le complexe hôtelier. L'instructeur actuel est un pote à moi. Seulement, il s'est fracturé la cheville. Du coup, il est hors service pour trois mois. J'étais censé le remplacer.

— Ce qui explique le fusil harpon et les palmes, conclut Daniel.

Felix inclina la tête.

— Vous avez fouillé dans mes affaires ?

— En quête de provisions. On a passé en revue tous les bagages. Vous avez un couteau, aussi.

Felix soutint son regard.

— C'est un couteau de plongée.

Dans la jungle, Lori entendit le trille bas et vibrant de l'appel des grenouilles.

Une étincelle monta vers le ciel. Elle la regarda flotter en l'air, se consumer, telle une minuscule étoile filante. Elle garda les yeux levés, à scruter les profondeurs du ciel piqué d'étoiles. Ce devrait être beau, c'était beau, et pourtant, ce ciel semblait trop grand, menaçant. Il risquait de l'avaler si elle le contemplait trop longtemps. Elle voulait un plafond. Des murs. Une lampe à allumer. Elle voulait être dans l'appartement d'Erin. Elle voulait s'asseoir avec sa sœur sur son canapé bon marché. Qu'Erin fasse ce truc agaçant de lui fourrer ses pieds froids sous les cuisses. Elle voulait un plateau, un repas à emporter et du vin. Elle voulait discuter de tout et n'importe quoi avec Erin, de choses sans conséquences qui n'auraient aucun rapport avec les secours, la survie ou les provisions en nourriture. Elle voulait sa sœur.

— Lori ?

Elle cilla, reporta son attention sur le feu. Daniel lui avait posé une question.

— Venue en vacances, c'est ça ? répéta-t-il.

— En vacances, oui. Je devais prendre l'avion avec ma sœur.

— Quoi ? Votre sœur était à bord ?

— Non, non. On est arrivées aux Fidji hier et on devait prendre le vol inter-îles ensemble ce matin… mais…

(Elle hésita, baissa les yeux vers ses genoux, passa un doigt machinal sur le bracelet qu'Erin lui avait offert des années plus tôt.) On était en train de dîner, hier soir... et on a fini par se disputer. On s'est toutes les deux dit des choses... (Elle secoua la tête.) Elle ne s'est pas présentée à l'aéroport, ce matin.

Daniel siffla.

— Ça a dû être une sacrée dispute.

À travers le feu, elle sentit des yeux sur elle. Quand elle releva la tête, elle découvrit Mike en train de la dévisager.

— Elle s'appelle comment, votre sœur ?

— Erin.

À la lueur changeante des flammes, elle vit passer une expression étrange, indéchiffrable sur son visage.

— Pourquoi ? demanda-t-elle.

Il cligna des paupières, l'expression disparut. Il secoua la tête et tenta de sourire.

— Pour rien.

17

Maintenant – Erin

J'ai passé l'après-midi à tenter de contacter les proches des passagers du vol FJ209. J'ai laissé un message à la belle-mère de Felix Tyler, à la femme de Daniel Eldridge, à la fille de l'hôtesse de l'air. Je veux parler à quelqu'un qui comprenne ce que je ressens. Qui pourrait même me dire : « Oui, moi aussi, je pense que d'autres passagers ont pu sortir de cet avion en vie. »

Seulement personne ne m'a rappelée.

Je jette mon téléphone sur le lit, attrape la carte-clé et quitte ma chambre d'hôtel.

Je n'ai pas pris de repas digne de ce nom depuis mon arrivée aux Fidji, et mon estomac est vide. Je descends l'escalier à la hâte, traverse le hall et me dirige vers le restaurant de l'hôtel.

À l'entrée, je marque une hésitation, mon pouls s'accélère. Des effluves d'épices chaudes et de viande rôtie s'échappent de la pièce. Je tangue d'un pied sur l'autre. Je sais que j'ai besoin de manger. Il faut que j'entre dans ce restaurant et que je me foute du reste.

C'est donc ce que je fais.

Le regard baissé, je file vers une table dans l'angle du fond, où je positionne ma chaise de façon à tourner le dos à la terrasse. J'ouvre une carte des boissons, faisant mine de me concentrer sur la liste des vins. Mais mon attention finit par être attirée vers la terrasse qui surplombe les jardins baignés de lumière. Je cherche notre table, celle où j'étais assise avec Lori pendant la seule soirée que nous avons passée dans cet hôtel. Elle est vacante, avec une bougie éteinte dans un pot en verre.

Un clignement de paupières et, soudain, je suis ramenée en arrière, assise face à ma sœur, côtes pressées contre le bord de la table tandis que je me penche en avant et siffle :

— *Profite de tes vacances toute seule.*

Les glaçons cognent contre mes dents quand je vide mon cocktail, dont la fraîcheur du citron vert tranche avec la douce chaleur du rhum. Je repose le verre, ressens le relâchement familier que procure l'alcool.

— *Un autre ? lui demandé-je.*

Elle ne consulte pas sa montre, n'hésite pas devant son verre encore à moitié plein.

— *Absolument.*

C'est de bon augure. Je commande donc deux autres mai tai, et nous attendons de part et d'autre de la lueur vacillante de la chandelle. Lori porte une nouvelle robe, dont l'encolure est bordée de coquillages. Elle a les cheveux détachés, qui tombent sur ses épaules nues en vagues de miel, et moi, je me fais la réflexion, comme souvent, qu'elle ressemble sacrément à notre mère.

— *Ça va ? lui demandé-je.*

Je la trouve vaguement à cran, agitée. Je ne m'attendais pas à la suivre aux Fidji. Je m'étais dit que ce ne serait qu'une escale, le début des vacances, mais pas tout à fait non plus.

— *Oui, ça va.*

Elle me sourit, lèvres pincées, yeux perçants.

Les boissons arrivent, portées à bout de bras sur un plateau en bambou décoré de fleurs de frangipanier. Le serveur, un jeune homme au long nez aquilin, dépose les cocktails devant nous avec révérence.

Lori le remercie, s'émerveille devant la tranche d'ananas accrochée au verre, le brin de menthe perché sur la glace pilée.

— Vous voudriez bien nous prendre en photo ?

Les hommes ont toujours fait tout ce que Lori leur demandait. Adolescente, je l'observais attentivement en espérant mettre le doigt sur la cause, l'essence même de cet état de fait. Ce n'est rien d'aussi évident que sa bouche pleine, expressive, ou sa peau lisse comme le caramel. J'ai décidé que ça avait à voir avec sa façon de soutenir le regard, juste une fraction de seconde plus longtemps que la plupart des gens, si bien qu'on est comme happé par elle. Une fois son attention rivée sur quelqu'un, il ne veut pas s'en extraire. Qui voudrait passer du soleil à l'ombre ?

Le serveur nous fait signe de nous rapprocher afin qu'on soit toutes les deux dans le cadre. Je déplace ma chaise, hume l'odeur d'abricot de l'après-shampoing de Lori, la fraîcheur de la note du parfum récemment vaporisé. J'aurais peut-être dû faire un effort pour ce dîner, je ne me suis pas changée et porte toujours mes vêtements du voyage : mon pantalon de coton froissé et déformé, mon gilet sombre qui sent le renfermé. Mon manque d'enthousiasme durant les préparatifs de ce voyage me fait culpabiliser ; dès le remplissage de ma valise, je me disais que j'aurais préféré rester à Londres, avoir l'appartement pour moi seule. Déjà ingrate et, maintenant que j'y suis, je me rends compte à quel point il est agréable d'être arrivée quelque part, à l'orée d'une toute nouvelle histoire qui attend d'être écrite.

Autour du restaurant, la soirée est tiède et pétille des fragrances de la mer. Je vais pour exercer une pression sur la main de Lori, pour lui communiquer quelque chose à propos de cet instant, de notre présence ici ensemble toutes les deux, de ma conviction que tout ira bien, mais le « clic » de l'appareil photo retentit et elle s'écarte déjà, reprend le téléphone et vérifie que la photo lui convient.

Elle passe un moment à la retoucher, tête baissée, yeux sur l'écran. J'essaie de ne pas m'énerver qu'elle l'ait postée immédiatement sur Instagram, que ce moment ne soit plus uniquement le nôtre. Son téléphone reste sur la table, tel un hôte indésirable. L'écran s'allume toutes les quelques minutes – des notifications – et attire l'attention de Lori, qui cherche à voir qui a liké la photo, s'il y a des commentaires, si Pete l'a vue.

Par-dessus la table, j'attrape l'appareil et le tourne, écran vers le bas.

— Eh, fait-elle, un sourcil arqué.

— Essayons de ne pas passer la soirée avec Pete, d'acc ?

— D'acc ? répète-t-elle en m'imitant.

La semaine précédente, au petit déjeuner, elle m'a reproché de parler comme les enfants du cours élémentaire à qui elle enseigne.

— Bloque-le, lui dis-je pour la énième fois. Vire-le de tes réseaux sociaux. Pourquoi tu veux voir ce qu'il fait ? Ça te rend malade chaque fois.

— J'ai peut-être envie que lui voie ce que moi, je fais.

— C'est donc ça, ces vacances ? Un doigt d'honneur à Pete ?

— Ne fais pas ta mauvaise tête.

On n'a jamais été le genre de sœurs qui se critiquent ou s'engueulent, mais ça ne signifie pas qu'on n'a pas de ressentiment. Je me demande si ce n'est pas plus dangereux, la rancœur qui monte doucement, comme une casserole d'eau sur feu doux, qui finira forcément par bouillir. Pete occupe toutes nos conversations depuis neuf mois, et j'ai juste envie d'une pause, d'être au restaurant aux Fidji, de regarder les lumières scintiller sur la mer, de siroter des cocktails avec ma sœur et d'oublier.

— Ce sont mes vacances aussi.

Pincement de lèvres.

— Et qui te les paie, tes vacances ?

Je regarde ostensiblement ma montre.

— Quatre heures qu'on est aux Fidji et tu m'as déjà rappelé qui paie la note.

— J'établis juste un fait.

— Exact. Et en voici un autre : je ne suis pas prof. Je n'ai que vingt jours de congés annuels et j'en utilise la moitié en venant aux Fidji.

— Et quoi ? Tu as une meilleure option pour utiliser tes congés annuels ?

Le ton, facétieux, les sourcils haussés me font sortir de mes gonds.

— Puisque tu poses la question, les Fidji n'auraient pas été mon premier choix.

C'est vrai. Il y a des tas d'autres voyages que j'aurais les moyens de m'offrir. Je ne suis jamais allée en Afrique. En Inde. En Amérique du Sud. Je n'ai pas fait de randonnée en montagne, ne suis jamais entrée dans un temple. En fait, j'ai fait peu de choses en dehors de déménager de Bath à Londres.

— Pourquoi être venue, dans ce cas ?

Je hausse les épaules.

— Parce que tu avais besoin de moi.

— Tu es ici par devoir sororal ?

— Pas par devoir. (Enfin, c'était à moitié vrai : Lori avait un tas d'amies, mais la plupart étaient mariées, enceintes ou déjà mères, bref aucune n'était disponible pour un voyage dans le Pacifique Sud au débotté.) *Tout ce que je voulais dire, c'est que ce n'est pas vraiment mon type de vacances, tu vois ? Hôtel glamour, sieste dans des hamacs, bains de soleil… Depuis quand est-ce que je peux rester allongée au soleil ? Ma peau est de la couleur d'un paquet de guimauves : rose ou blanche.*

La blague, c'était pour alléger la tension. Mais deux lignes verticales se sont creusées entre les sourcils de Lori.

— Et tu as accepté que j'emménage dans ton appartement par devoir aussi ?

— Bien sûr que non.

Pourtant le ton de ma réponse ne doit pas la convaincre, car Lori se cale contre le dossier de sa chaise et croise les bras. Et de nouveau ce sourcil arqué.

— Tu ne veux même pas de moi à Londres…

— Je n'ai jamais dit ça…

— Non, pourtant ça m'a sauté aux yeux dès l'instant où je suis arrivée.

— Quoi ? lancé-je, piquée.

— Quand tu vivais avec Pete et moi, je veillais sur toi. Je faisais tout pour toi. Je cuisinais, je faisais ta lessive. Je t'ai quasiment trouvé ton boulot. Je t'organisais des rencards avec des amis à nous…

— Bon Dieu, Lori… tu m'as envoyée en rencard avec un putain de comptable. Il est venu au pub en costume cravate.

— Il jouait dans un groupe.

— Il jouait du violon dans un groupe folklorique.

Là, j'espère que ma sœur se fendra d'un sourire, mais elle est lancée et ne va pas s'arrêter.

— Mon mariage a pris fin. J'ai dû quitter mon boulot à cause de Zoe. Vendre ma maison.

Je détestais quand Lori faisait ça : la liste de ses infortunes.

— Pourtant, malgré tout, c'est toujours moi qui veille sur toi.

Voilà qui retient mon attention.

— Pardon ? Comment ?

— Je te cuisine tes repas, je fais les courses alimentaires…

— Tu as repris la charge des courses. Tu as voulu programmer les livraisons.

— Tes placards étaient tout le temps vides. Putain, tu vis comme une étudiante, Erin !

Une explosion de colère m'emplit la poitrine.

— Désolée de ne pas cuisiner des repas maison ou de ne pas avoir de système de livraison préprogrammé, mais on n'a pas tous fait l'école « Lori » du Saladier d'argent.

Je ne sais plus trop ce que j'entendais par mon dernier commentaire, quelque chose ayant à voir avec ma frustration que tout soit toujours aussi facile pour ma sœur, en tout cas elle avait reniflé le message caché avec la rapidité d'un chien de chasse.

— Tout ne m'est pas donné, non. Tu auras peut-être remarqué, vu que tu vivais avec nous à l'époque, que j'ai subi quatre FIV. Tu auras peut-être aussi noté que la seule chose que je désirais vraiment, plus que tout, c'était de devenir mère. Or ça ne m'a pas été donné aussi aisément, si ? Par ailleurs, tu as peut-être aussi remarqué que l'homme que j'aime, avec qui je pensais passer le restant de mes jours, va maintenant avoir un bébé avec une autre : mon amie.

Voilà. C'est reparti pour la Liste.

— Tu mets Pete sur un piédestal, comme s'il était encore le golden boy de terminale qui t'a emmenée au bal de fin d'année. Mais il ne l'est plus. Il t'a larguée, Lori. Il t'a trompée et il est parti. Ce n'est pas la faute de Zoe, c'est la sienne.

— Si Zoe n'était pas tombée enceinte, il ne serait pas parti. Elle l'a piégé. Il a commis une erreur, une seule fois…

— Non ! Pas du tout ! m'exclamé-je, abattant les paumes sur la table.

Lori se redresse sous le coup de la surprise. Nous nous fixons du regard. Je sens ses paupières se plisser avec suspicion tandis qu'elle m'étudie.

— Comment ça ?

Le ton est sec, chaque mot énoncé avec précision.

Merde. Je reprends mon verre, en avale la moitié, le liquide glacé m'enserre le crâne.

Aujourd'hui encore, je sens le regard de ma sœur sur moi.

— Qu'est-ce que tu en sais ?

Sa voix est basse, glaciale.

— C'était juste une remarque. Je ne voulais pas dire…

— Balance.

Je sens le rouge me monter aux joues, une chaleur pulse dans mes lobes d'oreilles. Impossible de parler. Impossible de la regarder.

Seulement, elle sait me lire.

— Zoe n'était pas la seule, c'est ça ?

Mes lèvres sont épaisses, engourdies. Je suis incapable d'ordonner mes pensées, de répondre avec la vitesse qu'elle exige. Face à mon silence, Lori lance soudain :

— Toi ?

— Quoi ? Non ! répliqué-je, relevant brusquement la tête. Bien sûr que non ! Jamais ! Lori, comment peux-tu seulement l'envisager…

— Qui, alors ?

Elle est penchée par-dessus la table, si proche que je me vois reflétée dans ses pupilles noires.

Je déglutis.

— S'il te plaît, dit-elle en me prenant la main.

Ses doigts sont glacés d'avoir tenu son verre à cocktail, sa poigne trop ferme. Je ne peux plus aller nulle part que droit devant, je dois décocher la flèche de la vérité.

— C'était il y a longtemps. Deux, trois ans. Je l'ai vu avec une autre femme. Seulement une fois. Pas une aventure. Il avait bu, commis une incartade…

Le serveur revient, sonde Lori du regard, demande si nous désirons autre chose. Non. La tension, acérée comme une lame, le pousse à battre en retraite aussi discrètement qu'il s'est arrêté.

— Raconte-moi tout, siffle Lori entre ses dents.

À contrecœur, je lui explique : l'hôtel à Winchester où j'étais tombée par hasard sur Pete, sortant de l'ascenseur avec une femme. Il m'avait vue. Avait ouvert et refermé la bouche, une espèce de poisson ridicule. Essayé de dire quelque chose, comme quoi il s'agissait d'un truc de boulot, mais c'étaient des conneries. J'ai conseillé à la nana qu'il venait de se taper de se casser et à Pete de grimper dans ma voiture. On était restés là, sur le parking, la neige fondue se déposant sur le pare-brise, Pete se frottant les mains pour se réchauffer. Il m'a promis que ce n'était qu'un truc d'une fois. M'a suppliée de ne rien dire à Lori. Ils en étaient au beau milieu de leur troisième tentative de FIV et il ne voulait pas mettre ça en péril. Il l'aimait, il était désolé.

J'ai voulu le croire.

— Je suis vraiment navrée, dis-je en regardant ma sœur droit dans les yeux.

Ces mots-là, je les ai répétés, encore et encore dans ma tête dans toutes les conversations que j'ai imaginées où cette vérité remontait enfin à la surface, brûlante comme de la lave, mais maintenant, les excuses me semblent creuses, insuffisantes.

— Tu as gardé son secret.

— Je ne voulais pas que tu souffres.

— Ou est-ce que c'était plus pour toi ?

— Pardon ?

— Tu avais peur de perdre Pete, qu'il sorte de ta vie, à toi.

Ses mots me font l'effet d'une gifle.

— C'est censé vouloir dire quoi, ça ?

Mais je sais exactement ce que ça veut dire. Après la mort de notre père, on est restées toutes seules, Lori et moi, dans la maison familiale. Nous n'avions pas les moyens de rembourser le prêt immobilier et il n'y avait pas d'assurance vie. Du coup, nous avons fini par vendre. Lori et Pete parlaient d'emménager ensemble depuis un moment déjà, ils ont donc acheté une petite maison mitoyenne en périphérie de Bath… et je suis allée chez eux. Leur chambre d'amis est devenue ma maison. Ça me convenait, j'avais dix-huit ans à l'époque, et même si je disparaissais pour aller à l'université plusieurs mois dans l'année, j'aimais l'idée d'avoir quelqu'un vers qui revenir, un chez-moi où passer les vacances, où rentrer après mon diplôme.

Lori secoue la tête.

— Tu savais ce qu'avait fait Pete… et pourtant tu as vécu sous notre toit, sans rien dire, tu m'as laissée continuer comme si tout était normal. Si j'avais su, à ce moment-là, Pete et moi aurions au moins pu essayer de réparer les pots cassés. Mais non, tu n'as rien dit, parce que ça aurait chamboulé ton petit monde. Tu avais besoin de cette stabilité : Pete et moi.

Est-ce qu'elle avait raison ? J'avais laissé Lori s'approcher dangereusement du précipice de la fin de son mariage, sans même essayer de la tirer en arrière. Je me disais que je la protégeais, mais peut-être que c'était moi que je protégeais.

Lori se penche en avant, le visage pincé.

— Tu te rappelles la promesse qu'on s'est faite quand on a perdu papa ?

Je hoche la tête, la gorge sèche. On était assises au bord de la rivière après les funérailles, robe noire remontée, pieds dans les longues herbes humides. Lori avait passé un bras autour de ma taille et j'avais appuyé ma tête contre son épaule. On écoutait la rivière serpenter en contrebas, soulevant vase et petits galets.

« Il n'y a plus que nous maintenant, avait dit Lori d'une voix étrangement adulte. Quoi qu'il arrive, je serai toujours là pour toi, Erin. Faisons-nous la promesse de tout nous dire. »

J'avais aussitôt hoché la tête. Nous sauvegardions notre relation, nous en préservions les fondations. Mensonges et omissions étaient des fêlures dans les murs, et nous nous croyions au-dessus de ça.

« Toi et moi, avait promis Lori. Ensemble. » On s'était enlacées, les joues mouillées. « Ensemble », avais-je répété en écho.

Au restaurant, Lori me regarde et dit :

— Tu as brisé notre pacte.

Sur ce, elle attrape son cocktail, frais, noir comme le café, glacé. Je me crispe, prête à en recevoir les glaçons en plein visage. Au lieu de quoi, elle vide son verre cul sec, puis le repose soigneusement. Elle se lève, le bracelet que je lui ai offert scintille à son bras. Je sais quel mot est gravé à l'intérieur de cet anneau d'or, parce que c'est moi qui l'ai choisi.

— Rentre chez toi, Erin. Ce voyage est terminé.

Il y a quelque chose dans sa façon de prononcer cette phrase, un côté hautain dans l'inclinaison de sa mâchoire. Son dédain m'enflamme comme une allumette. Soudain, je suis debout aussi.

— Je n'ai jamais voulu être là, de toute façon. Tu sais pourquoi je suis venue avec toi ? Parce que je savais que tu n'étais pas assez courageuse pour faire le voyage seule. (Je vois que les mots piquent ma sœur en plein cœur, et ce constat allume un éclair de triomphe en moi.) Tu t'entoures de gens pour ne pas être obligée de passer une seule minute en ta propre compagnie. Parce que je pense que tu n'aimes pas ce que tu vois.

Ma conclusion atteint son but. Je vois la lèvre inférieure de Lori trembler et ses yeux s'emplir de larmes. Merde. Je suis allée trop loin.

— Lori…

— Et toi, tu veux savoir pourquoi je t'ai invitée ? La vraie raison, Erin ? m'interrompt-elle. (Elle est penchée par-dessus la table, son nez touche presque le mien.) Parce que je te plaignais. Moi, au moins, j'ai des amis. Tu as qui, toi ? Depuis que Ben et Sarah ont déménagé, il te reste qui ? Cite-moi une personne qui tient vraiment à toi. Ou à qui tu tiens.

Toi, *pensé-je*. Toi.

Et c'est tout. Elle est tout ce que j'ai. Sauf que je ne lui dis pas.

— Tu as raison. Il n'y a personne, craché-je. Profite de tes vacances toute seule, Lori. Et quand tu rentreras à la maison, tu trouveras tes affaires emballées.

Ça n'était pas digne. Ni même vrai. Mais c'est ce que j'ai dit.

Et c'est la dernière fois que j'ai vu ma sœur.

18

Avant – Lori

Le sommeil la fuyait. Lori ressentait l'écorchure froide de la nuit alors qu'elle se tournait et se retournait sur le sable frais, remontant sa veste jusque sous le menton.

Elle avait sous-estimé la fraîcheur des nuits tropicales. Ce n'était pas tant la chute des températures que le manque d'abri, le sable froid sous elle, une humidité dans l'air qui la gênaient. Ça avait été une erreur d'utiliser les couvertures disponibles dans l'avion pour en couvrir les cadavres. Mais c'était fait. Pas question de se relever, de farfouiller dans la terre sombre de la jungle pour arracher les couvertures aux morts. Non. Au matin, elle repasserait les bagages en revue. Elle y trouverait bien une serviette de plage pour se couvrir. Au moins, Sonny était douillettement installé, bordé dans le couffin à côté d'elle.

Une volute de fumée montait depuis le feu en train de s'éteindre. Elle songea à un bûcher funéraire et se couvrit la bouche de son bras. Une image lui vint des passagers morts, allongés, la peau gonflée, immobiles dans la jungle. Des animaux rôdaient peut-être, des insectes commençaient sans doute à leur grouiller sur la peau… Combien de temps un corps mettait-il avant de commencer à se décomposer ? Que feraient-ils s'ils restaient ici plus d'une nuit ? Deux… trois…

Elle frémit.

Au-delà du feu, la jungle bourdonnait et vibrait de bruits qu'elle ne reconnaissait pas : des insectes invisibles, le bruissement de quelque chose dans les feuilles. Il y avait une immobilité, comme si les arbres haletaient. Elle s'efforça de porter son attention sur la mer, de suivre le son des vagues, mais, au lieu de l'apaiser, se sentir entourée par toute cette eau l'oppressait.

La pénombre pesante, trop proche, jusque sous son nez, lui emplissait les narines, provoquait un bourdonnement sourd dans ses oreilles, sa gorge. C'était un poids, d'un noir vide, sur sa poitrine. Elle voulait tendre la main pour allumer une lumière, toucher une personne, n'importe quoi du moment qu'elle repoussait un peu les ténèbres. Mais elle était sans défense, alors elle restait étendue sur le sol de l'île, malgré la peur qui lui palpitait au creux de la poitrine.

Elle sentait sa propre respiration, suite de halètements brefs. Sa tête pulsait de l'idée qu'elle était allongée là, sur une île sans nom, alors qu'elle n'avait qu'une seule envie : prendre ses jambes à son cou. Fuir cette sensation, cette situation, ce putain de cauchemar éveillé.

Seulement, il n'y avait nulle part où aller. Ce cauchemar, elle le vivait.

Soudain, elle était debout, en quête des autres. L'un d'eux était-il éveillé ? Dans la lueur mourante du feu, elle discernait à peine la silhouette de Daniel, dormant sur le dos. Son corps était étendu, les mains posées sur son torse. Son immobilité de mort, ses yeux fermés, le jeu peu flatteur des ombres qui lui creusaient les yeux lui fit penser à un cadavre.

Felix se trouvait de l'autre côté du feu, un manteau jeté sur son corps. Dans le noir, elle ne parvenait pas à voir s'il avait les yeux ouverts.

Du regard, elle balaya le reste de la plage en quête de Mike. Elle s'arrêta sur les parties plus sombres derrière la lueur des braises, puis pivota et regarda vers le rivage, qui était faiblement éclairé par un croissant de lune. Là non plus, pas de signe de lui.

Elle ne connaissait aucun de ces hommes. Ils étaient des étrangers. Elle se prit à souhaiter, avec l'énergie du désespoir, que les autres passagers soient là, eux aussi. Holly, ou l'hôtesse de l'air et son bavardage ensoleillé, ou bien le couple d'Américains.

Erin, voilà qui elle voulait vraiment. Elle aussi serait éveillée. Bon Dieu, quel pouvait bien être son état d'esprit ? En tout cas, elle ne restait pas assise, à attendre des nouvelles, impossible. Elle devait rallier les gens, exiger des réponses, chercher les plans de vol, téléphoner à l'ambassade britannique. Lori se demanda qui Erin pouvait bien appeler, chez elles. Pete, peut-être ? Elle voulait qu'il sache. Qu'il s'inquiète !

Un miaulement, puis un cri. Sonny. Elle regarda en direction du couffin. Elle l'avait nourri deux heures plus tôt environ, mais il n'avait bu qu'une moitié du biberon. Il devait avoir faim de nouveau. La bouteille de rechange était dans la cale de l'avion. Merde, elle aurait dû anticiper.

— Je reviens dans une minute, lui chuchota-t-elle.

Sur quoi, elle attrapa un bâton près du feu, le plongea dans le foyer et attendit qu'il s'enflamme. Le tenant devant elle comme une lanterne dont les flammes léchaient le ciel, elle se hâta vers la jungle, les jambes raides, le sable s'insinuant entre ses orteils.

Elle traça son chemin avec précaution à travers la ligne sombre des arbres, gardant les yeux baissés et consciente des monticules, ces formes humanoïdes sous les couvertures en bordure de clairière. Peut-être était-ce un effet de son imagination, mais elle percevait une odeur de putréfaction dans l'air.

Le son des pleurs de Sonny avait été avalé par les bruits de la jungle. L'air était vivant. Les insectes, le bourdonnement des arbres et des branches étouffaient tout. Si elle criait maintenant, éloignée comme elle l'était, personne ne l'entendrait.

L'enchevêtrement poisseux d'une toile d'araignée se prit à son bras, et elle l'écarta avec un frisson. À l'intérieur de la jungle, l'air semblait plus dense, comme si elle avait sur la langue le goût de la tourbe, des feuilles pourries. Elle s'immobilisa. À la lumière faible, elle distinguait tout juste la carcasse de l'avion, choquante par son incongruité au plus profond de la jungle. Il y avait quelque chose d'obscène dans les arbres fendus et déchirés, les grosses branches brisées à l'endroit où l'avion avait tracé son sillage.

L'horreur de l'accident lui revint brusquement et lui coupa le souffle. L'arrachement du métal, le nuage de fumée noire emplissant l'arrière de l'avion, la peur, explosive, vivante à l'intérieur de son corps.

Son ventre se contracta et, sans crier gare, elle se retrouva pliée en deux, secouée de haut-le-cœur. La bile imbiba le sol de la jungle, éclaboussa ses pieds nus. Lui emplit la bouche de son goût acide écœurant. Elle s'accroupit, pantelante, les larmes aux yeux, piquantes. Elle eut soudain envie de renoncer, là, tout de suite, que tout ça s'arrête, putain !

Mais il y avait Sonny. Qui pleurait, qui avait faim, qui était seul.

Elle s'essuya la bouche d'un revers de la main. Se redressa, le bâton enflammé tendu devant elle, et reprit sa progression. Elle tremblait de la tête aux pieds alors qu'elle approchait de l'avion. La cale était déjà ouverte, mais les bagages avaient été poussés tout au fond. Elle planta le bâton dans la terre, puis s'aida de ses deux mains pour se hisser à l'intérieur. Ses genoux protestèrent tandis qu'elle s'engageait en rampant dans la bouche de métal froid, la croûte d'une entaille récemment refermée au niveau du tibia s'arracha et libéra un ruisselet de sang chaud.

L'air était plus frais à l'intérieur. Sentait le renfermé. Des arêtes de métal laissèrent des marques sur ses genoux et ses tibias, ses paumes. Elle localisa le sac fourre-tout de Holly et entreprit de le tirer vers la sortie. Quelque part au-delà de la cale, elle perçut un mouvement, le craquement d'une branche, le passage d'une ombre. Elle eut soudain devant les yeux l'image de l'écoutille claquée, fermée, l'avalant dans le noir d'encre de la soute. Elle se dirigea maladroitement vers la sortie, perdit l'équilibre et atterrit n'importe comment sur le sol de la jungle.

Là, elle reprit le bâton enflammé et se remit péniblement debout. Un coup d'œil à la ronde la rassura : il n'y avait rien, que les arbres et… tout au bout de la clairière, les corps couverts, épaule contre épaule. Sous les couvertures, elle les imagina, les yeux grands ouverts, le corps raidi, attaqué par la putréfaction.

Elle s'obligea à progresser lentement, calmement, le sac de Holly à l'épaule, pour regagner l'endroit où les autres dormaient. Un bruit sourd, fort, la fit sursauter. Elle se figea.

Attendit, le cœur battant la chamade.

Le glissement de quelque chose de métallique.

Faisant volte-face, elle entrevit une faible lumière qui bougeait à l'intérieur du cockpit.

L'un des hommes ?

Elle s'approcha, méfiante, juste assez pour voir par la vitre du poste de pilotage, où quelqu'un utilisait la lampe torche d'un téléphone. Elle aperçut les barrettes dorées de l'uniforme du pilote. Mike. Elle s'apprêtait à avancer, pour s'annoncer, mais au même moment il se tourna sur le côté et s'immobilisa. Sur son visage, une expression qu'elle n'avait jamais vue : une intensité, concentrée et brûlante. Il fixait son attention sur quelque chose, quelque chose sur quoi ses mains travaillaient.

Elle s'avança encore un peu, la tête penchée sur un côté. Il était dans le cockpit, lui tournant le dos.

Il fit soudain pivoter sa tête, comme conscient d'être observé.

Ils se dévisagèrent à travers le pare-brise craquelé. Puis il disparut un instant, avant de réapparaître à la porte de l'avion.

— Qu'est-ce que vous faites ? demanda-t-elle.

— Des antidouleurs, répondit-il succinctement. Je croyais en avoir ici.

— On a regroupé tout ce qui est médical.

— C'est vrai, vous avez raison. Je croyais qu'il restait un autre paquet ici quelque part. J'ai dû le rêver.

Elle hocha la tête.

— Comment vous allez ? Et Sonny, ça va ? demanda-t-il d'une voix radoucie.

— Je venais justement lui chercher son biberon.

— Besoin d'aide ?

— J'ai ce dont j'ai besoin, merci.

Ce fut seulement en retournant vers le rivage qu'elle s'autorisa à penser à l'expression de Mike, quand elle lui avait demandé ce qu'il faisait. À l'étrange lueur de quelque chose qu'elle ne savait pas interpréter. Cependant, elle l'avait perçu : le chuchotement du mensonge dans sa réponse.

19

Maintenant – Erin

— Je ne fais pas confiance au pilote, dis-je au consul britannique tandis que nous traversons le hall de l'hôtel.

Ses pas font un bruit assourdi, celui de ses mocassins de cuir souple. À côté, mes tongs claquent contre mes talons. Il m'a accordé l'heure qu'il m'a promise, et maintenant notre rencontre arrive à son terme.

J'ai fait de mon mieux pour parler d'une voix calme, poser des questions concises. Je n'ai pas commandé au bar de l'hôtel le bloody mary qui me faisait pourtant désespérément défaut. J'ai produit un effort conscient pour ne pas gigoter, pour garder mes mains immobiles lorsque je m'exprimais. Oh oui, putain, j'en ai fait, des efforts, et pourtant, maintenant, il s'en va, et je ne suis pas plus avancée.

Je veux qu'il quitte cet hôtel prêt à se battre, à rallier des soutiens, à pousser, fouiller, faire des vagues autour de Lori. Il y a deux ans, quand l'avion n'a jamais atterri sur l'île-hôtel, c'est cet homme, le consul britannique Steven Wills, qui est venu me trouver pour m'annoncer la nouvelle officielle. Il était mon principal interlocuteur, me transmettait les communications en provenance de la police locale, de la Direction de l'aviation civile des Fidji et du ministère anglais des Affaires étrangères. Il était gentil, compatissant et serviable, à sa façon limitée et procédurale. À présent, en revanche, je le devine surpris de me voir de retour aux Fidji. Je ne suis pas une citoyenne britannique qui s'est retrouvée malencontreusement au centre d'une crise en cours. Non, je suis une personne qui a pris un avion, dans l'unique but de creuser, de débusquer des informations, quand j'aurais dû les attendre à la maison comme une gentille fille, à l'instar des autres proches. Bref, exactement le genre de cas difficile qui lui donne la migraine.

Nous sortons de l'hôtel, marquons une pause en haut des marches de marbre qui descendent dans le soir.

— Le pilote n'était pas le seul survivant, reprends-je, comme si répéter cette affirmation va en faire une vérité établie. Je vous l'ai dit, quand j'ai vu Mike Brass, il a dit : « *On* s'est débarrassés des corps. » Ce n'était pas une gaffe. S'il l'a laissé échapper, c'est que c'était vrai. D'autres passagers ont survécu à ce crash.

— Comme je vous l'ai promis, je vais transmettre cette information aux autorités compétentes, me répond calmement, patiemment, le consul.

— Oui, mais la police doit le pousser et obtenir de lui des réponses. Ce pilote ment à tout le monde. Je veux dire, pourquoi n'a-t-il révélé à personne la localisation de l'île ? Il cache quelque chose… Il couvre un truc.

Je me rends compte que je parle trop vite, que je me tiens trop près de lui.

— Je vous assure que je ferai tout ce qui est en mon pouvoir pour que vous obteniez les réponses dont vous avez besoin.

C'est une réplique toute prête, et nous le savons tous les deux.

— Qu'est-ce que ça signifie, exactement ? Je veux savoir qui vous allez contacter. Quelles questions vous poserez. Je veux savoir que vous ferez absolument tout…

— Encore une fois, m'interrompt-il, retrouver la carcasse est désormais la priorité. Ils ont envoyé un autre avion de recherche.

— Ce n'est pas la carcasse qui m'importe ! C'est ce que sait le pilote ! Ce qu'il ne nous dit pas, putain !

Sa bouche se crispe.

— Je comprends à quel point tout ceci est profondément frustrant.

— Ah oui ? Vous aviez quelqu'un de cher dans cet avion, vous aussi ? (Je suis sarcastique, je le sais bien, mais merde, ce type est une marionnette.) Toute cette affaire, c'est un bordel pour la compagnie aérienne, pour le tourisme, pour les affaires, et donc personne ne veut engager de moyens pour découvrir les réponses. Personne n'insiste suffisamment. Mike Brass est mourant ! On manque de temps !

J'ai les mains levées, tout mon corps est crispé, et je me rappelle que je dois respirer.

Mon attention est soudain attirée par deux jeunes femmes qui montent les marches vers le hall, jambes bronzées, sac aux épaules. Elles marchent au même rythme. Je la remarque immédiatement, cette ressemblance dans l'arête droite de leur nez, la même couleur du bronzage de leur peau, la peau lisse de leurs bras glissés l'un sous l'autre : elles sont sœurs.

Je les regarde passer tout près de nous. Elles ne lèvent pas les yeux, leur attention est uniquement concentrée sur leur petit univers, leur tête inclinée, leur bouche en action, leurs yeux brillants alors qu'elles parlent. Je me tourne sur leur passage, aimantée. J'ai envie de tendre la main, comme si leur proximité était quelque chose de physique que l'on peut toucher ou inhaler. Je veux être dans leur orbite, sentir la chaleur de ce lien sororal qui émane d'elles.

Je repense à Lori et moi, sur ces mêmes marches, il y a deux ans. On les a montées ensemble en traînant nos bagages derrière nous, avec le soleil chaud dans notre nuque. Ce naturel, entre nous, je le considérais comme acquis. Parfois, je m'en moquais, même, me cognais la tête la première contre le mur solide de l'amour de ma sœur, parce que j'aimais le tester, en ressentir la force. Maintenant, je voudrais pouvoir tout faire différemment. Il n'y aurait pas de dispute, cette fois. Je n'aurais jamais quitté la salle de restaurant, je ne serais pas partie toute seule. Je n'aurais pas accumulé tous les mauvais choix qui ont suivi.

— Erin ?

Le consul a dit quelque chose que je n'ai pas entendu. Je secoue la tête.

— Pardon ?

— Je disais : vous avez mon numéro, si vous avez besoin d'autre chose.

— Oui.

J'ai perdu mon enthousiasme, et il saisit l'occasion pour filer.

Alors qu'il descend l'escalier, ses épaules commencent déjà à se détendre, trahissant son soulagement que notre entretien soit terminé. Je l'imagine regagner sa maison climatisée, pointer pour la fin de journée, s'asseoir face à un bureau luxueux recouvert de cuir sur lequel les journaux du jour l'attendent. Et se réjouir de pouvoir rayer cette rencontre de sa liste de tâches.

Je dois continuer à insister, car personne ne va le faire pour moi. J'ai vu le pilote hier. Je connais son pronostic vital : il se compte en jours. Je dois en apprendre le plus possible maintenant, tant qu'il est encore temps.

Je n'arrête pas de me remémorer notre conversation en quête d'indices. « Je ne pouvais pas les enterrer… pas de pelle, rien pour creuser… On n'avait pas le choix. »

On. On. On.

Le pronom pourrait très facilement être une erreur, un lapsus causé par la tumeur ou les médicaments. Mais si ce n'était pas le cas ?

Il y avait quelque chose, dans l'expression de Mike Brass, que je n'ai pas réussi à déchiffrer tout à fait. Je l'ai senti, juste sous la surface, comme si mes doigts avaient creusé la terre et rencontré quelque chose de dur, de caché. J'aurais dû garder mon calme, passer délicatement la brosse sur les bords, épousseter doucement la terre afin de découvrir le motif caché.

Il faut que je me retrouve face à lui. Que je creuse plus précautionneusement. Que je plonge droit dans la pénombre terreuse de ses secrets et que j'en exhume la vérité.

20

Avant – Lori

Lori fut réveillée par la sensation de quelque chose qui lui rampait sur la joue. Elle se gifla, et un insecte à coque sombre glissa du bord de son menton sur sa poitrine. Se levant d'un bond, elle se tapa partout sur le corps et finit par faire tomber l'insecte au sol. Elle frissonna, la peau couverte de chair de poule en le voyant s'éloigner sur ses pattes noires qui s'enfonçaient profondément dans le sable.

Désorientée, elle leva les yeux, le cœur battant. À la vue des restes fumants du feu près duquel elle avait dormi, le souvenir de l'accident d'avion lui revint comme un boomerang. Elle s'enveloppa la taille de ses bras et gémit.

— Ça va ?

Daniel était allongé de l'autre côté du feu, les cheveux emmêlés, son polo froissé.

Lori secoua la tête – un mouvement qui lui fit mal. De la pulpe des doigts, elle explora les muscles noués et raides autour de son cou. Avec précaution, elle tenta de tourner la tête d'un côté, de l'autre, testant la palette de mouvements à sa disposition.

Puis elle reporta les yeux sur les restes calcinés du feu. La forme de deux corps creusait le sable à l'endroit où avaient dormi Mike et Felix. Leurs serviettes de plage étaient enroulées non loin. Elle regarda dans le couffin, soulagée de voir Sonny endormi, sa petite poitrine soulevée par ses respirations. Après son biberon de la nuit, elle avait eu du mal à le rendormir. Elle avait essayé de le bercer, de lui chanter, de le changer, de le nourrir… mais rien n'y faisait. L'humidité, la pénombre, la température du lait, les stridulations des insectes, l'odeur de Lori à la place de celle de sa mère, tout était différent et Sonny le percevait. Enfin, épuisé à force de sanglots, il s'était endormi dans ses bras aux premières lueurs de l'aube.

La matinée était brumeuse, mais l'air étouffant.

— Je vais me passer de l'eau sur le visage, annonça-t-elle, laissant Daniel avec le bébé pour descendre jusqu'au bord de la mer.

Ses jambes contusionnées offraient toute une palette de roses, de rouges et de mauves, sans compter qu'elles protestaient à chaque pas. Lori pataugea dans l'eau peu profonde, grimaçant sous la morsure de l'eau salée dans les entailles qui lui zébraient les tibias. Un minuscule poisson détala entre ses chevilles et disparut dans la baie.

Accroupie, elle puisa un peu d'eau au creux de ses paumes et la projeta sur ses joues, d'où elle ruissela jusque sur sa gorge. Elle aurait bien aimé enlever les vêtements dans lesquels elle avait dormi, laver la saleté et le sang accumulés, ainsi que l'odeur de fumée incrustée sur sa peau, mais Daniel était sur la plage. Elle se contenta de se laver rapidement les aisselles. Ce simple geste était déjà vivifiant.

Les environs, à perte de vue, offraient un vide déroutant : on ne voyait que la ligne de l'horizon qui se fondait avec le ciel. Lorsqu'on sondait le néant étourdissant de l'espace infini, il n'y avait rien où fixer le regard. Sa tête se mit à tourner, ses jambes flageolèrent sous l'effet du vertige. Les yeux rivés sur l'océan menaçant, elle fut assaillie de pensées attisées par l'anxiété.

Retrouvez-nous ! S'il vous plaît, retrouvez-nous ! Il faut qu'on s'en aille de cette île ! Il faut qu'on fasse quelque chose ! Qu'on allume d'autres feux de détresse… qu'on en jalonne la baie. Ou alors on devrait peut-être fabriquer un radeau ou… quoi d'autre ? Il faut qu'on réfléchisse à un plan. J'ai besoin de m'activer, je ne peux pas rester là. Je ne peux pas attendre, encore et encore et encore…

La voix de sa sœur s'insinua dans sa panique.

Une étape après l'autre, Lori.

Erin n'avait jamais besoin de plan, elle n'éprouvait jamais le besoin de savoir que tout irait bien, ni où la conduirait le prochain virage de son chemin. Elle ne dirigeait pas sa vie, elle se débrouillait avec. En ce moment, Lori devait faire de même. Elle n'avait aucune maîtrise sur ce qui se passerait ensuite. Tout ce qu'elle pouvait faire, c'était vivre chaque minute après l'autre.

Elle jeta un regard sur le jonc en or rose à son poignet. Son talisman. Elle passa l'index à l'intérieur du bracelet et sentit l'inscription qu'Erin avait choisi d'y faire graver : « Ensemble ».

Elle inspira.

D'abord, Sonny. Il lui fallait un nouveau biberon de lait prêt pour son réveil. Elle traversa la plage vers la ligne des arbres. Et ralentit en remarquant que Daniel était debout, complètement immobile, le cou tordu pour observer le couffin. À l'intérieur. Sonny avait-il bougé ? L'expression de Daniel était curieusement vide. Au bout d'un moment, il s'approcha un peu, les sourcils froncés. Il tendit une main timide vers le couffin, les traits crispés.

Puis elle entendit le cri, bref et aigu, de Sonny. Et Daniel recula d'un bond, comme s'il venait de se brûler.

Sonny se mit à pleurer. Daniel semblait pétrifié, planté là à l'observer fixement. Au bout de quelques secondes, il parcourut la plage du regard, avant de disparaître dans la jungle, laissant le bébé sans défense qui hurlait dans son couffin.

Plus tard, une fois Sonny calmé et nourri, il s'endormit dans les bras de Lori. Ils étaient assis ensemble au bord de l'eau quand Mike les rejoignit.

Il portait toujours sa chemise d'uniforme tachée de sang et, sous le bord de sa casquette, elle vit la coupure profonde qui lui barrait la tête. Il posa un sac qu'il avait sur l'épaule et en tira une bouteille d'eau.

— Je suis allé remplir celles qui étaient vides au ruisseau. Vous en voulez ?

— Merci, dit-elle, retirant son bras passé sous Sonny pour l'attraper.

Il lui dévissa le bouchon.

— Tenez.

Elle but une longue goulée, perçut une touche terreuse et quelque chose de salé dans l'eau, mais le liquide frais était tout de même agréable.

Mike sortit également de petites bananes vertes de son sac.

— J'ai aussi trouvé ça. Ça vous tente ?

— Non, merci.

Elle n'avait toujours aucun appétit, tant ses tripes étaient nouées. Elle s'efforcerait de manger quelque chose plus tard.

Mike s'accroupit sur le sable à côté d'elle, dans un craquement de genoux. Il haletait.

— Comment se porte le bébé ?

— Ça va, je pense.

Elle avait tendu un sarong au-dessus de lui, pour le protéger des assauts du soleil qui pointait entre les nuages. Elle souleva un tout petit peu le tissu, observa ses paupières closes et le bouton rose de ses lèvres.

— Il dort encore.

— Heureusement que vous êtes là, commenta Mike. Il a besoin de vous.

— C'est de sa mère qu'il a besoin.

Elle n'avait pas voulu faire sa remarque sur un ton aussi acerbe, mais Mike grimaça. Et baissa la tête. Sans relever les yeux du sol, il dit :

— Je suis désolé. Je suis désolé qu'elle soit morte. Qu'ils soient tous morts. Je suis désolé que vous soyez ici. Que Sonny doive désormais grandir sans sa mère. Je…

— C'était un accident, Mike. Personne n'a rien souhaité de pareil. (Au bout d'un long silence, il opina lentement du chef.) Vous pensez qu'ils vont nous trouver aujourd'hui ?

Il haussa les épaules.

— Je ne sais pas. Je suis monté faire un tour sur l'arête dont Felix a parlé. C'est un bon point de vue : on voit toute l'île. Je vais aller m'y poster avec les jumelles et les fusées de détresse. C'est le meilleur endroit d'où repérer des bateaux ou des avions. Je vais monter la garde au cas où des secours arrivent.

— Bonne idée, approuva-t-elle.

Au moins, c'était quelque chose.

Ils posèrent les yeux sur l'eau et retombèrent dans le silence. Felix nageait dans la baie, le fusil harpon à son flanc, des palmes noires aux pieds. Il traversa le bleu clair en une ligne fluide et droite.

— Il a pêché quelque chose ? demanda Mike.

— Je ne sais pas trop. (Lori regarda les nuages sombres qui passaient sur la mer.) C'est dangereux, là-bas ?

— L'océan ? Pas pour nager. Il y a bien quelques serpents de mer et faut faire gaffe où on met les pieds. Les coraux de feu sont dangereux. Mais si vous faites attention, pas de problème.

— Et plus loin au large ?

— Je n'irais pas vers le large. Surtout pas avec un harpon. Vous attrapez un truc dans les profondeurs et vous vous retrouvez les jambes nues baignant dans un nuage de sang de poisson. Voilà un signal sacrément alléchant pour les prédateurs.

— Vous voulez dire les requins ?

Il hocha la tête.

— Des pointes noires, des gris des récifs, mais des requins tout de même. Il peut même y avoir un requin-tigre, parfois. Il y a toutes ces bêtes-là, au large. La plupart ne vous prêteraient pas la moindre attention, mais si vous trimballez un poisson qui perd son sang et s'agite à la pointe d'un harpon… tout à coup, c'est le festin.

Felix nagea vers la côte et elle le vit émerger, ses cheveux noirs et luisants comme une loutre. Assis dans l'eau peu profonde, il ôta masque et palmes, déchargea son fusil harpon. Une cicatrice rose courait sur son dos, au-dessus de la ligne de son short de bain. Puis il se tourna et remonta la plage vers eux.

— Alors ? s'enquit Mike.

— Impossible d'équilibrer à cause de ça, dit-il en désignant son nez cassé. (Sous ses yeux, sa peau s'était assombrie en un bleu-mauve douloureux.) Il y a plein de poissons de récifs dans les eaux peu profondes, mais je suppose que leurs prédateurs ne sont pas loin derrière la corniche.

Un nuage survola la plage, suspendant un morceau d'ombre au-dessus d'eux. Mike leva vers le ciel un regard inquiet. À l'ouest, les nuages s'étaient accumulés, d'un bleu changeant. Lori sentait l'humidité leur peser dessus.

— La pluie arrive, annonça Mike.

— Je me disais qu'on devrait bâtir un abri près de l'avion, suggéra Felix. C'est la saison des pluies, non ?

Mike acquiesça.

— On a eu de la chance la nuit dernière qu'il n'y ait pas d'averse. Mais, ce soir, il faut qu'on soit prêts.

Ce soir? pensa Lori.

À une extrémité, Lori poussait le tronc abattu, de toutes ses forces, sentant la brûlure de ses muscles à chaque centimètre durement gagné. Felix poussait à l'autre bout et, à eux deux, ils réussirent à le faire rouler jusqu'à la clairière, non loin de l'avion.

— Voilà, dit-il en relâchant.

Il se redressa, les mains à la taille, un triangle de sueur assombrissant son tee-shirt déchiré.

Lori frotta les muscles fourbus qui pulsaient dans son cou. Ils avaient roulé quatre troncs jusqu'à la clairière, les avaient positionnés autour d'un cercle de pierres qui marquaient l'emplacement d'un feu de camp. À côté, Daniel avait amassé un tas de bois mort.

— Que pensez-vous de ça ? demanda Mike.

Ils se tournèrent pour découvrir les restes du radeau de survie étirés entre les arbres pour former un abri de fortune. Ils étaient tous tombés d'accord : personne ne souhaitait dormir dans l'avion. L'horreur du crash imprégnait l'allée maculée de sang et la carcasse froissée, sans compter que, avec les sièges boulonnés au sol, il n'y avait pas de place pour s'allonger – au mieux auraient-ils pu s'asseoir.

— Vous pensez vraiment qu'on va tous tenir là-dessous ? s'enquit Daniel.

Assis à l'ombre de l'aile de l'avion, il mangeait une barre énergétique. Le bas de son chino était roulé, dévoilant ses chevilles pâles et menues.

— Lori et le bébé seront sous l'abri, nous, on se débrouille, répliqua Mike.

— Qui vous a désigné chef?

Mike ne réagit pas.

Felix hissa une souche à travers la clairière et la posa au bord du cercle pour le feu. Puis il sortit son couteau de plongée de sa poche et l'enfonça dans la souche.

— Cuisine du camp.

Lori fit courir son regard vers l'autre extrémité de la clairière, où les corps des morts gisaient sous les couvertures. Elle ignorait si elle pourrait dormir dans la jungle, aussi proche d'eux. Quand la pluie arriverait, elle dégoulinerait des arbres, serpenterait sur les cadavres, dessinerait des rigoles sombres sous eux.

Suivant son regard, Felix déclara :

— Il va falloir qu'on réfléchisse à ce qu'on va faire des corps si on reste ici plus longtemps.

— Ce ne sera pas le cas, déclara Daniel avec fermeté. Moi, je me tire d'ici. Si on se cache dans la jungle, personne ne va nous voir. Il faut qu'on attise les feux de détresse sur la plage. Qu'on en allume d'autres le long de la baie.

Joignant le geste à la parole, il se releva. Felix opina du chef.

— Dans ce cas, il nous faut plus de bois.

— Allons-y, enchaîna Daniel.

L'un après l'autre, les hommes quittèrent le camp.

Sans leur compagnie, la jungle sembla se resserrer autour de Lori. D'immenses arbres étiraient vers la lumière leurs troncs massifs couverts de lianes. Plantes grimpantes et branches entremêlées formaient un mur de verdure si dense qu'il coupait la brise. Lori avait la peau luisante de sueur. Elle se sentait prise de vertige et faible… et se souvint qu'elle n'avait pas mangé. Elle ramassa l'une des bananes récupérées par Mike et, ce faisant, quelque chose de liquide se faufila hors des broussailles, luisant et brillant.

Elle se figea, retint son souffle.

Un serpent.

Il se mouvait lentement, laissant comme un murmure dans son sillage. Il glissa vers la couverture où Sonny était couché sur le dos, sans rien d'autre sur la peau que sa couche. Les yeux levés, il fixait la canopée d'un air ravi.

Le serpent hésita, ses yeux noirs braqués sur la petite silhouette.

Instinctivement, Lori voulait saisir Sonny, l'éloigner du danger, mais elle savait que tout mouvement brusque serait une erreur. Alors elle s'efforça tant bien que mal de rester figée.

Ne bouge pas, tentait-elle d'intimer à Sonny. *Reste immobile.*

L'air frémit. Il sentait la putréfaction, le pourri et le souffle d'un millier de plantes.

La langue fourchue du serpent sortit de sa gueule pour le goûter. Lori perçut le silence collectif de la jungle, tout se tut et s'immobilisa, dans l'expectative.

Sonny replia les genoux vers son ventre, battit des pieds.

Les yeux perçants du serpent l'observaient. Au bout de quelques instants, il baissa la tête et fila furtivement pour se fondre dans les broussailles. Lori se rua vers Sonny, le souleva dans ses bras. Il roucoula, les yeux brillants lorsqu'il la vit.

Elle prit conscience du cadavre de Holly dans son dos, silencieux sous sa couverture. Sonny était son petit garçon. Elle lui avait donné la vie, l'aimait, était morte avec ses bras autour du couffin pour le protéger. À présent, la responsabilité, la sécurité du petit incombaient à Lori… et elle échouait.

— Je vais faire mieux, chuchota-t-elle.

À Sonny, à Holly, aux yeux attentifs de la jungle.

21

Maintenant – Erin

Après le départ du consul britannique, je regagne la fraîcheur du hall de l'hôtel. Je me dirige vers les ascenseurs quand je remarque les deux sœurs qui m'ont croisée tout à l'heure. Elles attendent à l'entrée du restaurant, en pleine discussion animée.

La plus grande attrape la main de sa sœur et la porte à son visage pour examiner quelque chose – ses ongles ou un bijou, peut-être –, après quoi elle dit quelque chose qui fait rire l'autre, tête renversée en arrière, bouche grande ouverte.

J'éprouve le besoin d'être à côté d'elles, de respirer le même air, de me remémorer l'effet de cette intimité naturelle. Je me surprends à m'approcher d'elles, à rejoindre la petite file de clients dans l'attente d'une table. Postée aussi près que les conventions sociales l'autorisent, je reçois un effluve de parfum quand la plus grande des sœurs se tourne pour désigner deux assiettes de nourriture portées sur une table non loin de nous.

— Je commande ça, peu importe ce que c'est, annonce-t-elle avec un accent britannique plein d'emphase. Du rouget peut-être ? Et la sauce, c'est de la mangue ?

— Regarde ce que mange ce type, dit l'autre sœur en désignant un homme dont la fourchette est suspendue au-dessus d'un curry décoré d'herbes fraîches et de pétales.

Je ne suis pas sûre d'avoir envie d'un curry. Ou alors je reprends de la bisque de homard.

— Non, tu ne peux pas prendre la même chose !

— Mais elle était teeeeellement bonne, insiste l'autre avec un bruit de salivation.

Lori et moi, on adorait parler nourriture. Chaque fois qu'on mangeait dehors, on s'attardait sur le menu et on appelait le serveur pour lui poser des questions, avoir ses conseils. Je la convainquais d'accepter un partage complexe de nos plats, parce que je n'arrivais jamais à me décider sur un seul, et nous passions le repas à tendre la fourchette vers l'assiette de l'autre, à goûter, à tester, avant de tomber généralement d'accord sur le même plat et regretter de ne pas l'avoir commandé tous les deux.

— Comment se passe votre journée ?

Je cille, m'apercevant que je devais les dévisager.

Les deux jeunes femmes m'offrent un sourire encourageant. J'enfonce les mains dans mes poches.

— Bien, merci.

C'est tout ce qui me vient. C'était Lori, la liante, celle qui comblait les blancs, qui dirigeait les conversations afin d'adoucir ma personnalité plus tranchante.

— Nous étions en train de repérer les plats, me confie la plus grande. Le menu est incroyable, non ?

— Oui, réponds-je.

Et je me tais de nouveau. Mon esprit est vide, littéralement. J'ai oublié comment on s'y prend avec les civilités.

— Vous êtes ici avec quelqu'un ?

Impossible de répondre : « Je suis seule. » Ou : « Il n'y a que moi. » Non, ces mots-là, je ne peux pas les prononcer. Je ne veux pas qu'ils soient vrais. Je ne veux pas voir passer la pitié sur leurs visages, ni un enthousiasme feint quand elles répondront : « Oh, c'est bien », alors qu'en réalité elles penseront : « Je suis bien contente de ne pas être à sa place. » Alors je m'entends répondre :

— Ma sœur.

— Pareil ! s'exclament-elles en même temps, avant de pouffer.

— Elle est encore en train de se préparer, ajouté-je, même si elles n'ont rien demandé.

— Vous êtes britanniques ? veut savoir la plus petite.

— Oui, originaires de Bath. Maintenant, nous vivons à Londres.

« Nous ». Ça fait du bien.

— Vous vivez ensemble ? Quelle chance ! Nous aussi, à une époque, mais maintenant, on est mariées. (Elles lèvent toutes les deux la main pour m'en montrer la preuve sous la forme d'anneaux scintillants.) C'est notre petite échappée annuelle. On a commencé la tradition il y a des années : au début, on allait en week-end à Londres tous les mois de janvier, voir un spectacle, faire les soldes, se faire du bien pour éviter la déprime d'après Noël, vous voyez. Mais, cette année, on a décidé de marquer le coup.

— Cela dit, nos maris ne sont pas loin.

Elles éclatent de rire en cœur, et le son produit est si chaleureux et contagieux que je me joins à elles.

— On doit prendre un verre plus tard. Il y a un petit bar de plage très sympa, à environ dix minutes à pied d'ici. Vous devriez vous joindre à nous, avec votre sœur.

Je brûle de répondre : « Oui ! » et que Lori soit dans notre chambre d'hôtel, là, maintenant, à se poudrer les joues à l'aide d'un pinceau à blush, avant de faire sa moue, celle qu'elle réserve à son miroir. Dieu, ce que ça me manque, les préparatifs de soirée ! Même si je taquinais Lori à cause de sa routine beauté qui prenait des lustres – le masque sur le visage pendant le bain, suivi du séchage des cheveux et du brushing, puis l'application soigneuse du maquillage dont le contour des lèvres –, je me délectais de son cérémonial. Le seul fait d'être dans sa chambre, avec de la musique, un verre de vin bon marché posé sur la moquette. Lori penchée vers la glace pour appliquer son rouge à lèvres. Moi, jambes croisées sur le lit, un miroir dans une main et un crayon de khôl dans l'autre. L'air embaumant le parfum, la lotion corporelle, les produits capillaires. Lori qui se tournait pour me demander mon avis : « Cette robe ou le haut noir ? Pas de soutif… ou est-ce qu'on voit trop mes tétons ? » Sa façon de se tenir de profil devant le miroir, pour décider quelle paire d'escarpins elle porterait. Le sol jonché de maquillage, de fers à cheveux, de tenues jugées indignes, de choix de sacs, de cotons-tiges maculés d'eye-liner, de mouchoirs en papier tachés de rouge à lèvres.

Je veux tout ça, tout.

Je veux voir Lori traverser le hall maintenant. Je veux retrouver ces deux sœurs dans un bar de plage. Je veux entendre le rire de la mienne encore une fois. Je veux me rappeler quel effet ça fait d'être heureuse, d'être en vie.

J'ai les larmes aux yeux.

Ne pleure pas. Je te l'interdis, putain !

Je me mords violemment l'intérieur de la joue, mais les larmes menacent toujours. La pression gonfle dans ma gorge et j'ai les tempes tendues comme la peau d'un tambour. Les larmes finissent par poindre, chaudes, au coin de mes yeux.

L'une des sœurs s'avance vers moi :

— Eh, vous allez bien ?

Je me couvre le visage, mortifiée. Et puis je tourne les talons en m'excusant et traverse le hall à toute vitesse. Le claquement de mes tongs accélère à mesure que j'approche des ascenseurs, pressée de gagner ma chambre, de me cacher.

Devant les cabines, le doigt enfonçant déjà le bouton, j'entends quelqu'un appeler mon nom.

J'hésite.

La porte de l'ascenseur s'ouvre et je suis sur le point d'entrer.

— Erin ? répète la voix.

Les petits cheveux dans ma nuque se dressent. Je ne connais personne aux Fidji. Et personne ne me connaît.

Je pivote, les paupières plissées, sonde le hall.

Nathan Brass se tient là, l'air sombre, qui me regarde fixement dans les yeux.

22

Avant – Lori

D'un coup d'œil par-dessus son épaule, Lori vérifia si elle voyait les hommes, puis défit son short et s'accroupit au-dessus du trou qu'elle avait creusé à l'aide d'un bâton.

Chier dans les bois. Encore une preuve que son existence avait pris un tour radical, elle en venait à ne presque plus la reconnaître. C'était le quatrième jour sur l'île. Aucune équipe de secours n'était arrivée. Aucun hélicoptère de recherche n'avait été repéré. Aucun bateau n'était passé à l'horizon. Rien.

Elle avait ramassé ses cheveux emmêlés et jaunis par le soleil au sommet de son crâne. Son cuir chevelu échauffé la grattait. Ses jambes étaient parsemées de taches de boue et de poils naissants, les hématomes prenaient une teinte sombre.

Elle appuya les coudes sur ses genoux et examina ses ongles. Le vernis rose fluo leur donnait un aspect grotesque, les bords étaient déjà écaillés, des demi-lunes de terre incrustées sous les ongles. Ses pieds étaient crasseux, la terre s'installait dans la peau sèche et craquelée, ses plantes égratignées et ensanglantées à force de marcher pieds nus.

Il paraissait fou de penser que, moins d'une semaine plus tôt, elle se tenait dans la minuscule salle de bains d'Erin, en train d'appliquer une couche d'autobronzant sur sa peau d'hiver couverte de chair de poule. À présent, ses préoccupations, c'était s'assurer que Sonny reste hydraté et nourri. Faire attention aux serpents. Compter le nombre d'arbres fruitiers sur l'île. Aller chercher de l'eau fraîche à la source.

La survie. Voilà le mot qui sous-tendait chaque action, chaque décision.

La faim gronda au fond de son estomac. Les provisions de l'avion étaient déjà épuisées et, maintenant, ils mangeaient la nourriture dénichée sur l'île : bananes et mangues quand ils en trouvaient, noix de coco et fruits des arbres à pain. Elle avait mesuré la quantité de lait en poudre de Sonny, cuillère par cuillère, et calculé qu'il y en avait assez dans la boîte pour quatre semaines. Les secours devaient arriver d'ici là.

Elle tâta dans sa poche, sortit le paquet de mouchoirs en papier. Plus qu'un. Demain, il faudrait utiliser des feuilles.

Une fois ses petites affaires terminées, elle racla de la terre avec son pied pour en recouvrir le trou, tassa et retourna au camp.

Le camp.

C'est ainsi qu'ils l'appelaient, désormais. Ils s'efforçaient de garder le feu allumé toute la journée, en partie pour faire fuir les moustiques, mais aussi pour ne pas avoir à s'épuiser pour l'allumer tous les soirs quand le bois devenait humide. Ils n'avaient qu'un briquet et devaient donc l'utiliser avec parcimonie.

Elle vérifia que Sonny allait bien : il dormait dans le couffin sous le petit abri que Felix avait érigé à partir des restes du radeau. Le bébé avait les lèvres retroussées, le cou long, posture qui lui donnait presque l'air d'un monarque. Il s'endormait rarement dans le couffin, préférant le porte-bébé la journée, avoir son corps étroitement serré contre celui de Lori. La nuit, elle avait complètement abandonné le couffin, et Sonny dormait sur sa poitrine ou au creux de son bras… quand il dormait. Mike l'avait rassurée à propos du serpent qu'elle avait vu deux jours plus tôt : il n'était pas venimeux, ce qui la tranquillisait quand elle devait poser le bébé.

Elle jeta un coup d'œil vers la ligne des arbres, derrière, elle apercevait tout juste la mer. C'était devenu instinctif, la manière dont son regard se posait sur la ligne d'horizon, dans une quête permanente. L'île était bordée de récifs et de vagues déferlantes, elle n'était même pas sûre qu'un bateau pourrait les atteindre ici. Même de loin, les vagues semblaient imposantes, immenses, qui aspiraient les récifs, les dénudaient, révélaient des ossements de rocher et de coraux.

Ils avaient discuté de l'opportunité de construire leur propre radeau. Il y avait largement assez de bois et assez de lianes pour lier les rondins. S'ils parvenaient à en fabriquer un, à le mettre à l'eau, à le charger d'assez de nourriture et d'eau, il était peu probable qu'ils réussissent ne serait-ce qu'à franchir le récif sans se faire projeter contre les rochers. Et même si c'était le cas, elle ne pouvait pas emmener un bébé de quatre mois sur un radeau, sous un soleil de plomb, ou risquer qu'il ne tombe par-dessus bord. Par-dessus le marché, faute de savoir exactement où ils se trouvaient, ils pourraient dériver sur les courants dans n'importe quelle direction et se retrouver perdus dans le vaste océan Pacifique Sud. Elle savait à quoi ressemblaient les îles Fidji sur une carte : une minuscule grappe au milieu de l'eau, sans autre terre à proximité avant des centaines de kilomètres. Le risque était fou.

— Je ne pense pas que ce soit une bonne idée.

Lori se tourna. Derrière la carcasse de l'avion, les trois hommes lui tournaient le dos.

— Je ne sais pas trop, dit Felix, les mains nouées derrière le cou.

Daniel, qui avait remonté le col de son polo par-dessus son nez, respirait à travers.

Lori s'approcha pour voir ce qui les occupait. Ils avaient retiré les couvertures des cadavres. L'alignement de cheveux humains et de membres raidis lui provoqua un hoquet.

— Oh, mon Dieu ! s'exclama-t-elle en se couvrant la bouche.

Les trois hommes pivotèrent.

Mike avait la peau rougie par la chaleur de midi, une veine qui lui pulsait dans la tempe.

— Les corps. Il faut qu'on fasse quelque chose d'eux.

Elle fixait des yeux les chairs gonflées. Une odeur de terre et de poisson saturait l'air immobile. Jack, le retraité américain, était étendu à même la terre, sa chemise hawaïenne distendue aux endroits où son torse avait enflé. Sa femme était allongée à côté de lui, la peau étirée elle aussi, la bouche béante. Une mouche se posa sur sa lèvre inférieure.

— Lui, dit Daniel en désignant Mike, il veut qu'on les jette à la mer. Que les poissons s'en chargent.

— Non, ce n'est pas ce que je veux, protesta Mike entre ses dents serrées. Je veux leur donner des funérailles dignes, au lieu de les laisser allongés là à pourrir.

Pourrir.

— On ne peut pas les enterrer ? demanda Lori.

— Si on avait une pelle, d'accord, répondit Mike. Mais creuser des tombes assez profondes pour quatre personnes, et à mains nues, ça sera impossible.

— Mais leurs familles…, objecta Lori.

— Il faut qu'on pense à nous, la coupa Mike avec solennité. Les laisser là, comme ça… (Il secoua la tête.) Il y a un risque sanitaire.

Lori s'obligea à regarder tour à tour chacun des corps, afin de se confronter à la réalité de la situation. Ils étaient morts.

Des gens qui voyageaient dans le même avion qu'elle étaient morts ! Elle avait appris chacun de leurs noms sur leur passeport : Holly Senton, Jack Bantock, Kaali Halle... Mais les répéter ne suffisait pas à humaniser la vue qui s'offrait à elle. Leur peau était grisâtre, leurs membres bouffis, comme gonflés d'eau.

Un sanglot s'échappa de sa bouche.

— Je ne peux pas...

Elle s'éloigna en trébuchant, se précipita dans la jungle, écartant les branches et les fougères. Elle ne s'arrêta qu'en atteignant la plage, le sable chaud et mou sous ses pieds. Là, elle leva la tête vers le ciel. Respira.

Au bout d'un petit moment, elle entendit des pas derrière elle.

— Ça va ? s'enquit Felix.

Elle se tourna vers lui.

— Qu'est-ce qu'on devrait faire, selon vous ?

Le gonflement autour du nez de Felix commençait à disparaître, mais son œil gauche offrait un étrange mélange de verts et de jaunes. Au bout de quelques secondes, il répondit :

— Notre priorité doit demeurer la survie. Je pense qu'on va devoir les mettre à la mer.

Daniel surgit de la jungle et rabaissa le tee-shirt de sur sa bouche.

— Je ne suis pas d'accord. Et si un bateau de sauvetage arrive ce soir ? On va leur dire quoi, hein ? « Oh, pardon, on a balancé les corps à l'eau » ?

— Je comprends, admit Felix, mais si les secours n'arrivent pas avant six semaines ? Six mois ?

Lori sentit sa peau se hérisser.

— Arrêtez !

— La vraie question, c'est peut-être : si nous étions l'un d'eux, que préférerions-nous ? lança Mike, qui venait de les rejoindre, les traits tirés. Qu'on nous laisse sur l'île ou qu'on nous jette dans l'océan ?

Lori songea à la puanteur des corps, à la chair déjà en cours de décomposition. Puis elle frissonna.

— Je n'aimerais pas qu'on me laisse pourrir sur cette île.

Holly Senton était la dernière.

Mike la prit par les chevilles, Felix par les poignets. Sa tête se renversa en arrière, ses cheveux ambre traînaient dans le sable. Ses yeux semblaient bulbeux, exorbités. En sueur, les deux hommes chancelaient sous son poids.

Sur le rivage, l'estomac noué, Lori serra Sonny. Avaient-ils pris la bonne décision ? Elle avait voulu qu'on enlève les corps de l'île, elle n'arrivait plus à dormir avec la pensée de leur putréfaction lente, des gaz emprisonnés qui s'échappaient, de leur peau étirée, de leurs organes gonflés... Mais était-ce correct ? La mer ? Il était trop tard pour changer d'avis maintenant : Jack, Ruth et Kaali dérivaient déjà vers le récif.

Le visage blême, Daniel fixait Holly. Il se passa la main sur les yeux.

— C'est tordu ! s'écria-t-il en tournant le regard vers Lori. Vous ne voyez pas à quel point c'est tordu ?

— Je...

— Je ne reste pas là à regarder ça. Je ne veux pas prendre part à cette aberration.

Et il s'éloigna à grands pas, disparaissant dans la jungle.

Lori enlaça Sonny plus étroitement et enfouit le nez dans ses cheveux. Elle sentait bien l'injustice de la situation, qu'elle se tienne là, elle, vivante, à bercer le bébé de Holly.

— Tout ira bien, chuchota-t-elle. Je suis désolée...

De l'eau jusqu'à la taille, Mike et Felix guidaient le corps de Holly vers le large. Avec sa robe faisant office de bouée gonflée et ses longs cheveux qui flottaient, on aurait dit une sirène. L'espace d'un instant, on aurait même pu croire qu'elle agitait les mains, avec ses doigts écartés à ses flancs.

Lori entra dans l'eau tiède qui imprégna le bas de son short. Les petites jambes de Sonny battirent d'excitation au contact de l'eau sur ses orteils.

Elle regarda de longues minutes durant les quatre corps s'éloigner lentement de l'île, portés par quelque courant inconnu.

Personne ne parla. Personne ne pria. Personne ne se tint la main.

Pourtant ils restèrent là, à regarder, sans s'être concertés. D'instinct, cela semblait la chose à faire. La vie des passagers – et leur mort – devait être honorée.

Lori leva la main, où elle serrait quatre fleurs de frangipanier qu'elle avait ramassées plus tôt avec Sonny. Elle les posa une à une sur l'eau. Une pour Ruth Bantock, une pour son mari. La troisième pour l'hôtesse de l'air, Kaali Halle. Elle marqua une pause à la quatrième, contempla les épais pétales, le cœur rose tendre. Elle la tint devant Sonny.

— Tiens, dit-elle alors que ses poings potelés s'en approchaient et se refermaient sur les pétales blancs. Tu veux la mettre dans l'eau ?

Elle l'abaissa vers la mer, guida sa petite main vers la surface, imaginant que le contact de l'eau lui ferait lâcher la fleur pour essayer de plonger la main dedans. Elle avait une impression de justice, que ce petit bébé soit là, au bord du Pacifique Sud, qu'il dépose une fleur pour sa maman. Au lieu de lâcher, cependant, les doigts mouillés portèrent la fleur à sa bouche et l'y enfournèrent aussitôt.

— Oh !

Lori se hâta de lui écarter les gencives avec un doigt pour récupérer les pétales écrabouillés. Sonny gloussa. La délicieuse légèreté de ce son brisa la tension, et Felix et Mike se tournèrent pour le regarder.

Lori posa sur l'eau la fleur dont le blanc virginal des pétales portait des marques de gencives. Et elle sourit, parce qu'elle espérait que Holly, jeune femme avec qui elle n'avait jamais parlé, apprécierait ce détail.

Ensuite, ils regagnèrent la plage en pataugeant dans l'eau.

— Voilà, c'est fait, commenta Felix d'une voix grave.

Le pilote opina du chef, mais son visage était blême. Et sa voix si basse, quand il parla, que Lori ne sut pas s'il s'adressait à lui-même ou à eux.

— On n'avait pas le choix.

Lori retourna au camp avec Sonny. Dans la clairière, Daniel cassait de petites branches sur son genou. Il avait le visage rougi, un voile de sueur plaqué sur le front alors qu'il rompait branche après branche, pour les jeter sur un tas de bois à ses pieds. Sans lever les yeux, il dit :

— Ils l'ont fait, alors ? Ils ont jeté les corps ?

— On ne les a pas « jetés ».

— Oui, n'empêche, il voulait s'en débarrasser, non ?

— Qui ?

— Mike. (Il se frappa l'arrière du cou.) Putains de moustiques ! (Il examina sa paume et essuya l'insecte mort sur son short.) Vous lui faites confiance ?

— À Mike ?

— Évidemment, à Mike ! Voici la putain de pièce à conviction numéro 1, ajouta-t-il en désignant l'épave.

— C'était un accident. Une défaillance mécanique.

— Qu'il dit. C'est tout ce qu'on a, pas vrai ? Sa parole. (Daniel se tourna pour regarder l'avion. Son polo était maculé de terre et de suie, le col remonté pour lui protéger le cou du soleil.) De nos jours, les accidents d'avion, ça n'arrive plus à cause d'une simple défaillance. Il y a des contrôles de sécurité. Il y a les radars, le contrôle aérien, une série de mesures…

— Sauf que si, ça arrive. Le vol Malaysia Airlines transportait deux cents passagers et… Ben, il a disparu.

— Il n'a pas « disparu », la corrigea Daniel. Ils ont retrouvé une partie des débris de l'avion dans l'océan. Rappelez-vous le temps que les recherches ont pris. La frénésie des médias avec cette histoire, comme ils cherchaient des réponses. Quelle réaction notre avion va susciter, à votre avis ? Je sais qu'il est plus petit, mais les gens, ils adorent tout ce qui a trait aux avions. Il y a quelque chose de presque… je ne sais pas, de mystique dans le fait de voler, non ? Je veux dire, combien de gens embarquent dans un avion en comprenant vraiment comment fonctionne la science de l'aéronautique ? Vous ? (Elle secoua la tête.) Moi non plus. Il y a une piste, un avion, une accélération. Il y a des équations sur la force, la portance, la pression… Mais comment ça marche exactement, la plupart des gens comme vous et moi n'en savent rien. Chaque fois qu'on entre dans un avion, on met sa vie entre les mains d'un pilote, en espérant qu'il ou elle nous transportera sains et saufs à destination. Sauf que Mike, il nous a trahis, conclut-il d'une voix qui augmentait en volume. La presse va se déchaîner sur lui. Le crucifier, s'ils ne nous retrouvent pas. Et lui ne voudra pas que la vérité soit révélée.

— Quelle vérité ?

— Réfléchissez, reprit Daniel en s'approchant, assez pour qu'elle sente la note âcre de son haleine. Si vous ou moi conduisions une voiture et qu'elle avait un accident à cause d'un dysfonctionnement mécanique, comme le volant qui ne tourne plus tout à coup, comment vous vous sentiriez après ? (Comme la plupart des questions de Daniel, celle-là n'appelait pas de réponse.) Je sais comment je me sentirais, moi. Je serais furieux. Outré. Je voudrais savoir exactement ce qui s'est passé. Ce qui a déconné. Comment un putain de dysfonctionnement matériel a pu causer cet accident. J'y réfléchirais sans cesse. En boucle. (Il la regarda droit dans les yeux.) Alors pourquoi pas Mike ? Pourquoi est-ce qu'il ne se rejoue pas les détails du crash ?

— Il le fait peut-être. On ne sait pas ce qui se passe dans sa tête.

— Tout ce à quoi il pense, c'est à cacher le fait que c'était une erreur de pilotage.

Autour d'eux, la jungle vibrait des stridulations des insectes, du poids de l'humidité dans l'air. Lori se rappela quand elle était tombée sur Mike dans le cockpit, le premier soir. La façon dont il avait fait volte-face, son visage blanc comme un linge quand il l'avait vue et qu'il avait dit chercher des analgésiques.

Daniel l'observait.

— Vous avez remarqué quelque chose, vous aussi, c'est ça ?

Elle baissa les yeux vers Sonny. Il s'était endormi dans le porte-bébé, la joue contre la poitrine de Lori, la bouche relâchée. Elle l'enveloppa de ses paumes et le tint tout contre elle.

— Je ne sais pas. Je ne suis pas sûre.

— Pas sûre de quoi ?

Elle jeta un coup d'œil par-dessus son épaule, vers les arbres, vérifiant qu'ils étaient toujours seuls. Puis elle raconta à Daniel sa rencontre avec Mike dans le cockpit.

— Et ça m'a laissée avec une sensation étrange, conclut-elle. Il avait l'air… pris sur le fait.

Les traits de Daniel se crispèrent.

— Et s'il y avait une radio ou un émetteur dans le cockpit dont il ne nous aurait pas parlé ? Si ça se trouve, il ne veut pas qu'on en parte, de cette île.

— Allons, c'est de la folie.

— Ah oui ? Si on avait raison et qu'il avait bel et bien commis une faute de pilotage ? reprit Daniel d'une voix basse et pressante. Il essaie peut-être de couvrir ses arrières. Et si Mike n'avait suggéré de mettre les cadavres à l'eau que parce qu'ils constituaient des preuves ?

Non, Lori refusait de nourrir ce genre d'idées.

— Nous sommes des preuves. Vous, moi, Felix et Sonny, répliqua-t-elle.

Daniel la dévisagea un long moment.

— À condition qu'on soit en vie quand ils nous retrouveront.

Elle écarquilla les yeux.

— Vous êtes sérieux ?

— Je ne sais rien sur ce type. Je ne sais pas à quoi il pensait en montant dans cet avion. Et surtout, je ne sais pas à quoi il pense depuis qu'on s'est crashés.

— Aucun de nous n'est ravi d'être ici, Mike inclus. Il a une femme, un fils. Vous pensez qu'il a envie de dormir à même la terre avec nous, nuit après nuit ?

Daniel ne répondit pas, il se mit en mouvement vers l'avion.

— Qu'est-ce que vous faites ?

— Quoi qu'il cache, je vais le trouver.

Sur ce, il se hissa à l'intérieur de l'appareil et disparut dans le cockpit. À travers le pare-brise éclaté, elle le vit tripoter diverses manettes et boutons de contrôle. Puis il tendit le bras vers un porte-bagage en hauteur, passa une main le long d'une paroi.

Elle se détourna. Elle ne tenait pas à rester avec Daniel quand il était comme ça – paranoïaque, agité, prompt à la crise de rage. Les mains passées sous Sonny, elle le souleva un peu, pour se soulager momentanément les épaules de son poids et leur offrir un instant de répit. Elle avait l'impression que sa colonne vertébrale était tordue, à force de se pencher, de soulever, de porter. Pourtant, même si elle devrait sans doute allonger Sonny dans son couffin pour les siestes, elle aimait sentir sa chaleur et son poids rassurants contre son corps.

— Lori ! cria Daniel depuis l'avion.

Elle pivota.

Il se tenait dans l'encadrement de la portière.

— Faut que vous voyiez ça !

Elle se hissa à son tour dans la carcasse. La chaleur emprisonnée pulsait, et l'air sentait vaguement le métal et le brûlé. Elle le suivit dans l'étroit cockpit, découvrit le pare-brise détruit et le tableau de bord écrasé.

Daniel désignait une couverture roulée en boule.

— C'était fourré sous le repose-pied. Regardez !

Sa voix était trop forte dans l'espace exigu et surchauffé. Il montrait une série de mini-bouteilles d'alcool fort, toutes vides.

— Il y avait de l'alcool à bord ! Il l'a gardé pour lui ! Planqué ici… Et il a tout bu, putain !

Lori contemplait les bouteilles vides. Il devait y en avoir vingt ou trente. Quand ils avaient sorti la nourriture et les boissons à disposition, Mike avait affirmé que les provisions de l'avion se limitaient à des chips, des chocolats et des boissons sans alcool.

— Salaud de menteur ! cracha Daniel, expulsant force postillons. Il plante notre avion, nous emprisonne ici et, pendant tout ce temps, il se prépare des putains de gin tonic ?!

Il tira sur un petit tiroir, puis renversa le contenu d'un placard en hauteur.

— Daniel…

— Qu'est-ce qu'il nous a caché d'autre, ce salaud ?

Le sac de vol de Mike était sur le siège du pilote, et Daniel en ouvrit la fermeture sans ménagement. Il le retourna, et son contenu tomba au sol dans un bruit métallique. Il le repoussa du bout du pied.

— Putain, je vais le tuer…

Il se tut et se pencha. Les sourcils froncés, il se releva avec un téléphone portable.

— Ce n'est pas celui de Mike, je m'en suis servi après l'accident pour essayer d'attraper du réseau au bout de la baie. Qu'est-ce qu'il fout avec un deuxième téléphone ?

Il trouva le bouton d'allumage et l'actionna. La musique d'accueil s'éveilla.

— Il a du réseau ?

Un rectangle de lumière éclaira le visage de Daniel dans la pénombre du cockpit. Il cilla, le front de plus en plus plissé alors qu'il fixait l'écran des yeux. Son visage trahissait la plus grande confusion.

— Daniel ?

Son corps était raide. Il ne répondit rien, continua juste de regarder l'appareil fixement.

— Qu'est-ce qu'il y a ?

— La photo du fond d'écran, dit-il en le tournant vers elle, afin qu'elle voie clairement l'image. C'est vous.

23

Maintenant – Erin

Nathan Brass, le fils du pilote, se tient dans le hall de l'hôtel, les yeux braqués sur moi.

J'efface la preuve de mes larmes d'un revers de la main. Je n'ai pas la moindre idée de ce qu'il fiche ici, ni de comment il a su dans quel hôtel j'étais descendue.

— J'ai besoin de vous parler, m'annonce-t-il.

Ses traits sont tirés, ses yeux sombres. Il porte le même short kaki décoloré par le soleil et les mêmes godillots de travail que lorsque je l'ai vu à l'hôpital et paraît peu à sa place dans l'élégance discrète de ce lobby. Comme moi, d'ailleurs. Il se balance lentement d'un pied sur l'autre, donnant l'impression de tanguer.

Derrière nous éclatent des rires sonores, et nous nous tournons pour découvrir un groupe de femmes qui traversent le hall. L'une d'elles est coiffée d'un voile, elle est flanquée de trois autres femmes en sandales à lanières, elles-mêmes suivies d'un groupe d'hommes d'âges divers, qui discutent de quelque chose qui s'est produit dans leurs chambres d'hôtel et suscite un nouvel accès de rires.

Le regard de Nathan revient sur moi.

— Vous voulez discuter dehors ?

Je n'ai guère envie de me retrouver entourée de toute cette joie clinquante, mais je ne sais pas non plus très bien ce que veut Nathan.

— D'accord, finis-je par accepter. Mais je n'ai que quelques minutes.

Dehors, la soirée est immobile et lourde de chaleur. Nous suivons l'allée baignée de lumière à travers les jardins, qui sont éclairés avec goût d'un mélange de vert et de blanc. Dans les troncs d'arbres courbés, à l'air presque préhistorique, et au milieu des larges canopées de feuilles, dansent les ombres et la lumière. Nous marchons en silence. Seul le piétinement des grosses chaussures de Nathan vient briser le léger gargouillis des arroseurs qui rafraîchissent l'herbe assoiffée.

À mesure que nous progressons dans la nuit, je prends conscience de la présence physique de cet homme – sa taille, la longueur de ses lourdes enjambées, ses inspirations et ses expirations dures –, et je décide que je ne souhaite pas aller plus loin. Nous arrivons près de la piscine de l'hôtel, soigneusement décorée de rocailles et de plantes grimpantes exotiques, dont l'eau chlorée luit d'un vert pâle irréel. Je m'arrête là, parmi les transats privés de leurs coussins et près du bar fermé de la piscine.

Je me tourne vers lui, enfonçant les mains dans la poche kangourou de ma robe-salopette.

— Comment avez-vous su où j'étais descendue ?

— J'ai passé quelques coups de fil.

Je me demande combien il lui en a fallu pour me retrouver dans cet hôtel.

— Pourquoi ?

— À l'hospice, vous avez dit quelque chose. Vous avez dit que mon père n'aurait jamais dû prendre les commandes de cet avion. Qu'entendiez-vous par là ?

Je le regarde dans la semi-obscurité, tâchant de décider de la suite des événements.

— Je voulais juste dire… que je regrettais qu'il en ait pris les manettes.

Nathan me dévisage, sans un mot. Puis :

— Non. Je ne pense pas que c'étaient exactement vos pensées. (La chaleur me monte aux joues.) Je sais que vous avez des questions. Mais j'en ai aussi. Mon père a disparu pendant deux ans et, maintenant, il débarque en racontant n'importe quoi. Je ne peux pas… Je n'arrive pas à comprendre tout ça. Je ne sais pas quoi penser. Je… je deviens dingue… (La force profonde de sa voix se dissout, et tout ce que j'entends, désormais, c'est son incertitude et sa peur.) Ma mère est en état de choc. Vous avez dit que vous aviez fait des recherches. Que savez-vous ? Pourquoi avez-vous dit ça ?

Depuis deux ans, je garde le secret. Je n'ai révélé à personne que Mike et moi nous sommes rencontrés. Si ces premiers mots entre nous n'avaient pas été échangés – l'éclairage tamisé, l'odeur de la bière qui réchauffe, la vrille du regret qui exige d'être adoucie –, alors tout aurait été différent.

Je n'aurais pas perdu ma sœur.

24

Avant – Lori

Les doigts de Lori étaient blanchis aux endroits où ils serraient le portable. Pourquoi y avait-il une photo d'elle sur ce fond d'écran ?

Daniel la dévisageait, impatient d'entendre sa réponse.

Elle cilla, scruta la photo : elle avait les yeux détournés de l'objectif et riait avec quelqu'un qui se trouvait hors champ. Lori savait exactement qui lui avait donné ce sourire, plissé les commissures de ses yeux comme autant de rayons de soleil.

Erin.

Le cliché avait été pris sur la pelouse dans l'ancien jardin de chez Pete et elle. C'était l'anniversaire de Pete, et le soleil d'avril avait brillé dans un ciel bleu tout l'après-midi, l'air embaumait des premières fleurs de pruniers. Bonobo passait dans un haut-parleur extérieur, et Erin et Lori avaient bu un pichet de mojitos, un brin de menthe imbibé d'alcool fiché dans la bouche. Lori ne se rappelait pas ce qu'Erin avait dit qui l'avait fait rire au moment où elle avait appuyé sur le bouton de l'appareil photo : était-ce en lien avec le gâteau d'anniversaire que Lori avait préparé, dont le glaçage avait fondu au soleil ? En revanche, elle se rappelait cette sensation de rire si fort qu'elle en avait la poitrine et les épaules secouées.

Quand Daniel reprit la parole, sa voix était vide, étouffée.

— Pourquoi y a-t-il une photo de vous dans le téléphone de Mike ?

La main tremblante, Lori laissa son regard passer sur la coque en bois, examina les bords rayés et usés. À l'arrière de la coque, dans un angle, elle sentit le renflement d'un minuscule autocollant en forme de feuille de chêne. Alors elle comprit, et son visage se vida de son sang.

— Ce n'est pas le portable de Mike, murmura-t-elle. C'est celui de ma sœur.

Daniel cligna des paupières.

— Quoi ? Qu'est-ce qu'il fabrique dans le cockpit ?

— Je… je n'en ai aucune idée. Ça n'a aucun sens. Je… je ne comprends pas. Ma sœur n'a jamais rencontré Mike.

La sueur perlait à son front. Le poids de Sonny dans le porte-bébé lui tirait sur les épaules. Derrière l'avion, les sous-bois grouillaient de vie cachée, cliquetis, tourbillons et pépiements de milliers d'insectes invisibles.

— Vous avez dit que votre sœur était venue aux Fidji avec vous.

Elle hocha la tête.

— On a passé la première nuit ensemble sur l'île principale, dans un hôtel près de l'aéroport de Nadi. On avait dîné ensemble, mais ensuite… on s'est disputées. Erin est partie, et moi, je suis rentrée à notre chambre d'hôtel. Elle n'est pas venue prendre l'avion.

Une crainte diffuse lui vrilla le ventre, changeant son estomac en glace.

Lori entendit des feuilles crisser et se tourna. Mike et Felix revenaient au camp, la mine grave. Leurs vêtements étaient trempés après leur incursion dans la mer pour éloigner les cadavres.

Daniel l'écarta pour sauter au bas de la carcasse. Il alla se poster directement devant Mike, menton levé et yeux soupçonneux, l'obligeant à s'immobiliser.

— On veut vous parler.

Mike leva les mains.

— Écoutez, je comprends vos réticences, pour les corps…

— Ce n'est pas à propos de ça.

Felix coula un coup d'œil du côté de Lori avec l'air de demander : « Qu'est-ce qui se passe ? »

Mike et Daniel étaient de taille équivalente, mais Mike était plus carré, cou épais et bras costauds. Daniel avait le bord des lèvres qui frémissait alors qu'il reprenait :

— J'ai fouillé le cockpit.

Mike conserva une expression neutre. Quelque part dans la canopée au-dessus d'eux, un oiseau hurla.

— On a trouvé votre petite réserve d'alcool, cracha Daniel. On dirait que l'avion était mieux approvisionné que vous nous l'aviez laissé croire.

Cette fois, le visage de Mike s'empourpra.

— Écoutez, je suis désolé. J'aurais dû vous parler de l'alcool, mais… je n'arrivais pas à dormir la nuit… Le crash… Kaali allongée dans l'allée… sortir Jack de l'avion… tous leurs visages… Je continuais de les voir, sans arrêt. J'avais besoin de quelque chose pour me calmer…

— Et vous croyez que nous, on dort comme des loirs ? aboya Daniel. Chaque fois que je ferme les yeux, putain, j'ai un film d'horreur qui passe en boucle. Les cris de quelqu'un à l'arrière de l'avion. La fumée. Le choc avec la terre quand on l'a touchée. Tout ce putain de sang sur le visage de Holly ! Vous ne pensez pas que nous aussi, on aurait bien besoin de quelque chose pour nous aider à dormir ?

— Vous avez raison. Pardon.

— Ces bouteilles vides, intervint Lori, ce ne sont pas les seules choses qu'on a trouvées.

Les trois hommes tournèrent la tête vers elle.

— Ce téléphone était dans votre sac. Il appartient à ma sœur. Je veux savoir, ajouta-t-elle, les yeux plantés dans ceux, mal assurés, de Mike. Qu'est-ce que vous foutez avec ce portable ?

25

Maintenant – Erin

— J'ai rencontré votre père avant le vol, avoué-je à Nathan.

Bon Dieu, tout dans cette fichue soirée a été chaotique. J'avais laissé Lori en plan dans la salle de restaurant de l'hôtel et filé dans les jardins jusqu'à la plage éclairée. J'avais besoin de bouger. Toutes ces merdes qu'on s'était jetées au visage tournaient en boucle dans ma tête. Je n'arrivais pas à comprendre – la vitesse à laquelle tout était parti en vrille. J'ai continué de marcher jusqu'à ce que la plage se termine sur un promontoire, où j'ai dû dévier vers la ville. J'ai fini par me retrouver dans une ruelle bordée de bars.

Les choses auraient peut-être tourné différemment si j'étais le genre de personne qui laisse retomber la colère, ou qui a la bonne grâce de faire demi-tour et de s'excuser. Mais non, putain !

Je dis à Nathan :

— Ma sœur et moi, on s'était disputées, j'avais besoin de me calmer, alors je suis entrée dans un bar.

Je me rappelle avoir commandé un rhum-Coca double, les nerfs en pelote, les doigts tambourinant sur le comptoir pendant que j'attendais. Toutes ces choses qu'avait dites Lori, elles étaient là, tournant en rond dans ma tête. J'ai déchiré un sous-bock, ses minuscules morceaux cartonnés n'ont pas tardé à joncher le bar, telle une chute de neige colorée.

— Sur le tabouret de bar d'à côté, il y avait un type avec un verre de whisky devant lui, qu'il regardait fixement. Il y avait quelque chose dans son expression… je ne sais pas…

Je hausse les épaules, ne sachant trop comment expliquer pourquoi j'ai ressenti une forme de parenté avec cet homme à l'air triste qui devait avoir à peu près l'âge de mon père.

— J'ai poussé mon verre sur le zinc et heurté le bord du sien. « Buvez », lui ai-je dit. Et il m'a regardée.

Doux Jésus, ses yeux. Deux mares de désespoir, pile au centre de son visage. J'ignore ce qu'il a vu en me regardant, en tout cas il a lentement hoché la tête, juste une fois, comme s'il venait de prendre une décision.

— Et il a levé son verre, dit : « Tchin », puis on a bu cul sec. (Nathan soutient mon regard, sans bouger un muscle.) Je ne savais pas qu'il était pilote. Ni que ma sœur et moi étions censées prendre l'avion qu'il devait piloter le lendemain.

Nathan fronce les sourcils.

— Vous étiez censée prendre cet avion, vous aussi ?

J'opine du chef, les yeux baissés. J'en ai déjà trop révélé sur moi. Je m'éclaircis la voix avant d'enfoncer le clou.

— Bref, votre père et moi, on est devenus compagnons de beuverie.

J'ignore pourquoi j'ai formulé la chose avec une telle désinvolture.

— Il vous a dit ?

— Qu'il était alcoolique ? Ouais, plus tard.

Sacrément plus tard. Assise dans un bar avec un type qui est sobre depuis trois ans et toi, tu viens de t'envoyer une demi-douzaine de tournées avec lui.

— Ce premier whisky… Celui dans lequel il avait les yeux plongés comme s'il y avait une carte de sa vie dessinée au fond… Il a dit que c'était pour se tester. Qu'il avait besoin de savoir.

Nathan enfonce les mains au fond de ses poches. Je le vois secouer légèrement la tête, sans savoir interpréter son geste.

— Il m'a parlé de votre sœur. Que ç'aurait été son anniversaire, ce soir-là.

Il déglutit.

— Natasha. Elle aurait eu vingt-six ans.

La profondeur du chagrin est juste là, qui teinte sa voix, comme s'il n'avait pas prononcé son nom et son âge depuis longtemps. Pas même pour lui-même. Je connais ça. Tu perds tes deux parents à huit et dix-huit ans, et les manifestations de la perte te deviennent familières.

— Qu'est-ce qu'il vous a dit d'autre ?

— Que c'était l'anniversaire de sa mort. Qu'elle lui manquait. Que c'était une chanteuse extra. Qu'elle avait une voix de chanteuse de soul, profonde et grave, et que personne ne savait d'où elle lui venait. Que lorsqu'elle chantait, tout le monde se taisait. Que tout le monde l'écoutait, écoutait cette voix puissante sortir d'une petite blonde menue. Que le reste de la famille « n'a pas la fibre musicale pour un sou », je le cite.

J'aperçois un début de sourire à ces mots.

— Il m'a aussi raconté que les choses avaient dégénéré. La drogue.

L'expression de Nathan se durcit, sa bouche se crispe. Il me regarde et demande :

— Il vous a dit qu'il l'avait jetée de la maison ? Qu'il avait changé les serrures ? Balancé toutes ses affaires sur la pelouse ? Qu'elle était là, dehors, à genoux, à le supplier de la laisser rester, mais qu'il a refusé qu'elle rentre ?

— En partie, réponds-je doucement.

Quand Mike m'avait raconté l'histoire, j'avais eu l'impression qu'elle était enfouie si profondément en lui que les mots libérés devant un public lui avaient coupé le souffle.

— En partie ? Il vous a dit que, une fois virée de la maison, elle n'a plus eu nulle part où aller ? Personne pour l'aider, aucun endroit où dormir, plus d'amis. Alors elle a fait quoi ? Le jour de ses vingt-deux ans, elle s'est acheté une saloperie, un putain de produit de mauvaise qualité à un dealer, et se l'est injecté dans les veines. Tout. En une seule fois. Assez pour partir dans les limbes. Et y rester. Il vous l'a raconté, ça aussi ?

Je hoche lentement la tête.

Nathan reste silencieux un moment. Il se frotte l'arrière du cou. Lâche un soupir bruyant.

— Il ne parle jamais de ma sœur. Il ne parle jamais d'elle avec moi. Ou avec maman. Comme si elle n'existait pas. Un putain de fantôme. Et vous, il vous croise dans un bar et tout à coup il vous balance l'histoire de notre vie.

Il exsude la colère et la peine, par vagues.

— On ne se connaissait pas. C'est plus facile. Et puis, il y avait l'alcool, ça fait sauter les filtres. On s'est tous les deux dit des choses. C'est comme ça que ça marche. Un bar miteux, une oreille inconnue.

Je me revois assise là-bas, les genoux agités sous la table, qui allumais mon portable pour vérifier si Lori avait appelé.

— Qu'est-ce qui s'est passé ensuite ?

— Pas grand-chose. Ça a été l'heure de la fermeture. On s'est dit au revoir et on est partis dans des directions opposées. (Je hausse les épaules.) C'est tout.

Sauf que ça n'est pas tout. Nathan n'a pas besoin de savoir le reste. Je me rappelle Mike m'enlaçant. Nous deux qui tanguions ensemble, à la fois tristes, bourrés, mais aussi peut-être un peu euphoriques et libérés par les confidences que nous avions partagées, ou peut-être que je percevais en lui comme un écho de mon père, quelqu'un qui serait juste là pour m'écouter… Mais, à ce moment-là, Mike m'a embrassée. Trente ans de plus que moi. Marié. Le visage plissé par la honte et la peine. Les lèvres sèches et ridées, l'haleine aigre du whisky, les bras verrouillés autour de mes épaules comme si j'étais une putain de bouée de sauvetage. Je n'arrivais plus à respirer, plus à bouger. Je voulais juste que ça s'arrête.

Je me suis libérée d'un geste brusque, essuyé le visage, humiliée, furieuse – contre moi, contre lui –, et puis j'ai disparu. Je suis sortie directement du bar. J'ai couru. Je ne suis pas retournée à l'hôtel – je ne m'imaginais même pas m'introduire dans la chambre où Lori dormait, dans des effluves de lait hydratant de luxe, de crème pour les yeux et de dentifrice –, j'ai parcouru la plage d'un pas maladroit, jusqu'à m'écrouler sur un transat. Pour me réveiller des heures plus tard dans la lumière aveuglante du matin, la bouche sèche comme si j'avais croqué une motte d'argile. Si je m'étais secouée, si je m'étais dépêchée, j'aurais peut-être eu le temps de l'avoir, cet avion. Mais non, j'ai rampé jusqu'à une zone ombragée pour nourrir mon chagrin… et laissé Lori embarquer seule.

Nathan a le regard perdu vers la piscine. Je perçois le son distant de la musique en provenance de l'hôtel, des voix qui flottent jusqu'à nous, des rires. Quand il se retourne vers moi, son expression s'est détendue.

— Pourquoi il a pris les commandes ? Il aurait pu se présenter à l'aéroport et dire « non ». Se faire porter pâle. Mais il ne l'a pas fait.

— Je ne sais pas.

J'ai essayé de visualiser Mike grimpant dans le cockpit, les veines encore gorgées d'alcool et la tête comme un bazar plein de chagrin. Pourquoi a-t-il risqué la vie de ses passagers ?

— Quand vous avez été mise au courant de l'accident, vous avez dû voir une photo du pilote. Comprendre qui il était.

J'acquiesce.

— Vous n'avez rien dit à personne, pour la beuverie.

Je regarde mes pieds.

— Non. Ça n'aurait pas aidé les recherches, alors à quoi bon ? (Je marque une pause.) C'est ce que je me suis dit. Mais, en réalité, j'avais honte. Je me sentais responsable. (Je déglutis ; il faut que je les sorte, ces mots, que je les dise à voix haute, parce que c'est ça qui me hante.) Sans moi, Mike Brass n'aurait pas embarqué dans cet avion avec de l'alcool dans le sang. Et ces passagers seraient encore en vie. Ma sœur serait encore en vie.

Pendant de longues secondes, Nathan me dévisage sans ciller. Son regard passe sur ma bouche, puis remonte vers mes yeux. Quand il reprend la parole, sa voix est plus basse qu'avant, mais ferme.

— Vous vous trompez, Erin. Il y est allé, dans ce bar. Il l'a commandé, ce whisky. Il l'aurait bu. Il lui ressemblait énormément, à Natasha. C'est pour ça qu'il ne peut pas en parler, qu'il ne s'en remet pas. C'est pour ça que c'est si dur, pour eux : il y a ce truc entre eux deux. Ils sont incapables d'arrêter, putain. (Il secoue la tête.) Il n'avait pas besoin de quelqu'un pour lui dire de boire. Il était entré dans un bar, avait commandé un whisky. Il l'aurait bu, que vous soyez là ou pas.

Il me regarde droit dans les yeux et conclut :

— Ce n'est pas votre faute.

Les larmes me piquent les yeux. Ces mots – « Ce n'est pas votre faute » –, j'en avais, j'en ai tellement besoin.

Je me sens avancer vers Nathan, mes bras se nouer autour de lui, ma tête se poser contre son torse. Les larmes me coulent sur les joues.

Il ne bouge pas, mais je sens les battements de son cœur, la chaleur de sa peau à travers les vêtements. Au bout de quelques secondes, il passe doucement les bras autour de moi. Je sens sa paume étalée dans mon dos, le mouvement lent d'une caresse, comme on rassure un animal apeuré.

Une vague de chaleur me monte dans la poitrine, qui me prend au dépourvu. Ma tête est trop pleine pour penser, et tout ce dont j'ai conscience, c'est de mon corps, du plaisir d'être enlacée, avec la pression de ses mains, son odeur terreuse qui m'ancre au sol.

Un battement de cœur plus tard, il me relâche, recule, plante les mains au fond de ses poches.

— Je vais y aller, marmonne-t-il, les yeux baissés. Ma mère est toute seule à l'hôpital.

Je m'empresse d'acquiescer, m'essuie le visage. Il est sur le point de partir quand je me surprends à le rappeler.

— Nathan ?

Il pivote, me regarde.

— J'ai besoin de le revoir. Votre père. (Une pause.) Il sait des choses. Et il est le seul à les savoir.

Il se tait.

— S'il vous plaît.

Un courant invisible crépite entre nous. Finalement, il hoche la tête.

— Allez le voir si vous en ressentez le besoin, mais, Erin… vous avez déjà votre réponse.

— Comment ça ?

— Vous vouliez savoir pourquoi mon père ne s'était pas signalé aux autorités après le crash. (Il s'interrompt, pose les yeux sur mon visage.) C'est parce qu'il ne pouvait pas vivre avec la culpabilité, avec le fait d'avoir bu avant de prendre les commandes de cet avion… Pas plus qu'il ne pouvait vivre avec la culpabilité de l'overdose de Natasha. Il n'a jamais admis ses fautes. Il n'avait pas les tripes. Il a préféré abandonner sa femme et son fils, vivre dans l'ombre, plutôt qu'avouer sa culpabilité. (Il soutient mon regard, le sien est voilé par l'émotion.) Il n'y a guère de mystère là-dedans. Mon père est un lâche.

26

Avant – Lori

Tous écoutaient parler Mike, les yeux baissés au sol. Des taches de soleil filtraient à travers la canopée et marbraient son visage selon qu'il passait de l'ombre à la lumière.

Lori essayait de s'imaginer la scène qu'il leur décrivait : sa sœur assise face à lui dans un bar fidjien. Elle sentait le poids du portable d'Erin dans sa paume. Voilà comment il l'avait récupéré : Erin l'avait oublié au bar.

— C'est comme ça que j'ai rencontré votre sœur, finit-il par conclure, osant enfin lever les yeux vers ceux de Lori.

Au niveau de son épaule, Daniel ricana.

— Je me fous de savoir comment vous l'avez rencontrée ! Ou pourquoi vous avez ce téléphone ! s'exclama-t-il en dévoilant ses dents. Ce qui m'importe, moi, c'est que la veille de notre vol, vous avez passé la nuit à vous bourrer la gueule dans un bar !

— Je n'ai bu qu'un verre, bredouilla Mike, les yeux de nouveau baissés.

Daniel avança d'un pas. Une traînée de suie lui noircissait une joue.

— Vous pensez vraiment qu'on va vous croire ? Alors pourquoi est-ce que vous aviez planqué le bar de l'avion dans le cockpit ?

Un voile de sueur se formait sur le front de Mike.

— Allons, allons, capitaine. Combien de verres aviez-vous réellement bus avant le vol ? Il vous a fallu un ou deux shots de plus pour vous requinquer le matin venu ? Vous remettre sur pied ?

Mike soutint son regard, mais ne répondit rien.

— Répondez-moi ! cria Daniel.

Sonny poussa un cri de surprise. Lori s'éloigna des hommes en lui chuchotant de petits « chhhh » apaisants près de l'oreille.

— Doucement, mon pote, intervint Felix en posant une main fraternelle sur l'épaule de Daniel.

Ce dernier la repoussa d'un coup d'épaule.

— Répondez à ma putain de question, Mike !

Le pilote tira sur le col taché de crasse de sa chemise, comme s'il avait soudain besoin d'air.

— Oui, je suis allé dans un bar la veille du départ, mais je n'ai bu qu'un verre. C'est tout. Et évidemment que je n'ai pas bu le matin du vol.

— Ah non ? Ben alors, comment ça se fait qu'on se soit crashés ? (Daniel retroussa ses lèvres craquelées par le soleil, montrant les dents.) Des gens sont morts à cause de vous. L'hôtesse de l'air…

— Kaali Halle. Ruth Bantock. Jack Bantock. Holly Senton. Quatre personnes, l'interrompit brusquement Mike, comme si énoncer les noms trop vite risquait de provoquer un afflux d'émotions qui pourrait le balayer. (Il gardait le menton haut, pourtant Lori voyait ses mains trembler.) Ils sont tous morts à cause de moi. Et vous tous, ainsi que le bébé, vous êtes ici à cause de moi aussi. Vous croyez que je ne le sais pas ? Vous pensez que c'était intentionnel de ma part ?

— Dans ce cas, pourquoi vous nous avez menti en planquant l'alcool ? insista Daniel.

Il avait les poings serrés et sa rage exsudait de lui.

— J'ai eu tort, d'accord ? J'avais besoin de quelque chose… mais c'était la mauvaise décision. J'en suis désolé. Je suis désolé pour tout ! Voilà, c'est ce que vous vouliez entendre ? Ça vous aide à vous sentir mieux ?

— Rien ne me fera me sentir mieux qu'un putain de bateau de sauvetage. Et après ? Une fois qu'on sera sur l'île principale, vous savez ce qui me fera du bien ? lança Daniel, un doigt planté dans le torse de Mike. De vous voir enfermé dans une putain de cellule.

Sur quoi, il s'éloigna à grands pas furieux à travers la jungle crissante. Felix partit dans la direction opposée, vers la mer.

Mike s'adossa contre un arbre et relâcha son souffle. Il avait l'air profondément épuisé, ses mains tremblaient toujours.

— Donc vous avez rencontré Erin, finit par dire Lori. Vous saviez qu'on était sœurs ?

— Pas au début. Mais plus tard, vous avez prononcé son nom, évoqué une dispute, alors j'ai fait le rapprochement.

— Vous ne m'en avez rien dit.

Il secoua la tête, mais ne lui offrit pas d'explication.

— Je l'ai beaucoup appréciée, Erin. Elle est maligne, désabusée. Je lui ai cassé les oreilles avec mes malheurs de vieux bonhomme.

Non, ça n'avait pas dû ennuyer sa sœur. Elle adorait les histoires des gens. Aux fêtes, c'était elle qui s'asseyait sur un muret, dehors, pour écouter les problèmes d'Untel ou Untel. Les gens s'ouvraient à elle parce que jamais elle ne les jugeait.

— Elle a une bonne écoute, continua Mike. Quand on a vécu des drames, bon, ben, on comprend autrui, pas vrai ?

Lori le regarda.

— Elle m'a raconté… comment vous avez perdu vos parents.

Ses mots la firent sursauter, comme s'il venait d'exposer une histoire privée à la lumière.

— On s'en est sorties.

— Parce que vous étiez là l'une pour l'autre. Pourtant, le chagrin, ça ne cimente pas une relation, ça l'érode.

Il y avait quelque chose dans la manière dont il lâcha sa phrase qui poussa Lori à se questionner sur son mariage.

— Est-ce qu'Erin a raconté quelque chose sur cette fameuse soirée ? Sur notre dispute ?

Il esquissa un sourire.

— Bon sang, elle bouillait. Tout énervée, vous voyez, comme le sont les gens quand ils ont besoin qu'on entende leur point de vue. Mais bon, elle a bu quelques verres. Ça a fini par l'aider à décompresser. (Il regarda Lori.) Vous savez ce qu'elle m'a dit à propos de vous ? (Elle attendit, les lèvres serrées.) Que vous étiez tout. C'est comme ça qu'elle l'a formulé : « Ma sœur, c'est tout. »

Lori avait soudain besoin d'air. D'espace. La situation était trop à vif, trop intense.

Le sable était chaud sous ses pieds alors qu'elle se précipitait vers le bord de l'eau pour les y plonger. La plante de ses pieds se mit à la piquer. Ses épaules fourmillaient sous le poids de Sonny dans le porte-bébé.

Au niveau de ses chevilles, l'eau était tellement claire qu'elle semblait tout amplifier sous la surface : le vernis craquelé sur ses orteils, les formes du fond de la mer, dessinées par les vagues et les marées, les fragments de coraux blancs et de coquillages rosés usés par les frottements de l'eau.

Elle tâtonna dans sa poche et en sortit le portable d'Erin. Elle imagina les doigts de sa sœur sur l'écran, ses ongles rongés, jamais vernis, l'anneau d'argent à son pouce. Elle alluma le téléphone et fut prise d'une infime bouffée d'optimisme en voyant le symbole de la batterie afficher quatre-vingt-dix pour cent.

Pas de réseau, bien sûr. Ils avaient vérifié sur toute l'île et il n'y avait pas une seule barre de réception nulle part.

Elle observa la photo sur l'écran d'accueil d'Erin. Sa sœur avait choisi de la voir, elle, comme première image chaque fois qu'elle ouvrait son portable.

« Ma sœur, c'est tout. »

Elle fit défiler les photos, brûlant de voir Erin. Dieu, ce qu'elle avait envie de voir son visage. Dans la galerie, la dernière photo avait été prise à Heathrow – un selfie d'elles deux dans un bar de la salle d'embarquement, chacune une bière glacée à la main. Sous leur pull, leur peau avait la blancheur de l'hiver. Lori ne se rappelait pas quel effet cela faisait d'être aussi détendue. D'être assise sur une chaise, de tenir un verre froid. C'était comme une autre vie, des images dans un livre d'histoires auxquelles elle n'avait pas accès.

Elle continua à faire défiler une demi-douzaine de clichés de Noël. Erin et Lori l'avaient passé dans un pub de Londres avec un groupe d'Australiens qu'Erin connaissait du bureau. Ça avait été une journée sympa, passée à boire, et qui n'avait pas du tout ressemblé à Noël – exactement l'effet recherché. Elle passa quelques photos de soirées, de sorties, des images floues d'un concert, des clichés d'elles deux pris en été. Elle passa en revue tout le contenu de la galerie, dévorant des images jadis ordinaires et rendues inouïes du fait de leur absence de cette île.

Quand elle atteignit la fin, elle releva les yeux. Elle ne voyait que la bande infinie et vide de l'horizon. Sa poitrine se comprima pendant qu'elle aspirait une goulée d'air. Tout cet espace, où elle se retrouvait pourtant emprisonnée, coincée.

Dieu, ce qu'Erin lui manquait. Elle la voulait là, désespérément, l'entendre lancer l'une de ses répliques acerbes, quelque petit commentaire vipérin. La capacité d'Erin à transformer n'importe quoi en blague ou à se mettre en rage pour une bricole, sans que l'on sache jamais de quel côté pencherait la balance, ça aussi, ça lui manquait. Elle voulait parler à sa petite sœur pleine de piquant, elle le voulait si fort qu'elle en éprouvait une douleur physique au creux du ventre.

Machinalement, elle passa sur l'appareil photo et enclencha le mode « vidéo ». L'écran s'emplit soudain de sa propre image. Ce qu'elle découvrit lui causa un choc. Ses cheveux, filasse, étaient brûlés par le soleil, et quand elle essaya de les écarter de son visage, elle les trouva raidis par le sel. Elle avait une constellation de piqûres d'insectes au niveau de la tempe et une profonde entaille provoquée par une branche basse lui barrait la joue. Peut-être était-ce dû à l'absence de maquillage, mais ses yeux étaient ternes et sans relief. Faute de pouvoir y remédier, elle appuya sur « Enregistrer ».

— Erin, commença-t-elle, et le prénom de sa sœur sur ses lèvres lui vrilla l'estomac. Je n'en reviens pas d'être en train d'enregistrer ce message, de prononcer ces mots. Notre avion s'est écrasé. On est sur une île, quelque part. (Elle jeta un coup d'œil par-dessus son épaule, imprimant le même mouvement à l'objectif.) Personne ne sait où. On a dévié de notre trajectoire. Il y a un bébé, Sonny, ajouta-t-elle en inclinant la caméra pour le montrer, attaché à sa poitrine. Il a survécu, mais sa mère… (Elle s'interrompit, secoua la tête.) Il est merveilleux, Erin. Tellement fort, tellement doux, mais ce n'est qu'un bébé… ici. Je fais de mon mieux, malheureusement… j'ai peur pour lui…

Elle sentait sa voix commencer à se fendiller. Elle prit une profonde inspiration, refusant de pleurer. Remontant la caméra vers son visage, elle poursuivit :

— Tu as rencontré Mike Brass, la veille du vol, dans un bar. Il m'a dit qu'il avait récupéré ton portable. C'est pour ça qu'il l'avait en sa possession. Est-ce que tu vas bien, Erin ? Je suis malheureuse qu'on se soit disputées. C'est tellement n'importe quoi. Notre dispute. Toi qui vas dans un bar. Mon avion qui s'écrase… et maintenant ça. Rien de tout ça, non, rien n'aurait dû arriver. J'ai l'impression de vivre un cauchemar. Je veux me réveiller et me retrouver à Londres, dans ton appartement. Je m'en foutrais de ta plaque chauffante merdique qui me brûlerait mon café. Au contraire, je l'adorerais ! Pareil pour la vue pourrie sur la tour d'habitation depuis la fenêtre du salon. Je les embrasserais, ces briques ! J'embrasserais le lit d'appoint ! Les murs ! Le frigo ! J'embrasserais chaque putain de truc dans ton frigo ! Je veux retrouver tout ça. Tout. Et surtout, je veux te retrouver, toi.

Quelque chose dans le fait de parler à voix haute, d'imaginer qu'Erin l'écoutait, déliait les fils de tout ce qu'elle avait tenté de contenir.

— Je sais que tu dois me rechercher. Je le sais. Ne laisse pas les équipes de secours renoncer. Harcèle-les, oblige-les. Parce que j'ai besoin de toi, Erin. J'ai besoin que tu me sortes de cette île…

27

Maintenant – Erin

Je me gare sur le parking de l'hospice et coupe le moteur. Quand la clim s'arrête, le soleil tape à travers le pare-brise. Il suffit de quelques instants pour que la sueur mouille mes aisselles et l'arrière de mes genoux. Le volant devient collant sous mes doigts crispés.

Une fois que je serai descendue de voiture, il me faudra traverser l'asphalte chauffé par le soleil jusqu'à l'entrée de l'hospice, en espérant que personne ne m'intercepte, et puis, une fois parvenue à la chambre du pilote, il reste à espérer qu'il soit encore assez lucide pour parler… et qu'il veuille bien *me* parler. Me dire la vérité.

La chaleur est en train de devenir insupportable. Incapable de la supporter une seconde de plus, je pousse la portière et sors sur le parking.

Aussitôt, j'ai la sensation d'être épiée. Je ne saurais exactement dire pourquoi… C'est juste une sensation, l'impression flippante d'avoir le regard de quelqu'un braqué sur mon dos.

Lentement, je me retourne. Le soleil se reflète sur le pare-brise des voitures garées là, impossible de voir à l'intérieur des véhicules. Je balaie l'endroit du regard, mais il n'y a personne, que le vrombissement de la circulation de ce début de matinée sur la route principale. Je me dirige vers l'entrée, aux aguets.

Dans ma poche, le vibreur de mon portable me fait sursauter. En le sortant, j'appuie par mégarde sur la touche « Répondre ».

— Erin. Alors, qu'est-ce que tu as ?

Ma rédac-chef ! Ce doit être le soir, à Londres. Elle est encore au bureau, évidemment.

J'ai consulté ma boîte mail dès mon réveil, où m'attendaient quantité de messages en provenance du magazine. Je ne leur ai accordé qu'un coup d'œil, mais, en gros, leur contenu était clair : ils veulent l'article sur-le-champ, histoire de pouvoir capitaliser sur l'intérêt du public tant que la réapparition du pilote est encore récente. En plus, ils vont commencer à flipper à cause du budget. Les vols pour les Fidji ne sont pas donnés et les hôtels quatre étoiles non plus. Tout le monde au bureau sait que je n'aurais jamais été ne serait-ce qu'envisagée pour couvrir cette affaire si je n'avais pas eu ce lien avec. En fait, personne n'y aurait été envoyé. Il est ironique de constater que la disparition de ma sœur est en train de devenir la plus grosse mission de ma carrière.

Détail amusant, c'est Lori qui m'a décroché ce job au magazine. Je vivais encore avec Pete et elle, et je servais des pintes dans le pub du quartier en rêvant d'aventure, de changement. Lori est entrée dans ma chambre, un soir, avec la description du poste imprimée sur une feuille.

Je l'ai lue, jambes croisées sur mon lit, en pelant une mandarine.

— Tu penses sincèrement que je ferais une bonne assistante de direction ?

Je portais le vieux tee-shirt Nirvana dans lequel je dormais et un legging dont le tissu s'élimait à l'entrejambe. J'ai cru qu'elle allait me répondre par une pirouette, du genre : « Pas habillée comme ça, non. » Au lieu de quoi, elle a soutenu mon regard.

— Erin Holme, je pense que tu es capable de tout, du moment que tu le décides.

Alors j'ai postulé. J'ai travaillé dur pour faire briller mon CV. Quand j'ai décroché un entretien, je m'y suis pointée dans une tenue de Lori : pantalon de tailleur avec pinces qui marquent la taille et chemisier structuré que je ne remplissais pas. La veille au soir, ma sœur m'avait forcée à regarder une conférence TED sur le pouvoir du langage corporel. Alors je me suis enfermée aux toilettes pour répéter des postures à la Wonder Woman dans un W-C où quelqu'un avait tagué : « Les week-ends de trois jours devraient être la règle, pas l'exception. » Bref. Ça a marché. J'ai décroché le job. Erin Holme, assistante personnelle de la rédac-chef.

J'ai passé une année à réserver des taxis et des tables au restaurant, avant que l'une des journalistes parte en congé maternité. Je me suis proposée pour la remplacer et, comme elle n'est pas revenue, mon remplacement est devenu permanent.

J'envisageais jadis le journalisme comme un travail essentiel, de première ligne, censé éduquer, informer, éclairer les consciences. Maintenant, cependant, je n'en suis plus aussi sûre. Ce métier recèle une face cachée obscène, car ce que nous vendons, au fond, c'est de la peur.

Je me redresse, immobilise la main que j'allais instinctivement porter à ma gorge. Je m'assure que ma voix sort claire et régulière.

— J'étais justement en train de t'envoyer un mail. (Mensonge.) J'ai eu ma première interview avec le pilote hier.

— Qu'est-ce que tu as appris ?

Ce que je brûle de répondre, c'est : « Allez vous faire foutre, toi et cette histoire », seulement ça n'aide pas à rester employée. Je parviens donc à sortir quelque chose de vaguement complice.

— Il y a beaucoup plus derrière sa réapparition que ce qu'on a bien voulu raconter au public.

— Ah ?

Et j'entends de l'intérêt dans cette unique syllabe, comme si elle avait rapproché le combiné encore plus près de sa bouche. Je sais qu'elle veut des faits, pas des intuitions.

— Le pilote cache quelque chose sur les raisons pour lesquelles il ne s'est pas présenté aux autorités, ni n'a repris contact avec sa famille. De plus, il prétend ne pas savoir où se trouvait l'île, mais je n'y crois pas.

— Tu as des preuves de ce que tu avances ?

Sans trop savoir pourquoi, je garde le : « On n'avait pas le choix » pour moi. Cependant, si j'ai appris quelque chose, c'est que lorsqu'on parle avec ma rédac-chef, on ne répond pas à une question par un « non ».

— Je suis à l'hôpital, sur le point de le voir. Ces choses-là ne peuvent se faire que par étapes. J'ai besoin de plus de temps.

— Combien ?

— Il y a d'autres personnes avec qui je dois m'entretenir. Sa famille. Les autorités aériennes.

— Tu ne leur as pas encore parlé ?

Ma mâchoire se crispe. Il se peut fort que je déteste ma patronne. Il faut que je lui donne quelque chose, alors j'opte pour :

— Hier, j'ai interrogé son fils, Nathan Brass.

— Et ?

— Ils avaient une relation houleuse. Ils ne s'étaient plus parlé depuis des années. Il ignorait que Mike Brass était en vie, j'en suis certaine.

— Tu as assez pour un teaser ?

Un « teaser », dans les mots de ma rédac-chef, c'est un mix de ce qui est déjà sorti dans les infos, mais avec une citation ou deux supplémentaires : en l'occurrence, de Nathan Brass. Je repense à notre conversation d'hier soir, à l'air près de la piscine, relents chlorés mâtinés de jasmin, à cette expression vulnérable dans ses yeux baissés. Je ne me sens pas de prendre ses paroles, de les étirer pour en faire un titre.

— Si on sort quelque chose comme ça à ce stade, ça me ferme des portes ici. Attendons. Il y a quelque chose de plus gros là derrière. Et je suis tout proche, Rebecca.

Ouais, moi aussi, je me déteste un peu.

— De combien de temps as-tu besoin ?

— Une semaine.

— Impossible. Je veux l'article pour le magazine de ce samedi.

Ce qui me laisse quatre jours. Autant dire quasiment aucune chance que j'obtienne ce dont j'ai besoin dans les temps.

— Rappelle-moi après ton interview, m'ordonne-t-elle. Et elle raccroche.

Je renfonce mon portable dans ma poche, les paumes moites, le cœur battant à toute allure. Je hais l'émoi où me plonge chaque conversation avec ma rédac-chef. Au moment où je m'essuie les paumes sur mes vêtements, une ombre tombe sur moi.

Je lève les yeux, les plisse face au soleil. Nathan Brass se tient sur mon chemin, bien campé, pieds écartés. Son visage a beau se trouver dans l'ombre, je distingue l'expression dure de ses yeux.

— Vous êtes journaliste.

Il a craché le mot, comme une insulte.

La chaleur m'inonde les joues.

— Nathan…

Sa mâchoire est raide.

— Salope.

Ce n'est pas la première fois qu'on me traite de salope, mais quand on le mérite vraiment, ça pique.

— Ce que vous venez d'entendre… ce n'est pas ce que vous croyez…

— Ce que je crois, c'est que vous êtes une putain de journaliste, siffle-t-il, la mâchoire agressive. Et que vous utilisez ma famille pour écrire votre papier !

Je repense au bord de la piscine plongé dans l'obscurité, à la façon dont il tanguait d'un pied sur l'autre pendant qu'il parlait, les yeux rivés au sol, peu sûr de lui. La chaleur qui s'est insinuée entre nous tandis que je m'abandonnais à notre étreinte.

— Honnêtement, ce n'est pas ce que vous croyez…

— « Ils avaient une relation houleuse », répète-t-il, montant d'une octave pour imiter ma voix. Comment osez-vous !

— Je ne comptais pas utiliser ces propos… j'ai juste… (Mes joues flambent.) Il fallait que je fasse croire à ma rédac-chef…

Je laisse ma phrase en suspens, faute de savoir comment m'expliquer. Le soleil, qui me tape dans les yeux, les fait larmoyer.

— L'histoire en coulisses, c'est ça que vous lui avez promis ? (Je n'ai pas de réponse, parce que c'est exactement ce qu'espère ma rédac-chef.) Vous autres…

Il secoue la tête, mâchoire serrée. Puis il se détourne de moi, à croire qu'il ne supporte plus d'être en ma présence une seconde de plus, mais il fait volte-face tout aussi brusquement et me fixe.

— Quand cet avion s'est écrasé, les médias se sont rués sur ma mère. Ils la pourchassaient quand elle allait acheter son lait, quand elle sortait dans le jardin pour étendre le linge. Elle ne pouvait plus aller nulle part, ni ouvrir ses rideaux sans qu'une caméra soit pointée sur elle. Et maintenant, ça recommence. Mais vous… vous êtes la première à jouer la carte du lien familial.

Je veux lui attraper le bras, l'obliger à me regarder dans les yeux, et qu'il voie, qu'il voie vraiment.

— Je ne joue à rien. Je vous assure, Nathan, pas du tout. Je suis ici parce que je cherche à découvrir ce qui est arrivé à ma sœur.

— Ah ouais ? Alors voici ce qui s'est passé : mon père a crashé un putain d'avion. On ne sait par quel miracle il en a réchappé, mais il culpabilisait tellement d'avoir survécu quand tous les autres étaient morts… qu'il s'est terré. Il est parti vivre dans les putains de collines pour rester en dehors des radars. Il a passé deux ans à réparer des paillotes en torchis pour un type, plutôt que de rentrer retrouver sa famille en Australie.

Je garde une expression neutre.

— S'il culpabilise tellement, alors pourquoi est-ce qu'il ne nous dit pas où est l'épave de l'avion ? Comment se fait-il qu'il ne se rappelle pas la localisation de l'île ? C'est un menteur, conclus-je en secouant la tête.

Le visage de Nathan est tendu, ses yeux injectés de sang me foudroient.

— Et vous aussi, journaliste Erin Holme.

Ça, je l'ai bien mérité. Mais pas question de reculer. Je soutiens son regard, le menton haut.

— Je ne partirai pas sans réponses.

— Oh, que si.

— Nathan, s'il vous plaît…

— Partez ! hurle-t-il.

— J'ai juste besoin de deux, trois minutes, c'est tout.

Il avance de quelques pas, et la largeur de son corps m'engloutit dans son ombre.

— Si je dois vous traîner jusqu'à votre voiture, je le ferai.

Je pourrais négocier, supplier, crier, mais il s'est fermé, mâchoire serrée, et je n'ai plus aucune chance.

C'est moi qui détourne le regard la première. Je baisse la tête, consciente d'avoir ma chance.

Je pivote, prête à m'en aller.

Tu abandonnes ? C'est la voix de Lori. *Tu renonces aussi facilement ? Ça ne te ressemble pas, Erin.*

J'hésite. Mon corps tout entier est pris de tremblements. J'ai envie de m'enfuir en courant. De disparaître de la surface de la terre. Et pourtant, la voix de ma sœur, enfouie tout au fond de moi, m'oblige à y retourner.

Nathan se tient toujours au même endroit, qui m'observe.

— Je suis désolée, mais je vais parler à votre père, que vous le vouliez ou non.

Il secoue la tête.

— Non, pas question.

— Dans ce cas, il faudra m'en empêcher, insisté-je en le contournant pour gagner l'entrée, lentement mais sûrement.

Il n'ébauche pas un geste pour m'arrêter, se contente de crier quelque chose, mais je ne l'écoute pas.

C'est tout. Tout ce qui me reste.

Je vais faire parler Mike Brass. Pour Lori. Pour moi.

Je m'engage à grands pas dans un couloir trop éclairé, dépasse un fauteuil roulant vide. Mes doigts se referment en deux poings qui se balancent contre mes jambes tandis que j'avance.

Je passe outre la réceptionniste, qui me demande qui je suis venue voir, et fonce d'emblée vers la chambre du pilote. La porte est à moitié ouverte et je l'ai déjà franchie quand je remarque une infirmière qui éloigne une machine à roulettes du lit d'hôpital.

— Oh, lâche-t-elle, surprise. Vous ne pouvez pas entrer.

— J'ai la permission de son fils, mens-je.

Elle fronce les sourcils.

— Vous faites partie de la famille ?

— Je ne reste qu'une minute, le temps de parler à Mike.

Son regard se tourne brièvement vers le lit.

— Mais j'ai bien peur…

Et là, je comprends.

Mike Brass est recouvert d'un drap blanc. Y compris sa tête.

Je cille, comprenant que j'arrive trop tard.

Il est mort.

28

Avant – Lori

Le couteau serré dans son poing, Daniel faisait glisser la lame le long du tronc noueux. L'entaille irrégulière dénuda la chair vert-blanc de l'arbre.

Il recula d'un pas. Son visage était à vif, brûlé par le soleil, et il s'était noué une chemise en lambeaux autour de la tête pour protéger des rayons son crâne aux cheveux clairsemés.

— Quatorze jours, annonça-t-il, après avoir compté l'alignement d'entailles.

Sur ce, il pivota, et son regard se posa brusquement sur Lori, agenouillée sur une couverture et occupée à changer la couche de Sonny.

— Deux putains de semaines, et on est toujours là !

Il enfonça le couteau dans une bûche et repartit à grandes enjambées dans la clairière. C'étaient les seules paroles qu'il avait prononcées de toute la journée.

Cela faisait vraiment deux semaines ? On aurait dit plus. Une vie. Le temps s'écoulait différemment sur l'île. Les heures s'entremêlaient, se fondaient, les jours perdaient leur forme, parce qu'ils n'étaient plus ponctués par le petit déjeuner, le déjeuner et le dîner. À la place, ils grignotaient un peu toute la journée, des fruits quand ils en avaient envie et à l'occasion du poisson. Felix avait réussi à pécher au harpon. La semaine précédente, c'était l'anniversaire de Lori

– ses vingt-huit ans –, mais elle avait perdu le compte des jours et la date était passée. Elle frissonnait à l'idée d'avoir pu rater son propre anniversaire comme ça, de voir le cadre de la vie normale qui lui échappait.

Elle ajusta l'attache de la couche de Sonny et les pressions des boutons de body. Elle s'était mise à renforcer ses couches avec des morceaux de tissu, qu'elle lavait et mettait à sécher sur des branches. L'astuce lui permettait de faire durer chaque couche jetable douze heures, parfois deux fois plus si elle changeait les tissus plus souvent.

Le petit pleurnichait un peu, il avait été agité toute la journée et elle se demandait si elle devait essayer de lui donner un autre biberon ou si c'était une sieste qu'il lui fallait. Baissant le visage vers le sien, elle plongea dans le bleu profond de ses iris.

— Qu'est-ce qu'il y a, bébé ? murmura-t-elle. Qu'est-ce que tu veux ? S'il te plaît, dis-moi, le supplia-t-elle.

Il soutenait fixement son regard, la lèvre inférieure sortie, les yeux aqueux.

Holly aurait su. Une mère saurait ce dont son bébé avait besoin. *Tu n'as aucune idée de ce que tu fais. Le bébé l'a senti*, lui siffla sa critique intérieure.

Elle le prit dans ses bras : peut-être un câlin réglerait-il le problème ? Quand elle se remit debout, des points noirs se mirent à flotter devant ses yeux.

Tu n'as aucun instinct maternel. Le bébé sait que tu es nulle.

Ça avait été son rêve, à une époque – avoir un bébé dans les bras. Un rêve clair, déroulé devant elle comme un chemin pavé vers l'avenir. Le mariage. Une famille. Quatre enfants. Un foyer chaleureux et un peu chaotique, rempli de musique trop forte, de dessins collés au frigo, de repas faits maison, des éclats de rire. Du bruit, des gens et de l'amour. Voilà tout ce qu'elle voulait. Jamais elle n'avait été motivée par la promesse d'une carrière de haut vol, ni couru après un gros salaire. Elle voulait une famille. Elle voulait être mère au foyer. Ça n'était pas quelque chose dont on se vantait, de nos jours. Les femmes désiraient davantage, elles voulaient travailler, enfanter, cuisiner, qu'on cuisine pour elle, et grand bien leur fasse. Lori les applaudissait même à deux mains. Seulement, ça n'était pas son but. Elle, c'était juste d'avoir une famille.

La plupart des gens ne comprenaient pas l'infertilité. Ils pensaient comprendre, ce qui était pire. Tout le monde avait entendu parler des FIV, elles faisaient partie du lexique du XXIe siècle. « J'ai fait une FIV. » Seulement, tant que vous n'aviez pas reçu ces injections dans la chair douce et vide de votre ventre, tant que vous n'aviez pas été allongée sur une table d'examen, jambes écartées, pendant qu'un gynécologue vous prélevait des ovocytes, que tous vos espoirs ne tenaient pas dans ces quelques minuscules cellules, vous ne pouviez pas savoir. Même avant d'entamer ses FIV, quand ils essayaient de « concevoir naturellement », le processus était déjà brutal. Les montagnes russes émotionnelles, répétées cycle après cycle. Le sexe, qui avait toujours été au cœur de sa relation avec Pete, avait fini – malgré tous leurs efforts – par devenir un acte dicté par un but précis, déclenché par une prise de température et suivi par une annotation sur une appli. Puis venaient les jours d'après, teintés d'espoir, grignotés par l'anxiété, où elle se questionnait : *Est-ce que je n'ai pas les seins un peu plus sensibles ? Est-ce que je suis ballonnée ? Plus fatiguée que d'habitude ? Serait-il possible que je sois… enceinte ? Peut-être que ce sont mes règles qui arrivent ?*

Et puis la déception entachée de rouge. Mois après mois.

Alors il était plus facile de se fermer au monde, de se protéger contre les commentaires indélicats d'amis bien intentionnés qui brisaient son cœur petit à petit. Elle ne supportait plus les fêtes prénatales, ne pouvait plus faire ses courses alimentaires chez *Marks & Spencer*, car il lui fallait d'abord passer devant les rayons de vêtements pour bébés. Elle changea son trajet de la maison à l'école, afin de ne pas avoir à traverser le parc que fréquentaient les jeunes mamans avec leurs nouveau-nés emmitouflés dans leurs combinaisons polaires. Partout autour d'elle, amies, collègues, inconnues, adolescentes, quadras tombaient enceintes, et elle assistait au miracle du changement de forme de leur corps, ce processus instinctif et naturel.

Mais son corps à elle l'avait trahie. Il avait échoué à cette simple tâche pour laquelle il était destiné. On nous dit toujours de suivre notre instinct. Elle avait lu quelque part que quatre-vingt-dix pour cent du temps, celui-ci avait raison. Et si son corps savait, à un niveau profond, intrinsèque, qu'elle ne devait pas avoir d'enfant ? Qu'elle n'était pas assez bien, qu'elle ferait une mère atroce ?

Voilà ce qu'elle commençait à croire, les jours les plus sombres où le sang coulait et où les crampes lui vrillaient le ventre. La bataille pour la conception la faisait douter de ses capacités maternelles ; malgré tout, le seul objectif qu'elle était avide d'atteindre, c'était être mère. Tous ces échecs se superposaient les uns aux autres et formaient à présent des fêlures dans son cœur.

Et puis Pete avait lâché sa bombe.

Zoe. Enceinte.

Juste là, à l'endroit où ils s'étaient assis tous les deux dans leur cuisine pour compter, les yeux rivés sur une calculatrice, s'ils pouvaient se payer une quatrième FIV.

La bombe Zoe l'avait fait exploser, et Lori avait laissé s'écouler ce qu'elle gardait en elle depuis des mois, une noirceur, une solitude et une tristesse telles qu'elle avait eu peur de les regarder en face. De les montrer à quiconque. Alors, elle avait recollé ses morceaux brisés et elle avait continué.

À se lever le matin. À se maquiller, se coiffer. À honorer ses rendez-vous coloration chez le coiffeur toutes les six semaines. À cuisiner. À manger. Mais, à l'intérieur, elle était cassée, elle entendait presque cliqueter son cœur en marchant. Elle se mit à donner des cours supplémentaires, tenta de gagner le cœur des enfants et de leur instiller le désir de peindre, elle qui n'avait plus touché ses pinceaux depuis le départ de Pete.

Réserver des vacances aux Fidji ne réglerait rien, pourtant le simple fait de s'autoriser cette parenthèse, de voir les jours notés dans son agenda, lui avait procuré une petite étincelle de lumière. Elle voulait retrouver la Lori qu'elle avait été avant que Pete et elle essaient d'avoir un enfant. Elle l'aimait bien, cette Lori-là. Légère, drôle et populaire. Qui adorait son corps. Qui adorait le sexe. Qui adorait sortir le vendredi soir et boire un peu trop, puis traîner au lit le samedi matin, faire l'amour, manger des croissants en sirotant du café, sans se soucier des taches de beurre ou des miettes de viennoiseries sur les draps. Cette Lori-là lui manquait, la Lori facile à vivre.

Elle se rendait compte maintenant que c'était la Lori qu'Erin continuait de voir. Sa sœur se raccrochait à cette version-là d'elle, parce qu'elle avait besoin de son existence. Lori était son roc, sa stabilité, la plate-forme sur laquelle elle se réfugiait pendant les turbulences de sa vie. Mais elle, Lori, voulait dire à Erin : « Je ne suis plus cette fille. Je ne voulais pas te montrer mon côté sombre, j'en avais peur. J'aimais bien comme tu me voyais, Erin. J'aimais mieux cette version-là de moi. La grande sœur. La fille à qui tout réussit. C'était celle-là que je voulais être. Alors je t'ai laissée croire que c'était celle qui était toujours là. Sauf qu'elle n'existe plus. Cette Lori-là a disparu. Et la nouvelle, peux-tu l'aimer ? »

Jamais elle n'avait trouvé les mots pour expliquer que la trahison de Pete était trop énorme à supporter et qu'alors, à la place, elle avait emballé son cœur brisé et attribué tous les torts à Zoe. L'étiquette de tentatrice sans vergogne était plus facile à accepter que l'idée d'avoir été abandonnée par Pete. Seulement, quand Erin lui avait retiré la couverture de survie pour lui révéler que Zoe n'avait pas été la seule coucherie de Pete, quelque chose de plus s'était brisé en elle.

Lori avait été trahie par son corps. Puis par son mari. Et enfin par sa sœur, qui avait gardé le secret de Pete. C'est pourquoi elle avait dit à Erin de partir. Et pris cet avion toute seule.

Et maintenant, songea-t-elle en regardant l'épave de l'appareil en bordure de leur camp, c'était pourquoi elle était là.

Elle s'approcha de l'arbre du comptage, libéra une main de sous Sonny et fit courir ses doigts le long des quatorze entailles blanches. Elle sentit la sève collante retenir son index sur la marque la plus fraîche et inhala l'odeur vive de la résine.

Un pas de plus, elle contourna le tronc. Là, ses doigts trouvèrent les lettres : « R.I.P. ». Elle baissa la main, explora les mots qui avaient été sculptés en dessous :

Holly Senton, R.I.P.

Ruth Bantock, R.I.P.

Jack Bantock, R.I.P.

Kaali Halle, R.I.P.

La liste des passagers morts.

Quand elle arriva à la fin, elle sentit l'écorce rugueuse, toile vierge qui en attendait d'autres. Elle frémit en imaginant chacun de leurs noms ajouté l'un après l'autre, jusqu'à ce qu'il ne reste plus personne.

29

Avant – Lori

Tout là-haut dans la canopée, Lori entendit le battement sourd d'ailes. Chaque soir, de grandes chauves-souris prenaient leur envol au coucher du soleil. Un frisson lui hérissa le cou. Elle leva les yeux vers leur nuage noir tandis que les roussettes se rassemblaient pour la chasse. Lâchant brièvement Sonny d'une main, elle rentra ses cheveux à l'intérieur de son haut. Elle avait dû voir ça dans un film, une chauve-souris qui se prenait dans les cheveux d'une femme et qui, prise de panique, lui égratignait tout le cuir chevelu avec ses griffes. Un nouveau frisson la traversa.

Lori reprit ses cercles autour du feu de camp, Sonny dans les bras. Elle dépassa Felix, occupé à creuser quatre noix de coco. Plus tôt, il avait attrapé une carangue, désormais en train de rôtir sur les flammes, piquée sur une branche trempée. Elle sentait la peau roussie, la chair chaude. La salive lui monta à la bouche. Des fruits d'arbre à pain, enveloppés dans des feuilles de bananier, étaient nichés dans les braises chaudes au bord du feu. Lori ne raffolait pas de leur goût de féculent fade, quelque part entre la pomme de terre et le potiron, mais, agrémentés de lait de coco, ça passait.

— Mike doit être revenu de l'arête, maintenant, dit-elle.

Felix jeta un coup d'œil vers la jungle sombre.

— Je sais.

Le pilote s'absentait souvent, passant ses journées à la pointe de l'arête tout au bout de l'île. Lori y avait grimpé une seule fois au sommet de cet empilement rocheux d'environ soixante mètres de haut qui offrait un point de vue idéal pour surveiller toute l'île. Mike y passait ses journées, aux aguets, les jumelles de Jack autour du cou, et ne rentrait que le soir pour manger ou simplement pour se réchauffer auprès du feu les soirs de disette.

Felix retira le poisson des flammes et entreprit d'en extraire la chair, qu'il divisa entre quatre bols également remplis. Une fois la tâche accomplie, il annonça :

— Votre part est prête. Vous voulez que je prenne Sonny pendant que vous mangez ?

— Non, mangez la vôtre tant que c'est chaud, répondit-elle.

— Attendez, j'ai quelque chose qui pourrait plaire à Sonny.

Sur ce, il disparut dans la pénombre, pour revenir quelques secondes plus tard avec ce qui ressemblait à un arc de bois flotté. Lorsqu'il l'approcha du feu, elle distingua une série de coquillages, de plumes et de pierres, tous attachés au bois à l'aide de lianes.

— Bon, c'est pas tout à fait aussi bien qu'un vrai, mais je me suis dit que ça lui donnerait quelque chose à regarder.

Lori sentit un large sourire lui étirer les lèvres pour la première fois ce jour-là.

— C'est… incroyable, dit-elle, surprise de cette marque d'attention.

Felix attrapa une couverture et installa l'arc en bois flotté.

— Tenez, voyons voir ce qu'il en pense.

Elle déposa soigneusement Sonny sur la couverture. L'enfant resta allongé, immobile un instant, hésitant. Il plissa son petit front, et Lori redouta qu'il ne se mette à pleurer. Et puis une petite main se tendit et se rabattit vers un coquillage. Raté. Nouvelle tentative. Cette fois, il toucha un coquillage, qui produisit un joli cliquetis en heurtant une autre conque. Le visage du bébé s'éclaira de ravissement, et Lori l'entendit gazouiller de plaisir.

Un large sourire s'épanouit sur les lèvres de Felix, dents blanches au milieu des boucles brunes de sa barbe. Cette expression l'adoucissait, le donnait un air juvénile.

— Merci, lui dit gentiment Lori en effleurant son bras.

Il baissa les yeux vers l'endroit où était posée sa main. Lentement, il les remonta jusqu'aux siens. Lori sentit quelque chose frémir, tout au fond d'elle.

— Je vais avertir Daniel que c'est prêt, lança-t-elle en s'esquivant, déstabilisée.

Elle quitta le feu et choisit son chemin avec précaution sur la terre sombre, craquelée de racines. Le clair de lune filtrait à peine à travers l'épaisse canopée, mais elle commençait à se familiariser avec le bref chemin qui conduisait à la plage.

Au bord de l'eau, elle vit la demi-douzaine de feux de détresse que Daniel alimentait chaque soir. Il passait ses journées à arpenter l'île en quête de bois mort. Il enfonçait une longue branche dans les flammes quand elle se dirigea vers lui sur le sable plus frais. Son visage fut illuminé par une série d'étincelles montant vers le ciel alors qu'il suivait des yeux leur motif hypnotique.

— Daniel ? (Il ne se tourna pas, continua d'attiser le feu en clignant rapidement des yeux.) Daniel, répéta-t-elle. Le poisson est prêt.

Il pivota, regard perdu dans l'obscurité, expression vide comme s'il ne la voyait pas ou ne la reconnaissait pas. Au bout d'un moment, il frissonna, à croire qu'un fantôme l'avait frôlé, puis il lui emboîta le pas jusqu'au camp.

Devant le feu, Daniel prit son bol de poisson sans un mot et s'assit sur la souche qui leur servait de banc, puis il piocha dans sa nourriture avec les mains.

Lori mangea aussi, inhalant le fumet du poisson à la noix de coco, les paupières closes. Elle ne parlait pas non plus. Ne pensait à rien, si ce n'était à la chaleur de la nourriture qui glissait au fond de sa gorge. Elle s'efforçait de manger lentement, de savourer chaque bouchée, mais elle était affamée. En l'espace de ce qui lui parut un trop bref instant, son bol fut vide ; ses doigts ne trouvaient plus que la noix de coco veinée. Elle porta le bol à sa bouche pour récupérer du bout de la langue les fragments de poisson restés collés au bois. Puis elle se lécha les doigts un à un, sans se soucier de la saleté coincée sous ses ongles, tant elle était avide de l'ultime saveur qu'elle pourrait y trouver.

En relevant les yeux, elle constata que Daniel l'observait, les yeux rivés sur sa bouche. Il avait les lèvres entrouvertes, et elle entendait l'air entrer et sortir de ses poumons à chaque respiration. Son visage était mordu de piqûres d'insectes, des parcelles de barbe épaississaient sa mâchoire. Il avait perdu du poids, comme eux tous, ce qui avait creusé ses joues et donnait l'impression que ses yeux étaient encore plus enfoncés dans leur orbite. Il avait l'air ravagé d'un homme que l'île consumait un peu plus jour après jour.

Le chœur des insectes se tut aussi soudainement que si un chef d'orchestre avait immobilisé sa baguette. Lori perçut comme un froissement au-delà de la ligne sombre du camp. Elle se détourna du feu pour sonder l'obscurité, mais ne vit que les silhouettes menaçantes des arbres.

La brise, changeant de sens, lui envoya un nuage de fumée qui lui piqua les yeux. Elle écoutait, aux aguets.

Faisant craquer des branches sous ses pas, inspirations saccadées... Mike émergea d'un pas traînant de sous les arbres.

Les épaules voûtées, il boitait. Quand le feu projeta sa lumière sur lui, elle découvrit une coupure toute fraîche sur sa joue, qui ressemblait à l'entaille bien nette d'une lame de couteau.

— Mike, dit-elle en s'avançant vers lui, ça va ?

Il leva une main pour l'arrêter.

— Oui, ça va, répondit-il.

Il s'affala lourdement sur une souche près du feu de camp.

Lori lui apporta une bouteille de l'eau qu'elle était allée remplir à la source. Les mains tremblantes, il but avidement. Puis il s'essuya la bouche d'un revers de la main, le souffle court.

— J'ai attendu trop tard pour redescendre. Je me suis perdu dans le noir. (Sa voix gutturale et épaisse indiquait clairement qu'il ne s'en était pas servi depuis des heures.) Je me suis pris le pied dans une racine… et je suis tombé. Rien de grave.

De l'autre côté du feu, Lori vit Daniel qui observait le pilote sans ciller, les traits figés.

— Vous êtes blessé ? Vous avez besoin de quelque chose dans le kit de premier secours ? Cette entaille sur votre visage…

— Ça va.

Personne ne parla pendant un temps. Les criquets reprirent leur chorale.

— Il y a à manger pour vous, indiqua Felix en désignant le bol perché sur leur table de fortune.

— Merci, répondit Mike, qui se leva sur des jambes instables et saisit le bol. Vous avez pêché quoi ?

— Une carangue.

Le pilote mangeait debout, à la main, et à chaque bouchée qu'il portait à sa bouche, Lori avait le ventre qui gargouillait. Encore. Elle en voulait toujours plus.

— Vous avez vu quelque chose sur l'arête aujourd'hui ? demanda Daniel, les yeux braqués sur Mike, le ton presque accusateur.

—Non, répondit l'autre la bouche pleine, sans lever le regard.

—Toute la journée perché là-haut avec ces jumelles. Vue panoramique sur l'océan, et pourtant rien ? Pas un seul bateau…

Il laissa sa remarque en suspens dans l'air.

Un changement s'était amorcé au fil des derniers jours. Subtil au début, comme si le fait que Mike se soit envoyé la réserve d'alcool de l'avion en douce avait provoqué une fracture au sein du groupe. Pas une énorme faille, mais juste assez pour fissurer la cohésion qui nous unissait auparavant. Quand ils étaient tous ensemble, ils manœuvraient les uns autour des autres avec précaution et méfiance, comme des gens progressant en terrain miné.

Mike leva les yeux.

—Qu'est-ce que ça veut dire ?

—Que j'espère qu'on peut vous faire confiance.

—Je veux me barrer de cette île autant que vous autres.

Un silence s'ensuivit, puis Daniel se mit debout.

—Ah ouais ?

Il traversa le camp, frôla Mike, le heurta du coude, ce qui renversa son bol par terre. Daniel s'immobilisa et se tourna pour regarder la nourriture à ses pieds.

—Oups.

Et puis il s'en alla à grandes enjambées à travers les arbres.

Au bout de quelques secondes, Mike s'accroupit dans un craquement de genoux et entreprit de ramasser son repas souillé de terre, de le remettre dans son bol, et recommença à manger.

Plus tard, Lori traversa la plage au clair de lune, attirée par l'eau. Les moustiques étaient moins féroces loin des arbres recourbés. Au bord de l'océan, elle se laissa tomber sur le sable frais, et bercer par le flux et le reflux lent des vagues qui calmaient sa respiration.

Elle roula les épaules en arrière et redressa la colonne vertébrale. Même si elle avait laissé Sonny endormi dans le couffin près de Felix, elle ne parvenait pas à s'apaiser. Elle n'aimait pas être séparée du petit. S'il se réveillait, ce serait elle qu'il réclamerait.

Glissant une main dans sa poche, elle sentit la surface dure du portable d'Erin. Elle le sortit ; le verre et le métal conservaient la tiédeur du contact avec son corps. Quand elle actionna le bouton de mise en route, l'écran s'alluma comme par magie. La batterie était maintenant tombée à quarante pour cent. Elle l'utilisait avec parcimonie, l'éteignant aussitôt qu'elle avait enregistré un message pour Erin. Et peu importait que sa sœur ne voie jamais ces vidéos, c'était le fait de lui parler à voix haute, de l'imaginer quelque part en train de l'écouter qui donnait à Lori l'impression d'être… eh bien, d'être Lori.

Elle passa le doigt sur le bouton « Enregistrer » et vit sa propre image se refléter légèrement, visage éclairé par la lune, yeux scintillants.

— C'est moi. Encore. Toujours là.

Elle pensa à toutes les choses qu'elle pourrait lui dire – ses inquiétudes devant la rupture proche de lait en poudre pour Sonny, devant le comportement de plus en plus erratique de Daniel –, mais tout ce dont elle avait envie, c'était de s'évader de cette île, ne serait-ce que quelques instants.

— Tu te rappelles la balade qu'on avait faite dans le Dorset, l'été avant la mort de papa ? On s'était levées de bonne heure et il faisait encore nuit, tu mangeais tes tartines dans la voiture, l'attrape-rêves se balançait et moi, je te disais de garder les deux mains sur le volant. Et puis on s'était garées à Durdle Door, équipées de bottes et de coupe-vent, et on était montées par le sentier de la falaise. Tu avais piqué la veste cirée de papa, et on avait trouvé un préservatif dans sa poche ! Ha ! Ta tête ! Pire que si tu en avais sorti un rat mort. Je ne te l'ai jamais dit, mais c'est moi qui l'avais mis là pendant qu'on marchait.

Lori pouffa à ce souvenir. Elle avait prévu de tout révéler à Erin plus tard au pub, mais un groupe de vététistes avait débarqué, demandé à partager leur table, alors ils s'étaient tous serrés et ils avaient échangé bières et pâtisseries. Erin avait tellement bu qu'elles avaient dû descendre dans un B & B pour ne rentrer à la maison que le lendemain matin. Quoi qu'elle fasse avec Erin, c'était toujours marrant. Inattendu. Voilà comment c'était, avant que les choses changent, peu à peu.

— Pardon d'avoir été si difficile à vivre, débita-t-elle à toute allure, la bouche tout près du combiné. Tu avais raison, je critiquais bel et bien ta vie. Ce n'était pas juste. Ici, ajouta-t-elle avec un coup d'œil vers les étoiles, j'ai tout le temps de penser à ces choses-là. J'ai l'impression… d'y voir plus clair. J'aimerais tant qu'on soit ensemble. J'ai tellement envie de savoir comment tu vas. Ce qui se passe pour toi. Parce que, Erin, je ne pense pas que tu sois heureuse, si ?

Elle songea aux photos qu'elle avait fait défiler dans la galerie du téléphone, à l'absence d'amis proches, d'un amoureux, de souvenirs à chérir. Au lieu de quoi, des clichés de beuveries ou des captures écran de photos Instagram postées par d'autres personnes, à croire qu'elle se fabriquait une vie rêvée qu'elle ne vivait pas.

— J'aimerais entendre ta voix. Dieu, ce que tu me manques, chuchota-t-elle, la gorge nouée par l'émotion. Oh, là, là, voilà les larmes. Je m'étais promis de t'enregistrer un message sans pleurer. Échec total, conclut-elle d'une voix étranglée.

À travers le flou des larmes, elle regarda le bracelet jonc que sa sœur lui avait offert. Elle leva le poignet, l'approcha de l'écran. Pas besoin de mots. Erin comprendrait.

30

Maintenant – Erin

Je suis assise sur le sol de ma chambre d'hôtel, les genoux repliés et enlacés de mes bras. Comme ça, je suis plus près du minibar. Je tends la main vers le frigo trop petit, en sors une mignonnette. J'ai déjà fini les bons trucs, rhum, vodka, gin, et maintenant j'attaque le whisky… sec.

Le tout petit bouchon se dévisse facilement, je vise la poubelle, entends le tintement quand il en heurte le rebord et rebondit sur la moquette. Je descends la bouteille cul sec, sens la brûlure familière me glisser dans la gorge. Puis je renverse la tête en arrière, les yeux fixés sur l'espace blanc et vide du plafond.

Il est mort. Le pilote est mort.

Tout est fichu. Je n'ai pas été assez rapide. Je n'ai pas fait assez.

Et maintenant, Lori ?

Lâche le minibar. Va te laver. Arrête de t'apitoyer sur ton sort.

J'attrape une autre mignonnette de whisky. C'est ça, ce qu'il y a de bien, quand on discute avec sa sœur défunte : on peut choisir d'entendre ce qui nous arrange.

Au moment où je porte la bouteille à mes lèvres, mon portable sonne. Je grogne d'être interrompue. Un coup d'œil à l'écran : c'est encore ma rédac chef. Elle ne dort donc jamais, cette femme ?

Laisse sonner, Erin. Ne réponds pas. Pas maintenant, ce n'est pas le bon moment.

— Rebecca ! lancé-je, lèvres engourdies, épaisses et lourdes.

— Je viens d'apprendre la nouvelle, lâche froidement Rebecca. Le pilote est mort.

— Oui, réponds-je en portant un toast en l'air avec ma bouteille. Enfin mort, putain !

Silence.

— Pardon ?

Long silence, que j'échoue à remplir d'autre chose qu'un rot discret.

— Pourquoi tu ne l'as pas dit ? Pourquoi, alors que je te paie un séjour aux Fidji, j'apprends la nouvelle aux infos, comme tout le monde ? Qu'est-ce qui se passe là-bas au juste, Erin ?

Je me remets debout maladroitement, tangue un peu.

— Ben, là, il se passe que je suis en train de vider le minibar de ma chambre d'hôtel.

J'entends vaguement un morceau de juron.

— Je n'aurais jamais dû t'envoyer. C'était trop. Écoute, je te booke sur le prochain vol retour.

Je hoche la tête. Elle a raison. C'était trop. *Tout ça, c'est trop*, pensé-je en apercevant dans la glace mon visage souillé de coulures de mascara qui assombrissent les cernes sous mes yeux, mes cheveux sales et hirsutes.

— On pourra quand même bricoler un truc. Au moins, tu as rencontré le pilote et sa famille. On va sortir un article.

— Un article ? (Ma tête fait « non ».) Ça ne m'intéresse pas, un article ! sifflé-je. Ça ne m'intéresse pas de transformer ces événements en quelque chose de sensationnaliste, putain, pour que les lecteurs aient leur petite dose de scandale. Tout ce qui m'intéresse, c'est de comprendre ce qui est arrivé à ma sœur !

Je sais qu'on ne parle pas comme ça à sa boss, je sais que je suis ivre, je sais que je devrais raccrocher. Au lieu de quoi, d'autres mots encore se déversent.

— C'est fini. J'en ai fini de ce boulot. Du magazine. C'est des conneries.

Silence.

— Erin, je comprends que tes émotions prennent le dessus. Pourquoi on n'en reparle pas à ton retour au bureau...

— Je ne reviendrai pas au bureau. C'est fini. (En même temps que je prononce les mots, je mesure le bien qu'ils me font, la vérité et le soulagement qu'ils contiennent.) Je démissionne, Rebecca. Je démissionne.

Elle commence à dire quelque chose, mais je raccroche, avant de jeter mon portable sur le lit. Debout, je vacille au centre de la chambre, la gorge brûlée par l'acidité de l'alcool.

J'ai besoin d'air. Je titube vers le balcon, pousse les portes. La nuit est humide, poisseuse sur ma peau. Il n'y a pas d'air. Que la pénombre. Le vide.

J'ai juste envie que ça s'arrête. Je veux que cette pression sur ma poitrine cesse. Ressentir de nouveau l'espace. Je veux interrompre le cercle infernal de mes pensées. Arrêter de m'entendre dire à Lori : « Je n'ai jamais voulu être là, de toute façon. Tu sais pourquoi je suis venue avec toi ? Parce que je savais que tu n'étais pas assez courageuse pour faire le voyage seule. »

Mais la vérité, Lori, c'est que je veux être partout avec toi. C'est le seul endroit où je veux être. Pas ici. Plus ici. Pas sans toi. C'est moi qui ne suis pas courageuse. Je n'y arrive plus.

Je m'agrippe au balcon, les genoux flageolant contre le bois des balustres, côtes plaquées contre la rambarde. La tête me tourne lorsque je me penche en avant et regarde le jardin baigné de lumière, trois étages plus bas, le scintillement bleu-vert de la piscine au loin.

Il y a deux ans, j'étais dans ce même hôtel avec toi, Lori. J'avais tout, alors, et je ne le savais pas. Et si j'étais juste montée dans cet avion avec toi ?

Je traîne le transat à travers le balcon, puis je monte dessus, chancelante, j'attrape la rambarde et me hisse, une main collée au mur pour me tenir. Je tends les jambes, me tiens droite, les orteils recroquevillés sur le rebord. Je sens trembler mes jambes alors que je fixe l'obscurité.

J'aurais dû être dans cet avion avec toi.

Descends de là, Erin !

Je passe outre. Les épaules en arrière, je sens mes doigts lâcher le mur. Je lève le menton.

Tout est là, en dessous de moi. Un choix.

La nuit m'entoure, tout est sombre, en sourdine. J'ai l'impression que mon corps est liquide, sans os, que je pourrais me fondre dans les ténèbres. Je ne veux plus rien sentir. Je veux que tout disparaisse. Je veux disparaître.

Descends. Je suis sérieuse. S'il te plaît, Erin…

Je me tiens complètement immobile, pourtant mes jambes tremblent, ma tête tourbillonne. En moi c'est cacophonique.

— Donne-moi une raison, putain ! hurlé-je à la nuit.

J'attends. Les larmes ruissellent sur mon visage.

— J'ai besoin d'une raison. Donne-moi une raison, je t'en supplie.

Et soudain elle vient, un murmure dans mon cœur.

Parce que je t'aime, Erin.

Les larmes et les étoiles de cette interminable nuit se mêlent.

Le choix, c'est un pas vers l'avant ou vers l'arrière.

Il y a l'amour. Mais de quel côté m'attend-il ? Devant ou derrière ?

Je n'arrive pas à respirer dans ce vide.

Ce n'est pas ta voie, Erin.

Où est-elle alors ? Dis-moi : où est-elle ?

Tout tourbillonne, la nausée monte, le chagrin enfle et me submerge.

J'attends. Je veux entendre de nouveau sa voix. Mais il n'y a que du vide, le silence.

Je t'en supplie, Lori. Dis-moi quoi faire.

Pas de réponse.

Rien.

J'attends, les jambes tremblantes, le corps tanguant au bord de la nuit.

Tu le sais, Erin.

C'est tout ce qu'elle m'accorde. Quatre mots aussi réconfortants qu'insuffisants.

Tout et rien.

Ma main trouve le mur, solide, dur, irradiant la chaleur accumulée pendant la journée. Je m'y appuie et redescends sur le transat, mes jambes cèdent et je me recroqueville sur moi-même en pleurant.

31

Avant – Lori

Que fais-tu en ce moment, Erin ? Parle-moi.

Lori ne dormait pas. L'obscurité était si dense, si épaisse, que c'en était oppressant. Ça lui appuyait sur la poitrine, elle avait du mal à respirer. Par des nuits comme celle-ci, où la couverture de nuages tombait bas et cachait la lune, le brouillard était si opaque que quand elle tendait la main devant elle, elle ne parvenait pas à la distinguer. Elle fouillait la nuit en quête de promesses, même minuscules, comme le scintillement du feu arrière d'un avion au-delà de la canopée des arbres, mais il n'y avait que du noir.

Enfants, Erin et elle aimaient camper dans leur jardin, une fois l'été venu. Elle repensa à l'odeur de la tente, à la pile de livres et de magazines qu'elles entassaient dans les poches de la toile, avec les bonbons pour leurs festins de minuit. Elles zippaient la fermeture Éclair en entier, certaines que la mince paroi de polyester les protégerait de la nuit et de ce qui rôdait une fois le soleil couché.

Aujourd'hui, elle aurait bien voulu une tente. Une fermeture à zipper. Sa sœur à ses côtés.

Un cri de Sonny fendit la pénombre. Lori se mit à genoux, la hanche raide, la jambe engourdie. Malgré son épuisement, le plaisir la submergea au contact du petit corps qu'elle souleva.

— Chut, l'apaisa-t-elle doucement, le menton tout contre son crâne, dessinant des cercles de la main dans son petit dos tout chaud. Chut, bébé, chut, murmura-t-elle.

Mais les pleurs redoublèrent, enragés. Il avait été perturbé tout l'après-midi, grognon et agité, n'avait pris que la moitié de son lait à chaque biberon.

Son corps fort et agile se cambra dans les bras de Lori, il porta ses poings minuscules à sa bouche. Elle jeta un coup d'œil à sa montre, vit qu'il n'était que minuit. En général, il ne se réveillait pas pour boire à cette heure, ses pleurs étaient différents, furieux. Elle tâta sa couche : sèche.

— Qu'est-ce qu'il y a, chéri ?

Elle le prit dans son autre bras, afin qu'il voie la lueur des flammes. Le feu illumina la peau tachetée au bord de ses lèvres. Elle y avait aussi remarqué quelques marques, plus tôt dans la journée. Avait-il bavé ? S'était-il gratté ? Pire ? Holly avait emporté un flacon de Doliprane et une tablette de comprimés antidiarrhéiques, mais il n'y avait aucun autre médicament s'il tombait malade. Lori lui posa le dos de la main sur le front. En effet, il était chaud, mais qu'y connaissait-elle ? C'était simplement un geste qu'elle avait vu faire des mamans, la main au front.

— Tiens, prends un peu l'air, chuchota-t-elle, ouvrant quelques boutons du maillot de corps et lui libérant les bras. C'est mieux comme ça ?

Mais les cris de Sonny ne faisaient qu'empirer, il avait les joues mouillées de larmes. À la lumière du feu, elle voyait les petites bulles de salive se former sur ses lèvres tandis qu'il pleurnichait.

— Oh, mon chéri. Tu as peut-être soif ? (Il n'avait pas pris beaucoup de lait et, sur l'île, le risque de déshydratation était une inquiétude constante.) Tiens, ajouta-t-elle en attrapant le biberon qu'elle avait préparé pour la nuit.

Elle essaya de l'installer dans une bonne position pour boire, mais il s'agitait, tonique et raide. Chaque fois qu'elle approchait le biberon, il gigotait pour s'en éloigner à grands coups de poing dans l'air. Lori sentit les larmes monter.

Son bras douloureux la lançait, à force de supporter le poids du bébé. Elle avait vu des mamans obligées de nourrir leur enfant souffrant de coliques en arpentant une pièce ou en le berçant sur place, un mouvement qui devait apaiser quelque chose dans leur système digestif immature. Elle se rappela avoir pensé, à l'époque : *Assieds-toi donc. Repose-toi.* À présent, elle comprenait cette peur d'interrompre le bon moment et qu'ils ne finissent pas leur biberon alors qu'ils avaient désespérément besoin du lait. Alors elle continua de marcher autour du feu.

— Il va bien ? s'enquit Felix.

Sa question soudaine la fit sursauter. Il repoussa sa couverture et vint vers eux, cheveux ébouriffés, en se frottant les yeux. Lori éprouva une immense reconnaissance à le voir debout aussi, soucieux de l'état de Sonny.

— Je ne sais pas. Il est chaud et il refuse de prendre son lait. Je vais lui donner du Doliprane. Vous voulez bien me le tenir ?

— Bien sûr, répondit Felix en prenant Sonny dans ses bras. Alors, pépère, ça ne va pas trop ?

Lori farfouilla dans le noir et finit par dénicher le médicament. Elle retourna auprès du feu et inclina le flacon vers les flammes pour lire les indications concernant le dosage, après quoi elle remplit la pipette.

— Tiens, ça va te faire du bien, roucoula-t-elle en versant lentement le sirop dans la bouche ouverte du bébé.

Sonny cessa immédiatement de pleurer, ravi par le goût sucré du médicament. Une fois la pipette vide, il continua de serrer les gencives sur la seringue, en quête de plus. Et quand

Lori tenta de la lui retirer, il se remit à hurler. Aussi le laissa-t-elle la mâchonner.

Elle tourna son regard vers Felix, qui les observait tous les deux.

— Et s'il tombe malade ici ? Ou qu'on arrive à court de lait en poudre ? On va faire quoi ?

— On se débrouillera de notre mieux, au jour le jour, jusqu'à ce qu'on ait fichu le camp de cette île.

Ce « on », elle en avait besoin.

Elle baissa de nouveau les yeux vers Sonny, la courbe parfaite de sa tête, son petit nez en bouton.

— Et si je faisais n'importe quoi depuis le début ?

— Vous faites un boulot merveilleux, Lori. N'importe qui s'en rendrait compte.

Les larmes aux yeux, elle contempla ce petit garçon, les gencives toujours serrées sur la seringue en plastique. Les geignements quasi permanents, le refus de boire son lait, les rougeurs autour de la bouche, la fièvre...

— Les dents ! C'est les dents ! s'écria-t-elle. Oh, mon pauvre petit... Ce sont tes gencives qui te font mal, c'est ça ?

Elle insinua le petit doigt dans la bouche de Sonny. Avec précaution, elle explora la gencive supérieure, mouillée et lisse, passa la pulpe du doigt dessus. Puis elle répéta le geste sur celle du bas. Là ! Au milieu, elle sentit une pointe acérée, minuscule écharde de dent qui commençait à percer à travers la peau. Elle lui déposa un baiser au sommet du crâne.

— Pas étonnant que tu te plaignes. Le Doliprane va te soulager, promit-elle en le berçant.

Elle se balançait en fredonnant doucement, et le rythme de ses ondulations finit par détendre Sonny. Elle laissa les notes lui emplir la gorge, ses fredonnements accompagnant la chanson.

Felix s'accroupit près du feu, les bras chargés de petit bois. À l'aide d'une branche, il attisa les braises endormies.

Après quoi, il entreprit d'amonceler les nouvelles branches par-dessus, d'abord les petites, puis les plus grosses. Il s'agenouilla tout près pour souffler à la base du feu jusqu'à ce que de toutes petites flammes viennent lécher le bois.

Le poids tiède de Sonny toujours lové contre sa poitrine, Lori continuait de fredonner, le menton incliné vers lui. Lentement, les pleurs commencèrent à se tarir, ne resta plus qu'un hoquet-reniflement occasionnel qui s'élevait vers le ciel tout comme les étincelles du feu.

À la fin de la chanson, Sonny s'était endormi, mâchoire relâchée. Quand elle releva les yeux, Lori croisa le regard de Felix fixé sur elle, une lueur intense au fond des yeux.

— Quoi ? fit-elle, soudain gênée.

Il secoua la tête, comme pour se débarrasser de quelque chose.

— Le dernier air que vous fredonniez, dit-il doucement, c'était quoi ?

— Oh, euh… Je ne sais pas trop.

Bien que connaissant la chanson, elle était incapable d'en citer le titre. Elle se chantonna les premières notes, pour elle-même, mais impossible de le retrouver.

Felix sourit en secouant la tête.

— Pas grave. Je pense que ma mère me la chantait, je ne l'avais pas entendue depuis des années.

Lori recoucha Sonny dans son couffin, l'allongea délicatement avant de replacer la moustiquaire avec soin tout autour de lui. Puis elle se redressa et s'étira. Dieu, que ça faisait du bien de pouvoir bouger ses bras raides et douloureux. Elle les tendit au-dessus de la tête, s'inclina d'un côté, puis de l'autre, savourant l'étirement de sa colonne. Elle enroula lentement le cou, profita de l'agréable sensation de soulagement.

Elle était fatiguée, pourtant, bizarrement elle n'était pas prête à dormir, pas pressée de s'allonger seule avec ses pensées. Comme Felix était toujours assis sur le banc souche, elle le rejoignit.

— Vendredi soir, donc, dit-elle.

— Vendredi, répéta-t-il.

— Qu'est-ce que vous feriez, là maintenant, si vous n'étiez pas ici ? Comment vous commenceriez votre week-end, dans l'idéal ?

Il réfléchit un long moment.

— Si on parle du week-end idéal, alors je préparerais mon sac avec mon matériel d'escalade, que je chargerais dans le coffre d'une voiture, et avec mes potes on prendrait la route vers l'ouest. Là, on monterait le camp quelque part. Puis on se réveillerait à l'aube pour grimper toute la journée. Sans rien d'autre autour de nous que les pics de granite, les oiseaux et le ciel.

Lori sourit. Elle imaginait bien Felix dans ce paysage. Il ne lui faisait pas l'effet d'être le genre de gars à passer une soirée à faire la fête en ville. Partir en montagne, oui. Elle trouvait quelque chose d'attirant dans sa voix, chaude, une touche d'accent traînant, tel l'aventurier qui aurait tant voyagé que son accent serait devenu indétectable.

— L'escalade, ça a toujours été votre truc ? lui demanda-t-elle.

— Ça l'était. J'ai fait une chute il y a environ un an.

— Grave ?

— Assez pour que je n'aie plus grimpé depuis.

— Je suis désolée.

Il haussa les épaules.

— Je faisais de l'escalade libre au pays de Galles. Ç'aurait dû être facile. Une montée d'échauffement. Je ne sais pas ce qui s'est passé. Perte de concentration, peut-être. Ou la faute à pas de chance. Peut-être les deux. J'ai voulu attraper une prise, j'ai cru avoir bien vu sa forme, mais à cause de la lumière et la façon dont l'ombre tombait sur la paroi… En fait, il n'y avait pas de profondeur. Pas de rebord. Je n'avais pas de prise et j'ai senti mes doigts glisser aussitôt. Ça m'a bien secoué, j'ai perdu mes appuis, je ne me retenais plus que du bout des doigts. (Une pause.) Et puis… plus du tout. Je tombais. Quinze mètres. Sur de la terre dure. Quatorze os brisés. Radius en miettes au niveau du poignet. Un poumon perforé. Huit semaines à l'hôpital et fauteuil roulant pendant un temps. Des mois de rééducation. Ça a été fini.

— Je suis vraiment navrée, dit Lori, comprenant qu'il ne lui donnait que les contours, de petites bribes d'information sèche. Ça a dû être dur de se réadapter, après l'accident.

— J'ai été obligé de réemménager avec mon père et ma belle-mère. Vingt-sept ans, et on m'apportait mon repas sur un plateau, fallait qu'on m'aide à me doucher, à enfiler mes vêtements. Putain. Moi, je rêvais de camping sauvage dans les montagnes, de dormir dans des crevasses rocheuses, de me faire à manger sur un réchaud, de grimper au sommet de pics. (Il se tut brusquement et secoua la tête.) Pardon.

— Non, non, dit-elle, imaginant les rafales de vent tandis qu'il était accroché à une paroi rocheuse, chaque muscle de son corps travaillant avec les autres pour le maintenir en place. Vous allez pouvoir grimper de nouveau un jour ?

— Mon poignet est bousillé. Y a des gens qui parviennent à grimper d'une main, mais moi je ne veux pas. Je pourrais continuer d'aller en montagne, faire de la rando, mais j'ai peur que ça ne me suffise pas. Je ne veux pas marcher là où je grimpais avant. J'ai tout arrêté. J'ai coupé les ponts. (Haussement d'épaules.) Les gens ne comprennent pas. Comment je peux tout laisser tomber. En fait, c'est plus facile.

— C'est pour ça que vous avez choisi les Fidji ? Où il n'y a rien à escalader ?

— Ç'aurait pu être n'importe où. Fallait juste que je m'en aille.

Les yeux rivés sur le feu, il se tut.

Lori se le remémora dans la salle d'embarquement le premier jour. Les entailles fraîches sur ses phalanges. Elle brûlait de l'interroger là-dessus, mais quelque chose l'en empêcha.

— Et la pêche au harpon…, osa-t-elle à la place. À quel moment c'est venu ? Vous avez dit que vous alliez prendre le poste au club nautique.

Il opina du chef.

— Je me suis mis à l'apnée, pendant ma rééducation. Fallait que j'aille à la piscine tous les jours pour la kiné et je détestais ça. Ma kiné m'a proposé un pacte : quand je terminais mes exercices de piscine, elle me laissait libre accès au bassin jusqu'au patient suivant. Conclusion, plus vite je me débarrassais des exercices, plus de temps j'avais pour l'apnée. Je prenais des poids et j'allais m'asseoir au fond de la piscine, comme une sorte de Bouddha aquatique. Ensuite, quand j'ai gagné en force, je me suis mis à traverser le bassin en marchant sur le fond avec mes poids, ou à m'étirer. J'aimais bien. Coupé du reste du monde, vous voyez ? Et me pousser au maximum. Trouver mes limites.

Lori essaya de l'imaginer, cette sensation des poumons qui se contractent à mesure que l'air s'échappe, l'absence écrasante, le désir brûlant d'oxygène. Ça devait surpasser toutes les autres douleurs que subissait son corps, toutes les pensées, tous les sentiments, jusqu'à ce que l'ensemble ne se résume plus qu'à un unique objectif : respirer.

Il était tellement différent de Pete. Différent de tous les gens qu'elle ait jamais rencontrés. Il y avait quelque chose d'indéchiffrable chez lui qui l'attirait et la déstabilisait à la fois. Elle s'obligea à soutenir son regard. À le regarder vraiment.

Ces tatouages. Les ombres sous ses yeux. Cette façon qu'il avait de se renfermer, de se détourner comme s'il ne pouvait supporter les choses que jusqu'à une certaine limite. Jamais elle n'avait compris l'attrait pour ces mauvais garçons ombrageux que ses amies adoraient. Felix était-il l'un d'eux? De ces garçons qui, au lycée, se passaient un trait de crayon noir autour des yeux et fumaient des joints, traînaient leurs grosses chaussures noires usées jusqu'à la corde?

Non, elle ne le voyait pas comme ça non plus. Alors qui était-il?

Il y avait une profondeur en lui qu'elle souhaitait examiner de plus près. Sa façon de la regarder quand elle portait le bébé, comme s'il s'imprégnait d'eux. Une vulnérabilité. Et pourtant, elle percevait de la dureté aussi.

— Et vous, Lori? Pourquoi avez-vous réservé ce voyage? Qu'espériez-vous trouver?

Elle leva les yeux. Pensa à la Lori assise dans l'appartement de sa sœur, qui surfait sur Internet durant les heures interminables de la nuit; perdue, à la recherche de la moindre chose qui puisse lui apporter un soulagement.

— Honnêtement, je ne sais pas ce que j'espérais. (Elle prit une inspiration.) Quand l'avion est tombé, à l'instant où j'ai vu la terre, juste là, qui se précipitait vers nous, tout ce à quoi j'ai pu penser, c'est à la vie que je n'avais pas vécue.

Elle releva le regard, se demandant s'il comprenait.

Lentement, il hocha la tête, les yeux verrouillés aux siens, l'attirant vers lui.

— Pourquoi avons-nous survécu? murmura-t-elle. Et pas les autres?

Il attendit longtemps avant de répondre:

— Franchement, je n'en sais rien. Mais maintenant on est là, et c'est comme un cadeau. Pas l'île, évidemment. Mais la vie. Cet instant. C'est un cadeau. (Une pause.) Et ma vie ne m'avait pas fait l'effet d'être un cadeau depuis bien longtemps.

Elle resta assise là, regard rivé au sien, partagée entre désir et peur.

Elle avait cette drôle d'impression, comme si, en voulant s'approcher du rivage, quelque chose d'irrépressible, un courant, une vague l'entraînait vers le large, là où elle n'avait pas pied, vers lui.

Soudain, ils se rapprochèrent. Barbe dure contre sa joue. Goût de sel sur ses lèvres. Une respiration chaude et humide. Le bout de ses doigts était rugueux, pourtant son toucher était doux sur sa nuque, sur ses épaules.

L'air changea, se rétracta. La jungle recula. La canopée disparut. Il ne restait plus qu'eux, leurs bouches, peaux, corps.

Le besoin, la faim qu'elle avait de Felix… c'était trop. Elle eut la sensation de tomber, de glisser loin dans un endroit si profond, si noir qu'elle avait peur de ne plus jamais pouvoir en émerger… ni même de le vouloir.

Et puis, tout aussi soudainement, il écarta son visage du sien. Se détourna, les yeux au sol.

— Pardon.

32

Maintenant – Erin

Debout sous la douche, le jet déferle sur mon corps. La gueule de bois, ça fait mal physiquement. Je me laisse aller à cette douleur, parce que c'est quelque chose que je peux ressentir : la tête qui gronde, le cœur qui s'emballe, la brûlure acide dans l'estomac, voilà des sensations que je comprends.

Au-delà de la salle de bains, je sais que les portes du balcon sont fermées. Les rideaux tirés.

C'était l'alcool, voilà ce que je me dis.

Et j'en reste là.

Je coupe l'eau brusquement et me tiens debout un moment dans un nuage de vapeur. Je teste, fais pivoter ma tête d'un côté à l'autre, le martèlement bouge avec moi.

J'entends sonner mon portable, sors de la douche, laissant une traînée d'eau sur le carrelage tandis que je me dirige d'un pas mal assuré vers la chambre. J'attrape mon téléphone. Un numéro anglais que je ne reconnais pas.

— Allô ? lancé-je en veillant à ne pas coller l'appareil à ma joue mouillée.

— Vous êtes bien Erin Holme ?

— Ouais.

— Kiera Tyler, à l'appareil. Je suis la belle-mère de Felix Tyler. Vous m'avez laissé des messages.

L'eau dégouline de mon corps et forme une petite flaque à mes pieds.

— Ah oui.

Quand la nouvelle de la survie du pilote est sortie la semaine dernière, j'ai tenté de renouer le contact avec les proches des autres passagers. J'avais fait la même chose deux ans plus tôt, et n'avais obtenu qu'une réponse de Sarah, la fille de Ruth et Jack Bantock, qui vivait à Miami à l'époque. Les autres n'étaient pas partants pour communiquer avec moi, ce que je comprenais. Du coup, je suis surprise que Kiera Tyler me rappelle.

— Le pilote est mort hier soir, m'indique-t-elle en guise d'introduction. J'ai reçu un mail du consulat britannique.

Le mail envoyé à toutes les familles, pour nous informer de la mort du pilote et que « les recherches de l'épave de l'avion restaient une priorité ».

Mon cul.

— Oui, je l'ai eu aussi, réponds-je, choisissant de ne pas mentionner mes visites à l'hôpital, ma prise de contact avec Mike.

— C'est reparti pour le cirque médiatique, reprend Kiera. J'aurais préféré qu'il reste planqué, ce type. Je veux juste passer à autre chose.

Le combiné coincé entre l'épaule et l'oreille, j'enfile une robe-salopette. Je ne peux pas avoir cette conversation toute nue, même si je ne comprends pas trop pourquoi Kiera répond à mon message maintenant.

— Merci de me rappeler, lui dis-je. Je vous ai laissé un message, parce que j'essaie d'en apprendre un peu plus sur les personnes qui se trouvaient dans l'avion avec ma sœur, Lori Holme.

J'entends un verre que l'on fait glisser sur un comptoir. Une boisson que l'on verse.

— Vous êtes là-bas, c'est ça ? Aux Fidji ?

J'hésite.

— Qu'est-ce qui vous fait dire ça ?

— Quand vous avez appelé, votre numéro portait un indicatif étranger. Et puis, vous êtes journaliste.

— Vous avez fait vos recherches.

— Comme vous.

Maintenant, je le perçois, le léger bredouillement sur la fin de ses mots. Je vérifie l'heure : il est midi ici, soit environ 23 heures au Royaume-Uni. Personne ne passe un coup de fil à cette heure-ci à moins d'avoir quelque chose en tête.

— Je suppose que vous avez cherché à lui parler. Au pilote.

Là encore, je marque une brève hésitation.

— Oui.

— Et ? Que vous a-t-il dit ?

— Rien de plus que ce qui est dans la transcription.

Elle se tait un moment, peut-être le temps de décider si elle me croit.

— C'était le seul survivant ?

— C'est ce qu'il a affirmé. (Je préfère être celle qui pose les questions, alors je change de tactique.) Vous étiez proches, Felix et vous ?

Un rire, presque un aboiement sec, me répond.

— Nous ? J'étais la méchante belle-mère !

Je me dirige vers la table de chevet où j'ai posé le dossier sur la disparition de l'avion. Je le feuillette, jusqu'à parvenir à la section sur les passagers. J'ai effectué des recherches sur la famille de Felix : sa mère morte dans un accident de voiture quand il avait quatorze ans, son père remarié avec Kiera dans l'année, le départ de la maison de Felix à dix-sept ans, son abandon de la fac.

— Comment était Felix ?

— Je ne suis pas la meilleure personne pour vous faire son apologie. Il était une source de conflit constant entre son père et moi. Il n'a jamais été facile, même enfant. Il y avait cette intensité en lui. Quand il l'utilisait à bon escient, il se révélait assez spectaculaire. Mais autrement… eh bien…

Elle balbutie, puis s'arrête.

— Il a eu un accident d'escalade ? la relancé-je.

— En prenant les risques qu'il prenait, c'était inévitable. Ces adeptes des sports extrêmes… On dirait que leur cerveau fonctionne différemment. Il faut toujours qu'ils cherchent la limite, qu'ils flirtent avec le danger. Des accros à l'adrénaline, voilà comment les gens les appellent, et c'est vrai. Comme avec la drogue, ils sont constamment en quête de leur prochaine dose.

Un silence s'ensuit, où je l'entends porter un verre à sa bouche et déglutir. L'alcool, c'est là qu'elle a puisé le courage de m'appeler ? De quoi veut-elle me parler, exactement ?

— Pourquoi Felix était-il aux Fidji ?

— L'hôtel l'avait embauché pour s'occuper de leurs activités nautiques. Sorties plongée, bouteille ou masque et tuba, ce genre de choses.

— Pourtant son diplôme d'instructeur de plongée n'était même pas valide…

— Je me demandais si quelqu'un s'en rendrait compte. Ben voilà, du Felix tout craché. Il partait du principe que les règles ne s'appliquaient pas à lui et poussait systématiquement un cran trop loin. Il se croyait spécial.

— Dans quel état d'esprit était-il en partant aux Fidji ?

Quand Kiera reprend la parole, sa voix a changé. Elle est grave, sérieuse.

— C'était le genre d'homme qu'on n'a pas envie de fréquenter. Si Felix n'était pas parti à ce moment-là, la police serait venue frapper à sa porte.

— Pourquoi ?

— C'était un homme dangereux… et quelqu'un avait enfin eu le courage de le dénoncer.

Mes cheveux mouillés laissent échapper un filet humide qui descend le long de ma nuque, comme la pointe d'un doigt froid.

— Bref, que voulez-vous savoir sur lui ? me demande-t-elle d'un ton de nouveau changé, suspicieux cette fois.

— Comme je vous le disais, ça m'intéresse d'en apprendre un peu plus sur les gens qui étaient à bord avec ma sœur.

— Mais pourquoi ? Qu'est-ce que ça va changer ? Ils sont tous morts. (Je me tais.) Vous pensez qu'il y a eu d'autres survivants, c'est ça ? C'est pour ça que vous appelez. C'est pour ça que vous êtes aux Fidji.

Elle balance son affirmation avec satisfaction, comme si elle venait de prouver une hypothèse sur laquelle elle-même travaillait.

— C'est ce que je pensais au début.

— Et maintenant ? (On dirait qu'elle a la bouche collée contre le combiné, qu'elle parle à voix basse.) Vous pensez que les autres sont morts ?

Je finis par comprendre ce que Kiera me demande, en réalité : « Pensez-vous que Felix est mort ? »

Alors je mens.

— Oui, je le pense.

Un silence, le temps d'un battement de cœur. Et puis je l'entends : le discret, le bref soupir de soulagement.

33

Avant – Lori

— Je vais à la source, cria Lori à Daniel.

Il ne répondit rien. Allongé sur le dos, il avait les bras repliés sous la tête, les yeux levés vers la canopée, et n'avait pas bougé depuis des heures. Une mouche voletait autour d'une piqûre d'insecte enflée à son coude, qu'il ne chassa pas.

— Vous voulez que je remplisse votre bouteille d'eau ? demanda-t-elle en regardant la bouteille froissée par terre.

Toujours rien.

Les longues périodes de léthargie de Daniel étaient souvent suivies d'explosions d'énergie enfiévrée. Parfois, il interrompait une conversation, sans se rendre compte que quelqu'un était en train de parler, ou il arrivait pendant qu'elle essayait d'endormir Sonny et lançait : « Si on attachait des branches ensemble, on pourrait construire une plateforme flottante… On n'a même pas besoin de monter dessus, juste de la laisser dériver avec un message… »

Elle cala la bouteille de Daniel dans son sac et quitta le camp.

Le cours d'eau se trouvait à environ dix minutes de marche, le long d'un sentier que Felix avait marqué en attachant des bandes de feuilles de palmiers pour indiquer la bonne direction. Lori effectuait le trajet à peu près tous les jours et s'était familiarisée avec le chemin, toutefois se retrouver seule au cœur de la jungle continuait à l'oppresser, comme si la végétation, trop proche, trop collée à ses épaules se resserrait sur elle.

La terre était humide sous ses pieds, grouillant d'insectes et de feuilles en décomposition. Elle se concentra sur le sentier au-devant, à l'affût des serpents ou autres dangers, prudente, veillant à ne pas perdre l'équilibre avec Sonny contre elle dans le porte-bébé.

Bon Dieu, ces fichues sandales, songea-t-elle quand une brindille lui égratigna le côté du pied. La lanière dorée s'effilochait déjà, et les semelles, amincies, n'offraient plus guère de prise. Elle se les était offertes en prévision des vacances, s'imaginant les porter pour dîner sous les étoiles… mais elles étaient cruellement inadaptées ici, sur les sentiers boueux, défoncés par les racines d'arbres.

Lori avait toujours été douée pour s'accorder des petits plaisirs : nouveau sac à main, paire d'escarpins, de temps en temps un brushing si elle avait besoin de se requinquer. Il y avait des habitudes pires. Erin la taquinait à ce propos – « Tu pourrais fonder une distillerie avec toutes ces bouteilles de parfum » –, mais elle aimait prendre soin d'elle. Ça l'aidait à se sentir mieux. Elle baissa les yeux vers ses jambes piquées de poils, la peau maculée de terre et d'égratignures.

Si tu me voyais en ce moment, Erin…

De grands arbres séculaires renfermaient la chaleur dans leurs branches penchées vers le sol, rendant l'air lourd. Seul un souffle de brise filtrait à travers les feuilles de palmiers, ces feuilles cireuses qui chuchotaient. Les cannes de bambou montaient haut, et elle percevait une menace dans les ombres de la végétation, comme si la jungle était vivante et la traquait. Elle chercha un morceau de ciel à travers la densité de la canopée, malheureusement il semblait lointain, si lointain que ça donnait le tournis. Alors elle se mit à fredonner pour alléger son malaise, mais la mélodie ensoleillée était bizarrement déplacée dans ce contexte.

Bientôt, elle entendit les clapotis de l'eau vive. Elle suivit le petit ruisseau en grimpant sur un monticule rocheux et en contournant une énorme toile d'araignée qui s'étirait en travers du sentier.

Une vaste mare, assez profonde pour qu'on y nage, s'étendait devant elle, avant de rétrécir sur un chaos de rochers. Ici, le soleil pénétrait et le bord de la mare était strié de reflets dorés, l'air plus léger.

Elle étala sa serviette à l'ombre, après avoir vérifié qu'aucun serpent ou scorpion n'était installé dans les parages. Avec précaution, elle détacha Sonny et l'allongea en lui soutenant la tête. Elle le regarda dormir pendant quelques secondes, se délectant du spectacle de ses paupières fines et ombrées de mauve, qui papillonnaient légèrement comme s'il était perdu dans un doux rêve. La courbure de ses tout petits doigts. Les plis de ses cuisses, les mèches soyeuses de ses cheveux qui sentaient le biscuit. Elle lui déposa un léger baiser sur le front.

— Tu es parfait, murmura-t-elle, le cœur plein.

Puis elle se débarrassa de ses vêtements crasseux et dénoua ses cheveux raidis par le sel et la saleté. Elle n'eut qu'une seconde d'hésitation avant d'entrer dans le cours d'eau. Sa température était plus fraîche que celle de la mer, revigorante, contrastant avec la chaleur humide ambiante. Les coupures sur ses jambes picotèrent brièvement, et elle fut bientôt la proie d'un agréable engourdissement. Elle ne s'était pas lavée correctement depuis quelques jours, et ses cheveux étaient ternes, alourdis par la fumée de bois. Elle s'enfonça sous la surface, sentit l'eau se refermer au-dessus de sa tête, sensation parfaite. Elle ouvrit les yeux et les leva vers le scintillement flou de la surface, sentit les bulles éclater dans ses oreilles.

Quand elle n'eut plus d'air dans les poumons, elle se laissa remonter et inhala les effluves de la forêt tropicale : un mélange de terre et de chaleur, avec quelque chose d'odorant, de verdoyant.

Elle nagea un peu, le cours d'eau étant assez large pour qu'on y effectue quelques brasses, pour sentir la sensation délicieuse d'apesanteur. D'un coup d'œil, elle vérifia que Sonny somnolait toujours à l'ombre. Puis Lori roula sur le dos et se laissa flotter. À travers les arbres, le soleil chauffait sa peau.

Elle resta là, flottant, à sentir les pulsations dans son corps.

Ce baiser.

Il tournait en boucle dans sa mémoire, brûlant et vivace, suivi par ce soudain mouvement de recul. Felix qui disparaissait dans la nuit, l'abandonnait sans aucune explication. Elle ne l'avait pas vu ce matin. Il s'était réveillé à l'aube pour s'éclipser aussitôt avec son fusil harpon.

Lori n'avait eu personne depuis que Pete l'avait quittée, huit mois auparavant. Erin lui avait dit qu'elle devait se remettre en selle. Peut-être s'en était-elle abstenue parce que ce comportement aurait confirmé sa position de femme trompée. Ou alors la vérité était plus mesquine, plus dure à digérer, à savoir qu'elle n'avait tout simplement pas eu envie de quelqu'un d'autre. Personne ne lui avait donné le goût de prendre ce risque.

Jusqu'à maintenant.

Elle regagna à la nage les rochers où elle avait posé son sac de linge sale et ses vêtements. Elle s'aspergea le corps, sentit la crasse et la sensation de moiteur la quitter, la sueur collée par le sel se dissoudre. Elle passa le savon sur sa nuque, puis le reposa soigneusement sur la pierre. Ce simple objet était devenu une denrée précieuse : une savonnette de voyage, petit luxe dans son papier d'emballage, dont le parfum de vanille et de cannelle lui rappelait la maison et le confort. Elle n'avait aucune idée du temps que pourrait durer ce savon ou le tube de dentifrice. Elle songea à la désinvolture avec laquelle elle les avait jetés dans un panier de courses, les lingettes pour le visage, le shampoing, la bouteille de crème solaire. À la caisse, il y avait un sachet de chocolats en promotion : elle l'avait acheté aussi. Et les avait engloutis dans la salle d'embarquement de l'aéroport, sans vraiment les apprécier, se contentant de les gober l'un à la suite de l'autre.

Contente de sentir son corps propre, elle s'attela au lavage de ses vêtements. Elle versa du shampoing sur son haut, ses sous-vêtements, tordit et frotta le tissu pour faire pénétrer le produit au plus profond des fibres. Une fois qu'elle les eut rincés, elle les essora et les étala à sécher au soleil sur le rocher. Nue dans l'eau, couverte de chair de poule, elle savoura la légère sensation de froid après toute cette chaleur.

Derrière elle, un craquement de feuilles. Son pouls grimpa en flèche et elle pivota, cherchant Sonny du regard. Il était toujours paisiblement allongé à l'ombre.

Le bruit recommença vers l'orée de la forêt. Des pas lents approchaient.

Elle croisa les bras pour dissimuler sa poitrine. Chaque petit poil de sa nuque se dressa.

Surgissant des ombres, Felix apparut dans la clairière. Il avait les sourcils froncés, ses yeux sombres baissés. Comme il avait perdu du poids, ses côtes saillaient sous sa peau hâlée. Il y avait quelque chose de distant, de presque perdu dans son expression.

Lori attrapa sa serviette sur les rochers, porta le coton réchauffé par le soleil contre sa peau mouillée.

Felix releva soudain les yeux. Son visage changea, ses prunelles s'éclairèrent.

— Lori…

Les battements de son cœur redoublèrent.

— Où est Sonny ?

— Il dort, répondit-elle en le lui montrant du doigt.

Elle s'avança vers Felix. La terre sèche lui collait à la plante des pieds, des rais de soleil baignaient ses épaules nues. Elle s'immobilisa devant lui.

Son regard passa sur elle.

Elle sentait la terre et le sel sur sa peau.

Ce baiser.

— Hier soir…, commença-t-elle, avant de s'interrompre, faute de trop savoir ce qu'elle voulait dire.

Il la regardait droit dans les yeux.

Le désir brûlait, sourd au creux de son ventre. Était-ce cette île ? Le fait d'être coincée là ? Seule ?

Ou était-ce davantage ? Était-ce Felix, où qu'ils se soient trouvés – une île, une ville, la paroi d'une montagne escarpée ? Le désirerait-elle dans n'importe quel contexte ?

Elle pouvait se questionner à l'infini… ou elle pouvait se laisser aller.

— Je ne sais pas ce qui se passe…, dit-elle, les yeux dans les siens.

Il ne répondit rien, se contenta de soutenir son regard, sans ciller, sans se détourner. Iris sombres, pupilles dilatées.

— Moi non plus, finit-il par avouer.

Elle la sentit autour d'elle, l'énergie électrique, comme si l'air entre eux en vibrait.

Elle entrouvrit les lèvres.

Il n'y eut pas d'autre mot. Elle se rua dans ses bras, desserrant son emprise sur la serviette qui glissa. La peau bronzée et humide l'attendait.

Dans la forêt tachetée de soleil, ils s'immobilisèrent, les yeux dans les yeux. Elle n'en revenait pas qu'ici, au bord du monde, au bord d'eux-mêmes, il y ait ça. Sans qu'elle l'ait attendu. Sans qu'elle l'ait demandé. Pourtant c'était là. Du désir, oui, mais aussi parsemé d'hésitations. S'ils plongeaient dedans, ils devraient se confronter à ce que c'était, quoi que ce soit, à en ressentir la forme, le rythme. Sur cette île, il n'y avait nulle part où fuir.

Lori eut l'impression que l'île était un vaste miroir et qu'elle n'avait aucun endroit où poser les yeux, hormis sur elle-même. Se regarder droit dans les yeux… et voir.

C'était terrifiant.

Et électrisant.

Un regard, un seul, vers Sonny. Profondément endormi. En sécurité.

Puis, il n'y eut plus de pensée, juste leurs corps qui s'attiraient. Elle regarda la bouche de Felix, le soleil pris dans les poils drus de sa courte barbe. Le clignement, un seul, de ses yeux, qui semblaient la dévorer.

Désir. Peur.

La menace qu'il représentait.

Il était comme cette île, inconnu.

Soudain, le sel chaud de sa bouche contre la sienne. Les joues qui se heurtent. L'épaule qu'elle presse contre ses dents. Muscles et peau sous ses paumes.

La brûlure du désir s'échappa de sa gorge en un soupir.

Genoux, cuisses, chevilles, tout emmêlés. Peau rougie et en sueur.

Elle eut la sensation de décoller, comme lorsque la mer ondulait sous elle, en apesanteur.

Les halètements saccadés.

Le plaisir déferla en elle comme autant de lames de fond.

Un océan.

La tête basculée en arrière. La lumière. Le soleil tombant du ciel.

34

Maintenant – Erin

— Vous avez dit que si Felix n'était pas parti aux Fidji, la police serait venue frapper à sa porte. Pourquoi ?

Je suis toujours au téléphone avec Kiera. J'entends le tintement du goulot d'une bouteille contre un verre.

— À cause de ce qu'il m'a fait.

Réponse typique du conteur qui attend qu'on lui réclame la suite de l'histoire : intrigante, provocatrice. Je manifestai mon étonnement afin de l'encourager à poursuivre. De toute évidence, elle a envie de la raconter, cette histoire… et moi, j'ai envie de l'entendre.

— Le matin qui a précédé le vol de Felix pour les Fidji, il est venu à la maison. Peut-être qu'il s'attendait à trouver son père et pas moi, mais son père était à la jardinerie. Felix voulait récupérer des affaires. Il avait rapporté toutes ses merdes quand il s'était réinstallé chez nous après l'accident. La chambre d'amis était remplie de cartons de disques, de guitares, de matériel d'escalade qu'il n'utiliserait plus jamais, en plus de trois – trois ! – valises d'affaires de sa mère. Dix ans qu'elle était morte ! Une décennie entière, et il conservait encore ses vêtements, ses livres, ses bijoux. C'était bizarre. Probablement qu'il gardait ce fatras juste pour me contrarier. C'est exactement le genre de choses qui le faisaient triper. On lui avait demandé de reprendre son foutoir un nombre incalculable de fois. On l'avait même mis en garde : s'il ne se dépêchait pas, on allait s'en débarrasser. Je voulais transformer la chambre vide en atelier pour mes activités artistiques – comment voulez-vous avoir de l'inspiration quand vous êtes entourée des vêtements de feu la femme de votre mari !

Elle marque une pause. Je l'entends boire, reposer le verre sur un comptoir ou une table.

— Bref, continue-t-elle, je lui ai annoncé que je m'en étais chargée : tous ses trucs qui ramassaient la poussière depuis des mois avaient finalement été emmenés à la boutique de charité. Je sais que ça peut paraître dur, mais je l'avais averti.

J'écoute sans faire de commentaire, perçois le ton moralisateur.

— La colère, reprend lentement Keira. Elle s'est abattue comme un brouillard rouge. Ce n'était pas la première fois que j'avais assisté à ça. Il suffisait que je prononce le nom de sa mère de la mauvaise façon, et c'était parti. Mais, cette fois, il a explosé de rage. S'est mis à hurler, des gros mots, la totale. Je lui ai dit que je n'en écouterais pas plus, j'ai essayé de fermer la porte, mais il m'a écartée brutalement. Il s'est précipité à l'étage, directement dans la chambre vide. Il a ouvert l'armoire en grand, regardé sous le lit, renversé mon chevalet. Il a fouillé toutes les pièces et quand il s'est enfin rendu à l'évidence que c'était bien vrai et que tout avait été emporté, il a vraiment pété un câble.

Tandis qu'elle me décrit la suite de l'épisode, je me le figure qui balance son poing dans le miroir, les bris de verre tombant en pluie au sol… Un vase projeté contre un mur dans une explosion de porcelaine… Une rangée de photos encadrées balayées d'un rebord de fenêtre… Le crissement du verre, de la vaisselle et de la rage sous les pieds… Le grincement d'une chaise projetée en bas de l'escalier… Le craquement d'une table basse lancée contre une télévision… Les bouteilles d'une caisse de vin rouge, envoyées une à une dans une série d'explosions rouge sang.

— Il était hors de contrôle, continue Kiera d'une voix tremblante. C'était terrifiant. Il a planté le poing dans une porte en bois, s'est déchiré les phalanges, y avait du sang partout. (Elle marque une pause.) Et moi, j'étais plantée là, à le regarder détruire ma maison. Je lui ai demandé s'il pensait que sa mère serait fière de l'homme qu'il était devenu.

Je me figure à quel point ce commentaire a pu piquer. Quand on perd un parent à un jeune âge, c'est justement la question qu'on se chuchote, le mètre étalon de chacun de nos actes comme un jugement invisible pesant.

— Et tout à coup… j'avais sa main autour de ma gorge et j'étais plaquée contre un mur. Je n'arrivais plus à respirer. Plus à bouger. (L'amertume suinte de son ton et je l'entends, le trauma dans sa voix.) J'ai cru… j'ai cru que ça y était…

Elle s'interrompt sur un sanglot.

Et là, je comprends : Kiera n'a pas retourné mon appel pour parler de Felix et de sa mort. Non, elle m'a appelée parce qu'elle a peur qu'il soit en vie.

35

Avant – Lori

Lori resta allongée, repue, à côté de Felix, pendant que la sueur refroidissait sur leur peau. Un peu plus loin, Sonny dormait toujours. Un oiseau à la gorge jaune voletait au ras de l'eau.

Lori roula sur le flanc pour regarder Felix. Il avait les yeux tournés vers le ciel, perdus dans le lointain.

— Tu penses à quoi ? lui demanda-t-elle, la pulpe des doigts posée sur sa joue.

Il secoua la tête. Paupières fermées.

Qu'avait-il vu dans son propre miroir ?

Il y avait tant de choses qu'elle ignorait de lui. Elle repensa à la première fois qu'elle l'avait aperçu à l'aéroport, qui traversait la salle d'embarquement avec son sac au dos, les poings serrés.

Elle voulait tout savoir de lui, comprendre chaque marque sur sa peau : les cicatrices, l'encre de ses tatouages, les lignes profondes sur son front. Elle voulait connaître l'histoire qui l'avait amené aux Fidji, qui avait ensanglanté ses phalanges, lui avait fait jeter son portable dans une poubelle de l'aéroport. Elle voulait savoir à quoi il pensait pendant les longues heures qu'il passait sous la surface de l'eau. Tout. Chaque détail.

Pourtant, elle pressentait que savoir… demander… avait le pouvoir de briser l'équilibre fragile de ce lien neuf entre eux.

— Felix, murmura-t-elle en se haussant sur un coude.

Il avait le visage tanné par le soleil, la pointe des cils embrassée par ses rayons.

Leurs regards se croisèrent.

Ces yeux. Elle ressentit la brève et délicieuse brûlure du désir au creux de son ventre. Elle fut prise de l'envie de presser les lèvres sur son épaule, de lécher le sel de sa peau.

Mais elle avait aussi besoin de plus le concernant. Besoin de comprendre quelque chose de lui à quoi se raccrocher.

Alors, d'une voix basse, elle dit :

— Quand tu es arrivé à l'aéroport, je t'ai vu dans la salle d'embarquement. On aurait dit que tu avais lu un message et puis… tu as jeté ton portable.

Il soutint son regard, mais, alors même qu'il la contemplait sans ciller, elle sentit quelque chose se rétracter en lui, s'éloignant d'elle.

— Felix ?

Il retroussa les lèvres et une ombre passa sur son visage, comme s'il luttait contre quelque chose.

— Pas de problème, tu n'es pas obligé de…

Il y avait une lueur sinistre et douloureuse dans ses yeux. Et elle regretta sa question… Pourtant, elle resta là, immobile, à attendre ce qu'elle avait besoin d'entendre.

Soudain, un craquement retentit derrière eux.

Lori tourna aussitôt le regard vers Sonny. Endormi, en sécurité.

Le bruit recommença, des pas vers l'orée de la forêt. Un animal, se dit-elle. Il y avait des oiseaux sur l'île, des rongeurs aussi : même si elle n'en avait pas vu, elle les avait entendus trotter, avait remarqué les peaux de mangue grignotées autour du camp. Elle attendit en sondant le mur vert de la jungle.

Et puis elle les sentit : des yeux braqués sur son corps toujours nu.

Et il recommença, ce craquement de branches qu'on écrasait en marchant.

— Il y a quelqu'un, chuchota-t-elle à Felix.

Elle pensa à Daniel. À Mike. Leurs visages ravagés, leurs regards creusés.

Felix était debout.

— Qui est là ? lança-t-il.

Seules les stridulations des insectes, ponctuées çà et là d'un chant d'oiseau, lui répondirent.

Lori regarda dans l'autre direction, vers les arbres… et elle la vit. La silhouette qui disparaissait dans les bois.

— Y a quelque chose ? cria Felix.

Il y avait une telle obscurité sur son visage, une colère qui avait surgi si vite qu'elle s'entendit répondre :

— Non. Rien.

Ils décidèrent de retourner au camp séparément. Quoi qu'il se passe entre eux, c'était leur affaire à eux seuls.

Tout en se faufilant précautionneusement sur le sol zébré de racines, Lori continuait d'éprouver l'étrange sensation d'être observée. Il était possible qu'elle se soit trompée. C'était peut-être juste un jeu de lumière, une ombre plutôt qu'une silhouette. Cependant, elle n'arrivait pas à se débarrasser de la sensation d'une présence intruse ; ils n'avaient pas été seuls.

Elle regarda autour d'elle. Des mèches de lichen pendaient aux branches, comme des années de toiles d'araignées accumulées. Dans les bois, plus loin, elle entendit quelqu'un se racler la gorge. Elle s'arrêta, écouta. Puis elle entendit une voix, un grognement sourd.

Une main protectrice sur Sonny, elle s'avança pour regarder derrière un gros tronc le long duquel grimpaient des lianes.

Mike était là, au milieu de la jungle, le visage dans l'ombre. Il parlait tout seul en donnant des coups de pied dans la terre et en secouant la tête. Il était pourtant censé être posté sur l'arête, à guetter les bateaux. *Lui ?* L'avait-il vue avec Felix près du cours d'eau ?

— Mike ?

Il leva brusquement la tête, manifestement surpris.

— Bon Dieu, vous m'avez flanqué la frousse.

— Je vous croyais au poste de guet.

Le commentaire était sorti sèchement.

— Pause pipi, répondit-il avec un haussement d'épaules gêné.

Lori rougit.

— Vous allez au ruisseau ? demanda-t-il.

— J'en viens.

Il opina du chef.

— J'ai trouvé un nouveau manguier en chemin vers le sommet, ce matin. J'ai ramassé une bonne quantité de fruits, je les rapporterai au camp ce soir.

— Super.

— Le petit va bien ?

Elle baissa les yeux vers Sonny et passa doucement la paume sur son duvet de cheveux jusqu'à la base de sa tête. Elle avait appris la carte de son corps, la peau tendre de ses plantes de pieds, l'arc de sa lèvre supérieure, les adorables plis à l'intérieur de ses cuisses et de ses poignets.

— Super bien.

— Ça vous va bien, un bébé, constata Mike en souriant. Vous êtes faite pour ça, je dirais.

Lori pinça les lèvres. Que répondre à ça ?

— Bon, vaudrait mieux que je retourne à mes devoirs. À plus.

Elle resta là un moment à suivre Mike des yeux tandis qu'il se frayait un chemin à travers le bois.

Faite pour ça.

C'est aussi ce qu'elle avait pensé, jadis. Mais, au fil des années, à force d'essayer de tomber enceinte et d'échouer, elle en était venue à se raconter une autre histoire : « Tu n'es pas faite pour ça. »

Et maintenant ? Maintenant, elle contemplait Sonny et ressentait une immense vague d'amour et de protection envers ce tout petit garçon qui dormait, lové dans la chaleur de son corps. Peut-être sa matrice n'était-elle pas faite pour… mais son cœur, si. Son cœur était fait exactement pour ça.

Elle se remit en marche, sans plus se soucier des ombres qui rôdaient parmi les arbres. Quand elle atteignit enfin le camp, la place de Daniel près du feu était vide.

Elle était en train d'accrocher sa serviette sur une branche basse, lorsqu'il émergea de la jungle, les bras chargés d'une pile de bois à brûler. Son polo était crasseux et déchiré, un voile de sueur faisait briller son front brûlé par le soleil.

— Vous avez ramassé du bois.

— Faut garder les feux de détresse allumés, répondit-il en lâchant sa brassée.

Lori se remémora le frisson d'un regard glissant sur elle.

— Vous l'avez trouvé près du ruisseau ?

— Non. Pourquoi ?

— J'en reviens. J'ai rempli votre bouteille d'eau, ajouta-t-elle en la sortant de son sac.

Alors que Daniel tendait la main pour s'en saisir, il referma les doigts sur les siens. Il se pencha, si près qu'elle le crut sur le point de lui chuchoter quelque chose à l'oreille. Au lieu de quoi, il inhala.

— Vanille, marmonna-t-il. Vanille et cannelle.

Et il sourit, sans montrer les dents.

36

Maintenant – Erin

Après le coup de fil de la belle-mère de Felix, je suis prise d'un regain d'énergie. De nouvelles voies semblent s'ouvrir, des choses que je n'avais pas vues. Une voix qui me chuchote dans un coin de la tête et que je n'arrive pas encore très bien à entendre.

Je m'enfonce les doigts jusqu'à la racine des cheveux, appuie sur le cuir chevelu et mon crâne, que je ratisse jusqu'à ma nuque.

Le tableau m'apparaît fragmenté, des bribes d'informations qui ne s'assemblent pas tout à fait.

Il y a forcément un autre moyen d'y parvenir, me répété-je en arpentant ma chambre d'hôtel.

Le pilote est la clé, ça, je le sais. La porte d'entrée. Mais parfois, quand vous êtes enfermé dehors, votre seule solution est de contourner le bâtiment, de chercher une fissure, une fenêtre entrouverte, un rebord où grimper, jusqu'à pouvoir enfin vous introduire à l'intérieur.

Je retourne au dossier sur la disparition de l'avion, je le feuillette sans trop savoir quoi chercher. Toutes ces recherches, les heures interminables à déterrer des informations sur les autres passagers, les mois à harceler la direction de l'aviation civile fidjienne et l'ambassade britannique, la compilation de dépêches de presse, scrutées en quête de la moindre once d'information qui pourrait éclairer le reste… Tout ça pour quoi ?

Je m'installe sur une chaise, un coude sur le bureau pour feuilleter encore.

Je m'arrête sur la photo de Daniel Eldridge. Le « passager n° 5 », comme ils l'ont désigné. Il est assis dans un bureau, les mains jointes, en chemise blanche ouverte au col sous une veste de costume bien taillée. Son sourire n'éclaire pas ses yeux. En plus de sa photo, il y a un article que j'ai déniché il y a quelque temps, au sujet d'un contrat immobilier, à Chicago, qui avait mal tourné. Un ancien avocat y est cité, il affirme que Daniel Eldridge était à la fois impitoyable et indigne de confiance. « Eldridge est revenu sur sa promesse de créer un espace communautaire dans le périmètre de son hôtel de centre-ville, suscitant la révolte des habitants du quartier. »

Cette voix qui chuchote dans ma tête, elle concerne Daniel ? Est-ce que je passe à côté de quelque chose le concernant ?

Silence.

Ou bien s'agit-il de Felix ? Était-il violent ? Dangereux ?

Je ne la sens pas. Je ne l'entends pas. En revanche, je sais, au plus profond de mes tripes, que si Lori avait réussi à se tirer de cette île en vie, elle aurait trouvé un moyen de reprendre contact avec moi.

Qu'est-ce qui t'est arrivé ?

J'attrape mon portable à l'autre bout du bureau et fais défiler les nouvelles du jour, dans l'espoir d'y découvrir une étincelle. La mort du pilote fait toujours la une du *Fidji Herald*, mais, d'ici demain, l'info sera déjà reléguée à la moitié du journal, jusqu'à ne plus constituer qu'un entrefilet dans l'esprit des lecteurs.

En surfant, je tombe sur un article du *Guardian* sur le pseudocide – ces gens qui font croire à leur propre mort –, dans lequel le cas du capitaine Mike Brass est évoqué. Pour illustrer le texte, une photo de Nathan Brass et de sa mère, debout devant une maison en parement de bois, près du tronc à l'écorce pelée d'un eucalyptus. Un cliché sans doute vieux, car Nathan porte ses cheveux en queue-de-cheval, des lunettes de soleil de sport et un short baggy qui lui descend jusqu'aux genoux. Mon regard reste sur lui l'espace de quelques battements de cœur.

Nathan n'avait pas la moindre idée que son père était en vie. La honte m'envahit à la pensée du coup de fil qu'il a entendu entre ma rédac-chef et moi, lui révélant mon statut de journaliste.

Il y avait de la colère en lui, à ce moment-là, mais pas seulement.

De la vulnérabilité aussi.

Qu'est-ce qu'il a dit, au juste ? Quelque chose comme quoi son père, pendant deux ans, était « parti vivre dans ces putains de collines… réparer des cabanes en torchis pour un type, un Allemand, plutôt que de rentrer retrouver sa famille en Australie ».

J'observe attentivement l'image de Nathan, en me remémorant ce morceau de conversation. Je me le repasse encore.

Voilà !

J'étais passée à côté.

Nathan m'a donné un indice.

37

Avant – Lori

L'atmosphère était différente sur l'île, ce soir-là. L'espoir se dissolvait dans la lumière tombante, les laissant avec le sinistre constat qu'ils allaient passer une nuit de plus allongés sur le sol humide. Les soirées comme celle-ci, où ils n'avaient pas de poisson, l'humeur générale était au plus bas. Au moins le cérémonial d'un repas rythmait la soirée, sans ça, les heures s'étiraient en longueur.

Lori était assise au bord de la mer, les paumes enfoncées dans le sable, la tête renversée en arrière, vers les étoiles. Leur vingt-neuvième jour sur l'île. Les journées passaient dans un brouillard informe, illustrées par la pile grandissante de noix de coco évidées à la lisière du camp, la teinte de plus en plus hâlée de sa peau, le trou supplémentaire qu'elle avait dû percer dans la ceinture de son short.

Elle s'efforça de se concentrer sur les étoiles. Si elle parvenait à bloquer la peur, le désir irrépressible de partir, si elle réussissait à être juste dans l'instant, eh bien, il était d'une étrange beauté, avec la mer d'encre qui venait s'abîmer sur le rivage, les étoiles qui scintillaient dans la nuit tiède, la silhouette des arbres derrière elle et l'odeur du bois brûlé qui flottait dans la brise. Une étoile filante déchira le ciel… et avec elle l'éclair d'un souvenir.

Elle sortit le portable d'Erin de sa poche et l'alluma. Quinze pour cent de batterie. Les enregistrements qu'elle faisait pour sa sœur étaient devenus sa bouée de sauvetage, un fil d'Ariane, si mince fût-il.

— Devine de quoi je viens de me souvenir ! De la nuit où tu m'avais persuadée de dormir dehors avec toi, sur la pelouse, pour contempler les étoiles. Tu avais quoi ? Quatorze, quinze ans ? Papa nous prenait pour des folles, il disait qu'on ne tiendrait jamais. Mais toi, tu n'en démordais pas. (Elle sourit.) Tu étais dans ta phase : « Waouh, l'univers est tellement vaste ! » Et moi, je te suivais dans ton délire. Alors on s'est allongées dans nos sacs de couchage en écoutant les Red Hot Chili Peppers sur ton walkman, un écouteur chacune. Tu n'arrêtais pas de repasser « Under the Bridge », parce que ce morceau, tu étais « ACCRO ! ».

Lori se mit à chanter le refrain en imitant l'accent américain qu'Erin prenait toujours.

— Je te jure que je me rappelle toutes les paroles de « Blood Sugar Sex Magik », reprit-elle en riant. Les détecteurs de mouvement des voisins n'arrêtaient pas de s'allumer et de nous gâcher notre trip belle étoile. Alors tu t'es agacée et tu étais sur le point de rentrer, mais papa s'est pointé avec des mugs de chocolat chaud. Il nous a conseillé de rentrer, qu'on pourrait camper dans le salon si on voulait. Du coup, forcément, on a été obligées de rester dehors. Tu te rappelles, j'avais enfilé ton bonnet parce que j'avais peur d'avoir des insectes sur la tête ? (Elle marqua une pause et jeta un coup d'œil par-dessus son épaule.) Tu devrais voir où je dors maintenant. Par terre, toutes les nuits. Avec des insectes qui se faufilent dans des endroits où tu veux surtout pas les imaginer. Sans walkman. Sans toi. Sans livraison de chocolat chaud. Ça craint, conclut-elle, adoptant l'expression adolescente préférée d'Erin. Et tu me manques, j'ai déjà dû te le dire. Où que tu sois en cet instant, va chanter du Red Hot pour moi, d'accord ? Je t'aime.

Elle entendit un bruit de pas dans le sable. Ne se retourna pas, mais ferma les yeux, écouta, tâchant de discerner le rythme des pas. Elle percevait un léger frottement de tissu, l'enfoncement doux des talons dans le sable.

Felix, devina-t-elle.

Le ciel sembla s'alléger, sa peau s'électrifier. Depuis leur étreinte au cours d'eau, il y en avait eu d'autres, de ces moments volés quand Sonny dormait, ou que Mike et Daniel n'étaient pas là. Sans en avoir discuté, ils gardaient le silence là-dessus, à l'exception de petits cadeaux – un regard dans sa direction, une portion de fruit laissée près d'elle quand elle se réveillait, sa bouteille d'eau remplie à la source sans qu'elle ait eu besoin de demander…

Elle l'entendit s'approcher, sentit le papillonnement de l'excitation dans son ventre.

— J'ai eu envie de me joindre à toi.

Ils se tutoyaient tous, désormais. Lori sursauta. Ça n'était pas Felix, mais Daniel. Une rougeur échauffa ses joues.

— Sonny va bien ?

Il haussa les épaules.

— Sans doute.

— Qui est au camp ?

— Felix et Mike. Le bébé ne craint rien.

Il s'assit sur le sable, trop près, son coude frôlait le sien. Il avait passé une chemise propre, qui paraissait incongrue avec ses cheveux hirsutes, les ombres irrégulières de sa barbe, ses chevilles couvertes de piqûres d'insectes. Le Daniel « avant et après », juste là en un seul homme.

— Dieu ce que j'ai faim, dit-il. Pas de poisson. Encore.

— Felix fait de son mieux.

Il tourna la tête, haussa un sourcil. Dans le noir, son regard resta sur elle.

Lori n'avait pas envie d'être assise là avec Daniel. Elle allait se relever quand il la retint discrètement par le coude.

— Tiens, j'ai une surprise pour toi.

Il plongea la main dans sa poche et en sortit une barre de quelque chose, qu'il lui tendit. Elle sentit l'emballage en papier, le poids de la nourriture dans ses mains. Elle la porta à son nez, inhala.

— Mon Dieu, souffla-t-elle. Du chocolat.

— Ouaip. Un Snickers.

L'eau à la bouche, elle inspira de nouveau.

— Où est-ce que tu l'as trouvé ?

— Dans mon bagage à main. Je l'avais oublié. Je l'ai retrouvé tout au fond d'une poche, tout à l'heure. J'ai cru à un putain de mirage… mais non. Alors, reprit-il avec un coup d'œil dans sa direction, on…

— … le mange ?

— Non, on fait la danse de la joie autour. Évidemment qu'on le mange !

— Tu ne devrais pas le partager ?

— Je le partage. Avec toi.

— Je voulais dire avec tout le monde.

— Tu veux diviser ça en quatre ? Quel intérêt ? Ça va à peine nous faire une bouchée chacun. Et puis, Mike peut bien aller se faire foutre s'il croit que je vais lui offrir à manger après qu'il s'est envoyé tout l'alcool en douce.

— Et Felix ?

— Tu ne crois pas qu'il se garde du poisson rien que pour lui ? Bien sûr que si. Allez, Lori. Moi, je le mange maintenant. Si tu en veux la moitié, elle est pour toi. Autrement, je me débrouillerai tout seul.

— Je ne peux pas, répliqua-t-elle en lui rendant la barre. On partage tout.

— Dans ce cas…

Elle entendit le papier déchiré, sentit le parfum du chocolat alors qu'il portait la barre à sa bouche et mordait dedans.

— Qu'est-ce que tu fais ?

— Oh… mmm…, bafouilla-t-il.

L'odeur de chocolat et de sucre, le caramel. Le croustillant des cacahuètes sous ses dents. Tout ce goût, ces calories.

Au moment où il reportait la main à sa bouche pour croquer de nouveau, elle se surprit à lui saisir le bras.

— Attends.

Et avant qu'elle ne comprenne ce qu'elle faisait, elle guidait la main de Daniel vers sa propre bouche. Elle posa les lèvres autour de la barre, mordit dedans. Dans sa bouche explosa la richesse sucrée du chocolat, la morsure salée des cacahuètes.

— Mmm…

Daniel pouffa.

Et elle l'imita, les lèvres tachées de chocolat, les papilles gustatives enchantées.

Il reprit une bouchée, puis la lui tendit de nouveau. C'était ce qu'elle avait mangé de plus délicieux de toute sa vie. Elle voulait en savourer chaque molécule, mais elle brûlait aussi de la dévorer tout entière.

Quand elle porta la dernière bouchée à ses lèvres, celles-ci entrèrent en contact avec les doigts de Daniel. Elle sentit le ronronnement rauque monter de sa propre gorge. Soudain, il se pencha plus près, sa bouche était sur la sienne, le goût du chocolat pressé fermement sur ses lèvres, avec quelque chose d'aigre et de puissant dessous. Elle s'écarta, choquée, mais il lui passa une main dans la nuque et l'attira de nouveau à lui.

Elle le repoussa d'une main forte contre son torse.

— Qu'est-ce que tu fais ?

Elle était debout, du sable tombant de son short. Daniel aussi s'était relevé.

— Ben quoi ? fit-il, paumes ouvertes.

— Tu m'as embrassée !

— Et ?

— Tu es marié !

— On est sur une putain d'île déserte, Lori. Les règles habituelles ne s'appliquent plus.

« Les règles habituelles ne s'appliquent plus. »

Ses paroles se répétèrent comme un écho sinistre dans sa tête. Elle prit soudain conscience de la distance qui la séparait du feu de camp. De la sécurité. De Sonny.

— Ne t'avise pas de me toucher de nouveau, siffla-t-elle entre ses dents.

Sur ce, elle traversa au pas de course la plage plongée dans la pénombre, avec le goût du chocolat soudain amer dans la gorge.

Cette nuit-là, recroquevillée par terre, Lori eut un sommeil agité. Le souvenir de la bouche de Daniel plaquée de force sur la sienne s'insinua, d'abord dans son ventre, au cœur de ses rêves. Son goût rance lui emplit la bouche, la lueur menaçante de ses yeux, sa voix, brûlante à ses oreilles : « Les règles habituelles ne s'appliquent plus. »

Puis le rêve s'éloigna, rampa sur le sol terreux de la forêt sombre, en direction de quatre cadavres allongés épaule contre épaule. Un par un, chaque corps fut tiré de l'ombre des arbres vers l'océan qui les attendait, les têtes renversées en arrière, les cheveux traînant dans le sable.

Ruth. Jack. Kaali. Holly.

Comme du bois flotté, ballottés indéfiniment au gré des courants.

Assez vite apparut un cinquième corps. Enveloppé dans une couverture, il était traîné par les poignets sur le sable chaud. La couverture se dénoua et révéla deux pieds sans vie : chevilles menues, orteils peints en rose brillant, vernis qui commençait à s'écailler sur des ongles crasseux.

Ses pieds. Son corps.

On tirait Lori jusqu'au rivage, son cadavre mou, des doigts épais autour de ses poignets. Elle ne voyait pas le visage de la personne qui la tirait, mais elle voulait lui dire d'arrêter ! Qu'elle était encore en vie ! Sauf que, chaque fois qu'elle essayait de parler, aucun son ne sortait de sa gorge.

Elle sentit la fraîcheur de l'eau l'envelopper, séparer chaque mèche de cheveux, coller ses vêtements à son corps, ouvrir l'encolure de son haut.

L'eau salée lui emplissait les narines, le fond de la gorge, s'enfonçait dans ses orbites. Et alors qu'elle disparaissait sous la surface, d'abord suppliant puis hurlant en silence, elle entendit des mots distordus à travers l'eau.

« On n'avait pas le choix. »

La voix de qui était-ce ?

Celle de Mike ?

De Daniel ?

De Felix ?

Elle se réveilla en toussant dans la nuit, la peau collante de sueur. Elle se redressa péniblement et passa une main sur sa bouche. Balayant du regard le feu mourant, elle discerna la forme des trois hommes étendus dans le noir. Et toujours la même question : *Lequel ?*

38

Maintenant – Erin

Je conduis toutes vitres baissées, la peau fouettée par le vent chaud. Le ciel est lourd de nuages alors que je me dirige vers l'intérieur des terres. Une autre averse paraît imminente et la chaleur monte, retenant la buée dans l'humidité pesante.

Je suis sur la route de l'*Hibiscus Crest Resort*, où Mike Brass a passé les deux dernières années de sa vie à travailler sous une fausse identité. C'est Nathan que je dois remercier pour la piste. C'est lui qui m'a dit que son père avait vécu dans les collines, employé comme homme à tout faire dans une propriété hôtelière dirigée par un Allemand. La police a dû lui fournir cette information, mais ne pas souhaiter la révéler publiquement. À partir de là, il m'a suffi d'effectuer une recherche sur les hôtels dans la zone vallonnée la plus éloignée de l'intérieur des Fidji, puis d'appeler chacun des établissements et demander le nom du directeur, jusqu'à ce qu'on me donne un nom à consonance allemande.

Plus je m'éloigne de Nadi, plus l'île change. Les tours des hôtels laissent place à des plantations d'ananas et de canne à sucre. Des villages jalonnent le bord de route et les bures, ces habitations traditionnelles au toit de chaume, s'agglutinent en groupes compacts. L'air a des relents de terre, de végétation.

Ce périple me rappelle combien j'aime conduire. J'y trouve un sentiment de liberté : pied au plancher, le monde qui défile à toute allure, hors de portée. Je me remémore aussi ce que j'ai éprouvé quand j'ai passé et décroché le permis de conduire, puis quitté en trombe le centre, sans instructeur dans la voiture – seulement moi –, émerveillée. *Je peux aller n'importe où !*

Et où étais-je allée ? Chercher Lori, bien sûr. Sitôt garée devant notre maison, j'avais klaxonné jusqu'à ce qu'elle sorte en courant, dans sa robe d'été, ses cheveux détachés lui tombant sur les épaules. Et elle était venue tambouriner sur le capot en gloussant :

— Tu l'as eu !

— Absolument ! avais-je répondu en me trémoussant derrière le volant, le visage fendu d'un immense sourire.

À peine avait-elle grimpé sur le siège passager que le véhicule s'était empli de son parfum. Elle s'était penchée par-dessus le levier de vitesses pour m'enlacer avec férocité.

— Tu es géniale, putain !

Et peu lui importait d'avoir raté sa première tentative. Jamais elle ne jaugeait sa valeur à l'aune de la mienne, et je l'adorais pour ça.

Elle avait mis la musique à fond, et j'avais redémarré dans un crissement de pneus. Lori peinait avec sa ceinture tant elle riait. Dans le rétroviseur, j'avais vu mon père à la fenêtre, dont les lèvres disaient : « Doucement ! »

On avait roulé et roulé encore, sans le moindre projet de destination. On empruntait juste les routes à l'instinct, Lori tendant un bras par la vitre et criant : « Par-là ! » De toute façon, on savait l'une et l'autre que ça se passerait comme ça le devait. L'important n'était pas l'endroit où nous arriverions, c'était la musique à fond, les cheveux au vent et la sensation d'avancer… mais surtout, c'était la liberté, l'espace des possibles. On avait roulé jusqu'à ce que la jauge à essence clignote. On s'était alors rendu compte qu'on n'avait qu'un billet de dix livres pour faire le plein.

Sur le chemin du retour, on s'était arrêtées à un endroit offrant un panorama sur la rivière et, assises sur le capot de la voiture, comme les adolescents américains dans les films, on avait discuté de tout ce que l'été nous promettait : les fêtes, les garçons et les excursions sur la côte avec moi au volant. Nous ignorions que, trois semaines plus tard, notre père mourrait d'une rupture d'anévrisme et que, au lieu de profiter de l'été, nous le passerions à parler avec des entrepreneurs de pompes funèbres, des avocats et des directeurs de banque. Nous ignorions que, pendant que nos amis danseraient en boîte de nuit et dormiraient jusqu'à midi, nous nous débattrions avec la succession et les impôts sur l'héritage.

Maintenant, tout en ralentissant dans un virage, je me demande si ce moment, assise sur le capot de cette voiture avec ma sœur, n'a pas été l'un des plus heureux de ma vie : ma sœur et moi côte à côte, le cœur impatient de l'avenir.

Suivant un sentier étroit qui monte à flanc de colline, je finis par découvrir le panneau indiquant l'*Hibiscus Crest*, un hôtel écolo à l'écart, qui, à en juger par l'aspect fatigué de son extérieur, a largement dépassé son heure de gloire.

Je gare la voiture et en descends tandis que le moteur est encore chaud. Le ciel est lourd et menaçant. Il semble bas, comme chargé du poids et du rugissement du tonnerre. La chaleur est oppressante, à l'intérieur des terres, sans la brise qui vient de la mer.

Alors que je m'étire, balançant les hanches d'un côté à l'autre, je ressens comme un picotement dans la nuque. Je pivote, presque sûre de découvrir quelqu'un en train de m'observer dans l'ombre. Je scrute attentivement les autres voitures et la ligne des arbres au-delà, mais il n'y a personne.

Je repousse cette sensation et m'engage sur l'allée qui mène à la réception. Dans les collines, l'air semble plus épais, bourdonnant d'insectes. Au bureau d'accueil, je demande à parler au directeur. Après une longue attente, un homme d'un certain âge, à l'air amical, arrive en tee-shirt grisâtre et lunettes à monture de plastique rouge. Il m'accueille en souriant et se présente sous le nom de Wilhelm Becker.

— Je suis une amie d'Anne Brass, l'épouse du capitaine Mike Brass, dont je crois savoir qu'il a travaillé ici.

— Ah bon ? fait-il avec un haussement de sourcils. Anne ne viendra pas, finalement ?

J'hésite.

— Ici ?

— Oui, elle voulait récupérer les affaires de Charlie.

Je ne comprends rien à ce qu'il me raconte.

— Pardon… Mike se faisait appeler Charlie, quand il travaillait ici.

— Ah oui, réponds-je. J'ai proposé à Anne de m'en charger à sa place.

Un mensonge éhonté qui me fait monter le rouge aux joues.

— C'est gentil de votre part, remarque-t-il, avant d'ajouter : Je me sens vraiment bête de ne pas l'avoir reconnu… de l'avoir apprécié, même.

— Vous n'aviez pas la moindre idée de son identité ?

Ma question le fait presque sursauter.

— Bien sûr que non ! J'ai repris le complexe hôtelier après la disparition de l'avion. Je vivais en Allemagne, auparavant, je n'avais pas suivi le déchaînement médiatique. Pas d'uniforme de pilote, la tête rasée, des lunettes : le tour était joué. Aucun d'entre nous ici ne l'a reconnu.

— Oui, vous avez raison.

Il opine du chef.

— Venez, je vais vous montrer ses affaires.

Il s'éloigne du bureau d'accueil et contourne l'hôtel. Supposant que je suis censée le suivre, je lui file le train. Si le bâtiment donne l'impression d'être un peu délabré, les jardins sont resplendissants. De hautes fougères montent vers le ciel entre des explosions de fleurs rouges et jaunes. Des bosquets parfumés bordent les allées et l'herbe est moelleuse sous les pieds.

— Je n'ai voulu toucher à rien, donc ses affaires sont encore dans sa chambre. Évidemment, la police y a jeté un bref coup d'œil, mais il n'y avait pas grand-chose à voir. Ils ne sont restés qu'un instant.

Voilà qui ne m'étonne pas.

Nous franchissons un portail, le sol devient irrégulier et pentu à l'approche d'une demi-douzaine de petites cabanes sur pilotis. L'une d'elles est érigée seule, un peu à l'écart. L'homme me la désigne du doigt.

— C'est là que Charlie – pardon, Mike – a vécu pendant les mois qu'il a passés chez nous. Il prétendait être veuf et avoir besoin d'un petit complément de salaire, mais que ça risquait de faire baisser sa pension, alors on le payait au noir. À la vérité, je le plaignais. Il m'avait l'air malchanceux, vous voyez ?

— Il lui arrivait de recevoir de la visite ?

— Pas que je sache. Il était plutôt solitaire, prenait ses repas dans la cuisine des employés, sans jamais se mêler aux autres. Il préférait passer son temps en compagnie des livres. Il travaillait dur, le boulot était toujours fait. Si un homme vous offre ses services, car il a besoin de liquide, mais ne parle pas de son passé, vous ne posez pas de questions.

— Et ses jours de repos ? Qu'est-ce qu'il faisait, alors ? demandé-je, avant d'ajouter : Anne se demande comment il s'occupait.

— Il partait marcher dans les collines. C'était à peu près tout. Jamais il ne descendait en ville comme la plupart des employés. Je vous l'ai dit, il était assez solitaire.

— Vous n'avez jamais eu de doutes à son sujet ?

— Honnêtement ? Aucun. On a tous été choqués d'apprendre qui il était en réalité. (Le directeur donne un coup d'œil à sa montre.) Je crains de ne devoir vous laisser, vous tombez sur ma matinée de comptabilité. Vous allez vous débrouiller toute seule ?

— Oui, pas de problème.

Nous gagnons la cabane, qu'il déverrouille.

— Je vous laisse, alors. Si vous avez besoin d'aide, l'un des employés de la réception pourra venir me chercher.

Je le remercie et puis, une fois qu'il est parti, j'entre dans la pièce où Mike Brass a recommencé sa vie.

Au début, je crois à une erreur, que la chambre a déjà été nettoyée. Elle est sommairement meublée d'un lit simple, un bureau en teck et une petite commode. Il n'y a pas d'affaires personnelles, si ce n'est un ventilateur perché sur le bureau, à côté d'un livre intitulé : *Les Plantes du Pacifique*.

Refermant la porte derrière moi, je m'approche de la commode. J'ouvre le tiroir du haut et y trouve un roman historique aux feuilles jaunies, ainsi qu'un stylo-bille et un carnet à spirale, vierge. Le tiroir en dessous contient un maigre assortiment de vêtements pliés : trois tee-shirts fatigués, une chemise ample déchirée aux poignets, des sous-vêtements, des chaussettes. À côté de la commode, une paire de bottes de travail.

Je passe à la table de chevet dont j'ouvre le petit compartiment sous le tiroir : antimoustique, paracétamol, lunettes de soleil, mouchoirs.

Je balaie la pièce du regard, sidérée par la maigre quantité d'affaires. Il n'y a pas de radio, de télévision ou de téléphone portable. Pas d'alcool. Pas une seule photo, ni objet personnel. Deux années dans cette chambre ?

Je m'accroupis pour regarder sous le lit. Il y a un sac à dos, que je tire par les bretelles. Au premier coup d'œil, il paraît vide, mais quand j'enfonce la main dedans, je sens quelque chose de dur et métallique. Je m'en saisis et le sors.

J'ai à la main une ancienne boîte à thé, dont l'image sur le devant a rouillé. Je la secoue, entends un léger froufrou de papier à l'intérieur et quelque chose de plus lourd qui cliquette. Je dois m'acharner sur le couvercle, que je peine à ouvrir.

La première chose que je vois est un élégant badge doré, gravé au nom de : « Capitaine Mike Brass ». Il avait dû être piqué jadis sur l'uniforme ou sur la casquette du pilote. Il avait donc gardé ça, ce symbole, ce totem d'un passé disparu. Il y a aussi une photo au format portefeuille, usée aux bords et aux couleurs délavées. C'est un cliché familial, montrant un Mike bien plus jeune, debout avec sa femme et deux enfants. Ils sont dans un jardin, près d'une clôture, tous les quatre sourient. Un instant simple, et j'apprends peu à peu que, lorsque le monde se retire, qu'il explose, ce sont des moments comme celui capturé sur cette photo que l'on regrette et que l'on donnerait tout pour retrouver. La base de tout. La famille.

Dehors, je perçois des voix et tends l'oreille, me relève pour regarder par la fenêtre.

Le directeur traverse les pelouses à grands pas, balançant les bras. Quelqu'un marche juste derrière lui, que son épaule me masque en partie. Le directeur lève une main pour désigner la cabane où je me trouve. Son visage est crispé, sourcils froncés, la position de sa mâchoire indique une certaine détermination.

Puis, alors que la seconde personne apparaît, je vois soudain pourquoi le directeur se hâte vers la cabane.

C'est Nathan Brass.

D'ici quelques secondes, ils seront là.

Je remets la photo et le badge dans leur boîte... et découvre qu'elle contient un autre objet. Un prospectus touristique faisant la publicité des nuits de fête, de la danse hula et du plus grand parc aquatique des Fidji. Je suis sur le point de le renfoncer dans la boîte, lui aussi, quand je remarque une marque à peine visible dans le coin. Au stylo, un peu effacé, un point d'interrogation a été tracé sur la feuille.

Je déplie le papier et, au milieu, je découvre une carte de l'archipel fidjien. L'aéroport de Nadi et l'hôtel où Lori devait atterrir sur l'île de Limanji sont tous les deux entourés. Une ligne en pointillés relie les deux. Est-ce la trajectoire qui était prévue pour le vol ?

Je sens la vibration de pas sur les marches de bois qui montent à la cabane.

Un second trait diverge du premier tracé, et celui-là n'atteint pas Limanji, il aboutit dans une zone reculée de la carte. Là, un tout petit point a été encerclé trois fois. Et à l'intérieur, c'est là que figure le point d'interrogation, qui semble demander : « Ici ? »

Les pas ont atteint la porte et je lève les yeux sur la poignée en train d'être tournée.

Je fourre la carte dans la poche arrière de mon short. Puis remets aussitôt la boîte dans le sac à dos et le pousse du pied sous le lit.

Le directeur est désormais dans l'encadrement de la porte, rouge de colère. Il tend la main vers moi.

— Quoi que vous touchiez, arrêtez-vous !

Je lève lentement les bras en l'air.

— Je suis vraiment navré, dit-il à Nathan Brass. Cette femme s'est présentée comme une amie de la famille. J'ignorais que vous ne lui aviez pas donné votre permission.

Je soutiens le regard glacial de Nathan, qui plonge dans le mien.

Mais, malgré ce regard plein de mépris, l'adrénaline pompe furieusement dans mes veines à la pensée de ce que je viens de glisser dans ma poche…

Une carte… avec l'emplacement de l'île.

39

Avant – Lori

Mike tenait le couteau dans son poing serré. À genoux au pied de l'arbre, sa casquette de pilote de travers et une touffe de cheveux blancs, gras et emmêlés en émergeant, il traçait d'un bras tremblant une nouvelle entaille à la pointe de la lame dans le tronc.

De l'autre côté du camp, Lori compta les marques.

Trentième jour.

Un mois qu'ils étaient là.

Un mois entier.

Elle se détourna et traversa le sol feuillu jusqu'à Sonny. L'enfant faisait sa sieste dans le couffin. Elle s'accroupit pour le contempler à travers la gaze de la moustiquaire. Il aimait bien dormir les bras rejetés en arrière, ses menottes fermées en poings. Un moustique était posé à l'extérieur du voile. Elle le pinça entre ses doigts, faisant jaillir du sang de son corps écrasé. Elle s'en débarrassa d'une chiquenaude et essuya la trace rougeâtre sur son short déjà taché.

Elle fut prise d'un vertige en se redressant, les arbres se mirent à tournoyer et s'incliner tandis qu'elle s'efforçait de recouvrer son équilibre. Elle souffrait de plus en plus souvent de ces vertiges, provoqués par la faim. Comme tous les autres, elle avait perdu énormément de poids et n'avait plus que la peau sur les os. Disparu, son ventre joliment mou, il était désormais plat et tendu. C'était absurde, quand elle y songeait, d'avoir passé tant de temps à se rêver mince, à envisager ce résultat comme un objectif, une fierté. À présent, la vue de ses clavicules pointues et la maigreur interminable de ses bras lui faisaient peur.

— Quelqu'un veut de la noix de coco ? s'enquit Felix.

Accroupi au sol, il avait cassé la coquille et jeté les fibres dans les cendres du feu de la nuit. Son tee-shirt sombre étiré sur son dos révélait chaque arête de sa colonne vertébrale, les lignes acérées de ses épaules. Il parvenait à rapporter du poisson à peu près un jour sur deux, mais Lori craignait que les heures passées dans l'eau ne lui coûtent plus d'énergie que la nourriture ne pouvait lui en procurer.

— S'il te plaît, lui demanda-t-elle, tu peux verser le lait dans le biberon de Sonny pour plus tard ?

Son estomac lui semblait vide en permanence, une sensation à laquelle elle s'habituait, mais ce qu'elle trouvait plus dur, c'était l'évaporation de son énergie et de sa concentration sitôt qu'elle s'attelait à la moindre tâche.

— Bien sûr, répondit Felix.

La boîte de lait maternisé était presque vide. Depuis quelque temps, Lori le complétait avec du lait de coco, elle avait même commencé à introduire un peu de nourriture solide : banane ou mangue écrasée, avec des flocons de poisson les jours où Felix avait du succès.

— J'en ai besoin, indiqua Daniel à Mike en montrant le couteau.

Mike, qui avait terminé de creuser le tronc, pivota pour poser sur Daniel un regard dur.

— Qu'est-ce que t'as dit ?

Daniel joignit les paumes.

— S'il vous plaît, capitaine Crash, puis-je avoir le couteau ?

Lori vit Mike s'avancer, le couteau en avant, lame la première. Au moment où Daniel tendit la main, Mike relâcha sa prise et le lui laissa prendre.

— Trouduc, marmonna Daniel à mi-voix.

Puis il s'affala sur un tronc d'arbre, penché en avant pour inspecter la plante de son pied – révélant la couronne chauve au sommet de son crâne. De la pointe de la lame, il s'efforça d'enlever une épine fichée là depuis plusieurs jours. Maintenant, la zone de peau était rouge, l'infection s'était propagée à tout le talon.

Bouche tordue, dents serrées, Daniel enfonça le métal plus profondément dans la blessure. La douleur lui tira un grognement, puis un hurlement, tête renversée en arrière.

— Putain !

D'un geste rageur, il planta le couteau dans le tronc et se leva.

— Doucement avec le couteau, intervint Felix. Faut pas émousser la lame.

— On risque pas de l'émousser à vider trop de poissons, rétorqua Daniel.

Une tension crispa la mâchoire de Felix.

— Tu veux y aller à ma place ? lança-t-il.

Felix était le seul à plonger régulièrement. Ils en avaient discuté entre eux – quelqu'un d'autre voulait-il s'essayer à la pêche au harpon ? –, mais hormis lui, aucun n'était assez bon nageur. Pour atteindre les gros poissons – les prédateurs –, Felix devait nager un demi-kilomètre chaque jour, au-delà des eaux peu profondes de l'atoll, là où la saillie s'enfonçait et que le chenal était profond. Lori savait que des requins de récifs rôdaient là-bas et arpentaient les eaux sombres. Ils ne constituaient pas une réelle menace, lui avait assuré Felix, toutefois elle les avait entendus parler, Mike et lui, d'un requin-tigre repéré aux jumelles lors de ses séances de veille.

— Je vais passer mon tour, ricana Daniel. Le rôle de Bear Grylls te convient mieux.

Felix le toisa, regard dur, épaules en arrière.

Lori sentait que Mike observait l'interaction avec intérêt. La tension était palpable entre les trois hommes et couvait juste sous la surface. Un geste de travers, un commentaire, un regard et ça dégénérait.

— Quelqu'un a trouvé d'autres bananiers ? On est presque à court, intervint-elle pour faire diversion. Sonny a besoin d'en manger plus.

Sonny. Il leur servait à tous de rappel à l'ordre : ils devaient garder la tête froide.

Felix détourna les yeux de Daniel et s'éloigna. Il se réinstalla près du feu, continuant à arracher des poignées de fibres de sa noix de coco, qu'il jetait dans les braises. Il fronça les sourcils en ramassant quelque chose près des cendres.

— D'où ça sort, ça ?

— Qu'est-ce que c'est ? s'enquit Mike, qui enfonçait une bouteille dans son sac, prêt à son ascension jusqu'à la corniche.

Felix scrutait sa trouvaille.

— Un emballage de Snickers. (Il releva brusquement la tête.) Putain, qui a mangé des Snickers ?

Lori s'empourpra d'une immédiate chaleur.

— Daniel ? demanda Felix, debout à présent. C'est à toi ?

L'autre aboya un rire.

— Pourquoi tu me poses la question à moi ?

— Parce que tu n'as rien dit.

— Lori non plus.

Ses joues la brûlaient, à présent. Elle contemplait ses mains, sales, son vernis à ongles rose écaillé depuis longtemps et, quand elle releva les yeux, elle découvrit ceux des trois hommes braqués sur elle.

— Je suis vraiment désolée… j'en ai mangé un peu hier soir.

— On se l'est partagé, d'accord ? intervint Daniel. J'ai retrouvé la barre chocolatée dans mes bagages et l'ai partagée avec Lori. On voulait en donner à tout le monde, mais vous dormiez à ce moment-là, alors…

La veille, ça ne lui avait pas paru grand-chose – quelques bouchées interdites d'une barre chocolatée –, mais à présent, à la lumière crue du matin et sous le regard scrutateur de Felix, ça lui faisait l'effet d'une trahison. Surtout avec toute l'énergie qu'il engageait dans la pêche au harpon, dont il partageait diligemment le fruit avec tous.

— On rationne toute notre nourriture, lâcha Felix, sans la quitter des yeux. On divise tout en quatre. C'est ce dont on est convenus depuis le début.

— Pardon, fit-elle.

— Une mangue en moins pour nous ce soir, Lori, lança Daniel d'un ton désinvolte.

Elle vit Felix retrousser les lèvres, serrer les poings.

Garde ton calme, l'implora-t-elle en silence.

Il s'apprêtait à jeter le papier, quand il plissa les paupières pour déchiffrer quelque chose. Puis il releva les yeux et les planta dans ceux de Daniel. Sa voix était d'un froid mortel :

— « Multipack. Ne pas vendre séparément », lut-il. T'es vraiment sûr de n'avoir trouvé qu'une barre ?

Lori vit une lueur amusée passer sur les traits de Daniel. Évidemment que non, il n'avait pas choisi de partager son unique gourmandise avec elle !

— J'ai mangé les autres pendant la première partie du vol, répliqua-t-il, sans même s'efforcer de prendre un ton convaincant.

Felix froissa le papier et le lâcha aux pieds de Daniel.

— La prochaine fois, fais plus attention à la manière dont tu te débarrasses des preuves.

Il aurait été si facile de détruire l'emballage, de le jeter au milieu du feu. L'avoir justement abandonné dans les cendres, trop loin pour que les flammes le lèchent, voilà qui semblait bien négligent.

Plus que négligent.

Daniel avait voulu que Felix ou Mike le trouvent, comprit Lori. Elle sentait bien qu'il cherchait quelque chose, qu'il voulait déclencher quelque chose, que la situation se dégrade. Elle se remémora la sensation d'avoir été observée, au ruisseau, quand elle était avec Felix. Les yeux qui s'étaient attardés sur son corps. Était-ce Daniel ? Partager ce Snickers avec elle était en fait une sorte de jeu intime, une façon de créer une alliance ou d'affaiblir celle qu'elle formait avec Felix.

— Je n'aurais jamais dû accepter, marmonna-t-elle, furieuse contre elle-même.

— Ne réagis pas comme ça, Lori. Tu étais bien contente de me manger dans la main hier soir, de me lécher le chocolat sur les doigts.

— Ce n'est pas vrai !

Daniel se fendit d'un large sourire, découvrant quelque chose de fibreux coincé entre ses dents du haut.

— Détends-toi. On a mangé une barre chocolatée, c'est pas la fin du monde, merde.

— C'est pour le principe, siffla Felix. On partage tout.

À ces mots, Daniel pivota.

— Tout ?

— Tout, répéta Felix.

— Je ne sais pas… Il me semble pourtant que tu as plus que ta part de certaines choses, lâcha-t-il, laissant glisser son regard vers Lori.

Elle sentit un froid glacial lui serrer les entrailles.

Derrière Daniel, elle vit la lame argentée du couteau plantée dans la bûche. Elle imagina son contact froid, ses propres doigts fermement agrippés, enroulés autour du manche. D'un seul mouvement, elle pourrait arracher ce couteau et l'enfoncer profondément dans une gorge. Une énergie pulsa sous sa peau.

Felix s'avança d'un pas.

— On a entendu les excuses de Lori. J'aimerais entendre les tiennes.

Daniel restait campé devant lui.

— Tu veux que je m'excuse d'avoir mangé deux bouchées de chocolat ?

Ils étaient nez à nez, dans la chaleur oppressante de la jungle.

— Oui, c'est ce que je veux.

Lori restait intensément consciente de la position du couteau. À portée de main de n'importe lequel d'entre eux.

— D'abord une leçon de politesse de la part du capitaine – « s'il te plaît », « merci » –, et maintenant tu t'y mets aussi ? J'avais pas compris que j'étais à l'école. Et si je m'excuse pas, qu'est-ce qui se passe ? Je suis arrêté ?

Il y avait quelque chose de presque fou dans l'attitude de Daniel, les cillements rapides de ses yeux, les mouvements nerveux de ses doigts. Il éclata de rire et des postillons s'envolèrent de sa bouche.

Lori tourna les yeux vers Mike, l'implorant d'intervenir… Mais il restait en retrait, le regard brillant.

— Tu sais quoi ? poursuivait Daniel. Ici, sur cette île, tu te prends peut-être pour quelqu'un, avec ton fusil harpon. Mais à la maison, dans nos vraies vies, tu sais qui tu es, non ? Tu es le type qui me sert mon repas au restaurant, ou celui derrière la caisse à la station-service quand je fais le plein de ma BMW, ou celui qui nettoie mes costumes. Voilà qui tu es.

Le regard de Felix se fit menaçant. Lori vit les muscles de ses bras se tendre sous sa peau. Il était devenu fort et agile, un animal prêt au combat.

Quand il reprit la parole, sa voix était d'une lenteur menaçante.

— Tu n'as aucune idée du type que je suis. (Brièvement, mais ostensiblement, son regard dériva vers le couteau.) Je ne pense pas que tu aies envie de le découvrir.

L'appel aigu d'un oiseau résonna dans la canopée au-dessus de leur tête.

Daniel fit un pas vers le couteau. Lori crut qu'il allait s'en saisir… au lieu de quoi, il leva les mains en signe de reddition.

— Pardon, fit-il, d'une drôle de voix chantante, avant de baisser les mains. Voilà. Tu les as, mes excuses. Va me chercher quelques têtes de poisson, maintenant, tu veux ?

Une veine pulsa à la tempe de Felix. Dans un mouvement rapide comme l'éclair, il attrapa le couteau de plongée, son fusil harpon et son masque, puis il disparut du camp. Ils écoutèrent tous le craquement des branches tandis qu'il se dirigeait vers la plage.

Au bout de quelques instants, Lori se retourna : Mike était en train d'enfiler son sac à dos, puis de passer les jumelles autour de son cou.

— Tu t'en vas aussi ?

Il hocha la tête.

— Au poste de guet.

Elle voulait lui dire : « Ne me laisse pas avec Daniel », mais elle n'était pas prête à admettre cette vérité.

Daniel traversa le camp en boitant et marmonnant dans sa barbe. Il donna un coup de pied dans un tas de noix de coco vides, jura parce qu'il venait de réveiller la douleur dans son pied.

— Chier !

Lori leva les yeux au ciel. Réaction que Daniel remarqua.

— C'est quoi, ton problème ? s'énerva-t-il.

— Ne fais pas de nous des ennemis, Daniel.

— Tu préfères qu'on soit amis ? railla-t-il d'une voix dégoulinant de sous-entendus.

Tout ce qu'elle aurait pu lui rétorquer lui passa par la tête – qu'il la dégoûtait, qu'elle préférerait se trouver sur cette île avec n'importe qui d'autre que lui, qu'il était faible et égoïste –, mais elle était trop épuisée pour déclencher un conflit avec quelqu'un qui n'attendait que ça. À la place, elle opta pour une question :

— Tu veux bien surveiller Sonny une demi-heure ?

Le remède miracle.

Auquel il réagit exactement comme elle l'avait anticipé. Les yeux baissés, il dit :

— Faut que j'aille chercher du bois.

Sur ce, il s'éloigna en traînant la patte dans la jungle.

Ce fut seulement après le départ des trois hommes que Lori sentit la tension se dissiper et ses épaules se relâcher. Elle s'approcha du couffin, en souleva délicatement Sonny. Son petit corps était chaud, et elle le prit contre elle pour enfouir son nez dans ses cheveux soyeux. Les larmes lui piquaient le coin des yeux pendant qu'elle le berçait dans ses bras.

— Toi et moi, chuchota-t-elle.

40

Maintenant – Erin

Le cœur cognant follement dans ma poitrine, je fais face à Nathan. Très consciente du contact de la carte dans ma poche arrière.

— J'appelle la sécurité, annonce le directeur de l'hôtel en sortant son téléphone.

Nathan se tourne vers lui.

— Merci, mais ça ne sera pas nécessaire. Nous nous connaissons.

— Vous avez pourtant dit que vous n'aviez demandé à personne de venir débarrasser les affaires de votre père…

— C'est un malentendu, nuance Nathan, suscitant un haussement de sourcils chez l'autre bonhomme. Merci pour votre aide, mais, si vous voulez bien, nous aimerions nous occuper de ses affaires tout seuls.

Le directeur nous regarde tour à tour, avant de remonter ses lunettes sur l'arête de son nez.

— Très bien.

Sitôt qu'il est parti, Nathan entre dans la pièce et referme la porte derrière lui.

Il ne dit rien, se contente de me dévisager.

Je sens quelque chose se modifier dans l'atmosphère. Un crépitement électrique, comme si l'air avait été aspiré de la pièce, remplacé par quelque chose de plus grand. Je ne sais pas trop si j'ai peur… ou autre chose.

Il s'avance, et mes muscles se crispent malgré moi, mais il se contente de me dépasser pour balayer la chambre du regard.

J'entends le bruit de ses pas lents sur le plancher, puis un profond soupir.

— J'avais besoin de la voir, lâche-t-il, cette vie qu'il a menée. Et la voilà. Une cabane au sommet d'une colline. Il a choisi ça.

— Je suis désolée.

Et c'est vrai, je le suis. De tout ça. D'être venue ici. De ce que Nathan et sa mère ont souffert. De ce que moi, j'ai souffert. De ce que les passagers, les autres familles, nous tous avons souffert.

— Pourquoi êtes-vous ici, Erin ? Vous avez convaincu le directeur de vous donner accès à cette chambre et vous fouillez dans les affaires de mon père. Qu'est-ce que vous cherchez ?

— Ce que je cherche depuis le début, expliqué-je simplement. Des réponses.

— Pour votre article ?

Je lève le menton, le regarde droit dans les yeux.

— Pour moi. J'ai démissionné de mon boulot hier, ajouté-je en soutenant son regard.

— Pourquoi ?

— Je ne trouvais pas ça bien. Mon cœur n'y était pas.

Il me surprend en répliquant :

— Je m'en étais rendu compte.

Et encore plus en ajoutant :

— Je vous demande pardon pour la manière dont je vous ai parlé à l'hospice.

— Pas de quoi. Vous veniez de perdre votre père, Nathan. Et moi, je débarque et… Bon Dieu, je suis désolée de ce que vous m'avez entendue raconter au téléphone. Honnêtement, je n'avais aucune intention d'écrire cet article. Aucune intention d'écrire sur vous.

Il hausse les épaules.

Nous tombons tous les deux dans un silence momentané. Et puis, avec un regard rapide autour de lui, il demande :

— Vous avez trouvé quelque chose d'utile ?

Je sens la carte froissée dans ma poche, repense au point d'interrogation sur cet îlot minuscule. Je comprends pourquoi Mike a conservé cette carte, tout comme il a gardé la photo et son badge de capitaine : ce sont des souvenirs qui servaient à lui rappeler que toute cette histoire était bien réelle. Sa famille, son travail, l'île. Autant de morceaux de l'homme qu'il avait été, soigneusement gardés et cachés.

Nathan m'observe en attendant ma réponse. Je suis allée trop loin toute seule pour partager ça avec quelqu'un maintenant.

— Rien, réponds-je.

Il me dévisage attentivement, comme s'il attendait autre chose.

Je baisse les yeux.

— Je vais y aller, murmuré-je.

Je le contourne et, au moment d'atteindre la porte, j'entends :

— J'ignore si ça peut aider… si ça signifie quoi que ce soit, mais mon père a dit quelque chose avant de… de mourir. (Il lève les yeux, l'air incertain.) Il naviguait entre la conscience et l'inconscience… Il était confus, disait des trucs bizarres. Mais il a mentionné une arête, comme un sommet sur l'île. Et il a parlé de jumelles. (Je dresse l'oreille, tous les sens aux aguets.) Il a prononcé le nom de votre sœur, poursuit Nathan, et dit qu'il était désolé. (Il remue, me regarde, puis détourne de nouveau les yeux.) Il a dit : « Ce n'était pas un accident. »

Les petits cheveux dans ma nuque se hérissent.

— Qu'est-ce qui n'était pas un accident ?

— Aucune idée. Désolé. Je n'ai pas réussi à comprendre. Il répétait juste en boucle : « Ce n'était pas un accident. » Ce n'est peut-être rien. Sans doute que ce n'est rien.

— Mais vous, vous pensez que ce n'est rien ?

Nathan me regarde, comme s'il hésitait. En fin de compte, il secoue la tête.

— Son visage, Erin. Il était… Je ne sais pas comment le décrire.

Il réfléchit une seconde, puis ajoute :

— Il était comme hanté.

Un frisson me parcourt l'échine, sa course pareille à celle d'une araignée me donne la chair de poule.

Machinalement, mon doigt passe sur la carte dans ma poche, tâte le froissement du papier à travers le jean. Je jette un coup d'œil à Nathan : est-ce que je devrais le mettre au courant ? Nos regards se nouent, et je les ressens de nouveau : cette pulsation, cette connexion, ce changement dans l'air.

Est-ce que je lui fais assez confiance pour lui révéler ce que j'ai trouvé ?

Il fronce les sourcils, interrogateur.

Je me sens hésiter. Mes doigts s'écartent de ma poche, retombent contre mes jambes.

Je suis arrivée jusque-là seule, décidé-je en rompant le contact visuel. Je ne sais faire que comme ça.

41

Avant – Lori

De la pointe des doigts, Lori dessina un arc dans le sable tiède. Même à l'ombre, la chaleur de midi était féroce. À côté d'elle, allongé sur une couverture, Sonny battait joyeusement des pieds, les yeux levés vers les ombres changeantes, entrelacées de lumière dans les feuilles de palmiers au-dessus d'eux. Ses gargouillis de contentement se mêlaient aux crissements et autres pépiements de la jungle.

— Tu es un petit être merveilleux, lui susurra-t-elle.

Au son de sa voix, les prunelles du petit s'illuminèrent, la cherchèrent. Elle pencha le visage vers lui et frotta son nez contre le sien.

Un gazouillis lui répondit. Ce son. C'était de l'or. Dans tout ça, c'était le plus important.

Elle pencha de nouveau la tête, nez contre nez, sentit le souffle léger du petit sur son visage.

Derrière, des pas retentirent et Lori tourna les yeux, regardant par-dessus son épaule : Felix émergeait de la clairière.

Il s'approcha d'abord de Sonny, s'accroupissant bien bas pour lui chatouiller le ventre de cette façon qui faisait toujours glousser l'enfant et gigoter ses jambes de ravissement.

— Comment ça va, petit bonhomme ?

Sonny roucoula en guise de réponse.

— Tu as deux quenottes maintenant, commenta Felix, remarquant les deux dents sur les gencives du bas.

— Ça le fait paraître plus vieux, renchérit Lori. Moins nouveau-né.

Felix s'assit à côté d'elle et, ensemble, ils contemplèrent Sonny qui s'échinait à attraper un coquillage au bord de la couverture.

— Il va bien, hein ? dit Lori.

— Il va super bien.

Un élan de gratitude emplit sa poitrine : pour Sonny, pour Felix, pour cet instant simple où ils étaient en sécurité, ensemble.

Elle tourna le visage vers Felix, désireuse de lui communiquer son sentiment, mais il avait les yeux braqués vers l'horizon, des yeux ombrageux, préoccupés. Ses bras, très bronzés maintenant, étaient noués autour de ses genoux, son dos voûté. Du pouce, il traçait machinalement le dessin du tatouage noir – une montagne – imprimé à l'intérieur de son poignet. Sentant son regard sur lui, il tourna les yeux et rencontra les siens.

Une chaleur envahit Lori. La force de son désir la surprenait, étant donné les circonstances... pourtant elle l'accueillait avec plaisir. Elle brûlait de se coller contre lui, de sentir les contours de son corps. Elle lui prit la main et y exerça une pression. Il baissa les yeux vers leurs doigts, l'air toujours aussi sérieux, distant.

— Qu'est-ce qu'il y a, Felix ?

Les yeux de nouveau tournés vers l'horizon, il répondit :

— Je n'aime pas la façon dont les choses évoluent.

— Entre nous ? fit-elle, tendue. Si c'est à cause du Snickers, je suis vraiment désolée...

— Non, ce n'est pas ça. Ce n'est pas toi, Lori, l'interrompit-il, se retournant vers elle, le visage moins crispé. Bon Dieu,

Sonny et toi, vous êtes tout. Tout ce qu'il y a de bien sur cette île.

S'ensuivit un long silence. Lori avait déjà compris que Felix avait besoin de temps. Il n'était pas comme Pete, qui parlait avec aisance. Les mots lui venaient plus péniblement et, quand ils venaient, elle écoutait attentivement.

— Je n'aime pas l'ambiance du camp, avec Mike, avec Daniel. Tout semble… je ne sais pas… dissolu. (Il secoua la tête.) C'est bizarre, comme mot…

— Non, c'est le bon mot.

Elle comprenait. Le mince vernis de civilisation se délitait déjà, révélant des aspects de chaque personnalité qui lui faisaient peur. Elle se rappela le goût amer de la bouche de Daniel plaquée sur la sienne. « Les règles habituelles ne s'appliquent plus. » Elle n'avait pas dit à Felix que Daniel l'avait embrassée de force, elle ne le ferait pas.

— Je sais que je passe la majeure partie de mes journées dans l'eau, mais, Lori…, commença-t-il, entièrement focalisé sur elle à présent. Garde tes distances avec eux, si tu peux.

— Tu ne leur fais pas confiance ?

Il soutint son regard. Au bout d'un moment, elle le vit secouer la tête. Toute la journée, elle avait perçu l'agitation qui émanait de lui, une forme d'instabilité dont elle ne parvenait pas à définir la cause.

— Les personnes que nous sommes ici… On est différents. Tous autant que nous sommes.

Elle cilla.

— Qu'est-ce que ça veut dire ?

Le regard de Felix se fit vague de nouveau, posé vers l'horizon. Elle attendit à ses côtés, dans la chaleur de la jungle.

— Lori, tu ne me connais pas. Pas vraiment. Pas tel que j'étais avant ça.

— Je sais que tu es quelqu'un qui accroche des coquillages à une branche pour rendre un bébé heureux.

Il tourna les yeux vers Sonny et, de nouveau, brièvement, son expression s'adoucit. Quand il reporta son attention sur elle, il y avait une intensité nouvelle dans son regard.

— Est-ce qu'il t'est jamais arrivé de faire quelque chose… d'agir d'une certaine manière… où tu ne te reconnais plus ? Comme si tu assistais aux actes de quelqu'un d'autre et… et ce n'est pas toi, parce que tu n'aurais jamais cru possible de te comporter de cette manière ?

Lentement, Lori opina du chef. *Oui, oui, je sais.* Elle lut une noirceur douloureuse dans son expression.

— Avant mon départ pour les Fidji, je… (Il hésita, baissa les yeux vers ses genoux.) Je suis allé chez mon père. Je voulais récupérer un livre qui appartenait à ma mère. C'était un recueil de poésies qu'elle adorait et qui comportait ses annotations sur de nombreuses pages. C'est tout ce que je voulais. Une chose à emporter avec moi aux Fidji. Mais mon père n'était pas là. C'est ma belle-mère qui m'a ouvert la porte. (Un tendon saillit dans son cou.) Elle m'a annoncé qu'elle s'était débarrassée de toutes mes affaires. Toutes. Elle m'avait averti qu'elle allait le faire, faut dire que ça encombrait leur chambre d'amis depuis des mois, mais je n'aurais jamais cru… jamais pensé qu'elle irait jusqu'au bout. Ni que mon père la laisserait faire. (Felix ramena les genoux plus près de son torse.) C'est dur à expliquer… l'histoire, reprit-il, le visage ravagé par le chagrin. Je t'ai dit que ma mère était morte quand j'étais adolescent.

Lori hocha la tête. Dans un accident de voiture, lui avait-il dit.

— En fait, maman suivait mon père… et l'a vu se rendre chez une autre femme. Il avait une aventure depuis des mois. Ma mère… elle devait être choquée, déconcentrée. Elle a complètement dévié sur la voie d'en face.

— Oh, Felix…

Il continua, le regard planté droit devant.

— Et mon père… non seulement il n'a pas mis un terme à son aventure avec cette femme, mais en plus il l'a épousée. Onze mois après la mort de maman. Kiera Tyler. Elle a même pris notre nom. À quel point c'est tordu, ça, hein ? (Elle ressentait sa douleur.) Alors voilà, c'est cette femme qui m'a annoncé que mes affaires – les affaires de ma mère – avaient été envoyées à une association caritative. J'ai pété les plombs, conclut-il, les yeux écarquillés.

Il lui décrivit comment il était entré en trombe dans la maison, avait tout retourné.

— Kiera m'a demandé si je pensais que ma mère serait fière de l'homme que j'étais devenu. (Il pivota vers elle, le regard voilé par le chagrin.) Elle ne l'aurait pas été.

Lori voulut l'enlacer, mais sentit que le moment serait mal choisi.

— Et tout à coup, j'avais la main sur sa gorge. Je ne réfléchissais même plus. Je la plaquais là, pour qu'elle ne prononce pas un mot de plus. (Son regard soutenait le sien, comme s'il voulait lui montrer, qu'elle voie de quoi il était capable.) Je l'aurais tuée. Je pense que je l'aurais tuée. (Sa voix tremblait, les larmes lui gonflaient les paupières.) Mon père est arrivé à la maison, c'est lui qui m'a empêché d'aller jusqu'au bout. Autrement… (Il détourna les yeux. Et quand il reprit, sa voix était plus basse.) Papa a appelé la police. Il leur a téléphoné sur-le-champ. Mais je suis parti… direct à l'aéroport. Je n'arrêtais pas de me dire que la sécurité allait me choper, m'intercepter, m'annoncer que je ne pouvais pas aller plus loin. Mais non. Personne ne m'a arrêté. Et je suis monté dans cet avion pour les Fidji.

— Felix…, commença-t-elle.

Mais il secoua la tête.

— Il y a quelque temps, tu m'as interrogée sur le message que j'avais reçu dans la salle d'embarquement. C'était mon père. « Après ce que tu as fait, je dois faire un choix. Et c'est elle, Felix. C'est elle. Ça a toujours été elle. »

Son visage se froissa, paupières plissées, lèvres entrouvertes.

Cette fois, Lori l'enlaça, le serra bien fort dans ses bras, pressant son corps contre le sien. Elle sentit le frisson de sa poitrine quand il inspira.

Lorsqu'ils retournèrent au camp, Felix, Sonny et elle, Daniel était perché sur un tronc d'arbre et suçotait une arête de poisson.

— Belle balade ? lança-t-il.

— Lâche-nous, Daniel, répliqua-t-elle, pas d'humeur à supporter ses piques.

Sonny s'était endormi dans ses bras, et elle se concentra sur le fait de le déposer dans son couffin et d'installer la moustiquaire autour de lui.

Elle vit Felix prendre son masque, ses palmes et sa ceinture de lest. Dans l'eau, voilà où il avait besoin d'être, là, tout de suite.

— Quelqu'un a vu le couteau de plongée ? s'enquit-il.

Il se l'attachait à la cheville avant chaque plongée et l'utilisait pour tuer et éviscérer les poissons. Dès qu'il regagnait le camp, il le posait sur la bûche où ils préparaient la nourriture, afin que tous puissent l'utiliser.

Daniel s'essuya la bouche d'un revers de la main.

— Je m'en suis servi tout à l'heure pour éplucher une mangue. Il devrait être à sa place habituelle.

— Il n'y est pas.

— Vérifie par terre.

— C'est fait, il n'y est pas. Tu es sûr de l'avoir reposé là ?

— Évidemment, répliqua Daniel avec un haussement d'épaules. Rincé et reposé.

Sur quoi, il jeta l'arête dans les braises, puis traversa le camp en boitant pour aller regarder. Il n'avait toujours pas réussi à extraire l'épine de son talon et de sa boursoufflure rouge s'écoulait maintenant un liquide jaunâtre. Il regarda autour de lui, sans grande conviction, puis :

— Lori aussi a utilisé le couteau, non ?

— Oui, plus tôt. Ensuite je l'ai remis sur la planche-table.

Était-ce bien vrai ? L'avait-elle bien remis ? Elle était si fatiguée, ces derniers temps, que sa concentration lui échappait facilement. La faim la maintenait dans un état de brouillard permanent.

— Je ne peux pas sortir pêcher sans couteau.

Daniel arqua un sourcil.

— Et le fusil harpon, il ne sert pas à ça ?

Felix pinça les lèvres.

— Le harpon ne tue pas toujours le poisson. Il ne fait que le transpercer. Je ne peux pas regagner le rivage à la nage avec un poisson qui se débat au bout de mon harpon. Et, même si j'y parvenais, comment est-ce qu'on le viderait ? Avec un coquillage pointu ? Une pierre ? Un morceau de cette putain d'épave ?

Il regardait Daniel avec hargne, les poings serrés.

— Je vais t'aider à chercher, proposa Lori d'une voix faussement enjouée.

Elle entreprit de passer en revue la zone où ils préparaient les repas, fouillant la terre en dessous, écartant les noix de coco vides qui leur servaient de bols. Felix arpentait le camp, le front barré d'un pli tendu tandis qu'il soulevait les couvertures, jurant chaque fois que sa quête ne donnait pas de résultat. Daniel prit une branche sur la pile de bois et se mit à ratisser les cendres du feu.

Après plusieurs minutes, le camp avait été entièrement retourné, sans qu'on y trouve la moindre trace du couteau.

— Où il est, putain ? marmonna Felix, le regard sombre.

Personne n'avait la réponse.

Au bout d'un moment, il reprit brusquement le fusil harpon et quitta le camp à grandes enjambées. À travers les arbres, Lori l'aperçut qui pataugeait dans l'eau peu profonde, avant de disparaître sous la surface.

— Il est un peu tendu ce matin, non ? ironisa Daniel.

Il se tenait juste derrière son épaule, si proche qu'elle sentait la chaleur de son corps irradier jusqu'au sien, et l'odeur fétide de son haleine. Voyant qu'elle ne mordait pas à l'hameçon, il prit un bâton, le coinça sous son bras et annonça d'un ton jovial :

— Je file aux toilettes pour hommes.

Dès qu'il eut disparu de son champ de vision en clopinant, elle jeta un dernier coup d'œil autour d'elle pour vérifier que le camp était vide. Mike était à son poste de guet sur l'arête, Felix dans l'eau et Daniel dans les bois. Elle disposait de quelques minutes au maximum.

Elle se dirigea droit vers la soute de l'avion, en retira la valise de Daniel qu'elle installa par terre. Accroupie, elle défit la fermeture Éclair du bagage de cuir luxueux, dont s'échappa une odeur d'après-rasage mélangé à celle de quelque chose d'humide et sale. Enfonçant la main à l'intérieur, elle trouva son portefeuille, rempli d'une épaisse liasse de billets et de deux cartes de crédit « gold ».

La chaleur était étouffante, les arbres semblaient se resserrer autour d'elle tandis qu'elle fouillait. Au-dessus d'elle, retentit le cri urgent et suraigu d'un oiseau. Le cœur bondissant dans sa poitrine, elle s'obligea à poursuivre sa fouille, écarta les polos tachés de terre et une paire de Derbies en cuir brillant qu'elle ne l'avait jamais vu porter. Au fond, elle trouva un portable, batterie à plat, et des écouteurs high-tech dans un boîtier rond. Puis elle sortit quelque chose de doux, enveloppé dans du papier de soie. Déballant un côté du papier, elle découvrit le tissu de dentelle d'un string, la bretelle délicate d'un soutien-gorge.

— Je pense pas que ce soit ta taille.

Elle sursauta, relevant brusquement la tête.

Planté au-dessus d'elle, Daniel l'observait. Sa main droite pendait mollement à son flanc, la gauche était cachée derrière son dos.

S'il avait pris le couteau de plongée, il ne l'aurait pas fourré dans son sac, comprit-elle soudain avec un sursaut alarmé. Il l'aurait caché ailleurs, à l'écart du camp.

— N'hésite pas à l'essayer, mais… (Son regard s'attarda sur la poitrine de Lori.) Je pense que tu as plus de poitrine que ma femme. (Elle lâcha les sous-vêtements dans la valise et se leva.) Tu cherchais le couteau, pas vrai ?

Lori était habituée à faire plaisir aux gens, à s'efforcer d'être gaie et aimable, jolie et polie… Mais où est-ce que ça l'avait menée ? Ce qu'il lui fallait, c'était du cran. De la détermination. Du feu. Elle leva le menton.

— Et il est où, bordel ?

Daniel parut vaguement amusé.

— Que veux-tu que j'en fasse, de ce couteau ? Tu y as réfléchi ?

Celui qui avait le couteau jouissait d'un avantage sur les autres. Il lui donnait du pouvoir.

Voyant qu'elle ne répondait rien, Daniel ajouta :

— Si je l'avais pris, tu penses vraiment que je le laisserais bêtement au camp ? Je le garderais sur moi, figure-toi. (Il agita les sourcils dans une expression déconcertante.) En ce moment même.

Sur ces mots, il avança de quelques pas, et elle sentit son sang se glacer.

Il avait toujours un bras derrière le dos… et tout à coup il le tendit devant lui, leva l'autre par la même occasion. Elle sursauta.

— Allez, vas-y, fit-il avec un sourire narquois. Fouille-moi au corps.

Une colère jaillit du plus profond d'elle. Une colère musclée et forte, tellement plus efficace que la peur.

— Je suis la seule femme sur cette île et tu penses sans doute que ça me rend vulnérable. Que ça fait de moi une cible facile pour ton sexisme crade ou quel que soit le nom qu'on puisse donner à ton comportement, cracha-t-elle. Mais tu n'as pas la moindre idée de qui je suis, Daniel. (Elle se redressa, les yeux rivés aux siens.) Alors je te conseille de ne pas me pousser à bout.

Le sourire avait disparu, remplacé par un rictus mauvais, qui lui dénudait les dents.

— Et moi je te conseille de ne plus jamais fouiller dans mes putains d'affaires, rétorqua-t-il en s'approchant encore.

Ils restèrent à se toiser un moment, les arbres agglutinés autour d'eux, l'air lourd et chaud. Puis il pivota et s'éloigna en traînant le pied.

Au moment où elle relâchait sa respiration, Daniel fit volte-face.

— Tu sais qui tu n'as pas accusé ? La personne qui pilotait cet avion, lança-t-il en désignant l'épave. La personne qui a déjà le sang de quatre passagers sur les mains. La personne que tu t'es empressée d'aider à se débarrasser des corps. Alors, avant de diriger tes sales petites accusations contre moi, pourquoi tu n'irais pas l'interroger, lui, sur ce couteau introuvable ? En tout cas, moi, je ne vais pas me priver de le faire.

42

Maintenant – Erin

Le soleil n'est pas encore levé, mais je suis déjà dans un port de pêche où je regarde un homme verser de l'essence depuis un jerrycan dans un bateau à moteur. Un autre, plus jeune et en maillot de corps, lève une clé de mécano et l'abat contre une pièce cachée du moteur, manifestement celle qu'il pense à la source du problème. Le claquement métallique résonne à travers le silence du matin.

Je suis censée monter d'un instant à l'autre sur cette embarcation en bois et prendre la direction d'une île que Mike Brass a entourée sur sa carte touristique. Pendant que j'attends, je me réconforte en mangeant deux muffins grappillés au buffet de l'hôtel hier, rassis et trop sucrés. Je les fais descendre avec une bouteille d'eau tiédie par le soleil.

Je suis arrivée ici hier, sur une île du nom de Rannatua, et j'ai trouvé mon chemin jusqu'au port de pêche. La vie y est vraiment au diapason du Pacifique Sud, avec un port principal qui n'est en réalité guère plus qu'une baie dotée d'une poignée de barques tirées au sec sur le rivage. J'ai passé une heure à convaincre Rega et son jeune frère, deux autochtones, de conduire leur bateau de pêche jusqu'à l'île sans nom que je leur montrais sur ma carte. Il a fallu moult discussions avec diverses personnes du cru et la majeure partie des dollars américains que j'avais apportés, avant que nous tombions d'accord. Je leur ai raconté – à eux et à qui voulait bien l'entendre – que j'étais en repérages pour un programme éducatif.

Apparemment, il était trop tard hier pour se mettre en route, du coup j'ai passé la nuit dans la maison d'hôtes de la sœur de Rega, où j'ai dormi dans une chambre sans ventilateur ni moustiquaire, ni le moindre signe d'autres hôtes.

Je sors mon portable de ma poche. Comme ma batterie est déjà basse, je le branche à mon chargeur portatif et le laisse reprendre des forces, le temps que j'ouvre Google Earth. L'île est déjà là, qui m'attend sur mon écran depuis ma dernière recherche. Je fixe les yeux sur cette miette de terre dans le coin de plus excentré du sud-est de l'archipel fidjien. À peine plus qu'une empreinte de pouce verte dans l'immensité bleue d'un océan bouillonnant.

Je zoome jusqu'à ce que l'îlot commence à révéler une canopée d'arbres denses et un rocher. Une bande de sable blanc laisse place à des eaux turquoise, donc peu profondes. Au-delà, l'île est entourée d'un anneau de récifs sombres ourlés d'eau blanchie par la houle. L'île ne porte pas de nom, pas d'inscription, et se trouve à des kilomètres et des kilomètres de toute autre terre.

— Prêt ! me crie Rega en agitant un bras depuis l'eau où il se tient immergé jusqu'à la taille afin de maintenir le nez du bateau en place.

J'ôte mes tongs et patauge dans l'eau tiède. Rega prend mon sac à dos comme s'il ne pesait rien et le dépose dans le bateau. Je me hisse par-dessus le bord sans aucune grâce ni dignité, et m'installe à la poupe, sur un banc de bois dont la peinture verte s'écaille. Et j'essaie de passer outre les battements affolés de mon cœur. Tout va bien. Tout est normal.

Le moteur fume alors que nous nous détournons du rivage pour quitter la baie protégée. J'ose un coup d'œil vers les bâtiments qui disparaissent et me prends à regretter de n'être pas dans l'un d'eux. Bon, ne me faites pas dire ce que je n'ai pas dit, j'adore la mer… mais je l'aime encore bien plus quand je la contemple depuis la plage.

Dès qu'on dépasse un cap, le vent se lève et les vagues montent en crêtes qui soulèvent le bateau avant de le laisser brutalement retomber.

Je regrette déjà les muffins.

Concentre-toi sur l'horizon.

La voix de Lori est une petite surprise bienvenue. Je suis donc son conseil : je me focalise sur la ligne mouvante de l'horizon. Une brise chaude et salée me balaie le visage, ce qui calme la baratte nauséeuse dans mon estomac.

Tu devrais porter un gilet de sauvetage.

Ma sœur a toujours été autoritaire. Mais aussi, souvent à juste titre.

Une fois que j'ai l'assurance de pouvoir parler sans vomir, je formule ma demande d'un gilet de sauvetage. Les deux hommes s'esclaffent gentiment en secouant la tête.

Sur le côté, je vois l'eau bouillonner et resserre mon emprise sur le banc de bois.

Alors que nous progressons, ils déroulent un fil de pêche depuis l'arrière du bateau, qu'ils remontent à quelques reprises afin de le débarrasser de gros monticules d'algues et, plus tard, d'un poisson bleu iridescent que Rega vide sur le pont avant de rejeter ses entrailles luisantes par-dessus bord. Je regarde les fibres sanguinolentes dériver, et mon esprit voyage vers les requins en quête de proies, la profondeur de l'océan en dessous de nous.

Est-ce une erreur, Lori ? lui demandé-je en silence. *Est-ce que j'aurais dû aller directement à la police avec la carte de Mike Brass ?*

Pourquoi ne l'as-tu pas fait ?

J'ai besoin de la voir de mes propres yeux. Tu vois ce sentiment, quand tu lis un bon livre et que tu es complètement emportée dans le monde contenu entre ses pages ? Ton imagination est partie en voyage, et pourtant ton corps n'est pas dupe : il sait bien que tu n'as pas bougé du canapé. Eh bien, c'était la même sensation que j'ai eue ces deux dernières années, l'impression que je recherche tous ces trucs, sans finalement quitter mon canapé. Peu importe ce que tout le monde me rabâche, Lori. Je ne t'ai pas vue monter dans cet avion. Je n'ai pas vu l'épave. Je n'ai pas vu ton… corps. J'en ai besoin. J'ai besoin d'un point final.

Plusieurs heures plus tard, toujours en mer, agrippée si fort au bord du bateau que mes jointures ont blanchi, je suis ballottée par les vagues qui s'écrasent contre la coque et me soulèvent du banc, avant de me laisser retomber avec violence. Nous sommes obligés d'avancer au ralenti.

Rega et son frère observent attentivement une carte sur un téléphone. Ils opinent vigoureusement du chef entre eux, puis se tournent vers moi pour me demander :

— C'est l'île ?

Ils montrent devant eux un point de terre vers l'est. Des nuages s'agglutinent au-dessus, elle a l'air incroyablement isolée. La plage y est d'une blancheur sidérante, prolongée par une bande d'arbres denses.

Rega et son frère ont-ils raison ou pas ? Ce bout de terre correspond-il effectivement à l'île sur la carte de Mike ? A-t-il d'ailleurs seulement entouré le bon endroit ? Je n'en ai aucune idée, mais voilà, c'est tout ce que j'ai. Alors je réponds :

— On dirait bien, oui.

Au premier regard, l'île paraît plate, mais je remarque ensuite une trouée dans les arbres du côté est et la terre qui s'élève. Mike Brass, dans ses dernières heures embrumées par les médicaments, a parlé à Nathan de l'île, de Lori.

Il a mentionné un sommet, une arête, des jumelles, un accident. « Je suis désolé », a-t-il dit.

Depuis l'endroit où je me tiens, difficile de se faire une idée correcte des perspectives, mais en contemplant l'île plus attentivement, je discerne une bande de rocher gris ardoise qui grimpe au-dessus de la canopée des arbres. Se pourrait-il que ce soit là l'arête que Mike a évoquée ?

Je l'étudie encore quelques secondes, mon estomac montant et descendant au gré des vagues. J'imagine Mike Brass debout là-haut, jumelles autour du cou. Quelque chose s'est passé sur ce sommet, et je dois découvrir quoi.

43

Avant – Lori

Au pied de l'arête, Lori reprenait son souffle. Le sommet s'étirait tel un bras rocheux aux muscles saillants au-dessus de la canopée, poing géant aux phalanges de pierre dressé vers le ciel. Elle ne l'avait escaladé qu'une seule fois auparavant, car la montée était trop épuisante pour être faite régulièrement avec Sonny accroché à la poitrine.

Devant, Daniel était encore tout juste dans son champ de vision. Malgré sa patte folle, il gravissait, rampant à moitié, à travers les fougères denses et collées de toiles d'araignées, aidé par une branche en guise de canne. La sueur luisait à l'arrière de son cou, elle entendait sa respiration saccadée, le frottement de ses pieds sur la terre et les racines des arbres.

Elle baissa rapidement les yeux vers Sonny, dont la petite joue était collée contre sa poitrine, bouche molle totalement relâchée. Elle s'abîma quelques instants dans sa contemplation – les paupières en amande, les ailes des cils, l'arc parfait de ses narines – et puis elle s'obligea à repartir, à suivre Daniel.

Les ombres de la canopée s'amenuisaient à mesure qu'ils montaient au-dessus de la ligne des arbres, suivant le sentier étroit à peine dessiné en direction de la cime de l'arête.

— Daniel, dit-elle lorsqu'elle le rattrapa, une main sur son coude. (Il pivota brusquement, bouche ouverte, souffle court, visage blême et pincé.) Il se peut que Mike n'ait pas pris le couteau de plongée. Tu en es conscient, hein ? Ne déboule pas là-haut en l'accusant d'emblée.

Elle avait bien vu la tension entre les deux hommes, de plus en plus aiguisée et dangereuse au fil des jours.

Il lui renvoya un regard furibond.

— Moi, en revanche, on peut m'accuser sans problème ?

Il soutint son regard pendant plusieurs secondes, puis se détourna et se fraya un chemin à coups d'épaule à travers les branches d'un arbuste. Elles s'écartèrent brièvement, avant de se remettre en place.

Lori songea à faire demi-tour. La faim lui donnait des vertiges et, plus que tout, elle rêvait de s'asseoir à l'ombre avec Sonny, de voir son visage s'éclairer tandis qu'elle lui tendait la chair sucrée et juteuse d'une mangue. Mais elle ne pouvait pas. Elle avait vu l'expression dans les yeux de Daniel – débridée, dangereuse. Impossible de laisser Mike seul au sommet de l'arête avec lui. Si l'un de ces deux-là avait bel et bien le couteau…

Lori se propulsa en avant, les mollets en feu, les épaules nouées par la tension.

Arrivée en haut, elle accueillit avec plaisir la brise sur son visage. Quel soulagement d'échapper à l'humidité suffocante de la jungle ! Il y avait quelque chose de l'ordre de la matrice, quand on était plongé dans son ventre avec les insectes, les arbres, les sifflements et les bourdonnements de tous ses habitants.

La crête, point culminant de l'île, offrait une vue panoramique sur l'océan qui les entourait. Lori regarda autour d'elle, à la recherche de Mike. Le rocher où il s'asseyait généralement était vacant. Puis Daniel se dirigea vers le nord du promontoire, les yeux rivés au sol. Et s'arrêta.

Mike était allongé sur le dos, les mains posées sur le torse, une cheville croisée sur l'autre. Sa casquette de capitaine, devenue grisâtre, lui protégeait le visage du soleil.

L'ombre de Daniel tomba sur lui. Il leva un pied et, de l'orteil, envoya valser la casquette de Mike, qui s'envola pour se loger entre deux pierres un peu plus loin.

Mike se redressa aussi prestement que maladroitement, les mains en protection devant son visage, les épaules voûtées. Son regard passa de Daniel à Lori, ses sourcils froncés témoignaient de sa confusion, à croire qu'il ne parvenait pas à les reconnaître.

— Super guetteur, dis donc ! cracha Daniel.

Lori aussi fut piquée par une pointe de déception. Le capitaine avait une responsabilité vis-à-vis d'eux, il aurait dû prendre son rôle au sérieux.

— Qu'est-ce que vous fichez ici ? s'enquit Mike.

Il s'était péniblement relevé, et ses mains se portèrent à sa tête, comme si elles y cherchaient sa casquette. Il avait vieilli au cours des dernières semaines, la barbe qui lui couvrait les mâchoires était blanche désormais, ses yeux profondément creusés.

— Le couteau de plongée a disparu du camp, l'informa Daniel.

— Je ne l'ai pas, si c'est la raison de votre présence.

— Tu réponds bien vite, remarqua Daniel, un sourcil arqué.

— On voulait juste te demander si tu l'avais vu, intervint Lori. Si tu l'avais utilisé ce matin.

Il la regarda droit dans les yeux.

— Je ne l'ai pas.

— Tu veux jeter un coup d'œil dans les bagages de Mike ? demanda Daniel à Lori.

— S'il dit qu'il ne l'a pas, il ne l'a pas, rétorqua-t-elle d'une voix ferme.

Elle faisait confiance à Mike.

— Et si moi, je dis que je ne l'ai pas ?

Lori s'écarta des deux hommes pour se positionner près du bord de l'arête, mais à une distance prudente de l'à-pic. Les pieds écartés, bien campés, un bras passé autour de Sonny, elle contempla la vue. Avec la hauteur, le récif lui était ouvert, et elle en étudia les différences nuances de bleu qui ondulaient en contrebas. Au-delà de la corniche, là où l'eau peu profonde tombait dans le chenal sombre, abyssal, elle aperçut la silhouette de Felix.

Daniel la rejoignit en boitant, une paire de jumelles autour du cou. La brise apportait l'odeur âcre de sa sueur. Il scruta la baie.

— Il est loin, fit-il remarquer. On dirait un déchet flottant. (Lori ne réagit pas.) Ce serait sympa de le voir nager pour de bon, d'essayer d'attraper quelque chose, au moins.

— On ne nage pas après les poissons, on trouve un poste. On observe. On attend.

— T'es devenue experte en pêche au harpon, maintenant ?

Comme elle ne prenait pas la peine de répondre, Daniel reporta son attention sur Mike.

— Qu'est-ce que tu fabriques ici toute la journée, capitaine ?

— Tu le sais bien. Je guette.

— Ça n'y ressemblait pas beaucoup, quand on est arrivés.

— Je faisais une pause, admit-il, sans trace d'excuse dans le ton.

Les jumelles toujours levées, Daniel demanda :

— Combien de bateaux tu as vu passer ?

— Aucun.

— Et des avions ?

— Aucun.

— Des hélicos ?

— Aucun.

Daniel rabaissa les jumelles et se tourna face à Mike.

— Je trouve ça bizarre. On est là depuis quoi, un mois ? Et pas un seul bateau qui passe où que ce soit au loin ?

— On est au beau milieu de l'océan. Si ça se trouve, c'est une des îles les plus reculées de l'archipel. Il n'y a pas de couloir de navigation. Non, moi, ça ne me surprend pas…

— À moins que tu ne nous dises pas tout. Que tu les laisses passer. Et tu gardes soigneusement les fusées de détresse ici, dans le sac à dos, comme ça nous, on n'a aucune chance de partir. Peut-être que tuer la moitié des passagers ne t'a pas suffi.

Silence. Un oiseau surgit de la canopée en contrebas, ses ailes éclairées par les rayons du soleil, puis replongea en dessous. Mike profita de cet instant pour attraper la lanière des jumelles d'une main et la tirer autour du cou de Daniel, comme un collier étrangleur qui l'obligea à reculer d'un pas, vers Lori, vers le bord.

Elle lâcha un cri de surprise, choquée par l'éclair de colère dans l'expression de Mike. Daniel avait les talons pile au bord du précipice, qu'il fixait les yeux exorbités. Sa main vola vers sa gorge, qu'il essaya de libérer de la morsure de la lanière, mais l'emprise de Mike était féroce, implacable.

— Quatre personnes sont mortes à cause de mes actes, de mes décisions, lâcha-t-il sans presque bouger les lèvres. Quatre personnes qui, à mon avis, méritaient largement plus que toi de vivre. Et pourtant, c'est toi qui es là, Daniel. Et je suis là. Toujours debout.

Du bout des doigts, Daniel s'efforçait d'agripper la lanière, mais il n'avait pas de prise.

— Pourquoi toi, hum ? Pourquoi est-ce que tu mérites de survivre ?

Lori ne bougeait pas. Elle voulait s'écarter du bord du précipice, de ces hommes, elle en avait conscience, et pourtant elle demeurait figée, comme si le moindre mouvement, le moindre mot risquait de tout faire basculer, littéralement.

— Dis-moi, reprit Mike, l'air vraiment curieux, pourquoi est-ce que toi, tu mérites de vivre ?

Daniel lâcha un son étranglé, le visage rouge vif.

— Marié.

— Marié ? répéta Mike. T'es marié. Et donc, c'est pour ça que tu dois vivre ? Moi aussi, j'ai une femme, mais tu sais quoi ? On ne se parle plus, elle et moi. On ne dort même plus ensemble. On est des étrangers qui vivent sous le même toit. Voilà ce qu'on est. Ta femme, elle t'aime ? (Daniel réussit un minuscule hochement de tête.) Alors c'est une idiote. Qu'est-ce que tu fichais, d'ailleurs, dans le vol pour Limaji, hein ? ajouta Mike entre ses dents. (Daniel secoua brièvement la tête.) Réponds-moi.

— Voyage d'affaires, hoqueta Daniel.

— Une opportunité immobilière, tu as dit. (Il marqua une pause.) C'est la vérité ?

Daniel émit un petit couinement qui ressemblait à un « oui ».

Mike secoua la tête, l'air déçu.

— Sauf que je connais les propriétaires. Leur résidence hôtelière est la seule autorisée sur l'île. Ils ont bataillé six ans avant d'obtenir l'autorisation de construire une dizaine de cabanons pour les vacanciers. Il est impossible qu'ils puissent s'étendre. (Il approcha le visage de celui de Daniel.) Alors je te repose la question : qu'est-ce que tu venais faire sur l'île ?

Le visage de Daniel virait au cramoisi.

Lori n'avait jamais vu Mike comme ça, les yeux étincelants de fureur.

— Mike, s'il te plaît…, osa-t-elle en s'avançant vers lui.

Soudain, la main de Daniel s'envola, pour l'attraper par le poignet et l'attirer violemment contre lui.

L'explosion de douleur au niveau de l'articulation lui tira un hurlement. Réveillé en sursaut, Sonny se mit à pleurer.

— Tout va bien, chuchota-t-elle, mais sa voix vibrait de peur.

Le regard de Mike passait de Daniel à Lori, hésitant. Des gouttes de sueur lui perlaient au front. Une brise tourbillonna sur la crête, filant en contrebas et s'enroulant autour des chevilles nues de Lori. Un faux mouvement. Il n'en faudrait pas plus.

— Arrêtez, supplia-t-elle.

Personne ne bougea.

Pas comme ça. Ça ne va pas finir comme ça. Pas avec Sonny. S'il vous plaît, pas Sonny…

Un vertige la submergea. Ses genoux flageolèrent, la tête lui tourna. Le sol sembla vaciller et s'incliner, s'éloigner d'elle. Daniel l'attira plus fort contre lui, le souffle court. Alors que sa vision basculait, elle sentit le bord de la corniche à seulement quelques centimètres et, au-delà, rien qu'un cimetière de rochers acérés.

44

Maintenant – Erin

Est-ce ton île, Lori ? Suis-je au bon endroit ?

Rega est penché par-dessus le bord du bateau, son tee-shirt mouillé de sueur, et il montre du doigt des morceaux de corail en eau peu profonde. À la barre, son frère navigue avec précaution. Un pli profond, creusé par la concentration, lui barre le front. Ayant compris que nous échouer à un endroit aussi éloigné de tout serait désastreux, je garde le silence.

De nouveau, je jette un coup d'œil à mon téléphone. Pas de réseau.

Rega coupe le moteur, et son frère et lui ramassent deux rames de bois dans le fond du bateau, qu'ils utilisent pour naviguer dans les parties moins profondes. La manœuvre est lente et la chaleur féroce, mais le bateau finit par atteindre le rivage.

Je demande aux hommes s'ils avaient déjà accosté sur cette île auparavant, à quoi tous les deux secouent la tête.

— Beaucoup d'îles, me répond Rega.

Il saute dans l'eau et guide le nez du bateau jusqu'au sable. Puis il me tend la main, pour m'indiquer que je suis censée le rejoindre.

Une peur glacée me maintient clouée au siège. Je ne veux pas descendre. Je ne veux pas poser le pied sur l'île. Et si ce n'est pas la bonne ? Et si j'ai fait tout ce chemin et que ce n'est pas la bonne île, putain ? Ou alors… et si c'est la bonne ? Et si je découvre quelque chose que je ne souhaite pas voir ?

— Venez ! aboie Rega, impatient, car la barque tangue.

Les jambes molles et vacillantes, je m'approche avec hésitation du bord du bateau. Je lui passe mon sac à dos, puis saute dans l'eau peu profonde. Des gouttelettes éclaboussent mes jambes, trempent mon short. Je titube jusqu'à la plage et Rega me rend mon sac. Son frère et lui échangent un coup d'œil.

Le cœur cognant dans la poitrine, je pivote face à l'île.

La jungle est épaisse, comme voûtée, presque impénétrable. Le rivage est marqué par la marée : feuilles de palmier marronnasses, noix de coco vides et divers débris. Pas d'empreintes de pas, aucune trace d'épave d'avion, rien n'indique que quiconque ait un jour posé le pied sur cette île.

Rega regarde sa montre.

— Quatre heures, OK ? On doit retourner à Rannatua avant la nuit.

J'acquiesce, parce qu'il n'y a pas d'alternative. Le voyage, déjà compliqué de jour, serait impossible de nuit.

Les frères passent sous les arbres et s'installent à l'ombre, où ils sortent d'un sac une bouteille d'un liquide trouble, sans doute du kava. Et moi, je pense : *Ne buvez pas trop, j'ai besoin de vous pour me ramener saine et sauve.*

Puis une autre pensée me frappe, vive et menaçante.

Est-ce que je peux leur faire confiance ?

Ces hommes sont musclés, athlétiques. Ils se parlent, avant de tourner les yeux vers moi et de rire. Je ne sais pas, c'est peut-être mon imagination, mais j'ai l'impression qu'ils sentent mes doutes, que le pouvoir, subtilement, a changé de côté.

Absolument personne ne sait que je suis ici, je viens de m'en rendre compte.

Est-ce que toi aussi, tu as ressenti cette impression d'être piégée sur une île avec des inconnus ?

Sur un dernier coup d'œil dans leur direction, j'entreprends de longer la plage, le cœur battant dans ma cage thoracique.

La chaleur est impitoyable, la plante de mes pieds brûle sur les grains de sable mêlés aux pointes acérées des coquillages. Je m'arrête pour renfiler mes tongs, du sable collé aux pieds. Je me remets en marche en direction de l'arête. Il ne me faut pas longtemps pour en atteindre la base, où de gros rochers sont plantés dans l'eau. Une main en visière au-dessus des yeux, je contemple le sommet. La montée paraît se faire à travers une jungle dense, sur un terrain rocailleux.

Encore une fois, les mots de Nathan me reviennent : « C'était un accident. »

J'entame mon ascension en me hissant sur un enchevêtrement de rochers. Je m'accroche aux fougères qui poussent dans les fissures des pierres. Je ne suis pas détentrice de la médaille du duc d'Édimbourg, et ça se voit. Déjà essoufflée et pantelante, j'entre dans un épais bosquet d'arbres, redoutant la présence d'insectes inconnus dans la pénombre. L'air semble plus lourd, chargé des odeurs des plantes. Je continue mon chemin en m'aidant des branches.

La montée est rude et, quand j'atteins le sommet, je suis en nage et à bout de souffle.

En haut, il y a une clairière, à croire que la terre s'est installée sur un piton rocheux à la suite d'un soulèvement très ancien. D'un mouvement d'épaules, je me débarrasse du sac à dos et me campe, les mains aux hanches, pour contempler l'île de tous côtés. À l'ouest, une forêt de mangrove s'étale jusqu'au bord de l'eau, rendant la plage impraticable, mais le reste du périmètre de l'île a l'air de pouvoir être suivi à pied.

Je pivote plus lentement cette fois, mais ne vois aucune épave d'avion, ni même de trace. En fait, il n'y a rien que des arbres, du sable, l'océan et le ciel.

Une migraine de tension commence à pulser derrière mes yeux, et j'abaisse mes lunettes de soleil. Passant une main dans ma nuque, je regarde autour de moi sur l'arête, cherchant désespérément un signe qui m'indiquerait que je suis sur la bonne île. Une feuille brûlée par le soleil tournoie dans la brise, une mouche bourdonne à l'ombre d'un rocher. Mais rien d'autre. Le vent et les éléments ont depuis longtemps effacé toute trace de pas, s'il y en a eu.

Je me concentre sur la canopée de la jungle, dont les feuilles luxuriantes et denses pourraient cacher quelque chose. Une épave d'avion ? Des corps ? Je frissonne.

C'était peut-être une erreur folle. Il y a des centaines d'îles et îlots inhabités aux Fidji. Comment saurais-je que cet endroit-ci est le bon ? J'ai dépensé mes dernières économies pour venir ici… et, si ça se trouve, j'ai tout faux. Et si la carte de Mike était destinée à brouiller les pistes ? Et si ces types, sur leur bateau, m'avaient emmenée sur la mauvaise île ?

Je perçois un mouvement du coin de l'œil. Rega se dirige vers le rivage. Il se penche, tire sur la corde qui retient le bateau. Je l'observe un instant, envahie par le souffle froid du malaise.

Et s'il s'en allait ? Et si son frère et lui montaient sur ce bateau, là, maintenant, démarraient le moteur et décampaient ?

Je serais coincée ici.

Perdue.

Malgré la chaleur, je frémis.

Je ressens le tangage cadencé du sol sous mes pieds, mon corps doit encore s'adapter à la terre ferme après les heures passées sur l'eau. Je suis trop près, décidé-je en me détournant du précipice pour aller arpenter le milieu de l'arête.

C'est là que je le vois. Quelque chose de doré qui scintille sous la protubérance d'un rocher.

Je m'approche, m'accroupis.

Une cordelette dorée cousue sur du tissu. Je tends les doigts et parviens à la libérer.

J'ai dans la main une casquette jadis blanche à la visière bleu marine. Des insectes détalent dessous. La casquette porte sur un côté un logo brodé de fils dorés et représentant des ailes. Elle est crasseuse et tachée de terre, déchirée à l'arrière, mais je la reconnais immédiatement : c'est une casquette de pilote.

Un afflux d'adrénaline fait bondir mon cœur : je suis sur la bonne île.

Ils étaient ici.

Lori était ici.

45

Avant – Lori

Le sang cognait aux oreilles de Lori, de dos au bord du précipice. Daniel ne lui avait pas lâché le poignet, dont il compressait os et chair et sang. De son bras libre, elle maintenait Sonny, qui continuait de hurler.

Derrière elle, le vide. Rien que du vide, l'air qui tombait vers les rochers, la terre et l'oubli.

Pas Sonny. Pas Sonny. Pas Sonny, se répétait-elle en boucle. Un mantra. Une prière. *Pas lui. C'est juste un bébé.*

Mike continuait d'étrangler Daniel avec la lanière des jumelles.

Elle le voyait dans les yeux de Mike. Il savait. Si Daniel tombait, Lori et Sonny tombaient aussi.

La sueur trempait son haut, dégoulinait le long de ses mollets. Les larmes lui mordaient les commissures des yeux. La peur était éblouissante, aveuglante.

Elle se mit à fredonner. Les lèvres jointes, une berceuse monta de sa gorge où l'air, faiblard d'abord, restait coincé. Elle insista. Les vibrations lui emplirent le palais, prenant des forces pour devenir un son.

Réconfortant.

Les pleurs de Sonny s'arrêtèrent, ses yeux brillants se levèrent vers elle. La mélodie lui chatouillait les lèvres, emplissait le bord de l'arête, les enveloppant tous de quelque chose d'humain et d'espoir. La musique.

Mike cligna rapidement des paupières, comme s'il se rappelait soudain où il était, qui il était.

Lori poursuivit sa berceuse, fredonnant.

Lentement, Mike desserra son emprise sur la lanière des jumelles. La relâcha.

Le corps de Daniel s'affaissa et il tomba vers l'avant, à genoux, les mains aussitôt à la gorge pour enlever les jumelles de son cou et frotter la marque rouge.

Libérée, Lori s'écarta du bord d'un pas chancelant, les jambes affaiblies par le soulagement qui l'envahit soudain. Elle enveloppa Sonny des deux mains et baissa la tête pour le couvrir de baisers.

— Ça va, murmura-t-elle dans ses cheveux. Tout va bien.

À genoux, les babines retroussées, Daniel hurla à Mike :

— Putain, t'es complètement dingue !

Puis il se remit difficilement debout et traversa le promontoire en boitant. Il se laissa avaler par la jungle, marmonnant et jurant.

— Ça va ? demanda Mike à Lori. Je suis désolé, vraiment désolé… Je ne sais pas ce qui s'est passé…

Il se tut. Ses joues étaient écarlates, et de petits vaisseaux rompus lui rougissaient le nez. La casquette avait disparu, laissant voir des cheveux blancs, collés au crâne.

— Non, rien ne va, rien du tout, rétorqua-t-elle.

Ses vêtements lui collaient au corps, la sueur refroidissait dans son dos.

— Vraiment, Lori. Je suis désolé, jamais je n'ai voulu vous mettre en danger, Sonny et toi. Je n'aurais pas dû laisser Daniel m'atteindre comme ça.

Il baissa la tête, honteux. Au fil des jours, Lori percevait une dégradation dans la dynamique entre les deux hommes, comme quelque chose qui s'effritait. Elle revit les lèvres de Daniel, retroussées sur un rictus narquois, la rage pulsant dans les yeux de Mike.

Felix avait raison : elle ne pouvait pas leur faire confiance, ni à l'un ni à l'autre.

Lori redescendait de l'arête, se frayant un chemin à travers les sous-bois, quand elle entendit crier son nom.

Mike l'appelait.

Elle ne s'arrêta pas. Il fallait qu'elle regagne la plage. Qu'elle attende Felix sur le rivage. Peut-être que, tous les deux, ils pourraient disparaître à la source avec Sonny, peut-être même y camper ce soir. Ils prendraient leurs couvertures, le couffin de Sonny. S'il ne pleuvait pas, ils y seraient bien.

Elle plongea sous un arbre bas, écartant les feuilles tannées.

— Lori !

La voix de Mike, encore, mais plus forte cette fois. Avec une urgence dans le ton qui la fit hésiter. Quand il cria de nouveau, ses mots la glacèrent.

— C'est Felix !

Elle fit demi-tour, prit les jumelles des mains de Mike, sentit leur contact sur l'arête de son nez. Ses mains tremblaient.

Elle se mit à passer la baie au crible, en quête de sa silhouette.

Du bleu, du bleu à l'infini.

La brise salée balayait le sommet, indifférente. Sonny était calme à présent, comme épuisé par la tension de la scène précédente.

La forme sombre de Felix apparut dans les lentilles des jumelles. Il était loin de la ligne de coraux, près de la corniche. Exactement là où il nageait quand elle était arrivée au sommet tout à l'heure.

— Il ne bouge pas, dit Mike.

La peur lui serra la gorge. Elle cilla. Se concentra.

À travers les jumelles, elle distinguait clairement son contour. Il flottait, la tête dans l'eau, les membres en étoile de mer.

Il semblait si petit… si seul… dans tout cet océan…

Le pouls de Lori rugissait dans ses oreilles, elle essayait de se dire qu'il était peut-être juste en train d'observer quelque chose sous la surface, un poisson qu'il aurait repéré pour le tuer.

— Il n'a pas le fusil harpon, ajouta Mike.

Avec des picotements dans les yeux à force de les focaliser sur le même point, Lori scruta l'eau. Son estomac se replia sur lui-même. Mike avait raison.

Felix nageait toujours avec le harpon à son flanc et battait ses pieds palmés pour se propulser dans l'eau, si bien que le fusil était toujours prêt et chargé au moment où il en aurait besoin.

Son corps se mit à trembler de manière incontrôlable. Elle peinait à garder les jumelles en place. Quelque chose de sombre, comme de l'encre, entourait Felix, au niveau du ventre.

— Oh, mon Dieu, chuchota-t-elle, son corps se glaça.

C'était un nuage de sang, dans l'eau.

46

Maintenant – Erin

La casquette du pilote toujours à la main, je me détourne du sommet. Il n'y a rien d'autre, que de la poussière brassée par le vent et un rocher brûlé par le soleil, je ne trouverai pas mes réponses ici.

Je redescends péniblement de l'arête, maladroite dans mes tongs qui glissent. La terre et des feuilles en décomposition se prennent entre le caoutchouc et mes pieds, chaque pas m'égratigne, mes orteils tentent de s'agripper au sol. La jungle est épaisse et dense, quelque chose dans cette humidité rend l'air plus difficile à respirer. Je ne me rappelle pas le chemin que j'ai pris pour monter, mais le son des vagues au loin me guide dans la bonne direction.

Dès que le terrain commence à s'aplanir, je presse le pas, plonge sous les arbres, les contourne, pressée de partir en chasse de l'épave. Je passe un ruisseau au centre de l'île, où l'eau qui coule est claire et profonde, et plus tard des arbres qui donnent des bananes et des mangues. Je suis à l'affût de toute trace de vie – détritus, cendres d'un feu, chaussure égarée –, mais l'île refuse de révéler ses secrets.

Au bout d'une heure ou plus de recherches, je transpire énormément et le Y en caoutchouc de mes tongs a formé une ampoule entre mes orteils. Je regrette de n'avoir pas laissé mon sac à dos sur le bateau, car il ne cesse de rebondir lourdement sur ma colonne vertébrale.

—Allez…, marmonné-je à l'adresse de la jungle vide. Il doit bien être quelque part, cet avion.

La sueur remonte de la ceinture de mon short pour me coller le bas du dos. Je regarde sans arrêt ma montre, consciente que le temps presse. La jungle est dense et ponctuée de puits de lumière. Il y a quelque chose de mystérieux dans la façon dont les arbres engloutissent les rayons, et dans l'odeur terreuse, pailleuse qu'ils renferment. Trop d'endroits où se cacher, trop d'ombres changeantes. De temps en temps, une tranche de soleil déchire la canopée et m'aveugle.

Je commence à désespérer. Je traverse la même bande de plage que j'ai déjà marquée des empreintes de mes pas, puis je m'enfonce dans la forêt de palétuviers, les yeux à l'affût. Au bout d'un moment, je m'arrête, hors d'haleine. Je sors la bouteille d'eau de mon sac et en bois la moitié. J'éponge la sueur de mon visage avec le bas de mon tee-shirt, puis regarde ma montre. Le bateau repart dans une heure.

Il est ancré de l'autre côté de l'île et, pour le rejoindre à temps, il faut que je me mette en route… maintenant. En suivant la plage, je tomberai directement dessus. La casquette du pilote est à l'abri dans mon sac à dos. C'est une preuve. De retour sur l'île principale, je pourrai la transmettre aux autorités, elles prendront le relais.

Mais j'ai besoin de le voir. L'avion, l'épave. J'ai besoin de savoir…

Je reprends la direction de l'île, m'insinue à travers la jungle. Je ne sais pas trop si j'ai déjà parcouru cette zone de l'île. L'air y paraît plus lourd, plus chargé des odeurs des plantes. Je me fraie un chemin droit devant, écartant les branches et les feuilles épaisses. Soudain mes orteils entrent en contact avec quelque chose de dur, et je trébuche et tombe en avant. Le poids de mon sac m'entraîne au sol avec force et j'atterris à genoux dans la terre.

Ce n'était qu'une racine, je m'en rends compte en observant le nœud sombre qui m'a fait perdre l'équilibre. J'ai eu l'impression d'une mâchoire d'acier, comme une main qui m'aurait attrapé le pied. Mais non, ce n'est rien. Je cherche à m'en persuader en me relevant, un peu vacillante. La violence de la chute m'a coupé la respiration. J'époussette la terre de mes genoux, vois un petit filet de sang couler le long de mon tibia depuis l'endroit du choc.

Quand je relève les yeux, je crois d'abord discerner un trou entre les arbres. De la lumière qui se déverse. Et puis je comprends… Ce n'est pas de la lumière, c'est quelque chose de plus clair au milieu de tout ce vert.

Je me précipite maladroitement, les yeux vers la terre jonchée de feuilles, de ces fichus troncs, de minces arbrisseaux. Je repousse les branches barbues de mousse et, soudain, je m'immobilise dans une glissade.

Là, un peu plus haut, je le vois clairement : le corps blanc d'un avion.

Mes mains se plaquent sur ma bouche. Respiration courte et saccadée.

Cet avion, j'en ai contemplé les photos des centaines de fois – la bande rouge qui, seule, tranche le blanc par le milieu –, et pourtant maintenant ce cylindre de métal se trouve là, encastré dans la jungle. D'épaisses lianes sont nouées autour de la carlingue, entourent ses ailes, les veinent de tiges et de branches. L'entrée est ouverte, béante, et la jungle s'y est frayé son chemin : des lianes entremêlées grouillent à l'intérieur de l'avion.

L'horreur du crash me frappe en plein ventre. Je me plie en deux, les bras autour de la taille.

Tu étais dans cet avion !

Je me concentre sur ma respiration. Lentement, lentement. Respire.

Près de l'épave, je remarque à présent trois troncs, qui ont été positionnés autour d'un cercle de pierres, à la lisière duquel poussent des herbes nouvelles. Du bois noirci et détrempé est empilé à côté. Et, suspendu dans un arbre, un long tube de caoutchouc est noué à un morceau de tissu jaune. Un abri de fortune ?

Précautionneusement, je m'approche de l'avion, écartant un buisson à hauteur d'épaules, dont les feuilles sont acérées comme des lames. La jungle fourmille d'insectes invisibles, dont les stridulations se disputent au rugissement du sang à mes oreilles.

À l'entrée de l'avion, je me fige. Le sol est couvert d'une épaisse couche de terre et de feuilles en décomposition, son ventre sombre grouille d'insectes. Les petits cheveux se hérissent sur ma nuque. Je la sens déjà, fétide et répugnante : l'odeur de la mort.

47

Avant – Lori

Lori courait. Les petits coups de fouet du sable chaud. Son souffle rauque. Sonny plaqué contre sa poitrine.

Devant elle, Mike approchait de l'eau, ses bras se balançant, pans de chemise voltigeant derrière lui.

— Qu'est-ce qui se passe ? demanda Daniel, occupé à attiser un feu de détresse sur la plage. Un bateau ? Y a un bateau ?

Mike jeta les jumelles sur le rivage, mais ne s'arrêta pas pour se déshabiller, il plongea directement dans l'eau et se mit à nager.

Lori s'immobilisa au bord de l'eau, le cœur explosé dans la poitrine, les bras passés autour d'un Sonny surpris d'avoir été secoué trop vigoureusement. Elle se saisit des jumelles, épousseta le sable des lentilles et les porta à ses yeux.

— Qu'est-ce qui se passe, bordel ? répéta Daniel en la rejoignant.

— C'est Felix. Il ne bouge plus. Il flotte juste là-bas… Et il y a du sang !

— Quoi ? Laisse-moi regarder. (Il lui prit les jumelles et les colla à sa peau brûlée par le soleil.) C'est peut-être du sang de poisson. Possible. Oui. Du sang de poisson. Il a le longeron, non ? Il y empale les poissons une fois qu'il les a harponnés. Ça peut être ça.

Lori voulait tant y croire. *Un nuage de sang de poisson, oui !*

De longues minutes s'écoulèrent et le rythme de Mike commença à ralentir. Ses brassées devenaient laborieuses, ses bras larges battaient l'eau, sa tête remontait en quête d'air. Lori ressentait tout de façon douloureusement viscérale : le soleil qui lui brûlait sans pitié les épaules, le pouls qui cognait à ses oreilles et Sonny, éveillé et gazouillant, sa joue appuyée contre le marteau-piqueur de son cœur.

Elle récupéra les jumelles au moment où Mike atteignait Felix. Qui ne bougeait toujours pas pour autant, ne relevait pas la tête de l'eau. Elle se débattit contre le tremblement qui prenait le contrôle de son corps, s'efforçant de maintenir les jumelles droites. Un bref instant, elle perdit les deux hommes de vue, fouilla l'étendue d'eau vide jusqu'à ce que le tableau réapparaisse. Tout ce qu'elle voyait désormais, c'était Mike qui revenait vers la plage à la nage en traînant Felix, visage dans l'eau.

— Retourne-le ! Il ne peut pas respirer !

— Qu'est-ce qui se passe ? demanda Daniel.

— Mike le ramène à la nage. Felix ne bouge pas, son visage est dans l'eau.

Mike peinait, elle le voyait, sa progression était douloureusement lente. La bouche grande ouverte, il frappait l'eau d'un bras en tâchant de tirer Felix de l'autre.

Lori faisait les cent pas, incapable de rester immobile, la sueur lui trempait les aisselles. Le temps s'étirait, entre le clapotis des vagues sur le rivage et la voix de Daniel derrière son épaule. Au bout de quelques minutes, elle vit Mike lâcher… il lâcha Felix. Le courant fit lentement pivoter son corps et elle la vit alors : une profonde entaille rouge en travers de son corps, d'où le sang s'échappait dans un tourbillon qui souillait l'eau.

Elle passa la lanière des jumelles par sa tête et les jeta sur le sable.

— Tiens, ordonna-t-elle en détachant le porte-bébé et tendant Sonny à Daniel.

Il recula, les mains levées.

— Je ne peux pas…

— Prends-le, insista-t-elle d'une voix glaciale.

Voir les mains crasseuses de Daniel récupérer Sonny allait à l'encontre de tout ce qu'il y avait d'instinctif en elle. Lori plongea dans les eaux peu profondes et se mit à crawler. Elle n'était pas bonne nageuse, ses brassées étaient irrégulières et inefficaces, ses vêtements gorgés d'eau l'alourdissaient. Pourtant elle poussait sur ses bras, aspirant l'air à grandes goulées, tant elle était pressée de les rejoindre.

Mike s'était remis à traîner Felix, il arrivait dans les eaux peu profondes désormais. Le visage de Felix était toujours dans l'eau.

— Soulève-lui la tête ! cria-t-elle malgré l'eau salée qui lui piquait les yeux. Soulève sa tête, putain ! Il ne peut pas respirer !

Mais elle savait.

Elle savait.

— Felix ! hurlait-elle. Felix !

Elle pataugeait quand ils l'atteignirent. Mike peinait à reprendre son souffle. Entre deux halètements, il dit :

— C'est trop tard, Lori.

— Non… non…

Elle nagea jusqu'au visage de Felix, prit sa tête entre ses mains, vit ses yeux ouverts mais fixes sous le masque de plongée. Elle devait lui enlever ce masque : il ne pouvait pas respirer correctement, elle devait l'aider, elle…

— Ramenons-le, dit Mike, qui tira Felix sur les derniers mètres jusqu'au rivage.

Un tourbillon de sang colorait l'eau. Mike hissa Felix sur la plage et l'allongea sur le dos.

Lori finit d'arriver dans les eaux peu profondes, titubante, et tomba à genoux auprès de Felix.

— Felix…

Elle posa les yeux partout sur son corps, s'arrêta sur la déchirure qui traversait son abdomen. Des parties secrètes de son corps désormais exposées. Le longeron intact toujours à sa taille, une tête de poisson y restait accrochée, dont le corps avait été arraché.

Elle savait ce qui s'était produit. Ils le savaient tous.

Derrière, elle entendait Mike. Des mots épars : « requin-tigre… en avait après le poisson, pas lui… odeur du sang à des kilomètres ». Et, au-delà des mots, Sonny qui s'agitait dans les bras de Daniel, les hoquets de ses sanglots de plus en plus forts et vrais.

Le sang s'écoulait du torse de Felix pour s'infiltrer dans le sable mouillé. Ses jambes étaient écartées, palmes aux pieds. Tendrement, elle lui ôta son masque de plongée, remarqua les marques rouges incrustées sur sa peau. Elle colla son visage contre le sien. Embrassa ses lèvres froides, ses joues, son front. Goûta le sel et la mer.

— Réveille-toi, chuchotait-elle. S'il te plaît…

« Ma vie ne m'avait pas fait l'effet d'être un cadeau depuis bien longtemps », lui avait-il dit.

Non… non… non.

Elle prit son visage entre ses paumes, sentit l'ombre de sa barbe sur ses mains. Du pouce, elle caressa la peau douce et humide à ses tempes.

— Felix, s'il te plaît, Sonny et moi, on a besoin de toi.

Une douleur brûlante, insondable se mit à hurler au fond de sa poitrine.

Le soleil cognait, impitoyable, et la mer affluait et refluait sur le rivage, indifférente.

Une main mouillée sur son épaule.

— Il est parti, Lori, disait Mike.

Elle l'écarta d'un mouvement de l'épaule. Se remit péniblement debout. Elle voulait courir jusqu'à la pointe de l'arête, se jeter dans ce putain de précipice ! Ou… ou nager loin de cette île infernale, s'offrir aux courants et aux requins.

Elle ne pouvait pas rester. Pas sans Felix. Elle tomba sur le sable… trébucha et se redressa… vêtements mouillés empoissés de sable.

Derrière elle, un cri transperça le brouillard de son esprit.

Retournes-y. Sonny a besoin de toi.

Elle ralentit. Hésita.

Tu peux le faire, Lori. Tu es forte.

Son corps fut secoué par un profond tremblement. La voix d'Erin ?

Plus très longtemps, non. Je viens. Je vais te trouver.

Elle fit volte-face, désorientée. Détruite.

Pas d'Erin.

Le corps sanguinolent de Felix sur le sable.

Et puis Sonny… visage rougi, hurlant dans les bras de Daniel.

Daniel qui le tenait, crispé, le visage détourné comme s'il ne supportait pas le son de ses cris.

Rien n'allait.

Sonny avait besoin d'elle.

Elle courut vers lui, le prit à Daniel et le serra dans ses bras. Déposant des baisers sur le petit crâne, elle lui dit :

— C'est bon, je suis là. (Puis elle s'agenouilla auprès du corps de Felix.) Partez ! siffla-t-elle aux autres par-dessus son épaule.

Elle entendit le bruit de leurs pas qui s'éloignaient, le sable déplacé par leurs pieds tandis qu'ils la laissaient sur le rivage. Elle se mit à bercer Sonny, laissant couler des larmes silencieuses. La bouche pressée au sommet du petit crâne doux et tiède, elle murmura :

— Il n'y a plus que toi et moi. Toi et moi.

48

Maintenant – Erin

Une odeur humide et métallique stagne dans l'air à l'intérieur de la carlingue. Ça grouille d'insectes. Des lianes se sont insinuées, couvrent les sièges et s'accrochent aux coffres à bagages. Mike Brass a beau avoir déclaré que tous les corps avaient été jetés à la mer, mon regard est aussi nerveux que si je redoutais de tomber sur des cadavres encore attachés à leur siège.

Je me mets à fouiller, enfonce les mains dans les pochettes des fauteuils, m'attendant à y sentir le corps durci de quelque insecte caché. Je m'accroupis, inspecte en bas, le cou tordu, puis me hisse sur la pointe des pieds pour scruter le fond des compartiments à bagages. L'avion a été entièrement vidé.

Je ressors maladroitement, les jambes luisantes de sueur, gifle un moustique atterri sur mon avant-bras. J'enjambe les amas de branches cassées pour gagner la cale de l'avion. Des lianes entortillées sont nouées autour de la poignée de la porte, et il me faut plusieurs minutes pour les arracher et la libérer. Au bout d'un moment, la poignée est accessible et, avec un grognement, je parviens à l'actionner.

Une pile de bagages abîmés par les aléas météo, des couvertures sales et des bouteilles d'eau en plastique emplissent la soute. Là, au bord, je reconnais la valise de Lori, avec ses roulettes couvertes d'une épaisse couche de terre. Je m'avance à quatre pattes pour l'attraper, la traîne dehors et la pose sur le sol de la jungle, avant de me redresser un moment pour reprendre mon souffle.

Si j'hésite trop longtemps, je vais perdre courage.

Une fois la sueur essuyée de mon visage, je m'accroupis et tire rapidement la fermeture Éclair.

Je suis assaillie par une odeur aussi âcre et piquante que celle de l'eau stagnante. Les vêtements que Lori avait si soigneusement pliés forment désormais un monticule crasseux. Tout a été porté, usé.

Par elle ?

Je tire un petit caraco avec une bretelle effilochée, taché de suie et de terre. Une araignée morte tombe d'un repli du tissu et atterrit sur mes genoux. Je n'arrive pas à y croire : c'est terrifiant que ce soient ses affaires. Je me rappelle cette valise au pied du lit de Lori pendant la quinzaine de jours qui avait précédé notre voyage, avec ses vêtements soigneusement pliés et rangés dedans. Elle y ajoutait de nouvelles choses chaque jour : un bikini, un flacon de lotion solaire, des spartiates, un short marron. Maintenant, je tiens devant moi ce même short, un perce-oreille se tortille et sort de sa poche, le corps luisant et acéré. Je lâche le vêtement par terre.

J'ai envie de courir. De fuir. Mais je m'oblige à continuer.

Je passe ensuite à la trousse de toilette. Quand je l'ouvre, de minuscules spores de moisi explosent à mes narines. Je farfouille parmi les tubes vides de baume hydratant, de shampoing, de contour des yeux hors de prix… tous vidés de leur contenu autant qu'il a été possible de le faire et souillés de terre.

Je glisse les mains dans toutes les poches zippées de la valise de Lori, sors son passeport, un roman aux pages cornées, son porte-monnaie, un téléphone portable. Je vais pour le jeter sur le côté, mais quelque chose m'arrête. Je le fixe des yeux, confondue.

Ce n'est pas le téléphone de Lori. C'est le mien.

J'avais oublié ce téléphone dans le bar où j'ai rencontré Mike Brass, deux ans plus tôt. Accroupie, je tourne le téléphone entre mes mains en réfléchissant. Mike avait dû le ramasser, sans doute ? Et, d'une manière ou d'une autre, Lori aura mis la main dessus. Mes pensées tournoient à force de questions tandis que je m'efforce de recoller ensemble les quelques minces informations que je possède pour comprendre.

J'essaie de l'allumer, mais la batterie est à plat.

Une idée me vient. De mon sac à dos, je sors mon chargeur de batterie nomade. Je trouve l'embout et le branche à ce vieux portable, vois l'icône de la batterie s'allumer : ça marche.

Je le laisse en charge le temps de passer en revue le camp abandonné. Un cercle de pierres, envahies par les lianes, délimite les restes noircis d'un feu éteint depuis longtemps. Avec mon propre portable, je prends en photo ce que je vois, pour servir de preuves à rapporter aux autorités. J'essaie de m'imaginer Lori assise ici, attendant les secours… mais l'image refuse de se former. En bordure du cercle de pierres, quelque chose de nacré attire mon regard.

Je m'en saisis : c'est un morceau de tissu, avec des perles tissées en haut. Une robe crème, au tissu froissé et raidi par la saleté. Une partie de la robe a brûlé, ce dont témoigne une bordure noircie. Je me souviens de cette robe. Je me rappelle le jour où elle a été livrée à mon appartement londonien. Lori qui se pointe en balançant les hanches, pieds nus dans le salon, la peau pâle de l'hiver.

— Qu'est-ce que tu en penses ? Tu les vois, les cocktails au coucher du soleil ?

J'avais levé les yeux d'un article que j'étais en train de rédiger.

— Je vois surtout que tu as besoin de te raser les jambes.

— Privilège du célibat, avait-elle répliqué en souriant, malicieuse. Je me suis réservé une séance d'épilation. Et pour toi aussi. Ils réussiront peut-être à faire quelque chose pour ta langue bien pendue, tant qu'ils y sont.

À quoi j'avais répondu par un majeur dressé.

Lori avait tournoyé, faisant voleter la couture festonnée autour de ses genoux.

— Elle est superbe, lui avais-je alors dit, sincère. Parfaite pour boire des cocktails au coucher du soleil.

À présent, le tissu délicat est déchiré et raidi par la crasse. Quand j'essaie de secouer la robe, le tissu reste collé. Je tire sur le fond qui se détache. Une marque rouge-brun s'étale en son centre. Le souffle coupé, j'identifie ce qu'est cette tache.

Du sang.

49

Avant – Lori

Au camp, ce soir-là, Lori s'installa loin du feu. Calme et accommodant, Sonny dormait dans son couffin, à croire qu'il percevait qu'elle n'avait plus rien à donner.

Elle avait pris l'un des tee-shirts de Felix dans son sac à dos et le collait contre son visage. Il sentait la fumée du feu de bois et la terre, et puis quelque chose de plus profond, plus musqué. Les yeux fermés, elle l'inhala.

— Tu veux de l'eau ? demanda quelqu'un. (Elle ne réagit pas.) Lori ? De l'eau ?

Elle inspira plus fort dans le tissu, tout en se balançant. *Si Felix avait eu le couteau de plongée,* se répétait-elle, *il aurait pu se protéger. Il aurait peut-être pu égorger le requin ou couper son longeron. Il aurait peut-être eu une chance…*

Elle entendit Daniel et Mike chuchoter quelque part non loin d'elle, perçut des morceaux de phrases. « Fusil harpon perdu… plus rien pour pêcher… plus de fruits sur les arbres… personne ne vient… »

Elle les avait regardés traîner le corps de Felix, le retourner à la mer, comme les autres. Elle n'avait pas ramassé de fleur de frangipanier à lâcher sur l'eau, ni chuchoté de prière. Elle s'était juste tenue sur le rivage, à moitié là seulement, les jambes dans l'eau et l'esprit contemplant la scène de loin.

Un grattement la tira de ses pensées. Qu'est-ce que c'était ? Elle tenta d'en délimiter la provenance dans le noir. Une sorte de crissement, léger, parmi les trilles graves des crapauds.

Tout à coup, elle le reconnut. Ses yeux s'ouvrirent aussitôt. À la lumière du feu, elle vit Daniel, à l'aide d'un coquillage pointu, graver quelque chose dans l'écorce de l'arbre.

La courbe de son dos masquait ce qu'il gravait exactement, mais elle savait.

— Non ! s'écria-t-elle en bondissant sur ses pieds. Arrête !

Elle traversa le camp au pas de course, se jeta sur Daniel et le poussa loin de l'arbre.

— Qu'est-ce que…

— Non ! répéta-t-elle. C'est trop tôt…

Son regard tomba sur les marques. Trop tard. La liste des morts était gravée là, le nom de Felix fraîchement creusé.

Le matin arriva, chaud et silencieux. Lori n'avait pas dormi. Allongée, les yeux grands ouverts, elle écoutait. La respiration de Mike se fit rauque au moment où il se réveilla, un profond soupir, suivi par le craquement des articulations quand il se leva, s'étira. Puis la fermeture Éclair d'un sac, la fouille. Ensuite, la démarche irrégulière de Daniel qui boitait çà et là sur le camp, marmonnant et jurant pour lui-même. L'un des deux attisa le feu, soufflant fort sur les braises, dont la fumée cendreuse flotta jusqu'à elle. Des mâchoires mastiquant du fruit, la chair d'une mangue.

Les deux hommes n'échangèrent pas le moindre mot.

Et puis, enfin – enfin ! –, ils partirent.

Lori aurait voulu garder les yeux clos. Dormir. Ne pas affronter cette journée sans Felix.

Seulement, il y avait Sonny. Bientôt il se réveillerait et aurait besoin d'être nourri, changé, porté et aimé… Or, toutes ces choses, c'était à elle de les fournir.

Quand Pete était parti et qu'elle avait été à son plus bas, Erin lui avait donné un conseil : « Fais ton lit et habille-toi. C'est tout ce que tu as à faire chaque jour. Juste ça, OK ? »

Ça lui avait paru idiot de simplicité, mais Erin avait raison. Si Lori s'acquittait de ces deux tâches, elle se levait et quittait sa chambre. Et, une fois ces deux tâches accomplies, le reste semblait possible. Jamais facile, mais possible.

Sa tête commença à tourner quand elle se mit debout, à cause de la faim. Elle avait les épaules nouées et raides après sa nuit sans sommeil à même le sol.

Elle secoua sa couverture et la plia en un carré soigné, prête pour le soir. Puis elle ôta son haut et son short dégoûtants, les laissant tomber en tas par terre. Elle fouilla dans sa valise, en quête de quelque chose de sec et de vaguement propre. Tout au fond, ses doigts entrèrent en contact avec une robe crème encore soigneusement pliée. Elle tira dessus, s'aperçut que c'était le seul vêtement qu'elle n'avait toujours pas porté. Le tissu sentait bon le frais et elle tâta l'étiquette en carton encore accrochée au col.

Elle se l'était commandée pour les vacances, se rappelait encore le bourdonnement d'excitation qu'elle avait éprouvé à la livraison. Elle l'avait enfilée et avait tournoyé jusqu'au salon, où Erin, assise par terre en tailleur, avait la tête penchée sur son ordinateur portable.

— Qu'est-ce que tu en penses ? avait-elle demandé à sa sœur.

Cette robe, Lori l'avait gardée de côté. Les cocktails au coucher du soleil, voilà à quoi elle la destinait. C'était ce sur quoi Erin et elle étaient tombées d'accord. Et elle avait pensé que si elle la laissait dans la valise, si elle ne la portait pas sur cette île, la robe deviendrait une sorte de talisman, la promesse d'un temps où elle serait de nouveau en sécurité. À la maison. Avec Erin.

Elle toucha son bracelet. *Ensemble.*

Elle s'était autorisée à fantasmer des présentations entre Felix et Erin. Sa sœur aurait haussé un sourcil qui aurait tout dit : « Je ne m'attendais pas à ça, sœurette, mais oui ! » Ils se seraient appréciés, Lori le savait.

Elle tenait le tissu délicat entre ses mains sales, ses ongles non coupés souillés de terre. Elle avait besoin de se rappeler qui elle était avant. Ici, tout était trop vil. Il fallait qu'elle le montre aux autres. Le leur rappelle. Ils n'étaient pas des animaux.

Elle arracha l'étiquette du prix et passa la robe par-dessus sa tête. Le tissu était doux et léger, la couture festonnée lui caressait le milieu des mollets. Si elle passait outre les hématomes de ses jambes, la façon dont la robe bâillait au niveau de sa taille et de sa poitrine, elle pouvait presque en savourer la beauté.

Quel dommage de ne pas l'avoir portée plus tôt ! Elle regrettait que Felix ne l'ait pas vue dans cette robe. Elle s'imaginait son sourire lent, difficile à gagner, ce sourire qui éveillait des papillons dans son ventre. Ils avaient eu si peu de temps… seulement un début. Elle serra les paupières pour retenir les larmes.

Derrière elle, une petite branche craqua sous le poids d'un pas.

Elle pivota.

Daniel se tenait en bordure de clairière, le regard rivé sur elle, la bouche légèrement entrouverte. Les bras ballants, striés du sang séché sortant de piqûres d'insectes qu'il avait grattées. Une mouche lui passa devant le visage, mais il ne bougea pas, il continua de la dévisager.

Il m'a regardée pendant que je me changeais, comprit-elle, la peau soudain glacée. Elle tenta de rajuster la robe, de remonter le décolleté, tandis que le regard de Daniel coulait comme un liquide le long de son corps.

Debout dans l'ombre, avec son tee-shirt déchiré, ses pieds nus et crasseux à l'exception d'un bandage fabriqué avec un long morceau de tissu, il avait l'air sauvage, fantomatique. Des carrés de barbe irrégulière parsemaient sa mâchoire étroite et, au-dessus, la terre repeignait son visage. Il avait perdu beaucoup de poids, la peau était tendue sur les os de son visage squelettique.

Les doigts sur son flanc remontèrent jusqu'à sa poche.

Le couteau, se souvint-elle. *Toujours pas retrouvé.*

Sa bouche s'assécha et son pouls se mit à lui battre dans la gorge, comme les ailes d'un oiseau emprisonné.

L'expression de Daniel était vide, au point que c'en était effrayant, à croire qu'il était loin, très loin de lui-même. D'instinct, Lori sentait que bouger déclencherait quelque chose. Alors elle soutint son regard en s'efforçant de lui communiquer une mise en garde. *Non.*

Il baissa lentement les yeux le long de son cou, pour les poser sur ses seins.

Alors elle bougea. Pivotant, elle plongea à terre vers le couffin de Sonny. Les mains tremblantes, elle souleva son corps endormi et le serra contre elle.

Un bouclier, pensa-t-elle. *Je m'en sers comme d'un bouclier.*

Toujours consciente du regard brûlant de Daniel dans son dos, elle se tourna pour l'affronter, cette fois. Il la regarda, elle, puis le bébé dans ses bras. Ses lèvres frémirent à peine… et puis il recula, tête basse, et repartit dans la jungle en traînant sa patte folle.

Lori frissonna et resserra les bras autour de Sonny, le coton propre de sa robe collé par sa sueur froide.

50

Maintenant – Erin

La bile me remonte du fond de la gorge alors que je tiens à bout de bras la robe ensanglantée de Lori.

Qu'est-ce qui t'est arrivé ? Pourquoi ta robe est-elle couverte de sang ?

J'attends une réponse, quelques mots chuchotés au plus profond de moi, mais tout ce que j'entends, c'est le souffle du vent à travers la canopée, les feuilles luxuriantes qui se frôlent.

J'ai beau contempler le tissu, je ne parviens pas à comprendre pourquoi il aurait été jeté au feu. Quelqu'un a-t-il cherché à s'en débarrasser ? Le mot « preuve » s'insinue dans mes pensées, insistant.

Quand je relève les yeux, ils tombent directement sur cette épave monstrueuse. Depuis la disparition de Lori, mes pensées ont nagé à travers les chenaux étroits des explications possibles. Néanmoins, chaque fois que le besoin s'en faisait sentir, je pouvais remonter à la surface, même péniblement, inspirer l'air de l'absence d'informations, cet air où aucune de mes peurs ne pouvait être confirmée. Maintenant, en revanche, tout est là, juste sous mes yeux : la brutalité du crash, la vue dérangeante de ses affaires sales et puis ça, cette robe tachée de sang.

La puanteur de la mort m'oppresse. Des événements terribles se sont produits ici.

Je sens quelque chose dans la large poche à l'avant de la robe et sors une liasse de photos, collées ensemble par l'encre, le sang, l'humidité. La première image est perdue, réduite à un mélange flou de couleurs et de sang. Soigneusement, j'essaie de la décoller pour révéler celle de dessous, mais là encore l'image est emportée avec. Deuxième tentative avec la photo suivante : même résultat, l'humidité les a scellées en une seule masse. C'est seulement sur la dernière photo, que je parviens à décoller avec succès, que la moitié de l'image survit. Je la porte à mes yeux et me retrouve à contempler le portrait d'une jeune femme, cheveux d'ambre collés par la sueur à ses tempes, l'air fasciné. Elle ne regarde pas l'objectif, son regard est tourné vers le tout petit bébé dans ses bras, enveloppé dans une couverture.

Je reconnais cette femme, c'est Holly Senton, la jeune maman du vol FJ209. Et, dans ses bras, ce doit être Sonny, son bébé.

Pourquoi Lori a-t-elle une photo de ces deux-là dans la poche de sa robe tachée de sang ? Je l'étudie plus attentivement, sachant que je tiens une pièce du puzzle qui continue à me résister.

Que s'est-il passé sur cette île, Lori ?

Il y a autre chose. Je sais qu'il y a autre chose. Mais le temps presse.

Je vérifie ma montre. Merde ! Je suis censée regagner le bateau d'ici trente minutes. Je ne peux pas le rater. Oui, mais il me faut encore un tout petit peu de temps,..

Je retourne à mon sac à dos et vois le vieux portable par terre, toujours en charge. L'écran de verre est cassé et trouble, le boîtier, déformé par l'eau, a été éraflé par le sable. Je suis sur le point de le jeter dans mon sac, pourtant je me surprends à actionner le bouton « On » et vois l'écran d'accueil s'allumer.

Le fond d'écran est une photo de Lori, prise un jour de printemps dans son jardin. Nous sommes toutes les deux ivres de soleil et le ventre rempli de notre barbecue. J'adore les petites lignes que son sourire lui dessine aux coins des yeux, ses lèvres retroussées. Chaque fois que je regarde cette photo, elle me dit : « C'est chez toi. » Je ne parle pas de la maison de briques rouges, en fond, où Lori vivait alors avec Pete, mais de ma sœur. Lori. C'est elle, ma maison.

Tu me manques. Tu me manques. Tu me manques.

Je fais défiler l'écran jusqu'à la galerie photos. Je la veux là, claire et nette à mon esprit. Alors que je clique sur l'icône de la galerie, le visage de Lori emplit l'écran. Mon cœur se gonfle : ce n'est pas une vieille photo que j'ai prise d'elle. Là, Lori est extrêmement hâlée, ses cheveux sont en bataille. La ligne dense des arbres, derrière elle, m'est familière, et je la reconnais immédiatement : c'est sur cette île.

Sauf que je me rends compte à présent qu'il ne s'agit pas du tout d'une photo. Au centre figure la flèche blanche d'un bouton « Play ».

C'est une vidéo.

51

Avant – Lori

Sonny serré dans ses bras, Lori écouta les pas de Daniel s'éloigner.

Puis elle alla vers sa valise et en sortit discrètement le téléphone d'Erin, qu'elle alluma.

Plus que quatre pour cent de batterie. Mais, en cet instant, tout ce dont elle avait envie, c'était parler à sa sœur. Sentir une connexion. Se remémorer qu'il restait de l'espoir. Elle lança l'enregistrement.

— Erin, chuchota-t-elle.

Ce seul mot suffit à faire trembler sa voix. Combien de fois avaient-elles prononcé leurs prénoms respectifs ? C'était si familier, la danse de ses lèvres, sa langue, les deux syllabes formant des sons qui faisaient partie d'elle.

Elle baissa les yeux vers Sonny, la joue collée contre le col de sa robe, les yeux ouverts, qui la dévisageaient. Puis elle reporta son attention sur l'écran.

— Felix est mort.

La phrase l'étrangla, priva ses poumons de tout leur air. Elle pinça les lèvres et s'obligea à se concentrer. Elle déglutit et observa son reflet. Sa peau était bronzée, ses sourcils en bataille, faute d'avoir été épilés. Ses yeux avaient l'air enfoncés, des cernes profonds les marquaient. Ses cheveux emmêlés et gras paraissaient plus sombres, ils pendaient, filasse, sur ses épaules. Elle faisait dix ans de plus que son âge, une femme qu'elle ne reconnaissait qu'à moitié.

— J'ai peur, murmura-t-elle. Hier, Felix était là, sur cette île, à mes côtés, avec Sonny… et maintenant, il est parti. (Elle déglutit.) Il pêchait au fusil harpon. Tout seul dans l'eau, au large. On pense qu'un requin-tigre… (Elle s'interrompit, secoua la tête.) Je l'aimais, Erin. Je l'aimais et il est parti. (Elle marqua une pause, attendit de recouvrer la maîtrise de sa voix.) Le couteau de plongée a disparu, je suis sûre que c'est Daniel qui l'a… (Elle regarda autour d'elle.) Je ne lui fais pas confiance. Il a une façon de me regarder… (Elle déglutit encore, secoua la tête, et puis elle se mit en mouvement, traversa le camp.) Erin, reprit-elle, la bouche tout près du combiné, tu me cherches encore ? Les gens continuent à nous chercher ? Mon Dieu, j'espère que oui. J'ai besoin que tu me retrouves. (Elle se tut et inclina l'objectif vers le décompte d'entailles dans l'écorce d'un tronc d'arbre.) Voilà. Trente et un. C'est le nombre de jours qu'on a passés ici. S'il te plaît, Erin. S'il te plaît, trouve-moi. (Puis elle baissa la caméra vers les noms gravés en dessous.) Je ne veux pas que mon nom soit ajouté à cette liste… (Elle baissa les yeux vers Sonny.) Ni le sien.

Elle lui déposa un baiser sur le front, entendit le roucoulement par lequel il essayait de lui communiquer quelque chose. Elle frotta le nez contre le sien, sentit sa douce odeur de lait. Il gazouilla, les yeux brillants. Elle recommença son geste. Sentit les larmes lui monter aux yeux.

Prenant une inspiration, elle leva le téléphone vers son visage et reprit :

— Tu sais ce que je veux ? Je veux t'enregistrer un message quand tout ça sera fini. Je veux me retrouver sur un bateau. Être sauvée. Je veux voguer vers l'île principale. Vers toi, Erin. Je veux te laisser un message sur ce même téléphone et te dire : « Erin, je suis saine et sauve. Je rentre à la maison. » Il faut que j'y croie, pas vrai ? (Elle jeta de nouveau un regard vers le tronc d'arbre.) Pas cet arbre, Erin. Je ne veux pas de mon nom sur cet arbre.

Elle leva brusquement la tête.

Écouta.

Un frisson lui donna la chair de poule quand elle distingua le hurlement à travers la jungle : on criait son nom.

52

Maintenant – Erin

Mes doigts planent au-dessus de l'écran. Quand je lance la vidéo, ma sœur se met en mouvement. Elle a les cheveux plus clairs que dans mes souvenirs et une entaille en travers de la joue, la peau boursoufflée et rougie, ce qui me décontenance.

Agrippée au téléphone, je l'approche tout près de mon visage : volonté de passer à travers l'écran, besoin de la toucher.

Et puis elle se met à parler, et sa voix m'explose dans la tête.

— Erin…

Elle secoue la tête. Ses lèvres s'entrouvrent et elle sourit, mais c'est un sourire triste, inaccessible, en fait plutôt un frémissement des lèvres.

Les yeux brûlants, je retiens mon souffle, je regarde. Elle s'adresse directement à moi.

— Je n'en reviens pas d'être en train d'enregistrer ce message, de prononcer ces mots, même. Notre avion s'est écrasé. On est sur une île, quelque part.

Je la vois regarder autour d'elle, par-dessus son épaule, la caméra bougeant avec elle. J'aperçois les arbres, la plage, le ciel bleu. Elle était ici ! Ici même !

Au bout d'un moment, la vidéo se recentre sur elle. Ma sœur décrit l'accident, l'avion dévié de son trajet initial quand il s'est écrasé. Elle me parle de Sonny, de sa mère morte dans l'accident. J'assimile chaque mot, la regarde secouer la tête, pincer les lèvres. Je la connais, cette expression : Lori essaie de contenir ses larmes. Je brûle de passer mes bras autour d'elle. De l'attraper, de la serrer.

Tout à coup, son visage est tout proche de l'écran. Elle fixe l'objectif, comme si on se regardait droit dans les yeux.

— J'ai peur, Erin. Très peur. Et tu me manques. Plus que tout, tu me manques.

Je sais, je sais. Tu me manques aussi.

Je la vois lever les yeux en direction de la mer, comme si son regard était instinctivement attiré vers l'horizon.

— Erin, reprend-elle enfin d'une voix qui se brise, je ne pense pas que je vais pouvoir survivre à ça.

Fin de la vidéo.

J'ai la gorge étranglée. Je m'accroche au téléphone, au désespoir : qu'elle reste, que j'entende ce qu'elle a à me dire, tout, n'importe quoi.

Alors que je fais défiler les images de la galerie, mon cœur se gonfle en constatant qu'elle contient une bonne dizaine d'autres vidéos.

Je dois partir, je le sais, retourner au bateau. Mais j'ai besoin de savoir ce qui s'est passé.

Je regarde avec avidité, j'absorbe ma sœur dans ses moindres détails. Un changement subtil se produit, son visage évolue, devenant plus décharné, ses joues plus creuses au fil des jours. Sur certains enregistrements, elle a l'air optimiste, pleine d'espoir quand elle parle de notre enfance, partage des histoires et des souvenirs qui me font l'effet d'un coup de poing en pleine poitrine. Sur d'autres vidéos, elle parle de l'île et sa voix est plate, ses yeux expriment un mélange d'inquiétude et de dépit.

La vidéo sur laquelle je clique ensuite me pétrifie. La chair de poule me hérisse la peau à mesure que je comprends ce que porte Lori dessus : la robe crème, la même robe qui gît à mes pieds, tachée de sang, avec la liasse de photos agglomérées et fichues fourrées dans sa poche. Pourtant là, sur la vidéo, la robe semble fraîche, propre. Le visage de Lori, en revanche, non : elle a l'air épuisée, abattue. J'approche le téléphone pour essayer de distinguer les détails. Apparemment, c'est le matin, au vu de la lumière douce qui filtre à travers le feuillage des arbres. Son expression est tendue, il y a quelque chose d'absent dans son regard. Sonny collé contre elle, Lori chuchote :

— J'ai peur. Hier, Felix était là, sur cette île, à mes côtés, avec Sonny… et maintenant, il est parti.

Elle continue, et moi j'écoute attentivement, voulant attraper chaque mot sans exception.

— Erin, tu me cherches encore ? ajoute-t-elle à toute vitesse. Les gens continuent à nous chercher ? Mon Dieu, j'espère que oui. J'ai besoin que tu me retrouves.

La culpabilité m'envoie un coup de poing dans le ventre.

Oui, Lori. Oui, je te cherche !

Maintenant, elle se déplace sur le camp – ce camp où je suis accroupie en cet instant – et elle se dirige vers un gros arbre, au tronc large et tailladé. La caméra s'arrête sur une série de marques et elle me dit qu'ils sont sur l'île depuis trente et un jours désormais, et je vois les entailles dans l'écorce. Soudain, sa voix se noue. La caméra filme plus bas et je vois des mots gravés dans l'écorce. Une série de noms.

Holly Senton, R.I.P.

Ruth Bantock, R.I.P.

Jack Bantock, R.I.P.

Kaali Halle, R.I.P.

Felix Tyler, R.I.P.

J'entends l'étranglement dans sa voix quand Lori conclut :

— Je ne veux pas que mon nom soit ajouté à cette liste… Ni le sien.

Je frémis.

À l'écran, Lori relève brusquement la tête. Au loin, le son étouffé de quelqu'un qui crie.

La caméra se détache de son visage et Lori fait volte-face, se déplace à travers la jungle, s'éloigne du camp. Puis elle doit atteindre l'orée des arbres, car je vois la plage devant elle. Hors champ, quelqu'un hurle : « Lori ! »

Et ma sœur court, le sable vole, ses mollets musclés et rapides la propulsent à l'autre bout de la plage. L'écran tremblote et l'image se distord. Je ne vois plus très clairement ce qui se passe.

J'entends la voix de Lori :

— Un bateau ?

L'écran se relève un bref moment, comme si elle avait levé la main pour désigner un point à l'horizon… et puis la vidéo est coupée.

Je reviens en arrière et visionne de nouveau le petit film, appuyant sur « pause » quand apparaît l'image finale. Malgré son aspect pixélisé, je le vois clairement au milieu de tout ce bleu. Il y a effectivement un bateau… et il se dirige vers l'île.

53

Avant – Lori

Lori s'immobilisa sur le rivage à côté de Daniel.

— Bateau ! cria-t-il, un doigt tendu.

Avec Sonny accroché à un bras, elle leva sa main libre pour se protéger les yeux du soleil et plissa les paupières afin de mieux distinguer l'horizon. Elle avait passé assez d'heures à l'observer pour savoir que l'esprit pouvait faire apparaître des images – un bateau, une baleine, un cargo. Mais là… cette silhouette sombre n'avait rien de fluctuant, elle ne disparaissait pas non plus. Il y avait bel et bien quelque chose là-bas, à la surface de l'eau. Seulement, la forme avait l'air trop petite pour être celle d'un bateau. Était-ce un tronc ? Un morceau de cargaison perdu ?

Elle en suivit le dessin, la vit s'approcher. L'angle changea et soudain la longue silhouette devint plus claire.

C'était un bateau, oui, étroit et bleu, presque comme un canoë, avec un petit moteur à l'arrière. Et quelqu'un à son bord !

Lori se mit à agiter frénétiquement la main.

— Eh ! Par ici ! À l'aide !

L'embarcation, quoique proche de la barrière de corail où se brisaient les vagues, semblait faire demi-tour.

— Ils ne nous ont pas vus ? s'écria Lori.

Daniel fit volte-face.

— Où est Mike ? Où sont les putains de fusées de détresse !

Lori continuait d'agiter son bras libre en hurlant et sautant sur place. Sonny battait des jambes avec excitation.

— Eh ! Par ici ! Ohé !

— Il s'en va ! (Daniel la dépassa en clopinant et avança dans l'eau peu profonde, ses vêtements s'assombrissant à mesure qu'ils se mouillaient.) Attendez ! Attendez !

En hurlant, il se mit à nager ou plutôt à battre des bras à la surface. Son talon infecté apparut alors qu'il brassait. Avec ses mouvements saccadés, il avait l'air mal à l'aise dans l'eau.

Une vague le gifla au visage. Il avala une gorgée d'eau salée et se mit à tousser, avant de glisser brièvement sous la surface. Il remonta en s'agrippant à l'eau, pantelant. Lori perçut l'éclair de panique dans ses yeux et le vit faire un mouvement brusque, comme s'il cherchait quelque chose de solide, son cou tendu sous l'effort de garder la tête hors de l'eau. Mais on aurait dit que son corps ne voulait pas flotter, que ses jambes pesaient et l'entraînaient vers le fond. De nouveau, il sombra.

Elle attendit.

Il refit finalement surface et, cette fois, il parvint à effectuer quelques brasses, à reprendre la direction du rivage. Il ne tarderait plus à atteindre l'eau moins profonde, où il aurait pied. Il sortit en trébuchant et s'effondra à genoux sur la plage.

— Je n'ai pas pu…

— D'accord, l'interrompit-elle.

Il s'essuya la bouche d'un revers de la main.

— Le bateau…

Lori se retourna alors, le chercha.

Et le trouva. Un esquif en bois bleu, pas plus large qu'un canoë, avec une canne à pêche attachée à l'arrière. Ce n'était pas un mirage. Il était entré dans les eaux peu profondes de la baie – il n'en partait pas, tout compte fait, il cherchait juste un point de passage plus sûr – et maintenant, moteur allumé, il naviguait vers eux à vitesse régulière.

Le soleil tapait fort. Obligée de plisser les yeux pour se protéger de sa lumière aveuglante, Lori se rendit compte que le pilote du bateau n'était qu'un enfant. Un adolescent. Il les observait, lui aussi, de ses prunelles marron empreintes de méfiance.

Et voilà. Ce qu'ils avaient tant espéré. Que quelqu'un les retrouve. Les ramène à leur vie. Lori s'était imaginé un hélicoptère de secours ou un bateau d'excursion, ou encore un avion qui passerait au-dessus d'eux. Pas ça. Pas un adolescent debout dans une barque, les yeux écarquillés et les phalanges blanchies à force d'agripper les doigts au nez de son embarcation. Qui semblait à peine assez grande pour une personne, alors eux tous… Un fil de pêche était noué à l'arrière, et elle vit la glacière décolorée par le soleil qu'il utilisait en guise de siège.

Cela faisait un mois qu'elle voyait les mêmes visages, et voilà qu'elle découvrait avec avidité ce garçon au tee-shirt délavé, la musculature sèche de ses bras, ses yeux marron doux qui les dévisageaient avec sidération.

La sensation lui fit tourner la tête : celle de se tenir tout au bord de quelque chose. Son cœur tambourinait, sa respiration soulevait follement sa poitrine. Sonny s'était calmé, hormis quelques gargouillis ou d'occasionnels battements de bras.

Daniel s'était relevé, vêtements trempés, hagard.

— Aidez-nous !

Le garçon recula d'un pas.

— S'il vous plaît ! Il faut qu'on s'en aille de cette île ! Vous nous emmenez ? Dans votre bateau ?

Il parlait trop vite, trop fort, trop frénétiquement. Il traîna la patte jusque dans l'eau, alla se poster de l'autre côté du bateau.

— Je vais dans ce bateau avec toi ? Oui ?

Il montrait le siège, puis il entreprit de se hisser dedans, faisant violemment tanguer le bateau sous son poids.

En un éclair, le garçon avait plongé la main dans l'embarcation et la retirait, armée d'un grand couteau, dont la lame incurvée scintilla au soleil.

— Recule !

Daniel tomba dans l'eau et leva les mains au-dessus de la tête.

— OK, OK.

L'adolescent, le couteau toujours serré dans sa main, les considérait tour à tour de ses yeux ronds. Lori pensa : *D'une minute à l'autre, il va remonter dans son bateau. Et partir. On aura perdu notre chance.*

Derrière eux, Mike émergea de sous les arbres. Il s'arrêta en atteignant leur groupe. Prenant la mesure de la scène, il hocha la tête à l'intention du garçon.

— *Bula.*

« Bonjour, bienvenue. »

À quoi le garçon opina du chef et répéta la formule de politesse.

— *Bula.*

— On a besoin d'aide, annonça Mike d'une voix calme et mesurée. Notre avion s'est écrasé. On doit aller sur Viti Levu, l'île principale. On a besoin d'un bateau, termina-t-il en désignant l'embarcation du garçon, avant d'écarter les mains. Un plus gros bateau.

De nouveau, l'autre acquiesça.

— Gros bateau. Oui.

— Où on est ? s'enquit Mike.

Le garçon écarta les bras.

—Pas de nom.

—De quelle île tu viens, toi?

—Rannatua.

—Combien de temps tu as mis pour venir ici?

—Une journée.

—Tu peux ramener de l'aide? Un bateau? Plus gros bateau? (Il les désigna tour à tour en tendant un doigt pour chacun.) Quatre personnes. Plus gros bateau.

Le garçon fit «oui» de la tête.

—*Lo. Lo.*

Et puis, sans lâcher son couteau, il remonta dans son esquif.

—Attends! le rappela Daniel, qui chuchota ensuite à l'intention des autres: S'il s'en va, comment on sait qu'il va revenir?

—Quel autre choix est-ce qu'on a? intervint Lori. On ne peut pas tous monter dans son canoë.

—Je vais avec lui, proposa Daniel.

Comprenant manifestement, le garçon secoua la tête en signe de refus.

—J'ai une idée, reprit alors Daniel, qui se tourna vers la ligne des arbres et prit la direction du camp en clopinant.

—Une minute, s'il te plaît. Attends une minute, demanda Mike au jeune pêcheur, avant d'ajouter, pour combler le silence et en désignant la canne à pêche: Du bon poisson?

L'autre acquiesça de la tête, puis il montra la glacière attachée à l'arrière du canoë.

—Poisson, oui. (Il ouvrit le couvercle et sortit un énorme poisson à la peau luisante et iridescente.) Maquereau.

La faim planta sa lame dans le ventre de Lori. Elle le voulait, ce poisson. Elle aurait donné n'importe quoi pour ce poisson. Elle regarda le garçon en se demandant si elle était plus forte que lui. Si elle pourrait lui arracher le poisson et…

Le fil de sa pensée fut interrompu par le retour de Daniel, qui portait quelque chose entre ses mains. Il montra au pêcheur une poignée d'argent.

Qui, timidement, s'en saisit.

De son autre poche, Daniel sortit une liasse de billets.

— Le reste quand tu reviens. Oui ?

Le garçon lorgna l'argent, puis l'enfonça dans les poches de son short. Le tout devait se monter à cent ou deux cents dollars, même plus.

— Oui.

— Poisson, lança soudain Lori en s'avançant. On peut l'avoir ?

Le garçon la regarda, puis le bébé cramponné à sa poitrine. Il se pencha par-dessus le canoë, prit le poisson dans sa glacière, et le lui donna. Il était déjà éviscéré, son ventre était ouvert et elle sentit le poids de cette chair humide dans sa main. Elle l'imaginait déjà cuisant sur le feu, se vit en train d'en émietter la chair blanche pour Sonny. Oui, ils en avaient besoin.

— Merci, dit-elle alors que la salive lui montait à la bouche.

Mike s'avança, glissa quelques mots discrets au garçon, mais Lori ne comprit pas quoi. Le pêcheur écarquilla légèrement les yeux, avant de tourner un bref regard vers Daniel et elle, de baisser imperceptiblement le menton.

Et puis il tira sur la corde de son hors-bord, une petite vibration du moteur heurta l'eau, l'odeur de gasoil se répandit dans l'air propre de l'océan.

Eux, ils restèrent sur le rivage, muets, à regarder disparaître la silhouette du canoë, à suivre sa course vers l'est. Au bout d'un moment, il passa par-dessus la crête de l'horizon et, de nouveau, l'océan fut vide, d'un bleu aveuglant.

Lori sentit la langue sèche de la soif lui brûler la gorge. Elle ne desserrait pas son emprise sur le maquereau, sur sa queue froide et glissante entre ses doigts. Du sang gouttait de l'estomac éventré sur le sable à ses pieds.

— Qu'est-ce que tu as dit au garçon ? demanda-t-elle à Mike. (Il posa sur elle un regard vide.) Juste à la fin, avant qu'il parte, tu lui as dit quelque chose.

Il haussa les épaules.

— Je lui ai simplement dit d'être prudent.

Elle l'observa une fraction de seconde, sceptique.

Daniel, qui avait continué à suivre le bateau des yeux, se tourna vers eux :

— Et si ce gamin ne retrouve pas son chemin ? Et s'il oublie notre localisation ? Ce n'est pas comme s'il avait un GPS, ni même une carte pour nous y repérer. Il pourrait se perdre. Je n'aime pas ça. Putain, j'aurais dû le prendre moi-même, ce bateau !

— Et tu crois vraiment que tu aurais réussi à regagner la terre ferme ? lui lança Mike. Sans la moindre idée de l'endroit où on est, ni aucune notion de navigation ?

Daniel s'approcha de lui.

— Au moins, moi, j'étais prêt à tenter le coup. Et toi ? cracha-t-il en réduisant à néant l'espace entre eux. Elle était où, la putain de fusée de détresse ?

— Je n'avais pas vu la barque, pas jusqu'à ce qu'elle soit juste dans la baie…

— Combien de bateaux te sont passés sous le nez que tu n'as « pas vus » ? (Mike soutenait son regard.) T'as pas envie que qui que ce soit la quitte, cette île, pas vrai ? siffla-t-il. Ben, tu sais quoi ? Dommage pour toi, parce qu'un bateau est venu ! Et on va se casser d'ici ! Et à ce moment-là, tout le monde saura que tu as merdé. Que t'as crashé l'avion. Que tu nous as obligés à nous débarrasser des corps…

— Je ne vous ai pas obligés…

— Une cellule. Voilà ce qui t'attend.

Mike rétorqua quelque chose, mais Lori ne resta pas pour l'écouter. Elle se détournait déjà d'eux et s'éloignait.

Sonny. Voilà sur qui elle devait se concentrer à présent. Son seul boulot, c'était de le garder en sécurité, rien que quelques petits jours encore. Elle allait prendre ce poisson, attiser le feu et les nourrir. Et puis elle attendrait.

Elle attendrait le retour du bateau.

Voilà tout ce qu'elle avait à faire.

Heure après heure. Minute après minute.

Survivre jusqu'au retour du bateau.

Tandis qu'elle traversait le sable brûlant, Lori l'ignorait alors mais Daniel avait raison sur un point. Il aurait dû le prendre, ce bateau, il aurait dû partir avec le garçon. Parce que s'il avait quitté l'île, tout, tout, se serait passé différemment.

54

Maintenant – Erin

Accroupie dans l'ombre terreuse de la jungle, le souffle rapide et court, je fixe des yeux le téléphone. Un bateau ! Il y a eu un bateau.

Je suis avide d'en comprendre plus.

Je sais que Rega attend. Mon temps est écoulé. Mais je ne peux pas partir, pas encore.

Il ne reste qu'une vidéo.

J'appuie sur « Play ».

L'écran est sombre, l'image floue, à croire que l'enregistrement a été déclenché par accident, le bouton actionné dans une poche.

J'approche l'appareil tout près de moi et j'écoute plus attentivement. En bruit de fond, un vrombissement fort que j'ai du mal à reconnaître. Et puis j'entends la voix de Lori. Elle est basse, je n'en perçois que des fragments, comme si elle avait les lèvres pressées contre le combiné.

— Je suis dans l'avion…

Je lève les yeux vers l'épave enlacée par les bras verts de la jungle.

— C'est Daniel…, chuchote-t-elle d'une voix pressée. Depuis tout ce temps, je n'arrive pas à le croire…

Ses mots sont saccadés. J'agrippe plus fort l'appareil, retenant mon souffle. J'ai besoin d'entendre chacune de ses paroles, mais elle les débite à toute allure, elle murmure, comme quelqu'un qui craint d'être écoutée.

Tout à coup, je comprends ce qu'est ce bruit de fond : la pluie. Apparemment, une pluie torrentielle s'abat sur la coque métallique de l'avion. À travers le bruit dérangeant, j'attrape un autre mot.

— Sonny.

Après quoi, tout ce que j'entends, ce sont les sanglots de ma sœur.

55

Avant – Lori

Lori se tenait pieds nus sur le rivage, sous un ciel chargé de nuages.

Les yeux rivés sur l'horizon.

Vide.

Aujourd'hui. C'était aujourd'hui que le jeune Fidjien avait promis qu'un bateau reviendrait les chercher. Serait-ce un bateau de pêche piloté par un oncle, un chef de village, ou le garçon aurait-il pris contact avec la police de son pays ? Le rapport sur l'accident de l'avion aurait-il déjà atteint des autorités compétentes ? Une équipe de secours était peut-être en route. Lori s'autorisa un moment pour l'imaginer. Voir un hélicoptère déchirer le ciel, descendre dans un halo de sable.

L'image se dissipa alors que l'immensité de l'horizon vide l'emplissait de doute. Il ne restait plus qu'une heure de jour, et encore. Un bateau aurait déjà dû arriver, sûrement, non ? Et si le garçon n'avait pas réussi à regagner la terre, ou qu'il n'avait pas su localiser leur île, pas su les retrouver ?

Elle écouta le ronronnement régulier du flux et du reflux des vagues, sentit le sable bouger légèrement sous la plante de ses pieds. Elle renversa la tête en arrière, plissa les paupières. Ces gros nuages noirs qui arrivaient par l'est, elle n'aimait pas leur aspect. La pluie venait. Elle en sentait l'odeur particulière dans la plénitude terreuse de l'air.

Malgré la chaleur, elle frissonna.

Sonny dormait dans son porte-bébé, la joue contre sa poitrine, ses petites lèvres retroussées. Elle lui déposa un baiser sur le crâne. L'inhala. Ce bébé. Elle devait continuer, continuer à espérer, pour lui.

Il n'y avait pas de vent, pas un souffle. La fumée des feux de détresse épaississait encore un peu plus l'air chaud. Rien ne bougeait. Les arbres accablés de soleil semblaient haleter. Tout attendait, immobile, lourd. La température amplifiait l'immobilité : le sable blanc de coraux, la jungle brune de terre, son propre corps léché par la sueur… tout pulsait de chaleur.

L'air avait cette qualité particulière qui gardait tout en suspens, comme si l'île savait. C'était la pause entre deux battements de cœur. Le pas arrêté. Le souffle retenu. L'attente.

La météo changea brusquement. D'abord, les nuages blancs se comprimèrent et s'agglutinèrent. La pesanteur de l'air s'accentua, la sensation d'une pression qui montait.

Puis arriva le vent, soufflant de la mer et apportant une tempête de nuages noirs. Il arrachait la crête des vagues, projetait des embruns très haut dans les airs, la mer devenant une entité tumultueuse et colérique.

Le sable commença à voler, à tout fouetter dans un brouillard piquant. Lori battit en retraite sous le couvert des arbres en protégeant Sonny de ses bras, le serrant contre sa poitrine tandis qu'une rafale les frappait. Derrière eux, les branches et les feuilles battaient, craquaient et sifflaient, des sons ponctués par celui, sourd et mortel, des noix de coco tombant au sol.

Lori se hâta de gagner le camp. Daniel essayait de maintenir la toile du radeau de sauvetage qu'ils utilisaient comme abri, mais elle claquait follement, ses cordes indociles pareilles à celles d'un fouet frénétique.

— Putain ! cria-t-il quand une bourrasque souleva la corde, qui lui fouetta la joue, avant de s'emmêler autour d'une branche.

Il tomba à genoux, le visage entre les mains.

— Ça va ? lui cria Lori.

Il jura et se remit maladroitement debout.

— On devrait s'abriter dans l'avion, cria-t-elle en désignant les branches déjà cassées des arbres, qui révélaient leur arête blanc-vert. C'est dangereux, ici.

Ils n'allaient jamais à l'intérieur de l'avion, en vertu d'un accord tacite, comme si cet espace portait malheur, avec l'odeur de la mort qui s'y accrochait encore. Même quand il pleuvait, ils restaient au camp, blottis sous le radeau de sauvetage ou sous l'aile de la carcasse. Mais jamais ils n'avaient connu un vent pareil sur l'île.

— Faut que je garde les feux de détresse allumés ! cria Daniel en guise de réponse. (Il avait passé la journée à ramasser du bois, dont il avait constitué une demi-douzaine de tas le long du rivage.) Je veux être sur la plage quand le bateau arrivera.

— Personne n'aura pris la mer par ce temps, lui dit Lori. C'est trop dangereux.

Mais Daniel ne parut pas l'entendre, il quitta le camp à grandes enjambées malgré le vent fou.

Et la pluie arriva, déchaînement tombé du ciel.

Sonny la regardait en cillant depuis son porte-bébé. De lourdes gouttes lui coulaient sur le visage, en dépit des efforts de Lori, courbée en avant pour l'abriter. Apeuré par ce soudain changement, il plissa son petit front et se mit à pleurer.

— Ça va, ça va, l'apaisa Lori par-dessus le mugissement de la pluie.

Elle attrapa un tas de couvertures et le couffin de Sonny, puis se dirigea vers l'avion. Sous ses pieds, le sol se changeait en boue. Là-haut, le ciel était si sombre qu'on avait l'impression que la tempête avait entraîné la nuit dans son sillage. Les arbres se penchaient et grondaient, les feuilles de palme claquaient au-dessus de leur tête. Glissant dans la boue, son pied heurta une racine dénudée. Et soudain elle tomba, son centre de gravité tournoya. Elle parvint à se rétablir juste à temps. Baissa les yeux sur Sonny contre sa poitrine : si elle avait atterri sur lui…

Dans la lumière basse, le corps de métal blanc de l'avion ressemblait à une pierre tombale, dont la bouche béante serait ouverte aux éléments. Lori grimpa à l'intérieur et se déplaça en se retenant aux dossiers des sièges. Elle s'efforça de ne pas penser au cadavre de l'hôtesse de l'air qui avait été allongé là, pile à l'endroit où se posaient ses pieds.

Le jour s'assombrissait, la pluie n'en finissait pas de tomber derrière les hublots de l'avion. Lori se laissa tomber sur un siège et entoura Sonny d'une couverture. Il ne restait plus de lait maternisé, alors elle essaya de le tenter avec un peu de lait de coco pendant qu'il restait encore à peine assez de lumière pour qu'elle distingue quelque chose.

La pluie continuait de tambouriner contre la coque de l'avion. L'air sentait le moisi, la terre et sa propre peau, humide et salée. Voyant Sonny s'agiter dans ses bras, peu intéressé par son nouveau lait, elle se mit à fredonner. Le rythme ou la mélodie semblèrent l'apaiser, à moins que ce ne soit la compagnie d'une autre voix, en tout cas elle sentit son petit corps rigide se détendre à mesure qu'il se nourrissait. Ses yeux bleu marine trouvèrent les siens, et ils se soutinrent dans la lumière déclinante, rivés ensemble comme dans une promesse.

Il s'endormit bientôt, avant d'avoir terminé son lait, et elle lui ôta délicatement la tétine des lèvres, pour mieux l'ajuster contre la chaleur de sa poitrine.

Avec un sursaut, elle s'aperçut tout à coup qu'elle était assise sur le siège de Holly. Elle revit Sonny, seulement un mois plus tôt, reposant dans le creux des bras de sa mère tandis que celle-ci tenait un biberon à sa bouche.

Il n'est pas à toi, se rappela-t-elle avec fermeté dans les dernières caresses de la lumière.

Le vent secouait la carcasse de l'avion, s'engouffrait par la porte ouverte. Un masque à oxygène, pendant toujours du plafond, émit une série de couinements affolés en se cognant à un dossier. Plus loin, elle entendit le claquement des feuilles de palmier dans le vent et, en mer, des vagues distantes monter et déferler.

La pénombre était épaisse, sans ombres ni formes au-delà. Lori se prit à vouloir Felix. À le vouloir si fort que la douleur en devint physique. Les yeux collés au hublot, elle espérait apercevoir une flamme sur la plage, mais il n'y avait rien dehors, que le noir, toujours le noir.

Sonny dormait dans ses bras, le doux ronronnement de sa respiration perdu dans le vent.

— Encore une nuit, chuchota-t-elle. Le bateau va revenir nous chercher. Ce sera bientôt fini.

À court de distraction, elle fouilla dans la poche du siège de devant. Ses doigts rencontrèrent un paquet vide. Des chips, sans doute, se dit-elle en le dépliant dans le noir pour humer l'odeur délicieuse du bacon. Elle le porta à sa bouche et tira timidement la langue vers l'aluminium. Lécha. Une explosion de sel et le goût douceâtre de la viande sur sa langue, ses dents, son palais. Elle lécha et lécha encore. Réveillée, sa faim rugissait, ses glandes salivaires réagissaient furieusement. Elle enfonça la langue dans les replis du papier, attrapant les ultimes miettes de saveur.

Une fois le papier entièrement léché, elle plongea la main dans la poche voisine en espérant une aussi bonne découverte que la première. La pointe de ses doigts tomba sur quelque chose de mince, de ferme. Il faisait trop sombre pour voir ce qu'elle tenait, mais elle en tâta les bords et reconnut un rabat triangulaire, qui s'ouvrit facilement. Elle s'attendait à sentir le coin d'un billet d'avion ou l'impression de quelque document d'assurance, au lieu de quoi ce qu'elle trouva à l'intérieur était lisse et sans doute brillant. Comme des cartes. Ou des photos, devina-t-elle.

Le vent continuait de bousculer l'avion en produisant un son sinistre, à vous terrifier jusqu'à l'os.

Elle sortit le portable d'Erin de sa poche et actionna le bouton de mise en marche. Deux pour cent de batterie. L'écran éclaira l'enveloppe. Elle avait deviné juste : elle contenait une demi-douzaine de photos.

La première représentait un nouveau-né, immédiatement reconnaissable – Sonny – avec un bracelet d'hôpital autour d'une minuscule cheville rose, les cheveux collés sur le crâne. Il était dans les bras de Holly, dont le visage bouffi était couvert de taches rouges et les cheveux mouillés aux tempes. Pourtant son expression était illuminée d'une lueur émerveillée. Lori vit l'amour, un amour pur, à couper le souffle, immense, son explosion, dans chaque trait de ce visage. À une époque, l'intimité de ce cliché l'aurait frappée dur en pleine poitrine, parce que jamais elle ne saurait ce qu'on éprouvait à donner la vie, à tenir son propre bébé dans ses bras. Maintenant, cependant, ses sentiments étaient différents. Elle espérait qu'un jour Sonny serait en mesure de regarder cette photo et de sentir l'amour de sa mère, présent dès le début. Elle voulait ça pour lui. Elle voulait tout pour lui.

La photo suivante montrait les pieds de Sonny, nus et parfaits, dix tout petits orteils, la plante rose douce comme un pétale. Le plaisir de les prendre dans une seule paume, elle le connaissait, celui de s'émerveiller de leur légèreté, de leur petitesse, de leur perfection absolue.

Suivaient d'autres photos qu'elle examina le cœur gonflé : Sonny dans un berceau, englouti sous une couverture crème, comme une poupée, lèvres retroussées, yeux curieux grands ouverts ; Sonny dans une baignoire avec la main de Holly sous son crâne encore mou, le cordon ombilical bruni et pansé ; Sonny dans une énorme combinaison d'hiver, allongé dans un landau.

Bizarre que Holly emporte ces photos en vacances avec elle. Prévoyait-elle de les montrer à quelqu'un ? Ou était-ce juste pour constater l'évolution au cours des quatre brefs mois de la vie de Sonny ?

Alors qu'elle rangeait les photos dans leur enveloppe, la lumière de l'écran saisit autre chose coincé tout au fond. Une carte. Elle la détacha et pencha le portable pour l'éclairer.

Pour Daniel,
Voilà ce que tu as raté. On ne veut pas que tu en rates davantage.
Baisers,
Holly et Sonny

Daniel ?

Lori cilla. Relut le mot. Quel Daniel ?

Un autre Daniel, certainement ? Quelqu'un que Holly allait retrouver sur l'autre île. Voilà ce que Lori se dit. Et se répéta.

Parce que si le mot était adressé au Daniel de cette île, alors qu'est-ce que cela signifiait ?

Elle gardait les yeux braqués sur les quelques lignes, certaine de passer à côté d'un élément important. Holly et Daniel ne se connaissaient pas. Holly avait pris l'avion depuis l'Amérique avec un bébé. Daniel était parti du Royaume-Uni pour discuter d'un potentiel investissement immobilier sur l'île. Du moins était-ce ce qu'il leur avait raconté.

Soudain, une pensée la griffa, quelque chose que Mike avait dit sur l'arête, qui semblait remettre en question l'histoire du supposé contrat immobilier de Daniel.

Et puis, il y avait autre chose. Les sous-vêtements de dentelle qu'elle avait trouvés dans la valise de Daniel. Pour sa femme, avait-il prétendu. Mais en réalité ?

Elle revit son expression quand ils avaient sorti le corps de Holly de l'avion. Il avait reculé d'un bond, la main sur la bouche, comme pour retenir quelque chose. Il n'avait pas été capable de les aider à se débarrasser des corps, avait même disparu lorsque celui de Holly avait été mis à l'eau.

Lori tenta de composer une histoire alternative avec les mots qu'elle avait sous les yeux, mais les sous-entendus de ce message pointaient dans une seule direction : Daniel était le père de Sonny.

Elle secoua la tête malgré elle. *Pas lui, mon Dieu, pas lui !*

Était-il au courant ? Il aurait dit quelque chose, quand même, non ?

Et pourtant… Daniel et Holly avaient forcément prévu de partir en vacances ensemble.

Ses pensées revinrent brusquement sur les images qu'elle gardait de Daniel à l'aéroport, dans sa chemise élégante ouverte au col, un bagage à main en cuir à côté de lui. Avait-il parlé avec Holly dans la salle d'embarquement ? Lori était tellement préoccupée à se demander si Erin allait se pointer qu'elle n'y avait guère prêté attention.

Il était marié, ça, elle le savait. Alors quoi, une aventure dont était né un bébé ? Il avait mentionné un projet professionnel à Chicago. N'était-ce pas de là qu'était originaire Holly ?

Était-ce là qu'ils s'étaient rencontrés ? Peut-être n'avait-il pas été au courant, pour Sonny, jusqu'à ses retrouvailles avec Holly à l'aéroport ?

Toutefois, la jeune maman avait déclaré à l'hôtesse de l'air qu'il n'y avait pas de père, Lori l'avait entendu. « Il n'y a que moi. » Et puis il y avait eu Daniel, assis à l'avant de l'avion, visage blême, qui demandait à sortir.

Sonny murmura au creux de ses bras. Dans le noir, elle le réinstalla un peu, en lâchant un long « chuuuut », tout bas, un son dont elle savait qu'il l'apaisait. Elle l'avait appris au fil du temps, tout comme elle avait appris que lorsqu'elle passait deux doigts lentement sur son front, dans le creux entre ses sourcils, il s'immobilisait, calmé par ce contact. Ces infimes détails, elle les connaissait, parce qu'elle avait pris le temps de veiller sur lui, de l'aimer, de s'occuper de lui.

Daniel… que savait-il de Sonny ?

Rien.

Pensait-il que la vérité, à savoir qu'il était le père de Sonny, était morte avec Holly ?

En sentant le petit cœur du bébé battre sous sa paume, elle se dit : *Je t'aime.* Et même avant de l'aimer, avant de l'avoir pris dans ses bras, avant de croiser ses yeux bleu marine rivés sur elle, elle l'aurait aidé. Parce que c'était un bébé et que c'était ainsi qu'un être humain se comportait.

Mais pas Daniel.

Dans les premiers instants ayant suivi le crash – quand il régnait un silence engourdi, que de gros nuages de fumée sortaient du moteur, que les passagers étaient encore piégés sur leur siège, étourdis et impuissants –, Daniel avait déjà quitté l'avion. Il avait dû se frayer un passage parmi les débris, passer par-dessus l'hôtesse de l'air, foncer vers la sortie. Sans s'arrêter pour aider quiconque, sans même un regard vers Holly ni un coup d'œil sur Sonny.

Voilà le genre d'homme qu'il était.

Lori tourna le téléphone vers elle et appuya sur le bouton d'enregistrement. Elle s'entendait à peine parler avec le martèlement de la pluie, mais elle avait besoin de le dire à quelqu'un.

Dans le micro, elle murmura :

— Je suis dans l'avion… (Son regard passa sur l'entrée, elle écouta.) C'est Daniel, reprit-elle à toute vitesse. Depuis tout ce temps, je n'arrive pas à le croire…

Elle sentait la chaleur de Sonny dans ses bras, les minuscules battements de son cœur. *Comment pourrait-il ne pas vouloir de toi ?*

Les larmes se mirent à lui dévaler sur le visage.

— Daniel est le père de Sonny…

La lumière de l'écran baissa, l'icône de la batterie clignota une fois, puis tout s'éteignit.

Plus de batterie.

Lori se retrouva assise dans le noir, avec la vérité éclose, brûlante et laide dans son esprit.

56

Maintenant – Erin

Les yeux rivés sur l'écran, j'attends la suite. Tout ce que je perçois, ce sont les sanglots de ma sœur et les éléments qui se déchaînent contre l'avion.

Et puis je distingue une autre saccade de mots.

— Daniel est le père de Sonny.

L'enregistrement prend fin, la voix de ma sœur disparaît.

Je fixe le téléphone sans ciller.

Attends un peu, Lori. Quoi ? Qu'est-ce que tu as dit ?

Je secoue le téléphone, fais défiler l'écran. Mais il n'y a plus de vidéos. C'était la dernière.

Je reste assise, complètement immobile, le sang rugissant à mes oreilles. Je me suis passé tous ses messages, j'ai vu Lori ici même sur cette île, scruté le bateau au loin.

J'ai l'impression que tous les indices sont étalés là devant moi, tels les fragments brisés d'un verre impossible à recoller.

Je presse les paumes contre mes arcades sourcilières et je réfléchis, je réfléchis.

Au bout d'un moment, je refais défiler la liste de ses vidéos, je me les repasse. Je veux avoir raté un détail. Je fais des pauses en cours de visionnage, rejoue certains passages.

— Tu sais ce que je veux ? Je veux t'enregistrer un message quand tout ça sera fini. Je veux me retrouver sur un bateau. Être sauvée. Je veux voguer vers l'île principale. Vers toi, Erin.

Je veux te laisser un message sur ce même téléphone et te dire : « Erin, je suis saine et sauve. Je rentre à la maison. » Il faut que j'y croie, pas vrai ? (Je la revois détourner les yeux de l'appareil pour regarder l'arbre.) Pas cet arbre, Erin. Je ne veux pas avoir mon nom sur cet arbre.

Et je me remets à farfouiller parmi les vidéos. Au cas où je l'aurais raté, cet ultime enregistrement où elle m'annonce qu'elle est sur un bateau, saine et sauve. *Où est-il ? Où est-il ?*

Mais je sais.

Il n'y a pas de message « Je suis saine et sauve ».

Pourquoi, Lori ? Que s'est-il passé ?

Je réfléchis, je réfléchis…

Il y a le sang. Ce sang qui forme une tache sombre sur ta robe.

La réponse me vient comme un écho, en direct de sa dernière vidéo : « C'est Daniel », a-t-elle dit.

Je n'arrête pas de déglutir, comme si je n'arrivais pas à avaler assez d'air.

Je me relève, péniblement. La terre me colle aux pieds tandis que je me déplace à travers le camp, promenant mon regard sur chaque arbre, scrutant les troncs. Lentement, je contourne ceux qui ont servi de sièges, en cercle autour d'un cercle de pierres. Je passe devant un palmier, puis un autre. Là. Un arbre au tronc épais me semble familier. Ses branches grimpent haut dans la canopée, et sa base est aussi noueuse que la peau d'un éléphant. Je le reconnais pour l'avoir vu sur un message vidéo de Lori.

Je m'en approche en retenant mon souffle. Mes mains se tendent vers son tronc annelé, j'en éprouve la densité, la solidité, les arêtes de son écorce ridée. Des touffes de mousse s'y accrochent comme une vieille barbe, et une mince colonne de fourmis couleur ambre le descend en file indienne.

J'incline la tête, en quête de traces dans l'obscurité ombreuse. Oui, là. Quelque chose a été gravé. Je regarde de plus près, aperçois un alignement d'entailles tracées dans l'écorce gris-argent. De la pointe de l'index, je suis chaque sillon, je compte le nombre de jours que les survivants ont passé sur cette île. Trente et un, trente-deux, trente-trois. Trente-trois jours… Et après ?

De la paume, je caresse l'écorce, je contourne l'épais corps de l'arbre. Ensuite mes doigts découvrent une autre série de dépressions dans le bois, dont j'explore les creux et les entailles.

Alors que je me déplace autour de la base du tronc, je reste le souffle coupé. Je suis face à la liste des noms gravés que Lori m'a montrée. Sauf que ce n'est plus fraîchement gravé, c'est ancien, le bois s'est assombri.

Je lis.

Holly Senton, R.I.P.

Ruth Bantock, R.I.P.

Jack Bantock, R.I.P.

Kaali Halle, R.I.P.

Les noms suivants sont tracés dans un style plus grossier, comme si l'outil – ou l'utilisateur de l'outil – avait changé.

Felix Tyler, R.I.P.

Daniel Eldridge, R.I.P.

Et puis il y a deux lignes supplémentaires.

Deux noms que je ne peux supporter de lire.

57

Avant – Lori

Lori enfonça la pointe acérée de la pierre dans l'écorce pour graver une barre supplémentaire. Trente-troisième jour.

Elle lâcha la pierre à terre et se retourna pour contempler le camp vide.

Des branches cassées et des feuilles jonchaient le sol, vestiges de la tempête de la nuit passée. Le banc-tronc, contre lequel ils stockaient généralement le bois ramassé, était vide à l'exception de la peau marronnasse d'une mangue explorée par une équipe de fourmis. Lori avait le ventre vide, un goût amer dans la bouche.

Elle enfonça la pulpe de ses doigts dans le nœud des muscles entourant ses clavicules. Elle avait à peine dormi, à cause de la percussion assourdissante de la pluie contre la coque métallique de l'avion et de ses pensées lancinantes sur sa découverte concernant Daniel.

Elle baissa les yeux vers Sonny dans ses bras. *Daniel est ton père.*

Elle quitta le camp avec lui, traversa en trébuchant la forêt tropicale détrempée jusqu'à la plage.

Où son regard, comme toujours, se porta d'abord sur l'horizon.

Pas de bateau.

La demi-douzaine de feux de détresse gisaient, abandonnés, sur le sable piqué par la pluie, à l'exception d'un foyer d'où montait une mince volute de fumée.

Sonny s'agita dans les bras de Lori. Il aimait bien être allongé sur le dos et remuer les pieds, au petit matin, alors elle marcha jusqu'au bord de la baie, où les roches et les rochers rampaient vers la bouche de l'océan. Elle étendit là une couverture et installa le petit. Puis elle passa en revue les interstices entre les rochers, en quête de quelque chose avec quoi le divertir, laissant de côté les coquillages de la taille de sa bouche ou un entrelacs de cordes, pour jeter son dévolu sur un morceau de bois flotté bien lisse.

S'allongeant sur le flanc à côté de lui, elle regarda la lueur dans ses yeux tandis qu'il tentait de saisir le bois dans ses petits poings. La tête lui tournait à cause de la faim. Elle n'avait qu'une envie, dormir. Roulant sur le dos, elle se fit un oreiller avec ses bras. Elle sentit la peau étirée sur ses côtes, l'arc creux de son ventre. Les légers gargouillis de Sonny de plus en plus lointains. Elle ferma les yeux.

Felix lui manquait. Entendre sa voix. Le voir remonter la plage vers eux. L'avoir allongé sur la couverture, les doigts entremêlés aux siens. Elle voulait parler avec lui de Daniel, du bateau, de…

— Lori !

Elle se redressa dans un sursaut, mouvement brusque qui lui fit tourner la tête et alluma des points noirs devant ses yeux.

Daniel se tenait devant elle, tee-shirt déchiré, clignant rapidement des paupières.

Elle soutint son regard tandis que la forme aiguisée de sa colère lui montait, brûlante, dans la poitrine.

— Viens m'aider, pour les feux ! (Sa voix était trop forte, trop rapide.) Il nous faut le bois sec qu'on a rapporté de la jungle. Je ne peux pas tous les allumer.

Il ne jeta même pas un regard à Sonny. Ne s'enquit pas de savoir s'ils allaient bien après la tempête.

Elle se mit debout, face à lui.

— Non.

Elle ne dit rien de plus. Qu'un mot. Une syllabe.

Daniel cilla.

— Non ?

Elle le toisait d'un regard glacial, avec dans la gorge un dégoût acide. Avant d'avoir le temps de comprendre ce qu'elle faisait, elle tira l'enveloppe de photos de la poche de sa robe.

— J'ai trouvé ça.

Elle la lui passa.

Il sortit les clichés, jeta un bref coup d'œil au premier, celui de Holly berçant un Sonny nouveau-né. Le visage impassible, il passa au suivant, puis au suivant, sans que son expression change de façon perceptible.

— Pourquoi tu me montres ça ?

— Parce que ce sont tes photos. Il y a un mot avec… qui t'est adressé.

Là, une lueur de quelque chose : du malaise ?

Il regarda tous les clichés, avant d'arriver au message. Lori vit le lent mouvement de sa gorge tandis qu'il le lisait.

Pour Daniel,
Voilà ce que tu as raté. On ne veut pas que tu en rates davantage.
Baisers,
Holly et Sonny

Elle soutint son regard quand il releva les yeux.

— Tu es le père de Sonny.

Il secoua la tête, souriant presque.

— Tu es folle !

— Comment oses-tu mentir !

Elle avança d'un pas pour se planter pile devant lui, arracher les photos de ses mains crasseuses et les renfoncer dans la poche de sa robe. Elle avait les dents si serrées qu'elle sentait les tendons crispés dans son cou.

— Dis-moi la vérité !

Il l'observait, les paupières plissées. Elle soutint son regard, attendit.

Il finit par hausser les épaules. Ce geste, cette désinvolture, ce dédain.

— Tout ce temps…

— Écoute, je n'avais pas la moindre idée, pour le gosse, OK ? Je me suis pointé à l'aéroport, croyant retrouver juste Holly. Sauf qu'elle était là avec ce bébé.

— Sonny ! Il s'appelle Sonny ! (Lori jeta un coup d'œil par-dessus son épaule, vérifiant qu'il était bien toujours étendu sur la couverture : comme il agitait joyeusement les jambes, elle reporta son attention sur Daniel.) Comment connaissais-tu Holly ?

— J'avais un projet en cours à Chicago. J'y ai passé huit mois, avec des allers et retours. Holly travaillait à l'hôtel où je résidais.

— Tu as su qu'elle était enceinte ?

— Elle me l'a annoncé le jour de mon départ. En ajoutant qu'elle allait avorter. C'était la solution la plus sensée, ajouta-t-il, sur la défensive. Elle était toute jeune et moi… je ne comptais pas quitter ma femme ni m'installer aux États-Unis. On avait juste pris du bon temps, tu vois ?

Oh que oui, je vois, songea-t-elle tandis que son esprit lui balançait devant les yeux une image de Pete dans les bras de Zoe.

— Il s'avère qu'elle a changé d'avis, reprit Daniel, qui tourna les yeux vers Sonny. La première fois qu'elle m'a donné des nouvelles, c'était il y a quelques semaines. Elle a repris contact en me demandant si je voulais la retrouver pour des vacances. (De nouveau ce haussement d'épaules.) Je me suis dit… Ben, ouais, pourquoi pas ? Alors j'ai réservé un vol pour les Fidji. (Il renifla, secoua la tête.) Sauf qu'elle s'est pointée avec un bébé.

— Embêtant.

Il lança vers elle un doigt à l'ongle noirci par la saleté.

— Pas la peine de prendre tes putains de grands airs, toi. T'as pas à me juger. C'est elle qui m'a menti. Qui m'a dupé pour que je la rejoigne.

— Dupé ? C'est vraiment ça que tu penses ? Holly a eu ton enfant. Elle l'a élevé toute seule pendant quatre mois, sans l'aide d'aucune famille. Si elle a repris contact, c'est qu'elle devait être aux abois. Je doute qu'elle envisageait des vacances exotiques. À mon avis, elle voulait juste que tu rencontres ton fils, que tu passes une semaine avec lui, que tu te mettes à l'aimer comme elle, elle l'aimait.

— Elle aurait dû me prévenir.

— Si elle l'avait fait, tu l'aurais rejointe ?

Il ne répondit pas. Elle regarda Sonny, qui agitait le bois flotté dans son tout petit poing.

— Tu n'étais même pas un petit peu intrigué ?

— Écoute, j'ai essayé, d'accord ? Je l'ai regardé droit dans les yeux, je lui ai caressé la joue, mais merde, je ne sais pas ce qui cloche chez moi. Ce qui me manque. Je voulais le ressentir. Mais il n'y avait rien.

Ses mots étaient précipités, la tension irradiait de lui par vagues.

Lori se rappela le premier matin, le réveil sur cette île, Daniel qui tendait brièvement la main vers le couffin. Et puis, l'instant d'après, il décampait, laissant Sonny en pleurs.

— C'est ça que tu appelles « essayer » ? Une rapide tentative et basta ?

Il ne dit rien, se tourna juste vers la mer en se grattant le crâne.

— Faut que je me tire d'ici. De cette île. Où il est, ce putain de bateau ?

— Si on part d'ici, rétorqua Lori, que se passera-t-il ? Sonny n'a personne.

Il fit volte-face, le menton avancé, les yeux plissés.

— Tu ne diras rien, hein ?

— Pour que tu puisses reprendre tranquillement ta vie d'avant ? Avec ta femme ?

— Ouais, fit-il en s'approchant, le regard glacial. Exactement.

Elle secoua la tête en constatant la profondeur de son égoïsme. Les vagues lueurs de charme, au demeurant fort brèves, qu'elle avait aperçues les premiers jours sur l'île, n'étaient en fait rien d'autre que de l'esbroufe, une image dont il se servait.

— Je ne suis pas là pour garder tes secrets.

— Salope moralisatrice, cracha-t-il.

Une veine lui pulsait à la tempe. Lori se détourna pour instaurer un espace entre Daniel et elle. Elle se penchait pour attraper Sonny, quand elle ressentit une vive douleur au poignet. Daniel la tirait violemment vers lui.

— Je te permets pas de me tourner le dos !

Son expression s'était assombrie. Une poigne d'acier sur ses os.

Lori scruta la baie, espérant y voir Mike, mais la bande de plage blanche était vide. Il devait être tout là-haut sur l'arête, à l'autre bout de l'île. Un malaise gonfla dans sa poitrine : elle était seule.

— Tu ne moufteras pas, salope, siffla-t-il, si proche qu'elle sentit son haleine fétide.

De son autre main, il toucha sa poche : le couteau de plongée, devina-t-elle. À portée de main. Depuis tout ce temps, c'était lui qui l'avait.

Derrière elle, Sonny avait dû percevoir le changement d'atmosphère, car il se mit à geindre, puis émit un drôle de hoquet.

— Tu lui fais peur. Lâche-moi.

— D'abord, promets que tu ne diras rien.

Elle brûlait de l'envoyer se faire foutre, mais il lui serrait si fort le poignet que la douleur lui faisait monter les larmes aux yeux. Elle devait rejoindre Sonny.

— Je le promets, souffla-t-elle enfin.

— Je ne veux pas de lui. C'est vrai, Lori. Tu peux le prendre. Le garder.

— Le garder ? Mon Dieu, mais qui es-tu ?

Elle tenta de le repousser de sa main libre, mais il lui saisit ce bras-là aussi et l'attira contre lui. Elle sentit le heurt de sa cage thoracique contre ses seins, l'assaut de ses hanches contre les siennes. Il la maintint immobile, haletant.

Elle le perçut, ce quelque chose qui changea dangereusement en Daniel. Et elle prit conscience de la chaleur de son corps contre elle.

— Lâche-moi, putain !

— Tu es sûre que c'est vraiment ce que tu veux ? fit-il, les lèvres tout près de ses oreilles. Felix n'est plus là.

— Arrête, insista-t-elle.

Et elle entendit, elle aussi, la peur dans sa propre voix. Elle n'avait rien : pas d'arme, personne à appeler à l'aide.

Sonny continuait à pleurer, mais ses pleurs sonnaient différemment, comme des crachotements saccadés. Lori tordit la tête, aperçut son visage, rouge vif, ses poings cognant contre sa gorge. Le morceau de bois flotté avec lequel il jouait gisait, déchiqueté, sur la couverture.

Il s'étouffe ! comprit-elle.

Elle se mit à hurler sur Daniel :

— Sonny s'étrangle ! Lâche-moi !

— Je t'ai vue, à la source, dit-il, comme si elle n'avait même pas parlé. T'es une petite allumeuse, hein ?

Visage cramoisi, Sonny cherchait de l'air, il se tortillait sur le dos, incapable d'attraper le morceau de bois dans sa bouche.

Lori balança son pied nu dans le genou de Daniel. Il poussa un cri soudain, aigu. Mais cette attaque ne suffisait pas. Pas du tout. Il leva une main, rapide comme l'éclair, et la gifla en plein visage. Puis il la poussa violemment par les épaules. Elle trébucha en arrière, vers les rochers, ses talons entrèrent en contact avec la pierre. Elle sentit ses jambes céder, vit du coin de l'œil les rochers d'un gris funéraire, sentit le poids de Daniel sur elle.

Alors même qu'elle tombait, elle restait consciente que Sonny avait besoin d'elle, qu'elle devait l'atteindre, qu'elle devait tenir bon, de quelque manière que ce soit. Son champ de vision sembla s'étirer, il engloba l'étendue de l'île. Le vaste ciel nuageux d'où leur avion avait tournoyé pour s'écraser sur terre ; la frange d'océan où Felix nageait jadis, le regard fixé sur le lit de la mer, à l'affût des courants qui lui amèneraient les poissons ; la jungle ramassée où Sonny et elle dormaient sous la canopée, recroquevillés l'un contre l'autre chaque nuit.

En un clin d'œil, tout disparut. Il ne restait plus que la puissance du corps de Daniel contre le sien, qui la poussait vers le sol, et puis enfin – le moment dont elle devinait l'approche – le contact aussi violent que soudain entre l'arrière de son crâne et le rocher, avant que le monde devienne noir.

58

Maintenant – Erin

Quelque chose en moi s'effondre, ma colonne vertébrale s'arrondit, mon corps se recroqueville sur lui-même. Je continue de fixer des yeux le nom gravé sur le tronc d'arbre.

Lori Holme, R.I.P.

Ma tête fait « non ».

Non, Lori. Non…

Les doigts pressés contre le bois scarifié, je veux changer la réalité, arracher l'écorce, renverser cet arbre.

Oh, mon Dieu, oh non !

Et, au-dessous, un autre nom.

Le dernier coup de massue, brutal, final.

Sonny Senton, R.I.P.

J'abats le poing contre le tronc, une fois, deux fois, mes phalanges explosent de douleur.

Je renverse la tête en arrière et lance un gémissement incohérent vers la canopée. Les insectes se taisent. Les oiseaux s'immobilisent. Le ciel saigne.

C'est insupportable.

Lori, morte. Le bébé, mort.

J'ai la tête qui tourne. Une nausée brûlante monte d'un coup, féroce et soudaine. Je suis à genoux dans la terre, l'estomac qui pousse au fond de ma gorge. Un haut-le-cœur. La bile éclabousse la poussière et le dos de mes mains. Une chaleur acide me brûle le palais. Sous mes paumes, la terre, les brindilles, les feuilles. Tout en décomposition. Tout en train de mourir et de se désagréger.

La jungle respire autour de moi. La chaleur pulse, humide, contre ma peau. Ces arbres, ces géants respirants, ils ont tout vu, ils ont été spectateurs de ce qui s'est déroulé sur cette île. Accroupie là, sous la canopée bourdonnante de la forêt tropicale, mains et pieds plantés dans la terre sombre, je veux le ressentir.

Derrière moi, j'entends un craquement, comme si un pied avait écrasé une branche. Je rouvre aussitôt les yeux et je fais volte-face, avant de me remettre maladroitement debout, de fouiller le camp du regard. La question quitte mes lèvres dans un soupir.

— Lori ?

J'attends, retenant mon souffle, le regard balayant les ombres entre les arbres.

— Lori ? répété-je, plus fort.

Mes lèvres, ma langue, la vibration de mes cordes vocales, le rythme familier de ce prénom prononcé tout haut. C'est comme si mon corps se rappelait, un écho chaleureux de toutes les fois où je l'ai appelée au fil des années.

— Lori ! crié-je à présent, rugissant. Lori ! Lori ! Lori !

Je tourne, les mains tendues au hasard, qui la cherchent…

Et puis je l'entends.

Mon prénom. On m'appelle depuis les entrailles de la jungle.

— Erin.

Je me fige, les doigts tendus.

Tout est distordu, confus. Des ombres où devrait être la lumière, des feuilles à la place du ciel, la chaleur au lieu de l'air.

Ça ne va pas. Ça n'est pas la bonne voix. Masculine.

— Erin ? C'est l'heure de partir, OK?

Je lâche un souffle brusque, tant ma poitrine est comprimée. C'est Rega, qui m'appelle de quelque part au-delà de la limite des arbres. Il dit quelque chose à propos du bateau, de la lumière. Sa voix est pressante, agacée.

Je ne sais comment, je parviens à lui marmonner que j'arrive, que je le rejoins dans un instant…

J'attends, suivant le son de ses pas qui s'éloignent.

Mes mains agrippent la racine de mes cheveux.

Je ne veux pas que ça se finisse, Lori. Je te veux. Je te veux là, putain ! Tu m'as suppliée de t'aider, mais je n'en ai pas fait assez. Pardon…

Je sanglote dans la jungle vide, submergée par le chagrin. À travers mes larmes, je vois l'épave de l'avion et comprends que je ne suis pas venue sur cette île en quête de ses restes. Ce que je suis venue chercher ici était plus grand, sculpté dans l'espoir. Au plus profond de moi, je croyais – j'espérais, j'attendais, je priais – que si Lori avait survécu au crash, d'une manière ou d'une autre, elle serait encore ici, sur cette île. À m'attendre.

Mais elle n'y est pas.

J'ai atteint la ligne d'arrivée.

J'ai trouvé l'île, l'épave, les affaires de Lori, ses enregistrements.

J'en comprends autant sur sa mort que quiconque le pourra jamais.

J'ai les réponses que je cherchais.

Mais ce que je n'ai pas, ce que je n'aurai jamais, c'est ma sœur.

59

Maintenant – Erin

Un trajet en bateau plongé dans le silence et la lumière déclinante. Rega et son frère qui échangent des coups d'œil.

Une nuit sans sommeil dans la maison d'hôtes faiblement éclairée, où je refuse, en secouant la tête, l'offre d'un repas.

Un vol matinal – tempe collée au hublot, yeux vitreux – qui me ramène sur l'île principale des Fidji.

Quand les roues touchent le tarmac, mon corps reproduit les soubresauts. Je respire. Je marche. Je montre mon passeport et mes billets chaque fois qu'on me les demande. Je me déplace avec la foule, une ombre en retrait, silencieuse, au bord de la rupture.

Telle une somnambule, je quitte le terminal et trouve un taxi.

Alors que je me glisse dans la fraîcheur climatisée, le chauffeur pivote et me demande d'une voix pleine d'entrain :

— Où souhaitez-vous aller ?

Le visage dénué d'expression, je lui réponds par trois mots.

Et maintenant je m'abîme dans la contemplation du paysage par la vitre, tandis que nous dévalons en trombe une rue encombrée, dont les boutiques et les restaurants défilent dans un brouillard de couleurs. Le passage des bâtiments à toute allure, des panneaux d'affichage menaçants, des bus rugissants… tout ça, c'est trop, un assaut qui submerge mes sens. Je baisse les yeux vers mes mains. Fais tourner le cercle d'argent de l'anneau que je porte au pouce, encore et encore.

— Ici ? me demande le chauffeur en se garant sur le trottoir.

Je croise son regard prudent dans le rétroviseur. Je hoche la tête et me penche pour lui tendre mes vingt derniers dollars. Puis j'attrape mon sac à dos et sors dans la chaleur épaisse et chargée en gasoil.

C'est fini. Je suis arrivée à la fin du chemin.

Le moment est venu de passer le relais.

Le taxi disparaît dans le flux du trafic. Je reste plantée sur le trottoir, les yeux levés vers le panneau bleu délavé du commissariat central.

Je pousse la lourde porte vitrée. Dans mes vêtements de trois jours, avec mes cheveux sales et raidis aux racines, je ressemble sans doute à une routarde après une beuverie prolongée qui vient signaler la disparition de son passeport.

Si seulement.

J'annonce au jeune homme à la moustache hirsute qui gère l'accueil que :

— J'aimerais parler à l'officier Enrol au sujet de la disparition du vol FJ209.

Il me jette un regard perplexe.

— Je vais voir ce que je peux faire.

Mes mains s'abattent sur le comptoir, nous faisant sursauter tous les deux.

— Tout de suite.

Et puis ça commence.

Je raconte à deux jeunes officiers tout ce que je sais. Je leur décris l'île, l'épave, le décompte des jours gravé sur un tronc. Je décris une robe tachée de sang, une liasse de photos fichues dans sa poche. Je dis les mots : « Daniel », « couteau », « ma sœur ».

Ils ont besoin de comprendre : Lori a survécu au crash de l'avion, mais elle a été tuée sur cette île.

Ils me regardent, échevelée et crasseuse, mes mains qui tremblent sur un gobelet d'eau tiédasse. Ils échangent des coups d'œil sceptiques.

— Vous, vous êtes allée sur cette île ?

Ils ne me croient pas.

— Attendez !

Je sors deux portables de mon sac. Sur le premier, je leur montre les photos que j'ai prises pour servir de preuves, et sur le second, j'appuie sur « Play » sur les vidéos de Lori. Alors que nous regardons le visage de ma sœur prendre vie, avec l'épave de l'avion en arrière-plan, l'un des officiers se frotte la bouche, l'autre va chercher l'officier Enrol. Une heure plus tard, il y a une demi-douzaine de personnes dans la pièce. Quelqu'un a apporté du café. De l'eau avec des glaçons. Ils branchent un ventilo. M'assaillent de questions. Sortent une carte. Je désigne, j'explique. Ils prennent des notes. Passent des coups de fil.

Quand je quitte le commissariat, dans la lumière déclinante de la soirée, je sais que le reste du puzzle, c'est à eux de le reconstituer. J'ai fait tout ce qui était en mon pouvoir.

C'est fini.

Je n'ai pas d'argent pour un taxi et ne sais même pas si mes jambes vont me porter sur l'heure du trajet qui me sépare de l'hôtel.

En progressant péniblement dans la rue, laissant le commissariat en effervescence derrière moi, je chuchote :

— J'ai fait de mon mieux, Lori. Je suis désolée que ça n'ait pas été assez.

60

Maintenant – Erin

Je ne sais comment, je parviens à regagner l'hôtel. Je suis sous la douche, l'eau chaude coule sur ma tête, l'odeur du shampoing monte de la mousse. Je me sèche, j'enfile des vêtements propres.

Je passe le minibar en revue : son contenu a été renouvelé. Accroupie, je contemple ces minuscules bouteilles scintillantes. Je referme.

Je quitte ma chambre, j'erre dans le couloir. Je suis tout juste là… un fantôme, un spectre. Je passe devant le long miroir au mur, mais ne m'arrête ni ne regarde, trop inquiète de constater que mon reflet a disparu.

Dans le hall, Nathan fait le pied de grue.

Il emplit un siège bas, tambourinant sur l'accoudoir de son pouce impatient. Il porte une chemisette à manches courtes, pas de godillots de travail, cette fois.

Dès qu'il me voit, il se lève.

— Erin.

Je ne lui ai rien dit au téléphone.

Je marche vers lui, sans trop savoir comment occuper mes mains. Je l'atteins. J'enfonce les poings dans la poche avant de ma robe en jean.

Nous ne commandons pas à boire. Nous restons juste assis face à face, et je me lance. Je lui raconte la carte que j'ai trouvée dans la chambre de son père, l'île, l'épave de l'avion, la police.

Il écoute tout, ses yeux s'écarquillent, il paraît plus grand sur son siège.

Quand j'en ai terminé, il se contente de me dévisager.

Je n'arrive pas à deviner ce qu'il pense. S'il est en colère, bouleversé ou incrédule.

Il se racle la gorge.

— Tu as trouvé la carte dans la chambre de mon père… pendant que je me trouvais là-bas ?

Voilà ce qu'il choisit de dire en premier.

— Je suis désolée.

Et je le suis. Je l'ai blessé.

Il baisse les yeux sur ses genoux, puis les relève vers moi. Je m'attends à ce qu'il continue sur le sujet de la carte, au lieu de quoi, il lâche :

— C'était courageux de ta part… d'aller sur l'île.

— Les braves et les désespérés ont toujours fait bon ménage, commenté-je, parvenant à lui offrir un sourire faiblard. (Il sourit aussi.) J'ai quelque chose à te montrer.

Je sors mon ancien téléphone et le pose sur la table. Alors que je lance un message vidéo de Lori, il se penche tout près et je le sens : du savon et quelque chose de frais, de mentholé. Je remarque que la pointe de ses cils est blondie par le soleil, qu'il a une petite cicatrice à la pommette. Quand la vidéo filme l'épave de l'avion, les yeux de Nathan s'emplissent de larmes.

Parfois, il est facile d'oublier qu'il y a eu d'autres morts dans cet accident.

Une fois toutes les vidéos visionnées, il relève les yeux vers moi.

— Tu n'as jamais renoncé.

Je hausse les épaules.

— Et qu'est-ce que ça m'a apporté ?

— La police va peut-être découvrir autre chose. Il y aura peut-être d'autres réponses.

— Peut-être.

Nous restons sans parler un moment.

— Je reprends l'avion pour Perth demain matin, m'annonce-t-il. Les funérailles ont lieu mercredi.

Sa famille a un corps à enterrer. Un point final. Je pince les lèvres. Je le lui envie plus que je ne saurais le dire.

— Et toi ?

— J'ai mon vol réservé tôt demain matin.

— Et puis ?

Je lève les yeux vers le dôme du plafond.

— Et puis je suis censée reprendre ma vie. (Je sens son regard intense sur mon visage, et moi, je me concentre sur les motifs gravés au plafond, que je suis attentivement du regard pour ne pas pleurer.) Je ne vois pas quelle forme peut prendre ma vie sans elle.

Il se tait un instant, avant de répondre :

— Tu n'as pas besoin d'en voir la forme en entier. Il faut juste te convaincre qu'elle existe. Ta vie.

Il a prononcé ces mots avec une telle tendresse, une telle conviction que je baisse les yeux pour trouver les siens.

Nous nous dévisageons. Dans le silence, je prends conscience de chaque battement de mon cœur. Nathan se lève de son siège et, comme chaque fois, sa haute taille me surprend.

— Il faut que j'y aille.

Je me lève aussi.

Alors voilà, c'est fini, pensé-je.

— Je t'aurais accompagnée, tu sais, me dit Nathan.

L'espace d'une seconde, je suis perplexe. Et puis je comprends qu'il parle de l'île. Il serait venu si je lui avais parlé de la carte de son père.

— Tu ne m'as pas fait confiance.

Je ne sais pas faire confiance. Je pourrais lui répondre par cette banalité, au lieu de quoi je baisse le regard, honteuse.

— Allez, au revoir, Erin.

Il traverse le hall. Son départ me paraît abrupt, pas abouti… mais je n'ai pas l'énergie de redresser la situation. Je reste plantée là, seule, au milieu des clients et des vacanciers qui traversent l'hôtel et l'emplissent de leurs rires qui résonnent.

Un serveur me repère et s'approche à grands pas, tout sourire.

— Bonsoir, madame ! Aurons-nous le plaisir de vous accueillir au restaurant ce soir ?

Je ne peux pas retourner dans ma chambre. Je ne peux pas rester seule avec le minibar pour seule compagnie. Avec le balcon qui m'attend.

— Oui.

— Et prendrez-vous votre dîner seule, ce soir ? (Je hoche la tête.) Suivez-moi, nous allons vous trouver une table.

L'air embaume d'épices chaudes et de l'arôme de noix de coco grillée. Nous dépassons des tables remplies de familles et d'amis, les conversations vont bon train, les rires retentissent dans l'air nocturne.

Je m'aperçois qu'il me reste une chose à faire.

— J'aimerais m'asseoir ici, s'il vous plaît.

En lui touchant l'épaule, je désigne au serveur l'extrémité de l'espace ouvert, la table d'angle qui surplombe les jardins baignés de lumière. Une table où je ne me suis assise qu'une seule fois.

Sur un hochement de tête, il m'y conduit.

Je prends place dans un siège en bambou. Une bougie scintille au fond d'un pot en verre placé au centre de la table. Elle projette de minuscules ombres vacillantes. Je commande une boisson sans ouvrir le menu et regarde le serveur ôter le second jeu de couverts. Sous la table, mes doigts s'enfoncent dans mes cuisses.

Une fois le serveur parti, je tâche de me détendre et de me concentrer sur le joli grelot de la fontaine en contrebas, mais mon attention est fixée sur un point : la chaise vide en face de moi.

C'est là qu'était assise Lori il y a deux ans, le premier soir de notre voyage. Les cheveux lâchés sur ses épaules, les ongles vernis de rose. J'ignore pourquoi je m'impose ça. Pour tourner la page ? Pour me tourmenter un peu plus à l'issue d'une journée déjà passée au fond du trou ?

Mon mai tai arrive accompagné d'un brin de menthe fraîche et d'une tranche d'ananas qui flotte à la surface. Je lève mon verre, trinque avec le siège vide.

—À toi, Lori.

Je sens des yeux braqués sur moi. *Ben quoi ? Allez-y, rincez-vous l'œil, tout le monde. Ce n'est que le début du spectacle.*

Je goûte mon cocktail. Il est trop sucré, écœurant. Mon estomac se contracte.

Je repose le verre dans un bruit sec. Repousse le menu. De toute façon, je n'ai pas d'appétit. Je ne vais pas commander un repas qui finira à la poubelle. J'avais espéré retrouver un agréable souvenir en étant là, à l'hôtel, à cette table, à boire un mai tai… mais il n'y a rien.

Je vide les dernières pièces de mon porte-monnaie, les éparpille à côté de mon verre et m'en vais.

Tout au fond du restaurant, je descends la volée de marches qui mène aux jardins. Je me dirige vers le silence. J'arpente le terrain élégamment éclairé, puis m'engage dans une allée en bois éclairée par des lampes solaires. Je sais qu'elle conduit à la plage.

C'est là que j'ai fui après notre dispute. Je t'ai plantée là, j'ai couru dans le sable, complètement en feu. Tout ce pataquès pour rien. En matière de dernières conversations, la nôtre était bien, bien merdique, pas vrai ? Tu sais, cette manie qu'on a parfois de se disputer pour un rien, alors que le sujet de la dispute, en réalité, ce n'est pas du tout ce qui compte ? Il y a un autre truc, un truc plus important derrière, mais soit on ne le voit pas, soit on n'a pas les mots pour l'exprimer. Eh bien, ça fait un bon moment que j'y réfléchis, à ce truc plus important.

Ce sur quoi toi et moi, on s'est disputées, ce fameux soir, ce n'était pas l'infidélité de Pete, ni le fait que je vivais comme une étudiante. Non, c'était qu'on était toutes les deux insatisfaites. Nos vies n'étaient pas celles qu'on avait imaginées. On avait perdu nos parents, tu étais en plein divorce, j'étais enfermée dans une grande ville et une carrière que je n'aimais pas trop. Et on se regardait l'une l'autre pour détecter à quel moment ça avait déconné. On cherchait la personne à qui faire porter le chapeau.

L'allée serpente parmi la végétation pour aboutir à la plage. Je crois percevoir un léger bruit de pas qui s'enfoncent dans le sable derrière moi. Je m'arrête un instant, j'écoute.

Évidemment, il n'y a personne, juste le bruit distant des dîneurs, le cliquetis des couverts, les vibrations lointaines de la musique.

J'atteins la plage où les transats ont été disposés en rangées bien nettes, les coussins entreposés pour la nuit. Comme le sable s'enfonce sous mes tongs, je les enlève d'un coup de pied, puis je marche jusqu'au bord de l'océan, où je plonge les pieds.

La mer, de nuit, est une immensité tiède, inconnue et mouvante. Son énergie me lèche les chevilles.

Je n'ai pas nagé depuis mon arrivée aux Fidji. Je sais pourquoi : la mer est symbole de plaisir, de vacances, de détente… et ces choses, je ne les ai pas méritées. Depuis bien longtemps, je suis persuadée que je n'aurai droit au plaisir qu'à partir du moment où je ne ressentirai plus les autres choses : la tristesse, la perte, la peur. Sauf que les émotions, elles ne viennent pas en paquets soigneusement emballés. Elles sont mélangées, tout en bazar. Le bonheur mêlé à la tristesse. L'espoir entremêlé de peur. L'amour obscurci par la perte. Rien ne sert d'attendre que j'aille mieux. D'aspirer à une vie heureuse. Non, ce qu'il me faut, c'est une vie où je ressens des choses.

Je passe ma robe par-dessus ma tête, la jette sur le rivage et me retrouve à patauger dans l'eau. Je sens la mer, centimètre cube par centimètre cube, qui prend possession de ma peau. Le sol se ramollit et cède sous mes pieds. Je me penche en avant et je plonge sous le voile noir.

L'eau salée m'emplit les oreilles, un son étouffé de cliquetis et de bouillonnement. Mes muscles et mes membres bougent avec fluidité. Je glisse sous la surface, en apesanteur.

Et je ressens cette étrange attraction, celle qui me pousse à continuer à nager là-bas, vers l'horizon de ténèbres. À ne plus rien éprouver que l'oubli. Cette envie irrépressible est si forte qu'elle s'enroule autour de ma poitrine et la serre.

Je veux être courageuse. Tout ressentir. Mais ça fait mal. ÇA. FAIT. TROP. MAL.

Dans mon cœur, la voix de Lori est à vif. Ses suppliques, ses appels à l'aide sur l'un des enregistrements : « J'espère que tu continues à me chercher… Je ne sais pas si je peux survivre à ça… J'ai peur. »

Je suis arrivée trop tard. Trop tard, putain !

Dans l'eau, je hurle.

Mes cris forment des bulles et des gargouillis, l'eau glisse sur ma tête, mes yeux sont mouillés, mes paupières clignent furieusement.

Je ressors maladroitement de l'eau, récupère ma robe au bord, l'enfile en haletant. Le tissu colle à ma peau mouillée. L'eau salée me goutte dans le cou.

Tout à coup, je prends conscience que je ne suis pas seule.

Une sensation de picotements, un souffle dans ma nuque, un chuchotement le long de mon échine. J'ai conscience de mes lobes, de mes lèvres, jusqu'à la pointe de mes doigts.

Quand je me retourne, je vois une silhouette un peu plus haut sur la plage. Quelqu'un qui avance vers moi ou qui s'éloigne ?

Je tire sur ma robe, qui me colle à la peau.

Nathan ? Un afflux de sensations m'emplit la poitrine. Je veux que ce soit lui. Je veux lui dire pardon. Qu'il méritait mieux de ma part…

J'attends que mes yeux s'ajustent, je discerne sa forme.

Sauf que celui ou celle qui se tient là est plus petit que Nathan. Il a les épaules plus étroites.

La personne ne bouge pas. Elle m'observe.

La nuit m'enveloppe, un frisson me descend le long du dos.

La personne avance d'un pas, et il y a quelque chose dans sa façon de bouger qui m'est familière, très familière.

J'attends.

Elle approche, et tout, dans la longueur de ses pas, dans sa posture, sa démarche… tout m'est connu, aussi connu que mes propres pas.

Je cligne des yeux.

Pas possible.

La respiration coincée dans ma gorge.

Plus d'air.

Mon corps brûlant tout à coup, puis glacé.

Pas possible, me répété-je tout au fond, tout au fond de moi.

Mes mains montent vers ma bouche.

Je suis allée sur l'île ; j'ai vu l'épave ; j'ai trouvé sa robe imbibée de sang ; j'ai vu son nom gravé dans le tronc d'arbre.

Non, ce n'est pas toi.

— Erin…

61

Maintenant – Erin

Ma sœur.
Debout sur la plage sombre.

Mon cœur cogne contre mes côtes, le sang rugit à mes oreilles.

J'agrippe la racine de mes cheveux, je tire. Je m'enfonce les ongles dans le crâne.

Non, ce n'est pas réel.

Je relâche les mains. Pivote. Me mets à marcher, mais je trébuche, j'arrive tout juste à progresser en ligne droite.

— Erin.

Mes épaules se crispent, remontées jusqu'aux oreilles. Je ne veux pas de ça. Je ne veux pas me tenir sur cette plage et entendre la voix de ma sœur. C'est de la folie. Je continue à marcher.

— C'est moi, Erin. C'est moi…

Je me tourne.

Ma tête fait « non ». *Non, ça n'est pas possible…* Mes yeux, pourtant, dévorent quelqu'un qui ressemble tellement à ma sœur que sur ma peau se propagent des centaines de minuscules décharges électriques.

Et elle chuchote encore :

— C'est moi.

Je me mets à hocher la tête, à petits mouvements rapides que je suis incapable d'interrompre.

Je ne comprends pas.

Elle a changé. Ses cheveux, coupés au niveau du menton – *Je ne t'ai jamais vue avec les cheveux courts* –, ont retrouvé leur brun doré naturel. Elle est plus mince, aussi, et paraît plus grande, du coup.

Soudain, elle se déplace, elle traverse l'espace qui nous sépare. Ses bras s'ouvrent, ses mains se tendent, et nous nous enlaçons, nous nous serrons. Nos joues se cognent, nos cheveux et nos membres étroitement entremêlés, nous tenant, nous cramponnant. Nous nous balançons, nous ondulons d'un côté à l'autre, danse de deux sœurs. Je l'inhale, la chaleur particulière de son cou, la pression de nos clavicules.

— C'est toi…, murmuré-je, les paupières étroitement fermées, tandis que je l'agrippe.

J'ignore si c'est un rêve, une hallucination. Quoi que ce soit, je le veux. Je veux tout.

Nos doigts s'accrochent, leur pulpe, comme en quête de la mémoire de nos corps respectifs, que nous tirons de notre histoire, des souvenirs imprimés dans chaque cellule de notre être. Ses épaules tressautent dans mes bras. Je sens l'humidité de ses larmes ou des miennes sur ma joue. Elle m'embrasse le visage avec urgence, encore et encore, me tient les épaules, me touche les cheveux, la joue.

Un cri rauque jaillit de ma gorge, un sanglot étranglé de la sienne. Notre prénom à chacune est chuchoté, répété et répété encore.

Nous nous appuyons l'une contre l'autre. Nos fronts se touchent.

Elle me regarde, les yeux liquides.

Mes jambes n'ont plus d'armature.

Je regarde autour de nous – la mer, le ciel, la nuit, les lumières scintillantes de l'hôtel – comme si j'allais découvrir que je suis dans un rêve.

Je me retourne… et Lori est encore là, ses mains toujours enveloppées autour des miennes.

Je fixe des yeux nos doigts entremêlés. Elle porte toujours le bracelet en or rose, après tout ce temps. *Ensemble.* Je la dévisage, clignant furieusement des yeux, le cœur battant la chamade.

— Je ne comprends pas. Je te croyais morte.

Elle pince les lèvres, hoche la tête. De nouveau, ses yeux s'emplissent de larmes.

— Morte, répété-je, à croire que c'est le seul mot à ma disposition. (Puis je lui lâche la main et recule d'un petit pas.) Je te croyais morte, putain !

— Je sais…

— Comment tu as pu ?

J'ai les yeux écarquillés, je secoue la tête, j'essaie de me raccrocher à une pensée logique malgré le bruit qui me tonne dans les oreilles. Chaque pensée me fait l'effet d'une décharge électrique, me cause des éclairs de douleur. Je veux aller vers elle. Je veux m'éloigner d'elle. Je suis déchirée…

— Je suis désolée…, marmonne-t-elle dans ses mains, qu'elle a plaquées sur la bouche.

Elle les retire pour ajouter :

— Je ne sais pas comment… Mon Dieu, Erin… Je…

Elle se tait brusquement, la gorge nouée par l'émotion. Elle relâche bruyamment son souffle, vide l'air de ses poumons. Quand elle reprend sa respiration, elle relève la tête et me regarde droit dans les yeux.

— Tu m'as tellement manqué, Erin.

Je secoue la tête, tellement fort que j'ai l'impression que ça s'entrechoque à l'intérieur.

— Tu as survécu ?

— Oui.

— Comment ? Je… Je ne comprends pas.

Rien n'a de sens.

Elle croise les bras sur son ventre, comme prise d'un froid immense.

Dans notre silence, j'entends coasser des grenouilles quelque part au loin et les vagues qui viennent me lécher les talons.

— Tu étais où ? Pourquoi tu n'es pas revenue à la maison ?

Lori me regarde en face, ses yeux plongent dans les miens quand elle me répond :

— Je ne pouvais pas.

Je soutiens le regard de ma sœur.

— Pourquoi ?

Le silence. Et, dans ce silence, elle répond :

— Jamais je ne pourrai raconter ce qui s'est passé sur cette île, à personne.

62

Avant – Lori

Lori était étendue au sol. Avec une douleur profonde, brûlante à l'arrière du crâne. Et un poids, écrasant, sur sa poitrine, qui la plaquait à terre.

Elle cligna des paupières, ouvrit les yeux.

Daniel. Sur elle. L'odeur tourbeuse de son corps lui emplit les narines. Il haletait, soufflant sur elle son haleine fétide.

Elle tenta de bouger, de se libérer en se tortillant, mais elle restait coincée sous sa masse.

— Laisse-moi ! gémit-elle entre deux souffles.

Elle avait les lèvres épaisses, comme engourdies. Impossible d'aspirer assez d'air. Mais Daniel, une expression folle au fond des yeux, portait une main à sa taille.

Le couteau ! Il a le couteau !

Lori rua, agita les pieds, se débattit pour se libérer.

Daniel la saisit par les bras, qu'il lui plaqua contre les flancs, l'immobilisant. Puis il baissa le visage, lui infligeant une autre bouffée de son souffle rance. Chaleur et puanteur émanaient de lui. Lori savait ce qui allait suivre. Toutes les femmes le savaient. Le regard de Daniel était inaccessible, comme s'il avait disparu, pour ne plus laisser que chair et os et muscles, le poids qui la maintenait au sol, qui la dominait.

Lori ferma les yeux, serrant les paupières, comme pour se retirer dans un endroit paisible quelque part dans sa tête.

Soudain, elle entendit un son, faible, quelque part… et rouvrit brusquement les yeux. Sonny ! Elle se rappela le bois flotté, son visage écarlate. Il s'étranglait…

Alors elle se remit à gigoter, à se tortiller. Elle enfonça les ongles dans le sable, réussit à libérer une main de l'étau de Daniel. Le bout de ses doigts rencontra quelque chose de dur, à la surface rêche. Un morceau de pierre. Elle les referma dessus, serra… Et puis, d'un mouvement fort et vif, elle leva la pierre et l'abattit contre la tempe de Daniel. Elle entendit le craquement, pierre contre os.

Elle relança le bras, le frappa une deuxième fois.

Une troisième.

L'étreinte de Daniel se desserra. Elle glissa de sous son corps, se remit péniblement debout, la tête rugissant de douleur, et se précipita vers Sonny, malgré sa vision qui tanguait.

Le petit avait le visage cramoisi, la couleur de l'étouffement, ses doigts minuscules recroquevillés sur sa gorge. Elle le rassit, droit, lui enfonça un doigt comme un crochet dans la bouche, où elle trouva un morceau de bois imbibé de salive, tout au fond de la gorge. Elle parvint à le décoincer et, du plat de la main, lui assena une tape ferme et précise entre les omoplates. Une fois. Deux fois.

Voilà ! Sonny toussa et expulsa de sa bouche une écharde de bois. Ensuite il poussa un cri, à pleine gorge, extraordinaire. Le cri de l'air revenu dans ses poumons.

— Oh, mon bébé ! (Elle le porta à sa poitrine et le couvrit de baisers.) Tout va bien. Ça va aller, maintenant. Je suis là.

Toujours en pleurs, il agrippa ses petits poings à sa robe de coton.

Étourdie par la douleur, Lori parvint néanmoins à le maintenir en place et à lui dessiner des cercles dans le dos, pour le calmer. L'apaiser.

Elle jeta un coup d'œil vers Daniel. Il était toujours étendu sur la plage. Elle vit un cercle sombre, le sang qui coulait du côté de sa tête et lui imbibait les cheveux. Un frisson emplit la poitrine de Lori.

— Daniel ? lança-t-elle d'une voix rendue aiguë par la peur.

Lentement, elle rampa vers lui, Sonny toujours agrippé à elle.

Et elle fixa les yeux sur son torse, attendit le mouvement de montée et de descente.

Attendit, attendit.

Entendit le clapotis des vagues sur le rivage, comme si l'océan respirait. Le ciel respirait aussi. Tout respirait, tout bougeait, se déplaçait. Sauf Daniel… complètement immobile.

Elle tendit une main vers sa gorge, chercha un pouls. Son cœur à elle tonnait, l'afflux de sang rugissait à ses oreilles, océanique.

Elle savait déjà.

Il n'y avait rien.

Daniel était mort.

Elle s'agenouilla à ses côtés. Il avait tout un côté de la tête englué de sang. Un filet rouge avait dégouliné jusqu'à sa barbe, trempé sa robe à elle.

Qu'est-ce que j'ai fait ?

Lori le sentit, le séisme, le changement. Comme le plongeon brutal de l'avion quand il était tombé, cette peur lorsqu'on sait, au plus profond de soi, que tout sera différent après un événement.

Elle avait tué Daniel.

Si jamais ils parvenaient à se tirer de cette île, alors quoi ? Son cerveau tournait à plein régime, déployant à toute vitesse les scénarios de ce qui l'attendait : être traînée dans une salle d'interrogatoire, une peine de prison ? Et Sonny ? Où irait-il ? On le séparerait d'elle : Lori en Angleterre, Sonny aux États-Unis ?

Aucune de ces issues n'était acceptable.

Le sang devenait enragé dans ses oreilles. *Réfléchis, Lori.*

Elle leva les yeux vers la mer, juste là devant elle.

Là où ils avaient emporté les autres corps. Holly, Jack, Ruth, Kaali, Felix. Tous dans l'eau. Voilà ce qu'elle devait faire.

Elle dirait qu'il était mort avec les autres quand l'avion s'était écrasé.

Pas de preuve.

Lori réinstalla Sonny sur la couverture, puis se dirigea vers Daniel. Elle le prit par les chevilles, s'efforçant de ne pas regarder les blessures pleines de pus qui lui zébraient le talon. Et elle tira. Sa douleur à la tête la déchira en deux. Il était trop lourd, un poids immuable.

Et Lori n'avait pas assez de force, son corps tout entier tremblait. Elle s'essuya la bouche contre son épaule et réfléchit. Elle n'avait pas d'autre choix, il fallait pourtant l'emporter dans l'eau.

Prenant une profonde inspiration, elle enfonça les talons dans le sable et pesa de tout son poids. Elle sentit le lent déplacement du corps sur le sable. La douleur lui déchirait l'arrière de la tête, mais elle progressait, centimètre par centimètre, vers la mer. Les bras de Daniel traînaient derrière lui, le sang gorgeait le sable blanc comme du sucre.

La peau perlée de sueur, Lori continuait de tirer. Dès que l'eau toucha Daniel, elle sentit son poids s'alléger et le bas de sa propre robe imprégnée de sang remonter autour de ses cuisses.

Elle manœuvra le corps au-delà des eaux peu profondes, l'entraînant assez loin, jusqu'à avoir de l'eau jusqu'aux côtes.

Là, elle s'obligea à le regarder. Même dans la mort, il y avait quelque chose dans son expression qui semblait narquois. Si elle ne l'avait pas frappé de cette pierre, elle savait ce qui se serait passé, jusqu'où il serait allé.

Alors non, elle ne regrettait pas.

Elle se détourna de lui mais, ce faisant, elle remarqua les ondulations de l'eau. Daniel tressauta, ses yeux s'ouvrirent, ses doigts se tendirent.

Ce fut comme un électrochoc. Plus de pensée, que du mouvement. Mains levées, doigts d'acier – les siens, cette fois – autour des épaules de Daniel, qui l'enfonçaient sous l'eau.

Il se cambra, ses jambes battirent. Il la combattit, sortant la tête de l'eau, un bras attrapa le col de sa robe, déchira, chercha à l'entraîner en dessous avec elle.

L'eau salée ensanglantée emplit ses narines, sa bouche, le reste du monde disparut. Plus qu'eux deux, qui luttaient sous la surface, mains et ongles et peur.

Elle parvint à s'extirper de l'étreinte, à remonter, à avaler de l'air. Profitant de l'avantage d'une position en surplomb, elle poussa et poussa encore, le gardant sous la surface.

Et elle le maintint là malgré les battements de pieds et de bras affolés.

Sous l'eau, les yeux de Daniel étaient grands ouverts, qui la dévisageaient à travers les couches d'eau et de sel, de sang qui émanait en tourbillons de sa blessure à la tête. Lori sentait la secousse dans ses muscles. Plusieurs secondes s'écoulèrent : de bulles d'air argent remontant à la surface, de genoux et de coudes agités, de l'étau féroce des mains sur la peau, de l'ondulation et des éclaboussures de l'eau salée. Avec, comme témoin brûlant, le soleil.

Et puis, enfin, enfin, l'immobilité.

Les yeux de Daniel restèrent ouverts, rivés vers le ciel.

Elle lâcha et aspira de grandes goulées d'air, la poitrine lourde.

En le voyant flotter là, les bras écartés comme des ailes, elle se rappela le couteau.

Ils en avaient besoin pour survivre.

Elle plongea la main dans sa poche trempée, mais n'y trouva rien que le tissu vide. Elle essaya l'autre. Vide aussi.

Le lit de la mer bougea sous elle.

La respiration de Lori était rapide, propulsée par l'adrénaline montée en flèche dans ses veines. Sa robe imbibée de sang lui collait à la peau. *L'enlever. Il faut que je l'enlève.* Elle tira sur le tissu mouillé, l'arracha de sa peau. La robe en lambeaux tomba comme un sac à ses pieds. Et elle resta debout dans ses sous-vêtements trempés, le souffle court.

Et maintenant ?

Tout était surréaliste et lointain, sauf la jungle, proche, menaçante. Qui l'observait.

La robe sur un bras, elle ramassa Sonny et retourna au camp en clopinant. Elle entendait sa propre voix, essoufflée et trop guillerette, qui s'efforçait d'apaiser Sonny, alors que pendant ce temps, dans une autre partie de son cerveau, une autre voix hurlait : *J'ai tué Daniel !*

Arrivée au camp, elle jeta la robe tachée de sang dans le feu sans flammes. Le tissu mouillé fit siffler les braises, et une volute de fumée s'étouffa dessous.

Malgré la chaleur, Lori grelottait de la tête aux pieds. Elle se mit à fredonner. Le son sortit de ses lèvres comme autant de bulles hystériques, distordues. Elle continua néanmoins sa chanson en allongeant Sonny dans le couffin, en fouillant dans sa valise, où elle repêcha un short et un gilet. Elle s'habilla maladroitement, le corps secoué de tremblements incontrôlables. Ses pensées, éparses, glissaient d'une arête acérée de peur à l'autre.

J'ai tué Daniel…

Elle sentait sa respiration comme bloquée en haut de sa poitrine, saccadée, impossible d'inspirer profondément, comme s'il n'y avait pas assez d'air.

Sa mélopée s'étiola jusqu'au silence tandis qu'elle s'approchait de la ligne des arbres, pour se tenir dans l'ombre de la canopée. Elle reporta les yeux vers l'eau, à l'affût du corps de Daniel. *Est-ce que c'était vrai, au moins ?* Déjà, le courant l'avait emporté au large, hors de la baie, loin de l'île.

Ses yeux. Elle revit les yeux écarquillés de Daniel, leur expression terrifiée sous la surface pendant qu'elle le maintenait dessous.

Putain, mais qui je suis ?

Elle baissa le regard vers ses mains, vit le sang sous ses ongles. La tête se mit à lui tourner.

Derrière elle, des craquements de branches, le son de pas approchants.

Mike.

Sa casquette de pilote avait disparu et ses cheveux gris clairsemés étaient collés à son crâne. Il se planta face à elle, une drôle d'expression dans ses yeux plissés. Puis il leva une main – ses doigts sales, ses ongles longs et crasseux – vers les jumelles suspendues autour de son cou. Qu'il tapota une fois.

La peur, froide et lourde, submergea Lori.

— Tu as vu.

Il devait être en haut, sur l'arête, en surveillance avec ses jumelles.

— Oui.

— Je ne voulais pas… Sonny, il s'étranglait. Daniel m'avait plaquée au sol… Je savais ce qu'il allait me faire… Il fallait que je le repousse. Que j'aille secourir Sonny.

Le visage de Mike était dénué de toute expression, de toute émotion.

Il comprend ce que j'essaie de lui dire ?

— C'était une question de survie, finit-elle par ajouter, et sa gorge se serra sur le dernier mot.

Toujours pas de réaction de la part de Mike.

Elle enfonça les mains dans ses poches pour camoufler le sang sous ses ongles.

— La mer… J'ai mis son corps à la mer.

Il l'observait attentivement.

— Tu l'as noyé.

Il avait tout vu ! Formulé comme ça, c'était brutal, totalement insensible.

— J'ai paniqué.

Un battement de silence.

— Ah oui ?

Sous l'effet de la surprise, elle écarquilla les yeux. Et secoua la tête, déconcertée. Que sous-entendait Mike ? Qu'elle avait tout prévu ? Qu'elle avait voulu la mort de Daniel ? Non, ça ne s'était pas passé ainsi.

Ou bien… si ?

Elle revit le visage de Daniel quand elle le traînait à la mer. À cet instant, elle avait ressenti une haine bouillante dans ses tripes. Oui, elle avait voulu le voir mort. Non ? Elle l'avait choisi.

— Je… Je protégeais Sonny.

À quoi Mike rétorqua, d'une voix basse :

— Tu ne voulais pas plutôt *garder* Sonny ?

Elle cilla, perplexe.

— Daniel était son père.

Elle dévisagea son interlocuteur, dont l'expression demeurait froide, distante.

— Tu savais ?

Il opina du chef, la commissure des lèvres retroussée.

— Je te l'avais dit : il n'y avait pas de contrat immobilier. Un homme n'achète pas de la lingerie de luxe pour sa femme quand il part en voyage d'affaires. C'était pour quelqu'un d'autre. Pour Holly.

— Pourquoi tu n'as rien dit ? demanda-t-elle en secouant la tête.

Il haussa les épaules et, par ce geste, elle comprit qu'il avait gardé l'information dans le but de s'en servir. Pour peser, le jour où il en aurait besoin.

Lori sentit sa peau se hérisser de chair de poule. L'avait-elle mal jugé, tout ce temps ? Était-ce Daniel qui avait pris la juste mesure de cet homme depuis le début ?

Mike se détourna et reporta le regard vers l'eau, afin de chercher Daniel, la preuve de ce qu'elle avait fait. Mais non. Soudain, elle vit ce qu'il regardait en fait : pas le corps de Daniel, qui avait dérivé tout au bout de la baie, mais quelque chose qui se déplaçait dans la direction opposée.

— Le bateau, dit-il enfin. Il est là.

De sous les arbres, ils le regardèrent naviguer parmi les brisants au niveau du récif. De loin, il paraissait de taille modeste, avec une toile délavée faisant office de parasol tendue au-dessus d'un petit pont.

Mike leva les jumelles.

— Deux personnes à bord. Le garçon qui est déjà venu et un homme plus vieux.

Le regard de Lori passait du bateau à Mike.

— Qu'est-ce qui se passe, maintenant ? demanda-t-elle.

Il lâcha les jumelles et la regarda en face.

— À ton avis, que va faire la police quand elle apprendra, pour Daniel ?

La salive monta et s'accumula au fond de sa gorge.

— Je… Je…

— Tu crois que tu vas reprendre ta vie d'avant ? En emmenant l'enfant de Daniel avec toi ?

Le ton était brutal, assez menaçant pour frapper.

— On… On pourrait dire que Daniel est mort dans le crash ? Comme les autres ?

Le visage de Mike s'étira sous l'effet de la surprise.

— Pour que j'aie une mort supplémentaire sur les mains ? Un cadavre de plus dont je serais responsable ? (Il secouait la tête de droite à gauche.) Non, je ne pense pas, Lori.

Elle sentit ses entrailles se changer en glace.

— Dans ce cas, je leur raconterai ce qui s'est passé. Que c'était de la légitime défense.

— Peut-être quand tu l'as frappé avec la pierre. Mais après… Le deuxième coup ? Le troisième ? Et quand tu l'as traîné à la mer… Il était vivant, Lori ! Tu l'as maintenu sous l'eau. Tu l'as regardé droit dans les yeux et tu l'as noyé. (Il marqua volontairement une pause.) C'est un meurtre.

Elle parvenait à peine à respirer, à penser.

— Mais… j'irai en prison…

Son regard pivota vers le couffin. *Sonny. Je vais perdre Sonny !*

— S'il te plaît, le supplia-t-elle. S'il te plaît, Mike ! Mens pour moi.

Il la fixa un long moment de ses yeux froids.

— Il y a un autre moyen.

Et là, de sa poche, il sortit le couteau de plongée.

63

Avant – Lori

Pendant tout ce temps, c'était Mike qui avait le couteau. Pas Daniel, Mike.

Un frisson parcourut l'échine de Lori. Elle avait eu tout faux, vraiment, vraiment tout faux.

Mike avait pris le couteau de plongée, au détriment de tous les autres, pour avoir l'avantage sur ses compagnons d'infortune. Une arme, c'était synonyme de pouvoir. C'était un avantage. Cela signifiait que Felix était sorti pêcher sans… et qu'il avait été tué.

Oh, Felix!

À présent, elle se rappela que Mike avait omis d'allumer une fusée de détresse quand le bateau approchait. Combien de bateaux avait-il laissé passer pendant qu'il était là-haut, au sommet de l'arête ? Avait-il jamais voulu la quitter, cette île ?

Elle scruta son visage ravagé par le soleil, sa peau incrustée de saleté. Il s'était tellement éloigné de lui-même – du père, du mari qu'il avait été jadis – qu'il n'y avait plus de règles. Plus que la survie.

Il serrait le couteau entre ses doigts. S'il esquissait ne serait-ce qu'un pas vers elle ou vers Sonny, elle se battrait, elle hurlerait, elle frapperait, elle grifferait. Elle ferait tout ce qu'il faudrait. Elle était prête, muscles bandés, nourris par l'instinct et gonflés à l'adrénaline. Il lui fallait juste survivre jusqu'à l'arrivée du bateau. Quelques minutes au plus. Mike avait peut-être l'arme, mais elle était féroce, plus jeune, plus rapide.

Cependant Mike n'esquissa pas un mouvement vers elle. Il se détourna.

Elle le regarda traverser le camp en traînant des pieds, vers la zone située juste au-delà du feu.

Il s'arrêta au pied de l'arbre gravé. Tendit la main, toucha l'écorce, alla vers le côté plus large du tronc où la liste des morts avait été dressée.

Holly Senton, R.I.P.

Ruth Bantock, R.I.P.

Jack Bantock, R.I.P.

Kaali Halle, R.I.P.

Felix Tyler, R.I.P.

Il leva le couteau, sa pointe effleura l'écorce, et il commença à creuser. Lori vit l'arbre écorché par la lame de métal, le bois entaillé alors que, lettre par lettre, le nom de Daniel apparaissait.

Daniel Eldridge, R.I.P.

Dans le cœur de Lori s'alluma une minuscule lueur d'espoir. *Est-ce qu'il va mentir pour moi ?*

Mike se passa le dos de la main sur la bouche, puis s'accroupit.

Sous le nom de Daniel, il entama une nouvelle ligne. Lori suivit ses gestes, chaque empreinte de la lame argentée. Elle vit les lettres apparaître lentement, comprit ce qui suivrait.

Son nom.

Lori Holme, R.I.P.

— Non, murmura-t-elle en secouant la tête.

Et puis, encore en dessous, Mike écrivit une dernière ligne.

Sonny Senton, R.I.P.

Ils étaient morts.

— Qu'est-ce que tu fais ? chuchota-t-elle.

Mike passa un doigt sur le côté plat de la lame, la débarrassa des copeaux de bois.

— On va faire croire à tout le monde qu'on est morts. On disparaît. Sonny et toi, vous faites votre vie, moi la mienne.

— Mais…

Elle secoua la tête, porta les mains à sa bouche.

— Dès qu'on va mettre le pied sur l'île principale, qu'on expliquera qui on est, tout va partir en vrille. La presse. L'enquête. Tu l'as dit toi-même : la prison.

— Mais ta famille, ta femme…

Il posa sur elle ses yeux brillants.

— C'était une erreur de pilotage, Lori.

Elle cilla.

— Quoi ?

— Y a jamais eu de problème de kérosène. J'ai fait une putain d'erreur, d'accord ? (Sa voix était froide, détachée, son expression ne manifestait aucun remords.) Il y avait une jauge sur le réservoir de kérosène, que j'aurais dû faire passer de « principale » à « auxiliaire ». J'ai oublié…

— Minute. Quoi ? Tu as « oublié » une manœuvre ? Tout ça… (Elle s'interrompit, ses pensées tourbillonnaient. Il leur avait menti depuis le début.) La veille du vol…, reprit-elle, comprenant enfin. Tu n'as pas bu juste un verre, dans ce bar avec ma sœur, c'est ça ?

Les prunelles de Mike scintillèrent dangereusement.

Et puis elle se rappela l'hôtesse de l'air, allongée dans l'allée de l'avion, au milieu d'une mare de son propre sang. Elle avait dit quelque chose, essayé de s'exprimer malgré les gargouillis de sa gorge, il y avait une grande intensité dans son regard quand elle avait bredouillé : « J'aurais dû l'empêcher. »

— Kaali avait deviné que tu avais bu, n'est-ce pas ?

Il avança d'un pas, montra les dents.

— Écoute, rien de tout ça n'a d'importance, désormais. C'est ce qui va se passer après qui compte. À la minute où ils découvriront l'île, les questions vont fuser. Tu sais ce qui va m'arriver, pas vrai ? La prison. (Une veine pulsa à sa tempe.) Et toi ? Tu as commis un meurtre. Tu t'es débarrassée du corps. Je te réserve la cellule voisine de la mienne.

Le bateau à moteur approchait. Il avait franchi la barrière de corail et glissait maintenant sur la baie. Il ne leur restait plus que quelques minutes.

— Et alors qu'adviendra-t-il de Sonny ? reprit Mike d'une voix radoucie. Lori, tu es une bonne mère pour lui, je l'ai vu. Il a besoin de toi. Comme ça, tu restes avec Sonny. Personne ne te le prendra.

Elle sentait son corps trembler tout entier. Tournant la tête vers l'arbre, elle parcourut d'un regard brûlant la liste des morts.

— Et ton nom, il est où ?

Mike la regarda. Il y avait quelque chose de différent dans ses yeux, une lueur, d'excitation… ou de folie.

— Il faut qu'un nom manque, expliqua-t-il. Celui du dernier survivant.

Elle comprit : voilà comment Mike voyait les choses. Comme un jeu. Un jeu de tactique.

Un jeu que Lori avait perdu.

64

Avant – Lori

Lori se hissa sur le bateau amarré, ses côtes frottant contre le bois de la coque abîmée. Elle glissa et atterrit difficilement à genoux sur le pont. Revenue tant bien que mal à la verticale, elle tendit les bras pour accueillir Sonny.

Sitôt que Mike le lui eut passé, elle referma les bras sur l'enfant et, en lui chuchotant des paroles apaisantes à l'oreille, l'emporta à la poupe de l'embarcation. Elle s'assit sur un banc de bois, à l'ombre d'une toile tendue au-dessus. Le bas de son short était trempé. Le moteur gronda, dégageant un nuage de fumée de gasoil dans la chaleur du plein midi, une odeur qui parlait d'industrie, d'êtres humains et des machinations d'une vie dont elle avait temporairement été éjectée.

Installé sur ses genoux, Sonny parvenait presque à se tenir assis tout seul, désormais. Ses yeux étaient alertes et dévoraient ce nouvel environnement. Lori eut un aperçu du petit garçon qu'il commençait à devenir.

À la proue, le plus âgé des deux hommes maintenait le nez du bateau dans les eaux peu profondes, pendant que Mike s'échinait à grimper à bord. Il eut beau tenter de se hisser à grand renfort de geignements, le garçon dut finir par l'aider et le tirer à l'intérieur. Mike s'effondra sur le pont, les épaules avachies, et Lori le vit lutter pour se remettre debout en grimaçant de douleur. Puis il clopina vers elle, le souffle court, et s'affala sur le banc de bois. Une odeur nauséabonde émanait de sa peau collée de sueur.

— Pas de sacs ? cria le garçon.

Mike et Lori secouèrent la tête. Ils avaient laissé toutes leurs possessions sur l'île, n'emportant qu'une bouteille de lait de coco pour Sonny et un peu d'argent liquide qu'elle avait récupéré dans son porte-monnaie. Si l'épave était découverte, on croirait que personne n'avait survécu.

Le jeune gars leva l'ancre, dont la dent métallique ruisselante cogna contre la proue, avant de sauter par-dessus bord.

— Mon fils m'a dit que vous étiez quatre, lâcha le plus vieux en remontant la visière de sa casquette de baseball délavée pour mieux les observer.

— Trois, corrigea Mike en les désignant tour à tour – Mike, Lori et Sonny.

Le garçon secoua la tête.

— Il y avait un autre homme.

Lori resserra son étreinte autour de Sonny. Jamais ils ne s'en sortiraient.

— Quel autre homme ? fit Mike avec calme. On est tous là.

Le garçon plissa le front, hésita.

— Non, l'homme qui avait de l'argent.

Mike tira le coin d'une liasse de billets de sa poche poitrine, comme ils en étaient convenus.

— Oui, je vous ai donné la moitié de l'argent la dernière fois. Et maintenant, voici le reste.

Le garçon semblait perplexe, mais déjà son père attrapait l'argent et le fourrait tout au fond de sa poche, les remerciait d'un sourire aux dents jaunes.

Mike se leva et, de sa poche arrière, sortit une autre liasse de billets.

— On veut vous donner ça aussi, annonça-t-il en regardant le père et le fils tour à tour. Si vous ne dites à personne que vous nous avez trouvés ici.

Ni l'un ni l'autre des deux hommes ne parut surpris par sa requête, à croire que leur silence avait été arrangé en amont.

— Vous comprenez ? insista Mike alors que le bateau voguait doucement sur les bas-fonds.

Ils opinèrent de concert, mais quand le père voulut se saisir du reste de l'argent, Mike le retint.

— On a votre parole ?

Deux yeux sombres se plantèrent dans les siens.

— Oui.

Dès qu'ils se retournèrent vers l'avant, Lori siffla à Mike :

— Tu as dit quelque chose au garçon, la première fois qu'il est venu sur l'île, pas vrai ?

Il ne tourna même pas la tête vers elle, se contentant de regarder droit devant lui, vers l'horizon.

— Que s'il se taisait et revenait avec du renfort, je doublerais la mise, répondit-il d'une voix froide et calme.

Lori ressentit le coup de l'ultime trahison. Mike avait prévu sa sortie depuis le début. Si Lori n'avait pas tué Daniel, Mike s'en serait-il chargé ? Et si elle n'avait pas accepté son plan, Sonny et elle seraient-ils morts, eux aussi ?

Elle sentit les vibrations du moteur contre l'arrière de ses jambes tandis que le bateau pivotait pour pointer le nez vers l'horizon.

Elle tourna la tête vers la bande de jungle dense qui masquait l'épave. Hormis les débris des feux de détresse sur le rivage, l'île semblait déserte. Ce spectacle conférait à ce qu'elle venait de vivre une image irréelle, comme si elle avait tout imaginé.

L'eau, sous le soleil à son zénith, scintillait de milliers d'écailles. Les yeux plissés, Lori regarda les jardins de coraux ondoyants qui passaient sous la coque du bateau à mesure qu'ils glissaient au-dessus des récifs.

Ils se dirigeaient vers l'extrémité de la baie, là où l'océan prenait une teinte bleue plus foncée et que le tonnerre des vagues éclatait. Soudain, elle eut un hoquet. Le sang se figea dans ses veines, et elle demeura pétrifiée, les yeux rivés sur l'eau.

Là, flottant à bâbord, non loin du bateau, le corps de Daniel. Il dérivait, le visage tourné vers le ciel, les bras en croix, son short gonflé comme un ballon de baudruche. L'eau de mer faisait onduler ses cheveux et révélait le chaos de son crâne défoncé, sa peau déchirée et ouverte. Il avait les yeux béants, dirigés vers le ciel qu'il ne voyait pas.

Lori se plaqua une main sur la bouche et sentit le goût métallique du sang sous ses ongles. La nausée lui remonta de l'arrière de la gorge.

Mike suivit son regard, et elle devina sa surprise aux sourcils qu'il haussa, au léger tressaillement aux commissures de ses lèvres.

Si le garçon ou son père regardaient dans cette direction, ils verraient le corps de Daniel. Et c'en serait fini.

Qu'est-ce qu'on fait ?

Mike se mit debout et approcha de l'avant du bateau, où se tenaient les deux pêcheurs pour choisir le chemin de leur embarcation.

— J'ai cru voir quelque chose… par là-bas, déclara Mike, un doigt tendu vers l'est, soit la direction opposée du corps. C'est quoi, là, dans l'eau ?

Père et fils observèrent l'étendue d'eau vide, aux aguets.

— J'ai vu une nageoire. Un dauphin, peut-être ? Ou un requin ?

— Beaucoup de requins par ici. Je ne le vois pas…

— Une caudale sombre, d'à peu près cette taille, indiqua Mike avec ses bras. Tiens, le revoilà.

Mike maintint un afflux constant de discussion et de questions, sans jamais laisser l'attention des deux hommes s'éloigner de lui ou de la mer au-devant d'eux. Bientôt, le corps de Daniel fut hors de vue, ballotté par le sillage du bateau.

Au cours des trente-trois jours passés sur cette île, Lori s'était imaginé le jour où elle la quitterait, oh oui ! Mille fois elle s'était figuré un bateau de secours ou un hélicoptère, le soulagement qui coulerait dans sa poitrine comme du miel. Jamais, toutefois, elle n'avait envisagé la scène ainsi.

Le père se tourna vers elle.

— Il est beau, votre bébé.

Elle baissa les yeux vers Sonny, dont la brume douce des cheveux lui caressait la poitrine, ses minuscules doigts roses agrippés à ses pouces. Elle allait parler, répondre quelque chose – « Il n'est pas à moi, sa mère est morte » –, mais sa réponse, finalement, mourut dans sa gorge.

« Votre bébé ». Ces deux mots. Ils étaient pour elle.

Alors que la tache verte de l'île s'éloignait, elle sentit le mouvement chaud de Sonny sur ses genoux. Son poids qui n'était plus trop lourd pour son cou. Son corps s'était adapté, ses muscles s'étaient renforcés pour le porter, son cœur s'était agrandi.

À part les gens qui se trouvaient sur ce bateau, le monde pensait que tous les passagers du vol FJ209 étaient morts. Les bras passés autour de Sonny, elle prit sa décision. *Qu'ils le pensent donc.*

65

Maintenant – Erin

Je triture l'anneau dans le cartilage de mon oreille en écoutant les explications de ma sœur. Je n'arrive pas à la quitter des yeux, j'ai peur de la voir disparaître de nouveau, telle une volute de fumée s'évanouirait dans la nuit, si je tourne la tête ne serait-ce qu'une fraction de seconde. Avec la plus grande attention, je l'écoute me raconter comment elle a fini par arriver ici, sur l'île principale, comment elle s'est fondue avec Sonny parmi les habitants de l'intérieur des terres, tandis que Mike partait seul de son côté. J'essaie de suivre toutes les épreuves qu'elle a traversées pendant ses premières semaines de vie clandestine, sans papiers et avec très peu d'argent. Mais ils s'en sont sortis. Après tout, elle avait survécu à bien pire. Maintenant, Sonny et elle vivent dans une simple cabane avec une chambre qu'elle loue pour trois fois rien, et elle vend des peintures à une galerie en ville, histoire de rester à flot.

Enfin, Lori s'arrête de parler. Elle se tient devant moi, nous restons toutes les deux silencieuses.

Je ne sais pas quoi dire. Quoi ressentir.

La mer nous souffle sa respiration régulière dans le dos.

— Où est Sonny ?

Elle pivote et désigne un point derrière elle. Je ne l'avais pas remarqué, mais je vois désormais, sur la plage plongée dans l'obscurité, une poussette garée sur le sable entre deux transats. Dedans, un petit enfant endormi suce mollement son pouce.

Je fixe des yeux ce petit garçon, comme s'il venait d'apparaître sous la baguette d'un magicien. Dans le clair de lune, je vois qu'il a les cheveux châtain clair et la peau lisse et blanche.

Ils ont survécu.

En contemplant Sonny, tranquille dans son sommeil, je me rends compte que, pendant deux ans, j'ai abordé la disparition de l'avion sous tous les angles possibles : j'ai envisagé la possibilité que Lori ait survécu, que j'ai toutefois écartée avec l'autorité de l'instinct, partant du principe que, si elle avait survécu, elle me serait forcément revenue. On est sœurs. Jamais on ne s'abandonnerait.

Et puis… dans le sillage de la réapparition du pilote, je me suis imaginé Lori prisonnière sur l'île et j'ai commencé à soupçonner chacun des passagers, des étrangers dans cet avion. Qui tournaient autour d'elle. Plus forts. Dangereux. J'ai creusé, j'ai fouiné, j'ai examiné et formulé des hypothèses. Tous les indices que j'ai déterrés – la robe tachée de sang, le couteau disparu, les vidéos de Lori – pointaient vers son envie désespérée de quitter cette île.

Ce que j'ai omis de voir, c'était pourtant ce qu'il y avait de plus évident.

Oui, Mike l'avait menacée ; oui, elle était terrifiée d'être envoyée en prison. Mais, au bout du compte, quand j'enlève une à une toutes ces couches d'arguments, la seule chose que je comprends, c'est que Lori a fait un choix.

En observant Sonny, dont la petite tête ballotte paisiblement d'un côté, les ailes sombres de ses cils clos, je me rends compte qu'il n'y avait qu'une chose, une seule, qui pour Lori signifiait plus qu'être une sœur.

Être mère.

Malgré la chaleur humide de la nuit, je frissonne.

Je pense au mur, dans la chambre laissée vide de mon appartement, couvert d'articles de journaux et de photos, de unes et de questions. Je pense à toutes les nuits solitaires où j'ai descendu une bouteille de vin rien que pour anesthésier ce que je ne pouvais pas regarder en face, ou à toutes les autres façons dont je m'y suis prise pour atteindre le même but – ramener des hommes, travailler tard, bouger, bouger sans cesse pour ne pas réfléchir, pour ne pas ressentir. Pour ne pas écouter cette voix dans ma tête qui me répétait, en boucle, que c'était ma faute. Cette putain de critique intérieure, prompte et mauvaise, qui me rappelait à tous les coins de rue de ma vie que c'était à cause de moi, que je le méritais. Que j'avais abandonné Lori.

Et elle, pendant tout ce temps, elle était là.

Je la dévisage, toujours pas habituée à cette nouvelle version de ma sœur, avec ses cheveux bruns et son corps mince. Elle se tient différemment, rien de flagrant, pas assez pour que je puisse mettre le doigt dessus, mais il y a quelque chose dans sa façon de se tenir debout. Une présence émane d'elle, un sérieux, la manière dont ses pieds sont fermement campés. Comme s'il y avait quelque chose d'ancré en son centre. Même là, sur le sable et dans le noir, je suis assez proche pour voir les rides du sourire qui encadrent sa bouche et dessinent un éventail aux commissures de ses yeux.

Je cède à un brusque accès de colère.

— Tu étais là, tu vivais ta vie, tu étais heureuse. Et moi ? Moi, j'étais dévastée.

Je déteste ce mot, tellement galvaudé – dans les médias, tout le monde est « dévasté » à propos de tout. Pourtant, je ne lui trouve pas de meilleur adjectif, parce que c'est exactement ce que je ressens. Mon état normal a déraillé. Et pendant tout ce temps, Lori était ici avec Sonny.

— Tu aurais pu me le faire savoir, Lori ! Tu aurais pu m'appeler. M'envoyer un message. M'écrire…

— Je l'ai fait. Je t'ai écrit une dizaine de fois. J'ai entamé des lettres, des brouillons de mails, mais je n'arrivais jamais au bout, parce qu'une lettre, ce n'est pas suffisant. Rien n'est suffisant. Je t'ai appelée aussi… je t'ai entendue décrocher, j'ai entendu ta voix, mais qu'est-ce que je pouvais te dire ? Encore maintenant… en t'ayant ici, juste devant moi… je n'ai pas les mots pour expliquer. (Elle secoue la tête.) Si je t'avais écrit, tu l'aurais accepté ? De me laisser vivre ma vie sans toi ?

Je regarde ma sœur.

— Non.

Elle hoche légèrement la tête, comme si ma réponse lui confirmait quelque chose.

— Pourquoi maintenant ? Pourquoi es-tu venue ici maintenant ?

— J'ai découvert que tu étais aux Fidji, que tu me cherchais encore après tout ce temps.

— Je n'ai jamais cessé.

— Je te suis sur les réseaux sociaux, je le fais depuis que je… j'ai disparu. Sous un faux profil. J'avais besoin de savoir comment tu allais. De te voir. Que tu ailles bien.

— Mais ici ? Comment tu as su que j'étais dans cet hôtel ?

— Tu étais revenue aux Fidji. Où pouvais-tu être descendue d'autre ?

Elle me connaît. Elle m'a toujours connue mieux que personne. Les larmes débordent. Lori était près de moi pendant tout ce temps.

— Après la mort de Mike, je suis venue à l'hôtel te trouver… mais tu étais déjà partie. Je… j'ai cru que tu étais rentrée à Londres, que je t'avais manqué. (Une pause.) Tu as trouvé l'île, pas vrai ?

Lentement, je hoche la tête. Lori m'observe. Son regard passe sur mon visage, mes cheveux, mes vêtements, puis revient à mes yeux. Elle essaie de lire quelque chose dans ce qu'elle voit.

— J'ai tout vu. L'épave de l'avion. Votre camp. Le poste d'observation en hauteur. Lori, c'était… brutal.

Elle cligne des yeux, un nouvel afflux de larmes se déverse sur ses joues.

— Oui.

— J'ai écouté les messages que tu avais enregistrés pour moi.

L'expression de son visage – ce froncement de sourcils surpris – est tellement semblable à celle de notre mère que, tout à coup, un besoin me frappe en plein ventre. Soudain, elle prend mes mains dans les siennes. Son regard est tellement perçant que j'ai l'impression de me faire avaler, absorber.

— Quand j'enregistrais ces messages… j'avais l'impression qu'on se parlait… C'est ça qui m'a permis de survivre, Erin. Tu me manquais tant.

Ma grande sœur, là, vivante.

Elle exerce une pression sur mes mains, ses paumes sont lisses et chaudes, sûres contre les miennes.

Je veux me pelotonner contre elle, sentir de nouveau ses bras autour de moi.

Mais je suis roc, pierre, terre.

Je sens un sanglot remonter du plus profond de moi.

Mes pensées sont des tessons brûlants qui voltigent. La dernière fois qu'on s'est vues. Mon Dieu, quelle perte ! Si soudaine, inexpliquée, une fin sans explication. Toute la colère et la peine laissées en suspens entre nous, notre dernière dispute embrouillant tout. Je ne voyais plus que notre différend, ce nœud impossible à défaire. J'avais besoin qu'elle m'aide à le dénouer, à démêler les cordelettes solides qui nous avaient liées jadis.

Pendant tout ce temps, je cherchais la vérité.

Alors qu'elle était ici. Et vivait sa vie avec Sonny. Sa nouvelle famille.

Et moi, je suis toute seule.

Je perçois la forme étrange de mes traits, lèvres retroussées, front bas, dents visibles. Je suis en train de craquer, de m'effondrer.

— Erin, chuchote-t-elle. (Son souffle chaud contre ma peau.) Je t'aime. (*Je ne peux pas.*) Tu m'as tellement manqué.

Mes mains se libèrent, montent à mes oreilles pour ne plus l'entendre. Il n'y a pas la place. J'explose. Je vais me déchirer en deux.

— S'il te plaît, Erin…

Je sens la chaleur de mes bras enveloppés autour de ma tête. Elle continue de parler. Des mots, des mots qui déboulent sur moi, comme s'ils me renversaient.

Et puis je m'incline vers l'avant, je traverse la plage en courant, le sable me pique les mollets. Mes jambes s'activent, mes bras se balancent contre mes flancs. Je cours. Vers l'hôtel, les lumières vives.

Quand elle m'appelle, j'accélère. Je suis rapide et je ne tarde pas à mettre une bonne distance entre nous.

La peau couverte de sueur. Les muscles brûlants. Rien que le rugissement de mon pouls, le souffle court. Pieds contre sol. Sueur dégoulinant depuis le pli des genoux.

Je la voulais.

Et c'est trop tard.

Elle m'a abandonnée.

En traversant les jardins au pas de charge, je passe les buissons éclairés d'en bas, leurs ombres fantomatiques sur le sentier de pierre. Quand j'atteins l'hôtel, je m'arrête et lève les yeux vers la terrasse ouverte du restaurant, vers la table où nous nous sommes assises un soir. Vide aujourd'hui.

J'ai déjà fait ça : la fuir, traverser ces jardins en courant.

Je ne peux pas continuer de fuir.

Je ne peux pas.

66

Maintenant – Erin

Lori me rejoint. Elle gare tranquillement la poussette sur un côté du sentier plongé dans la pénombre. La pelouse de l'hôtel est moelleuse sous les pieds tandis que nous tournons le regard vers les lumières scintillantes du restaurant.

— Le dernier endroit où je t'ai vue, murmure-t-elle au bout d'un moment.

Je hoche la tête.

Dans l'obscurité, les arroseurs automatiques diffusent des jets d'eau vers la terre assoiffée.

— Tout à l'heure, tu as dit que tu n'avais pas repris contact, parce qu'une lettre ou un mail, ça ne pouvait pas expliquer ce qui s'était passé.

— C'est vrai.

Je l'observe attentivement, pensive.

— C'était peut-être plus que ça. En fait, si tu ne m'as pas écrit, c'était peut-être parce que tu te sentais coupable. Je ne parle pas seulement de la mort de Daniel, je parle d'après, de ta décision de disparaître. (Elle me regarde fixement, laisse mes paroles s'installer.) Mike ne t'a pas obligée à mentir. Tu avais le choix, Lori. Un choix difficile, mais un choix tout de même. À n'importe quel moment, au cours de ces deux dernières années, tu aurais pu sortir de l'ombre, te rendre à la police. Avouer la vérité. (Elle soutient mon regard, droit dans les yeux.) Mais tu as choisi de ne pas le faire. Et les proches des passagers ? La femme de Daniel ? Les enfants de Ruth et Jack ? La fille de Kaali ? On n'a pas eu le droit d'entendre ce qui s'était passé. Tu aurais pu nous offrir ces explications.

Je perçois l'émotion dans sa voix lorsqu'elle répond :

— Je suis désolée. Pour tout ce que tu as enduré, pour le mal que je t'ai fait.

Sa main se tend vers moi, mais je recule. Et une autre pensée éclate dans mon esprit.

— La fameuse dernière fois qu'on s'est vues, ici même. J'y ai beaucoup repensé. Je me suis repassé les choses qu'on s'est dites, toutes les deux. Mon cerveau a la manie de ne garder que les pires détails, les mots les plus durs, puis de me les rejouer en boucle quand je suis seule, quand j'essaie de m'endormir, que je m'efforce de mon mieux d'être heureuse.

Elle m'écoute, les lèvres pincées, les yeux humides de larmes.

— Tu sais le passage que je me suis le plus repassé ? Ce qu'il y a eu de plus douloureux à entendre ?

Elle le sait, bien sûr qu'elle le sait.

— Tu m'as rappelé la promesse qu'on s'était faite après avoir perdu papa. La promesse de tout se dire. D'être là l'une pour l'autre. Ensemble.

Elle presse les paumes l'une contre l'autre, porte les doigts à ses lèvres.

— Tu m'as dit : « Tu as brisé notre pacte. » « Notre » pacte. Parce qu'on a toujours été un « nous ». (Je secoue la tête.) Bon Dieu, ça m'a fait un mal de chien… parce que c'était vrai. J'avais brisé notre pacte en ne te parlant pas de l'infidélité de Pete. (Je reprends ma respiration.) Et maintenant… C'est toi, pas vrai, qui as brisé notre pacte ? Tu as choisi une nouvelle vie. C'est un choix que tu as fait pour toi. Pas pour nous. Il n'y avait pas d'« ensemble ».

Enfin, Lori prend la parole. Elle a les yeux brillants, vifs et ranimés.

— Tu sais à quoi j'ai pensé au moment où notre avion plongeait ? J'ai pensé à la vie que je n'avais pas vécue. (Elle prend une inspiration.) Jusqu'alors, j'avais tracé mon chemin en ligne droite : l'école, le lycée, l'université, le mariage, l'enseignement. Je voulais construire la vie de famille parfaite, ma petite forteresse à moi. Et à l'intérieur, il y aurait toi, Pete, une ribambelle de gamins. (Elle se tait, secoue lentement la tête de droite à gauche.) Seulement, ça n'a pas fonctionné. Les enfants ne sont jamais venus. Pete est parti. Toi, tu commençais une nouvelle vie à Londres. Il n'y avait rien, dans la forteresse, ce n'étaient que des murs poreux, vides.

Son regard me lâche brièvement pour aller se poser sur l'eau.

— Quand j'étais attachée à mon siège dans l'avion, que la terre se précipitait vers nous, c'est là que je les ai perçues… toutes les possibilités en lignes sinueuses, à l'écart de ma ligne droite. On aurait dit qu'un espace s'ouvrait dans ma poitrine et que je ressentais tout, cette énergie qui me connectait, comme si je n'étais pas à la marge, mais faisais partie d'un tout.

Je me tais, j'essaie de comprendre son propos.

— Ces semaines passées sur l'île… bon Dieu, c'était violent, Erin. J'avais peur, j'étais à moitié affamée, terrifiée pour Sonny, mais, en même temps, c'était étrangement beau. Comme d'être coincée dans un cauchemar pénétré de tes plus beaux rêves. L'île a détruit les murs de cette forteresse. Elle m'a mise à nu. Et peut-être… peut-être que j'en avais besoin.

Elle s'interrompt, me dévisage, comme pour me convaincre de comprendre.

Et je comprends. Je la vois, cette force nouvelle chez ma sœur. Je vois aussi plus clairement Lori sur cette île : l'approche du bateau de pêche, le corps de Daniel flottant dans l'eau et puis Sonny, là, dans ses bras. Il m'est impossible de rationaliser le méli-mélo de réflexions qui ont conduit à sa décision. C'était forcément plus dur, tellement plus grand que tout ce que je peux imaginer.

— Et maintenant ? demandé-je. Tu vas aller voir la police ?

Elle secoue la tête.

— Comme tu l'as dit, Erin, j'ai fait un choix. Mike ne m'a pas forcée. Pas vraiment. Une fois que j'ai quitté l'île, j'aurais pu lever la main à n'importe quel moment et leur avouer ce que j'avais fait.

— Au lieu de quoi tu as choisi Sonny.

Elle fait « oui » de la tête.

— Désolée.

— Tu pourrais aller à la police maintenant. Leur raconter que Daniel est mort dans l'accident de l'avion. Personne n'a besoin de savoir. Mike était le seul témoin.

— Et comment je leur expliquerais ma décision de disparaître ? J'ai gardé Sonny. J'ai caché des informations. Ça ne marcherait jamais.

— La police sait localiser l'île, maintenant, je leur ai donné la carte, je leur ai montré tes vidéos. Ils vont y aller, ils vont trouver l'épave.

— Oui, et ils constateront que certains d'entre nous ont survécu quelques semaines. Ils verront la liste de noms gravés sur le tronc, ils croiront qu'on est morts sur l'île. (Elle marque une pause.) Les proches des défunts… ils vont avoir leurs réponses, à présent.

— Et moi ?

Je déteste la faiblesse que j'entends dans ma voix. J'ai l'impression que je suis sur le point de la perdre de nouveau.

— Je te veux dans ma vie, Erin. Mon Dieu, c'est ce que je veux plus que tout.

S'ensuit un silence, comme un coup de poing. Lourd, fort.

— Pas plus que tout, non.

Derrière nous, des rires éclatent dans le restaurant, qui nous font tourner les yeux vers l'espace chaud et grouillant de vie. Et je finis par lâcher :

— Je reprends l'avion pour Londres demain matin.

— Je ne peux pas y retourner, Erin. Tu le comprends, pas vrai ?

Je la regarde dans la pénombre, le pouls à cent à l'heure.

— Alors qu'est-ce qu'il advient de nous ?

67

Quatre semaines plus tard – Lori

Assise sous la véranda, je regarde Sonny pousser une voiture rouge sur la terrasse en produisant un léger « vroum » avec ses petites lèvres mouillées. Au-dessus de nous, le ciel est grand bleu, sans un nuage. Sonny pivote face au soleil, plisse les paupières. Il cherche ma présence, vérifie que je me tiens dans les parages, moi, son point d'ancrage.

Je souris pour le rassurer.

Le lendemain du retour d'Erin au Royaume-Uni, la police a enfin découvert l'île où le capitaine Mike Brass avait écrasé notre avion. L'épave a été fouillée et on y a trouvé la réserve de kérosène aux trois quarts pleine, la jauge débranchée. L'enquête suit son cours, mais la ligne, encore officieuse, s'achemine vers l'erreur de pilotage.

Les journalistes se sont emparés de l'histoire, ressassant les détails, spéculant sur notre disparition et notre mort. Les restes du camp ont été passés au crible, nos bagages emportés pour servir de preuves. Personne, hormis ma sœur et moi, ne connaît la vérité. Ce qui s'est passé pendant trente-trois jours sur cette île est obscur et visqueux et, parfois, les réminiscences me vrillent si fort le cœur qu'elles m'empêchent de dormir la nuit.

Je pense à ce que j'ai fait à Daniel. Au fait que je suis capable de meurtre.

Puis, quand c'est trop dur à supporter, je me remémore Felix, Sonny et mon aptitude à aimer. D'un amour immense.

Je sors mon téléphone de ma poche et regarde l'écran vide.

Toujours pas de nouvelles d'Erin.

Elle est retournée à Londres. Je l'ai contactée il y a une semaine, pour lui demander si elle voudrait bien revenir aux Fidji, une fois la frénésie médiatique calmée. Si elle accepterait de rester avec nous un moment. J'ai envie, tellement envie d'essayer de réparer les choses.

Elle a répondu qu'elle avait besoin de temps pour y réfléchir.

La patience n'a jamais été mon point fort. Je tape :

Tu as décidé ? Bizz

Sonny me grimpe sur les genoux, et mes bras l'enlacent. Les yeux tournés vers notre minuscule jardin, vers la vallée au-delà, je suis assaillie de questions : *Et si Erin et moi n'étions jamais venues aux Fidji ? Et si Mike Brass n'avait pas pris les commandes de cet avion ? Et si une équipe de secours nous avait retrouvés plus tôt ?* Parfois, je me noie dans les « et si », leur infinité de réponses et de perspectives. Mais, évidemment, il n'y a qu'une réponse. Le maintenant. Cet instant.

Nouveau coup d'œil à mon portable.

Toujours rien.

Au lieu de me perdre dans le passé ou de redouter l'avenir, j'essaie de me raccrocher à l'instant.

Pour le moment, il y a Sonny. Et quelque part, à l'autre bout du monde, il y a ma sœur.

68

Quatre semaines plus tard – Erin

Je traîne le carton jusque dans le salon, l'installe au centre du tapis. Le canapé est parti – emporté par la camionnette de la boutique caritative *Sue Ryder*, avec mes excuses pour la tache de vin rouge sur l'accoudoir et Dieu sait combien d'autres taches sur les coussins que j'ai retournés de l'autre côté.

Le reste de l'appartement a été démantelé, son contenu donné ici ou là, à l'exception des deux cartons remplis d'albums photos et de livres dont je n'ai pas eu le cœur de me séparer.

La seule chose qui reste au mur, c'est la peinture que Lori m'a offerte quand j'ai emménagé à Londres. J'attrape les coins de la toile, que je décroche avec précaution. Je la tourne et lis son inscription au dos : « Pour que tu te sentes un peu à la maison dans cette grande ville. »

J'approche la peinture de la fenêtre et j'observe attentivement la rivière qui traversait jadis le jardin de notre maison d'enfance. Je repense à ses sentiers, qui tous couraient vers la mer, évoquant une maison qui voyage, qui ne se limite pas à un endroit, mais qui est toujours en mouvement, change, évolue.

Je dépose soigneusement la peinture dans le carton des choses que je garde.

Ensuite, je vais dans l'ancienne chambre de Lori. Les murs sont nus, leur couleur plus sombre aux endroits où articles de journaux et photos ont été décollés. Il n'y a plus de lit ici désormais, plus d'étagères de livres, de bureau. Tout a été vidé, emballé. Je me tiens sur le seuil, les bras croisés, l'épaule appuyée contre le cadre de la porte. Toutes les nuits que j'ai passées ici, assise sur le lit de Lori, à fixer le mur en quête de réponses. Croyant entendre la voix de Lori dans mon cœur, qui me parlait, me guidait.

Sauf que non, ça n'était pas la voix de Lori.

C'était la mienne. J'avais cette force en moi, pendant tout ce temps.

Mon portable vibre : un message. Je le tire de ma poche et lis :

Tu as décidé ? Bizz

Je referme la porte de la chambre de Lori pour la dernière fois. En me retournant, je vois mon sac à dos près de la porte, passeport coincé dans la poche avant.

Je pense à cette vie à Londres que je quitte : tromper la mort sur mon vélo, les poumons encrassés par la pollution, cajoler, titiller, taquiner les gens pour leur tirer des histoires, me dépêcher tout le temps, de plus en plus, pour rester au niveau d'une notion de succès dont je me rends compte aujourd'hui que c'est du vide. La vie est trop courte pour se laisser coincer dans la mauvaise, pour ne faire qu'œuvrer à se tracer son chemin. Je ne veux pas jouer des coudes pour passer devant avec la petite phrase qui va bien, ni travailler toute la nuit pour boucler mon article. Tout ça ne m'épanouit pas. J'ai pris la bonne décision en démissionnant de mon boulot.

Par les fenêtres, j'entends le vrombissement d'un avion qui passe là-haut, faisant trembloter les vitres dans leur cadre. Ce son ne me vrille plus le ventre sous l'effet de la peur. À la place, il m'évoque des possibilités.

Je passe le pouce sur l'écran, le message de Lori s'éclaire.

Je prends une inspiration et je tape :

Je ne viens pas. Désolée.

Je vois le « double coche » indiquant qu'elle a lu mon message et j'imagine ses yeux s'arrondir de surprise. Je me figure ses traits pincés par la peine.

Sa réponse arrive presque aussitôt.

Tu restes à Londres ?

Je me mets à écrire :

Pas à Londres, non.

Je pense au long vol qui m'attend jusqu'à Perth. Nathan a proposé de venir me chercher à l'aéroport, dit que je pourrais dormir chez lui les deux ou trois premières nuits. Et après, eh bien, je verrai. J'ai un visa de travail et un mois de salaire sur mon compte en banque. J'espère que le propriétaire d'ici me remboursera intégralement ma caution, ce qui me ferait gagner quelques jours supplémentaires. Assez pour me porter le temps que je réfléchisse aux autres détails.

Alors que j'essaie de voir comment formuler ma réponse, je pense à l'explication de Lori quand elle m'a raconté ce qu'elle avait ressenti pendant la chute de l'avion, la vie qu'elle n'avait pas vécue.

Je veux vivre la mienne pleinement, sans peur. Alors je me contente de taper une ligne, une seule, et je sais que ma sœur la comprendra.

J'ai besoin de trouver mon île à moi.

Remerciements

Ce livre. Que puis-je vous dire ? C'est le livre le plus difficile que j'aie jamais écrit. La version que vous avez entre les mains a été révisée une bonne dizaine de fois. Si j'ai pu franchir la ligne d'arrivée, c'est grâce au soutien et aux encouragements de plusieurs personnes merveilleuses.

Tout d'abord, mes éditrices, Kimberley Young et Charlotte Brabbin. Elles ont lu ce livre à chaque étape de sa rédaction et m'ont fait part de leurs commentaires lorsque je n'étais pas sûre de la direction à prendre. J'adore travailler avec l'équipe de HarperFiction, qui est tout aussi passionnée par les histoires que leurs auteurs.

L'équipe de Greene & Heaton a été fantastique, comme toujours. Judith Murray est le meilleur agent littéraire avec lequel je puisse imaginer travailler, ses conseils et son soutien ont été inestimables pour aider à façonner ce roman.

Un immense merci à Emylia Hall, écrivaine brillante et merveilleuse amie. Elle a lu plusieurs versions de ce roman et a été là pour discuter de tout, des problèmes d'intrigue au façonnage des personnages, en passant par le titre du livre et la conception des jaquettes. Nos discussions quotidiennes rendent le travail sur un projet, d'ordinaire long et solitaire, infiniment plus agréable. Emylia, merci.

Je suis également reconnaissante à Emma Stonex et Heidi Perks, qui ont généreusement effectué d'excellentes lectures de ce roman, des suggestions très réfléchies. Leurs commentaires ont grandement contribué à la version finale.

Merci également à Faye Buchan, Lizzie Kerslake et Becki Hunter d'avoir lu la version finale de ce livre et donné l'ultime coup de pouce qui m'a permis de reconnaître qu'il était temps d'appuyer sur « envoi ».

Un grand merci à Richard Powell pour son aide et ses conseils concernant les avions – et la façon de les écraser ! Toutes les erreurs qui seraient présentes dans ce livre sont de mon fait.

Comme toujours, j'adresse mes remerciements et mon amour à mes parents et beaux-parents, toujours prêts à relire mes textes, à veiller sur les enfants et à apporter leurs pâtisseries pour garder le moral. Je leur suis infiniment reconnaissante d'avoir une si merveilleuse équipe de soutien à ma porte.

Et puis il y a James, Tommy et Darcy. Ma famille, ma tribu. Les trois personnes avec qui je serais heureuse de me retrouver naufragée. Je vous aime.

Achevé d'imprimer en juin 2023
Par CPI Brodard & Taupin à La Flèche
N° d’impression : 3053227
Dépôt légal : juillet 2023
Imprimé en France
38122267-1